失楽の街

建築探偵桜井京介の事件簿

篠田真由美

KODANSHA NOVELS

講談社ノベルス

ブックデザイン＝熊谷博人
カバー写真＝半沢清次
カバーデザイン＝岩郷重力

目次

登場人物表（年齢等は二〇〇一年四月現在）

神《かみ》代《しろ》宗《そう》（55）——私立W大学文学部教授
安《あ》宅《たか》俊《とし》久《ひさ》（72）——退官した元W大教授
北《きた》詰《づめ》順《じゅん》一《いち》（46）——建築家
祖《そ》父《ぶ》江《え》晋《すすむ》（50）——劇団『空想演劇工房』主宰
春《すの》原《はら》リン——祖父江晋のパートナー
戸《と》田《だ》——劇団『空想演劇工房』のメンバー
南《みなみ》——劇団『空想演劇工房』のメンバー
金《かね》平《ひら》——劇団『空想演劇工房』のメンバー
炭《すみ》屋《や》——劇団『空想演劇工房』のメンバー
浅《あさ》原《はら》——家政婦

薬《やく》師《し》寺《じ》香《か》澄《ずみ》（22）——W大第一文学部学生
結《ゆう》城《き》翳《かげり》（21）——M学院大学生
桜《さくら》井《い》京《きょう》介《すけ》（32）——フリーター
栗《くり》山《やま》深《み》春《はる》（32）——右に同じ
門《もん》野《の》貴《たか》邦《くに》——謎の老人
岩《いわ》槻《つき》修《おさむ》（16）——家出少年
日《ひ》野《の》原《はら》奈《な》緒《お》（13）——修の従妹
工《く》藤《どう》迅《じん》（34）——群馬県警刑事
漆《うるし》原《ばら》匠《たく》馬《ま》（34）——警視庁刑事
トガシ——『火刑法廷』関係者
ソブエ——『火刑法廷』関係者
サム——『火刑法廷』関係者
イズミ・ミズキ——『火刑法廷』関係者

郵便はがき

料金受取人払

小石川局承認

1118

差出有効期間
平成18年5月
30日まで

112-8731

〈受取人〉
東京都文京区音羽二丁目
十二番二十一号

講談社文芸図書第三出版部気付

篠田真由美 行

（失楽の街）

★この本についてお気づきの点、篠田真由美氏によせるご感想等をお書きください。

愛読者カード　　　　　　　　　　失楽の街

ご購読いただきありがとうございました。今後の出版企画の参考にいたしたく存じます。ご記入のうえ、ご投函ください。(切手は不要です)

a　本書を購入した書店名（　　　　　　　　　　　　　　　　　）

b　1ヵ月のノベルス購入冊数（他社も含みます）(　　　　　冊)

c　本書をどこでお知りになりましたか。
1 新聞広告　2 雑誌広告　3 書評　4 実物を見て　5 人にすすめられて
6 その他(　　　　　　　　　　　　　　　　　　　　　　　　　)

d　お好きな小説のジャンルをお教えください。(いくつでも)
1 本格ミステリー　2 旅情ミステリー　3 サスペンス,ハードボイルド
4 恋愛小説　5 SF　6 ファンタジー　7 ホラー　8 歴史時代小説
9 戦争歴史シミュレーション　10 純文学

e　最近1年間でお読みになった小説のベスト3をお教えください。
1　　　　　　　　　　　　2

3

f　次回作としてどんなものが読んでみたいですか？
(　　　　　　　　　　　　　　　　　　　　　　　　　　　　　)

g　以下のジャンルで面白かったものを各ひとつずつあげてください。
1 他社のノベルス(　　　　　　　　　　)　2 他社のハードカバー
(　　　　　　　　)　3 マンガ(　　　　　　　　　)　4 ゲーム
(　　　　　　　　)　5 その他(　　　　　　　　　)

氏名《フリガナ》　　　　　　　　　生年月日(西暦)　　　　性別
　　　　　　　　　　　　　　　　19　年　月　日　　　1 男　2 女

郵便番号　〒□□□-□□□□
住所

電話番号

メールアドレス

独語する漂泊者たち

1

ああ汝　漂泊者！
過去より来りて未来を過ぎ
久遠《くおん》の郷愁を追ひ行くもの。
いかなれば蹌爾《そうじ》として
時計の如くに憂ひ歩むぞ。
石もて蛇を殺すごとく
一つの輪廻《りんね》を断絶して
意志なき寂寥《せきりよう》を蹈《ふ》み切れかし。

どこからか、風が吹くように——

私立W大学教授神代宗《かみしろそう》の耳元に、時折聞こえてくる詩句の断片がある。

奇妙に堅く佶屈《きっくつ》した、意味も取りにくい文語体。だがそれを口ずさむのは、ガラス戸を通して落ちる春の陽射《ひざ》しめいた、おっとりとやさしく、くぐもりがちな声音《こわね》だ。

声の主はすでに逝《ゆ》かれて久しい養父《ちち》、神代清顕《きよあき》。彼の書斎でこの詩と出会ったのは、いまから四十年近くの昔、神代がまだ高校生だったときのことだ。それも読み上げているのを聞いたわけではない。ただ、書斎の机上に開いて置かれているのを見ただけだったが。

それが異様な印象を胸に残したのは、奇怪な詩の響きと、養父の人柄と神代が思っているものが、あまりにも遠く隔《へだ》たっていたからだろう。神代が何気《なにげ》なく信じていたこの世界に、黒々とした亀裂が走っているのを見たような気がしたのだ。

高校生の神代の目に映《うつ》っている養父は、誉めていえば歳に似合わず老成した、けなしていえば年寄り臭い男で、ひとたびはW大の教授になりながら病弱を理由にその地位を辞し、当時は女子短大の講師などをしながら暮らしていた。大酒を飲むでもなく、なにか変わった道楽に憂き身をやつすでもなく、妻ひとりを愛し、好きな本が読めれば幸せというタイプで、どこといって欠点のない、いってしまえば聖人君子の一種だが、十代の若者がシンパシィを覚えられる人間とは到底いえない。

もともと好きこのんで、もらわれてきた養家ではなかった。富岡八幡宮《とみおかはちまんぐう》前の老舗煎餅《しにせせんべい》屋の末っ子に生まれた神代だが、小学校に上がる直前に母親に死なれ、歳の離れた長姉に子供が産まれないからということもあって、嫁ぎ先の神代家の養子にと望まれたのだ。姉は無論嫌いではなかった。否、むしろ心から慕《した》っていたが、その姉を奪っていった養父には親しみを覚えるべくもなかった。

そしてそれ以上に、妙に気取って感じられる山の手の空気が嫌でたまらなかった。ことば遣いひとつ取っても違う町は、子供心に異国のようにしか思われなかったのだ。まして家に近い小学校は、区立だが学区外からも生徒を集める名門だ。負けん気ばかり強い少年は常にぴりぴりと癇《かん》を立て、友達を作るどころか誰に対しても喧嘩《けんか》腰《ごし》で暮らした。姉に叱られたり気に入らないことがあると、学校を抜け出して実家に逃げ戻ってはまた叱られた。

長ずればさすがにそういうことはなくなったが、姉には内心申し訳ないと思いながら、養父との精神的な距離はむしろ広がった。姉との結婚は彼の両親からは望まれないもので、そのために勘当同然の扱いを受けているともやがて知ったが、だからといって同情する気にもなれない。ふたりに子供が出来ないのも、姉のせいではなく養父が病弱だからだ。気丈な姉が要らぬ苦労をさせられるのは、すべて頼りない夫のせいではないか。

無論そんな思いを口に出したことはないが、ふたりとも神代の気持ちには疾《と》うに気づいていたことだろう。姉は当然のこと、遠慮なく弟であり養子である神代を怒鳴り、耳を摑んでひねり上げ、箒《ほうき》の柄で追い回したが、養父はついに手を挙げるはおろか、声を荒らげることさえしないままだった。

だから思った。似つかわしくない、こんな怒りと憤《いきどお》りと絶望に彩《いろど》られているような詩は、養父には。そして戸惑いと奇妙な苛立《いらだ》ちめいたものを覚え、だがそれを養父に向かってぶつけることはついにしなかった。最後まで本音と本音でぶつかることなく、敢《あ》えていってしまえば他人よりよそよそしく遠慮がちなまま時を過ごし、神代の気持ちからすればずいぶんと早く、あっけなく養父は逝った。

無論そんな風にいえば、いまは門前仲町《もんぜんなかちょう》の実家に帰っている姉は眉を吊り上げるに違いない。あの人から逃げたくせに、あの人は最後までおまえのことを心配していたのに、と——

姉のことばに偽りはないのだから、下手《へた》な言い訳をしようとは思わない。だがいまにして考えれば、たかが青臭い高校生に、養父のなにがわかっていたというのだろう。あの常に穏やかな男の胸の内に、どんな怒りや悲しみが渦巻いていたのか、自分はまったく理解できなかったし、理解しようともしなかった。

書斎の机に広げられた詩を戸惑いながら読み、疑問に思い、だが、

——その詩、気に入ったかね?

背後からやわらかに声をかけられたときには、なぜかは知らず万引きの現場を見つけられたような恥ずかしさと悔しさに顔を赤らめ、否定のことばだけを投げつけて逃げ出した。

なんと人生は振り返り思うほどに、苦い後悔に満たされているものかと、五十五歳を迎えた神代は、耳元に養父の声がよみがえるのを感ずるとき、思わずにはいられないのだ。

（もしもあのとき俺が書斎から逃げ出さずに、その詩のことでも彼とことばを交わしていたなら、俺たちはその先をもう少しは、心を通じさせ合って生きられたのだろうか――）

ああ汝　寂寥の人
悲しき落日の坂を登りて
意志なき断崖を漂泊《さまよ》ひ行けど
いづこに家郷はあらざるべし。
汝の家郷は有らざるべし！

後悔をいくら重ねたところで、失われたものは戻らない。長く生きるほどに見慣れた風景は消え、ただ自分だけが残される。自分と、自分の中の悔い多い記憶だけが。

しかし、繰り返す故人の声は耳の中にやさしい。目を閉じれば書斎の椅子にかけた養父は、いつも穏やかに微笑《わら》っている。

嫌っていたつもりはない。だが、どんなふうに接すればいいのかわからなかった。養父にしてもそれは同じだったのではないか。それでも後少し生きていてくれたら、もう少しでも違ったふうに顔を合わせることも出来ただろうに。不器用に過ぎたのだ、自分も、彼も。

（そういや俺はもうとっくに、あなたより年寄りになっちまったんだなあ、養父《とう》さん――）

2

教えよう。

爆薬の原料は塩素酸ナトリウムと、パラフィンと、ワセリン。塩素酸ナトリウムは除草剤を利用するのがもっとも簡単だ。ただし現在日本では、塩素酸ナトリウムを含有《がんゆう》する除草剤は販売されていないから、それを入手するには少々の工夫が要る。ゲリラに必要なのは創意であり、機知だ。

後は正確に作動する起爆装置と強固な弾殻、それだけでいい。武器は力だ。武装することによって、我々は力を得る。

炸裂《さくれつ》する炎。

飛び散る鉄片。

ガラスを割り砕き、壁を崩し、人を肉塊と血に変える力。

我々はそれをこの手で作り出す。

いまから三十年前、日本の戦後体制はかつてないほど揺さぶられていた。あのときは国民の誰もが、変革を信じた。それを待望するにせよ、恐れ嫌うにせよ。

闘う若者たちを弾圧するために、権力はいよいよ牙を剝《む》き出《だ》し、それに対抗するために戦士たちの武器もエスカレートした。だがそれは十全に力を発揮する前に、虚《むな》しく立ち消えていった。そして、平和が来た。生ぬるい消費文明、未開発国からの搾取《さくしゅ》の上に成り立つ飽食文明が。


この日本、この東京、そこに住む者ら。汚らわしい国、堕落した街、太平に慣れきった人々。なんと叫び罵《ののし》ろうと、我々の声はどうせおまえたちの耳には届かない。おまえたちが自ら反省することなどあり得ない。ならばやむなし、奪い取るまで。おまえたちが平然とあぐらを掻いているこの街に火を放ち、打ち砕き、無に帰せしめるまで。

満員の電車の中で携帯電話に向かってしゃべり散らす馬鹿男。両脚を広げて座り顔に塗りたくって恥じない馬鹿女。人目もはばからず乳繰り合うケダモノのような連中。人を突き飛ばして我先に改札を通り、ホームへの階段を駆け下りる飛蝗《ばった》の群れどもよ。そのときになってあわてふためき、泣きわめくがいい。

かつていくたびも闘いの火の手は上がり、いくたびも悔い改める機会は与えられたのに、決しておのれの足元を見ようとしなかったおまえたち。その余命はだがようやく尽きたのだ。

おまえたちは裁かれる、有罪の判決しか下さない法廷において。おまえたちは断罪される、罰はただ火刑あるのみの処刑台において。覚えておくがいい。この年の桜が散り終えるより前に、享楽の都は失楽の街へと名を変えるだろう。

覚えておくがいい、我々の名を。

《火刑法廷》

パソコンに向かっていっきに打ち終えた文面を読み返して、満足の笑いが喉《のど》から洩《も》れる。この三十年の文明を肯定するつもりはかけらもないが、いくつかの利便性を自分にももたらしたことは事実だ。あの時代、今日のインターネットの隆盛を予見したものなど誰もいなかった。

ネットのおかげで、国内では手に入れにくい爆弾の材料も個人輸入することが出来る。ネットのおかげで証拠を残す危険を冒《おか》さず、犯行声明を公表することも出来る。

無論こんな文章を誰もが見に来られる匿名サイトに掲載したところで、本気にする人間などいはしないだろう。冗談だと笑ってもらえるか、黙殺される可能性の方が高い。

それでいい。いずれ火の手が上がったとき、ようやく権力はこれに気づくことになる。いくら公安のイヌどもが機動力を誇ったところで、ネットの海の中に泡のように日々浮かぶ戯《ざ》れ言《ごと》をいちいち摘発することは出来ないのだから。

「冗談だと思えばいい。いまの時代、過激派も爆弾事件も過去のこと。テロリストは海外からやってくる。そう思ってせいぜい油断していればいいのだ。下腹をたるませて……」

笑いが自然と口から洩れてくる。部屋のクローゼットの中は、すでに爆弾製造工場と化している。だが、誰もそんなことは思わない。想像もしないに違いない。当然だ。自分は都市にひそむゲリラ兵士なのだから。

「表面上は、極《ごく》普通の生活人であることに徹すること。近所づきあいは浅く狭く。ただし最低限隣人との挨拶は不可欠。居室は常に整理し、清潔を保つこと——」

口の中でつぶやきながら、ひとつひとつ目で確認する。だいじょうぶだ、なにも失敗していない。仮面をかぶり続けることは苦痛だが、きっとやり抜いてみせる。カレンダーを見る。そこにはどんなしるしもつけてはいないが、自分で承知しているからそれでかまわないのだ。

もう二〇〇一年が明けた。桜の蕾《つぼみ》がふくらむまで、慎重に作業を続けよう。戦士である自分、ソブエがこの街にデビューする日まで。

3

もうじきまた春が来ますね。

桜が咲きますわねえ。

楽しみだこと。

気が早いってお笑いになるんですか？　だってわたし、春が一番好きなんですもの。それもこのアパートメントの窓から眺める、中庭の春が。

繁った樹々の枝影が涼しい夏も、銀杏《いちよう》の葉が黄金色に染まる秋も、すっかり葉が落ちてさびしくなった冬だってそれなりにいいものですけれど、やっぱり春が一番。あの染井吉野《そめいよしの》の大木が満開に花をつけて、うすくれないの雲のように見えるのが毎年楽しみでならないんです。

このアパートメントもすっかり古くなって、床が傾いたり、水が濁ったり、電気の容量が足りなくてしょっちゅうブレーカーが落ちたりしますけど、あの桜があぁも大きくなってくれたことは、とってもいいことじゃありません？　こうして四方を壁に囲まれていて、いい具合に風を避けられるからかしら。ここの桜は外が疾うに散った頃になっても、まだきれいに咲き続けますもの。

春彦《はるひこ》がねえ、それはそれはこの桜が好きでしたのよ。おまえはこの花が満開のときに生まれたのよ、と言い聞かせていたからかしら。おんぶされているときから、こずえに向かって手を伸ばして、なにかを教えようとするみたいに、あ、あ――って。また春が来る頃にはあんよも上手《じょうず》になって、それは一生懸命散ってくる花びらを追いかけてましたっけ。考えてみると、なんだか不思議ですね。桜はそうやって毎年毎年ちゃんと咲いてくれるのに、人間はそうはいかないんですものねえ。

でも桜が大きく育ってくれたおかげで、この四階の部屋に座ったまま、お座敷からお花見が出来るなんてずいぶん贅沢《ぜいたく》な話じゃありませんか。お笑いになっているの？　嫌だわ。なんてものぐさな女だと呆れていらっしゃるんでしょう。そりゃあ、わたしだって若い自分は、階段なんかなんでもないくらい駆けて上がり下りしましたけれどね。ええ、春彦が小さな時分にはね。

あの頃は春彦をねんねこで背負《おぶ》って、屋上の流しでおむつを洗って干して、買い物に行って、掃除をして、一日いっぱい飛び回っていてもちっとも疲れやしませんでしたもの。でもわたしも歳なんですから、どうか叱らないでやって下さいな。そうして、約束して下さったでしょう。今年はわたしと一緒に、ここのお座敷から花見をして下さるって。だってやはりひとりではつまりませんもの。

ねえ、あなた。それだけは忘れないで下さいね。春彦はとうとうわたしとの約束も忘れて、ひとりで遠くへ行ってしまったけれど、あなたはわたしを置いていかないで下さいね。それじゃあんまり悲しすぎますわ。ええ、それはもちろん春彦と三人なら、どんなにかねえ……

あなた、あなた？　そこにいらっしゃるの？　なんだかお声が遠いんです、あなた。いくら老《ふ》けたからって、まだ耳が聞こえなくなるような歳でもありませんのに。ねえ、あなた？

——ここにいるよ、おまえ。

あらまあ、あの声はなんでしょう。赤ん坊が泣いているのかと思って、ずいぶんびっくりしてしまったけれど、違いますのね。猫ですのね。まだ松がとれていくらも経たないっていうのに、あれも春の季語でしょうけれど、まあ、人も無げに騒ぎますねえ、恋猫が。

——私はここにいるよ、おまえ。ただ部屋が暗くて、おまえの姿がはっきり見えないんだ。だが、本当に猫の声がうるさいな。冷えてもきたし、そろそろ窓を閉めるよ、登美子《とみこ》……

窓を閉めて明かりを点《とも》せば、部屋の中にいるのは私だけだ。

妻は疾うにいない。息子も。

4

「おわあ、こんばんは」
「おわあ、こんばんは」
「おぎゃあ、おぎゃあ、おぎゃあ」

イズミとミズキはふたりして声をそろえて鳴く。少し低いイズミの声と、少し高いミズキの声。それがきれいにそろって喉を震わせる。自分の出した声に耳と喉をくすぐられて、気持ちよくてミズキはくつくつ笑う。

「イズミ、猫の鳴き声うまーい」
「あったりまえさあ。俺はなんだって上手なの」
「えらそー」
「えらいんだよ。俺はおまえの兄貴なんだから。忘れるなよな」

ベッドの上でふんぞりかえったイズミ。ふんだ、いばりんぼ。

でも格好いいから赦《ゆる》す。好きだからなんでも赦しちゃう。

イズミはミズキの兄貴で、二卵性双生児の片割れで、たったひとりのきょうだいで、高校は中退していまは引きこもりだ。ママは最初そんなイズミにいろいろ説教していたけど、面倒になったイズミは暴力でママを黙らせた。

別に直接殴ったり蹴ったりとか、そういうのじゃない。ただママが大切にしているガラスの食器とかをまとめてぶち割って、ついでにソファとカーテンに灯油をまいてライターで火を点《つ》けたのだ。それだけでママはおとなしくなった。イズミのすることにいちいち文句をいわなくなった。

うちには父親はいないけど、ママは青山でセレクト・ショップをやっていてけっこう金持ちだ。だからイズミはババア（イズミはママをこう呼ぶ）に要求して、これまで住んでいたマンションとは別に部屋を借りさせた。

表参道《おもてさんどう》に面した古くてぼろいアパートは、それでもずいぶん人気があるらしくて、ブティックや画廊やデザイナーのアトリエや美容室やらいろいろ入っている。そこの三階にイズミとミズキは住んでいる。ママはしょっちゅうやってきて、いろいろ話しかけたり、服や食べ物でご機嫌を取ろうとするけれど、イズミは絶対にママをドアの中に入れない。用があれば電話で呼びつけるけど、外に立たせたままで用事を済ませてしまう。なにか受け取るときはミズキが廊下に出て受け取る。

イズミはめったなことでは部屋から出ない。っていうか、もう何年も一歩も外に出ていない。でも最近は電話とネットさえあれば、欲しい物はなんでも取り寄せられるから便利。そうでなければミズキがお使いに行ってあげる。お金はカードを使えばママの顔を見る必要もない。そうしてふたりで音楽を聴いたり、ゲームをやったり、歌ったり、踊ったり、狭い部屋の中だってけっこう楽しく遊べる。

一時ふたりで流行したのはダーツ遊びだった。でもそのうち、丸い的《まと》に矢を投げるだけなんてクールじゃないってイズミが言い出して、ミズキもその通りだって思った。的の代わりになるものをいろいろ考えて、思いついたのが東京の地図だ。投げる矢を爆弾に見立てて、

「ぐわん!」

「ギャオーンッ!」

どっちが刺激的な擬音を考えつくか、競争しながら矢を投げ合って、でもそれもすぐに飽きた。本物の爆弾があって、本当に爆発させられたらいいのになあってふたりして思ってた。

でもそれが本当になるかも知れない。イズミはほとんどクレイジィなくらいヘビーなネット・ユーザーだけど、そこで本物の爆弾を作れるやつを見つけたっていうんだ。ミズキはなかなか信用しなかったけど、イスラエルとかでばんばん爆発してるんだから、絶対に出来ないってことはないよね。

「昔見ただろ。いらなくなったビルにダイナマイトしかけて、アッという間にぱーにしちゃうやつ」

「うん。あったね、そういうの」

「ああいうのが出来たら、すげえ楽しいと思わないか?」

「思う。でも、ダイナマイトなんて普通だと買えないんでしょう?」

「作るんだよ」

「作れるのお?」

「俺らが生まれるより前、流行《はや》ったことがあるんだぜ、爆弾《ボム》。あちこちでボカンバカン」

「ボカンバカン!」

ファッションかなにかみたいに、爆弾が流行るというのがおかしくて、ミズキはけらけら笑ってしまう。

「作れるんだ、爆弾って」

「作れるんだよ。なんだって作る気になりゃ、人間がしてることなんだから」

「うーん、そうだねえ」

イズミが自信たっぷり断言すると、ミズキもだんだんそういう気分になって来る。

「それでさ、おまえならどこ壊したい？」

「ええっとね、東京タワー？」

「古ッーい！　ゴジラじゃないんだぞ！」

「なによお。それじゃね、ええっと、東京ドームとかは？」

「おっ、いいかも」

「イズミは？」

「新宿の都庁とか」

「だったら国会議事堂のがいいじゃん」

「あ、その前に」

「なに？」

「ババアの住んでるマンション」

「それだー！」

「一番だろ、一番！」

「決まりだねえ！」

ふたりは顔を見合わせて、同時にわあっと笑い出す。なんだかやたらと楽しくて、おかしくて、おなかを抱えて笑ってしまう。そんな爆弾があったら最高だ。嫌なもの、きらいなものはみんなぶっ飛ばしてしまえばいいんだから。趣味の悪い看板やださい建物、学校とか警察とかそんなんも全部だ。

「おわあ、こんばんは！」

「おわあ、こんばんは！」

「おぎゃあ、おぎゃあ、おぎゃあ！――」

ハイになって思い切り猫の鳴き声を出していたら、ドアがこんこんっと鳴った。

「イズミちゃん、イズミちゃん」

「ババアだ」

ドアのこちらでミズキは息を詰める。

「あのね、もう夜中だから、うるさいってお隣の方がね……」

ミズキは心臓がどきどきした。でも次の瞬間、イズミが立ち上がって怒鳴った。

「うるせえ、ババア、失《う》せやがれッ！」

床に転がっていたジュースの空き缶を、ドアに向かって蹴り飛ばしながら。

「それ以上なんかいってみろよ。ぶっ殺すぞ、てめえ！」

鉄のドアがぐあん——と鳴る。もうママの声は聞こえない。ドアの向こうで怯《おび》えたみたいに体をすくめて、あわてて逃げていったんだ。イズミはやっぱりナイスだ。ミズキひとりだったら、ママに来られただけでびくびくしてしまう。こちらがびくびくすると、ママはすぐえらそうになって説教しようとする。でもイズミはママなんて怖くないんだ。

「かっこいいねえ、イズミは」

「当たり前さッ」

ふたりは窓を開けて、外に向かってもう一度猫の鳴き声を響かせる。どうせ下は裸のけやき並木と、何時だって人と車がいなくなることはない表参道だ。うるさくたってかまいやしない。

「おわあ、こんばんは！」

「おわあ、こんばんは！」

「おぎゃあ、おぎゃあ、おぎゃあ！——」

最後にイズミが、ばっこーん！　と、爆弾の音を鳴り響かせた。

5

東京が夢の世界だなんて信じるほど、俺は田舎者じゃない。東京にさえ行けばなにかいいことがあるなんて信じられるわけがない。少なくともそのつもりだ。親の世代とは違う。

親戚から聞いた話だけど、大学受験で東京に行くまで水洗便所を見たことが無くて、知らないで入ってびっくりして泣いてしまった女の子がいたなんてとっても信じられない。それなら確かに東京は別世界だ。それがたかだか三十年くらい前のことだなんて、本当に冗談みたいだ。

だけどもしかしたら、そういうふうに遠い別世界があるのって、幸せなことだったんじゃないだろうか。テレビやネットのおかげで、世界中のことがすぐそこで見られるのって、ひどくつまらないような気もする。だって、どこへ行っても世界なんて大して違わないってことが見えるだけなんだから。それが本当のことでも、自分でそこまで行って確かめてから納得する方がまだましじゃないか。せめてそれなら少しは、なにかをやったっていう気がするだろうに。

世界中に未知の場所なんてとっくにない。地図の上の空白地帯は消えた。どこまでものんべんだらりと、似たようなものが広がっているだけだ。ああ、つまらない。なにを欲しがって、なにを見たがればいいのかわからない。学校を出たらなにか仕事をして、喰って寝て、もしかしたら結婚くらいはして子供が出来て、結局最後は年寄りになって死ぬだけ。考えただけでうんざりする。

でも、たぶんこんなふうにいろいろいっても、ただの駄目なやつの言い訳にしか聞こえないだろう。俺自身そうじゃないって、断言する勇気はないもんな。わかりきったつまらない人生だからって、それをみじめにすごしたくないと思ったらせいぜい儲《もう》かる仕事に就かないとならなくて、そのためにはそれなりの学校を出ないとならなくて、つまりは成績が問題で、受験戦争とか学歴偏重とか悪い意味で言われ出して何十年経っても、そのへんだけはちっとも変わらない。

だけど俺は中学でつまずいた。成績はそう悪くなかったのに、つまらないことでクラスのやつ、それも人気のある級長とぶつかって、その仲間から無視されるようになって、アッという間にクラス全員が敵に回った。平然としていたつもりだけど、たぶんそのせいだろう、体がおかしくなった。病気でもないのにひどい下痢と頭痛が止まらなくなって、結局中学は半分休んでしまった。

そうなるとやっぱり田舎は田舎で、とにかく周りの目が冷たい。ちっぽけな農村で、道を歩いていてもどこの誰かみんな知っているようなところだし、おふくろは親戚にいろいろいわれて、肩身が狭くて大変だったらしい。高校からはよそに行け、他人の飯を食ってこい、これも親心だと親父に恩を着せられたけど、なんのことはない、そんな息子が目障《めざわ》りになったに違いないんだ。

というわけで俺は、群馬《ぐんま》県の親戚の家に預けられて、県立高校に通うことになった。学校では今度こそ誰ともぶつからないように注意して、成績もそこそこ中ぐらいは取っていた。どれだけつまらない人生でも、落ちこぼれるよりはましだ。そして中学のときのことを知るやつが誰もいないってことは、確かに悪いことじゃなかった。生まれた村より東京に近くて、大きな町で、新幹線も来ているしいいだろうって親父はいったけど、そういうことは別にどうでも良かったが。

もっともいいことばかりじゃない。親戚というのは代々医者、つまりエリートの家柄で、その上いまの当主の弟は県会議員。こいつが脂《あぶら》ぎった親父で、すさまじい俗物で、俺を見るたびになんだかんだって説教をしたがるんだ。居候《いそうろう》、居候って、おまえに喰わせてもらってるわけじゃない。まったくむかついてやりきれない。

おまけにその家の子供たちは成績優秀で、なにかといえばそいつらと比較されるのがうざいんだ。長男はとっくに東京の国立大医学部に行っていたからまだ良かったけど、中学生の妹も秀才で、年下の女の子と較べられるというのはやっぱりいい気分じゃあない。俺のストレスはじりじり上がり出して、そのせいでまた成績が下がってきた。これじゃまずいと思うほど、勉強に集中できないでいらいらする。俺はせめて気持ちを静めるために、ノートを開いてへたくそな詩を書いたりした。でもそれを見つけられて嘲笑《あざわら》われた。県会議員の野郎に——

俺は俺自身を、燃やしてしまいたかったんだ。

でもやっぱり自殺するのは怖くて、その代わりにあれをやったんだ。

あの場所を選んだのは県会議員のせいだ。

あのおやじ野郎は、酒臭い息で俺の詩を読み上げて、なんだこれは、と爆笑した。

どうせ詩を書くならもっとまともなやつを書け、有名になって日本全国に名前を知られてみせろ、そして郷土の誇りと呼ばれるようになってみろとげらげら笑った。

まさか君、この町に住んで詩作の真似事のようなことをしていて、あの偉大な詩人を知らないとはいわないだろうね？　公園や川沿いには詩碑が建っている。生まれた家も移築されて保存され、文学館には遺品が展示されて、たくさんの人が見にやってくる。群馬県の名前を高めてくれている。昔は詩人なんて文弱の徒といわれたものだが、あそこまで行けば男子一生の仕事と認めてもいいさ——

俺はそれまで前橋《まえばし》生まれのその詩人の詩を、一度も読んだことがなかった。県会議員の笑い声を聞いて、絶対読むもんかと思った。そしてそいつが郷土の誇りなら、そんなもの燃やしてパーにしてやると思った。

真っ暗な中で爆音が響いて、ぱあっと白い煙が上がって、それから朱色の炎がすごい勢いで吹き出すのを、俺は見ていた。

すごく、気持ちが良かった。

ざまあみろって思った。

逃げるつもりはなかったんだ。いっそその場で捕まれば、俺の親も、県会議員も顔を潰《つぶ》していい気味だって思った。警察か誰か来るまで、ずっとそこにいるつもりだった。

逃げ出しちゃったのは、なかなか人が来なくて寒かったからさ。

それから、いろんなことがあった。

そしていま俺は東京にいる。俺は東京が好きかも知れない。少なくとも俺の生まれた村や、県会議員のいばっている田舎町よりはずっと面白い。

でも、わかっている。東京は俺のことが好きじゃない。俺はここではただの、十六歳の田舎者でしかないんだ。そんな当たり前のことが、ときどきたまらなく悔しくて苦しい。

東京に来た俺の友達は、ここである人から貸してもらった一冊の文庫本だけだ。丸ごと例の詩人の詩集だ。そうして初めてその詩人の詩を読んだ。本当をいえばよくわからない詩ばかりだけど、自殺しかけて止《や》める詩とか、フランスに行きたいと思う詩とか、ときどきするっと心に入ってくる。

県会議員がいった「郷土の誇り」、あの街で生まれて、東京に憧れて、何度も東京に出てきては、失敗して田舎に帰った詩人は、死んでから何十年経っても名前を知られているんだから、成功した人間の部類には入るんだろう。

でもこの詩人が生きているときに会ったら、県会議員、あんたはきっと彼を落伍者だって笑ったはずだ。たぶんあいつは名前を知っているだけで、有名だからえらいんだと決めつけて、本当のことはなにも知らないんだ。詩人はちゃんと書き残している。

かなしき郷土よ。人々は私に情《つれ》なくして、いつも白い眼でにらんでいた。単に私が無職であり、もしくは変人であるといふ理由をもつて、あはれな詩人を嘲辱し、私の背後《うしろ》から唾《つばき》をかけた。「あすこに白痴《ばか》が歩いて行く。」さう言つて人々が舌を出した。

医者の家に生まれて医者にもならず、上の学校に入っても退学と落第ばっかりで、結婚したけど奥さんには裏切られて、まともな仕事もしないで酒浸《さけびた》りだった男。俺は年譜を読んで、「郷土の誇り」の正体を知って、こっそり笑ったよ。あの野郎はなにも知らないんだって。

詩人は自分に冷たかったふるさとを憎んでいて、それでもふるさとから離れられなかった。それがいいことか、悪いことか、俺にもわからない。ふるさとに帰りさえすれば、なんだかんだいっても住むとの出来る家があって、飢えて死ぬことはなかったというのが、本当に彼のためになったのか。

帰るところがなければ詩人は東京で野垂れ死んだかも知れないし、少なくともふるさとに碑が建って「郷土の誇り」とか呼ばれることはなかったろう。でも彼にとってはきっと、そんなのなんの意味もなかったに決まっている。

そうだ、俺は断言する。詩人はふるさとなんか好きじゃなかった。出来ればこの世界を、当てもなくどこまでもさまよい歩いて行きたかったに違いないんだ。晩年の詩人が書き残した「ああ汝　漂泊者」っていうのは、そうなれなかったもうひとりの自分なんじゃないかな。それなら俺の方が、少なくとも半歩は前にいる。

いづこに家郷はあらざるべし。
汝の家郷は有らざるべし！

そうさ、俺にはふるさとなんてない。
もう、ない。

消え去りゆく風景

1

「この中庭はもう、すっかり春ですね」

座布団の上で遠慮なく膝《ひざ》を崩しながら、ガラス戸の向こうを見やった神代に、

「うむ。だが桜は三分咲きというところだろう。このはいつも外より遅れる」

姿勢良く上体を立てた男が、湯飲みを手にうなずく。安宅俊久《あたかとしひさ》七十二歳。一昨年W大を定年退官した元英文学教授だ。オールバックになでつけた豊かな銀髪に、これも銀色をした口髭を蓄え、渋い色合いの紬《つむぎ》に装った体はさすがに肉が薄い。

だが退官と同時にめっきり老け込んでしまう教授も少なくない中で、幸い安宅にはその憂いはなさそうだ。戦前に建てられた集合住宅の四階、通された八畳間は同じひとり暮らしの神代がわが身を省《かえり》みて恥じらうくらいに、整然と片づけられている。そして脇に置かれた座り机の上には、新しいノート・パソコンも見えていた。

「外より花期が遅いというのは、やはり建物のせいで日照時間が短いからでしょうか」

「だがその代わり外の桜が散ってしまう頃も、どうかすると四月の半ば頃まで花が残っていたりする。いつもは洋間にした南向きの部屋を書斎兼寝室にしているんだが、春は中庭の眺めがいいのでね、この八畳か、隣の六畳にいる時間が長くなる」

それから安宅はちょっとはにかんだような笑みを見せて、

「ここから桜を眺めるのは、登美子が好きだったのだよ。不精者《ぶしょうもの》の花見だといってね」

見返った目の先にあるのは、パソコンの脇に置いた写真立てだ。膝を折ってしゃがんだ浴衣《ゆかた》姿の若々しい夫人の隣に、男の子がふたり立っている。モノクロの写真は、いくらかセピアに変色していた。

「奥様が亡くなられたのは——」

「一九九〇年の六月だったから、今年で十一年だ。せめて最後の花が見せてやれて良かった、と思ったものだよ。だが、その桜も今年で見納めだ。そう思うと一際《ひときわ》花が待たれるよ」

「残念ですね」

「そう。建物が限界だとしても、なんとかこの中庭だけでも残してもらえないかと思ったものだが、どうしようもなかった」

「よほど反対者がいたのですか?」

「法律的にいろいろと難しいことや住人が高齢化して減少していたこと、だが最終的には金だな。最後までここに住み続けた私のような人間は、同じように中庭の景観に愛着を持っていたのだがね。転売されて所有権だけを手に入れたような人間からすれば、建て替えのための土地が狭まったり、費用がよけいにかかるような造作はすべて有り難くないというわけで、中庭はもちろん建物の一部保存案も潰された」

「一旦壊してしまえば、二度と作れないものでしょう。もったいないということばでは、済まされない気もしますが」

「同感だね。だが現在の法律では所有者の全員一致でなければなにも決められないのでね、仕方がなかったのだよ」

ふたりがいま座っている住まいは、東京新宿区《しんじゆく》にあって『旧朋潤会牛込《ほうじゆんかいうしごめ》アパートメント』と呼ばれている。目白《めじろ》通りからわずかに入った場所で、地下鉄有楽町線の江戸川橋《えどがわばし》駅と飯田橋《いいだばし》駅の間、という交通も至便な場所のわりに、閑静とでもいいたい居住環境がいまだに保たれているのも、たったいまふたりが話題にしていた広い中庭のおかげだった。

朋潤会というのは、関東大震災後の東京に質の良い清潔な住宅を供給するために作られた財団法人で、木造平屋の住宅の他、東京二十三区に十三ヵ所、横浜に二ヵ所、鉄筋コンクリートの集合住宅が建てられた。牛込アパートメントはその最後の作品だという。当時東洋一の設備といわれた先端的な集合住宅だったが、築後六十余年を経てついにこの秋建て替えられることとなった。中庭を囲む一号館二号館、二棟合わせて建坪二千五百平方メートルはすべて取り壊され、後に巨大なマンションが建設されることになったのだ。

（ここに桜井京介《さくらいきょうすけ》がいれば、さぞかし滔々《とうとう》と語って止まず、だろうがな――）

神代は思う。その彼はいまは、相棒たちと共にマレーシアだ。いかにも京介の興味を惹《ひ》きそうな建築に住む人物の知遇を得たことはなにかのついでに話したが、掛け違ってふたりを引き合わせる機会はないままだった。

安宅のW大在任中から、神代と彼が取り立てて親しかったというわけではない。無論顔は知っていたしことばを交わしたこともあるが、己れの八方破れを自覚している神代には、見るからに謹厳そのものの安宅教授はいささか煙たく感じられるタイプだった。それが意外に洒脱《しゃだつ》な、さばけたところのある人物らしいと遅ればせながら目を見開いたのは、九九年の退官記念講義で彼が自殺した天才少年詩人トマス・チャタトンを論ずるのを聞いたときからだ。

貧困の中に生まれ、文筆で身を立てたいという野心から手を染めた古文書の模作ばかりが世に知られたために、偽作者としてのみ文学史に名をとどめた少年の十七年の生涯はひとつのドラマだった。溢《あふ》れるほどの文学的才能を持ち、当時の名士である作家ホレス・ウォルポールに一度は認められながら見捨てられ、ついには己れの誇りと飢えに追いつめられ死を選ばざるを得なかったその悲しみを、老教授はユーモアや皮肉を織り交ぜて自在に語った。

自分の専門と重ならない畑違いだからこそ、素直に感服出来たのかも知れないが、知り合うに遅すぎたということもない。年長者への敬意をこめた手紙を送り、住まいに招かれ、以来月に一度程度は訪ねて歓談に時を過ごすようになっている。主《あるじ》の人柄もあるのだろう。いつ来てもゆったりと落ち着いた、くつろげる空気に満たされた住居だった。

マンションやアパートといったところには住んだ経験がなく、偏見じみたものもないではない神代だが、牛込アパートメントは最近のマンションなどとはずいぶん違っている。なにより平面が変化に富んでいて、間取りが変わっているのだ。安宅の住まいは全体がL字形をしていて、八畳、六畳、台所、トイレが北側に、玄関と廊下を挟んでベランダつきの八畳が南にある。北の窓は中庭に向かっている。南北の窓を開ければ夏も風が良く通り、クーラーに頼る必要がない。アパートというよりは、一戸建ての家にいるようだ。

全部で二百六十世帯の内、約半数が独身者向きで残りが家族向けだが、間取りの種類は四畳半一間の和室から2K、3K、ベランダのある無し、廊下のある無し、もっとも広いところは外国人を居住者に想定したバスつきの全洋室まで三十七種もあるという。壁紙や和室の欄間、洋室のステンドグラスなどにも手作りめいてさまざまの意匠が凝らされ、確かに効率的とはいえないが、住むには面白い場所だったろう。最初の内珍しがる神代を案内して、安宅は広い敷地内のあちこちを見せに回ってくれた。

「敷地の広さは六千八百平方メートル。中庭を囲んで建つ二棟の内、北側のコの字形をした六階建てが一号館で、その五、六階に独身部屋が並んでいる。独身部屋がどう使われたかというとね、当初は文字通り単身の居住者が入ったわけだが、やがて家族部屋居住者が子供の勉強部屋としてとか、父親が書庫や書斎とするためにとか、そういう使い方がされるようになったんだね。

子供がもっと大きくなれば、親元を出て独身部屋に独立する。このアパートメントはほとんどの場所は階段周りにドアがある形式だが、独身部屋の間には中廊下が通っていた。そこが一種の広場となって、若者同士の交流が行われたというわけだ。もちろんそこは男子のみで、私も酒や麻雀を教えられたのは独身部屋の友人たちからだ。騒音については、さすがにいまのマンションのような防音は望むべくもなかったが、なにせ周囲すべてが同じような若者だから、学生寮のような雰囲気で、遠慮もない分自治的な空気もあったね。

そうして結婚すればまた家族部屋を借りて、新しい家庭生活が始まる。子供の数が増えれば空きが出来たとき優先的に広い部屋を回してもらえる。そんな具合に、アパートメント全体がひとつのコミュニティとして機能していたんだね。私も五歳のとき新築のここに越してきて、以来ずっと牛込アパートメント暮らしさ。

それでも戦後しばらくは、戦前のようにはいかなかった。焼け出された人間が東京中に溢れている時代だから仕方がないといえばそれまでだが、借り主ではない人間が入り込んで独身部屋に四人も五人も住み着いたり、怪しげな職業の女性の姿まであるかと思えば、住んでいない部屋を物置代わりに確保し続けるような人間までいてね。

しかも朋潤会が解散になった後に管理をしていた住宅営団もＧＨＱに解散させられて、電気が切れたの水が出ないのといっても修理修繕をするための組織がない。戦前は町会の隣組というのがどこでもあったわけだが、それが旧体制と結びついていてけしからんというわけで、占領軍からは管理組合を作ることすらまかりならんといわれたんだから、なんともおかしな話だ。そんなこんなで落ち着くまで、ずいぶん時間がかかった。だがその頃のメンテナンスの悪さが、建物の寿命を縮めたということもあっただろうね。

一号館の地下には共同浴場と床屋があって、湯船で子供たちが潜水の練習をしたものさ。戦後になるとベランダを潰したりして内風呂を作る家も増えたが、私は最後までここの銭湯を使い続けたよ。一階は管理事務所と、バーカウンターもある食堂だった。戦争がひどくなる前までは、ちょっと気の利いた洋食なんかも出して、家族部屋には出前もしてくれた。二階には集会室がある。戦後は子供たちのバレエ教室が開かれたり、クリスマス会やダンス・パーティを開いたり、葬式もやったな」

「本当にコミュニティだったんですね」

「ああ。中庭も階段や廊下も、いわば下町の路地みたいなものだったね。車も入らないし、外から見知らぬ人間が入ってくればすぐわかるから、小さな子でも安心して遊ばせられる。大人も子供も共同体意識が強くて、特に子供たちは自分らのことは『内の子』、周りの街の子は『外の子』なんて呼んでいたものだったね」


そのへんだけは少しばかり、引っかからないでもなかった。それはたぶん神代自身が、子供のとき下町から山の手へと居住地を移すことを余儀なくされて、『外の子』的な意識を持たざるを得なかったからだろう。一日中賑《にぎ》やかな下町の商店街と、石の塀ばかりが続く西片町《にしかた》はあまりにも違い過ぎた。他の子供たちが自分のことば遣いや態度を笑っているような気がして、いつもぴりぴりしていた。共同体意識というなら下町の方がずっと強かったはずで、山の手からそちらに移る方がもっと大変だったかも知れないといいまでは思うが。


神代の話を聞いて、京介はいったものだった。

「確かに、差別意識といっては言い過ぎでしょうが、牛込アパートメントの住人にそうした感情が皆《かい》無《む》だったとはいえませんね。あの周辺は昔からいまも、町工場や小さな印刷所が建ち並ぶ地帯で、『文化人アパート』と呼ばれた牛込アパートメントの住人とは経済格差もあったはずです」

「家賃が高かったのか?」
「ええ。水洗便所に電話にラジオ、セントラル・ヒーティングにダストシュートまで備えたアパートですからね。東洋一の設備ということばに、嘘偽りはなかったでしょう。官公立大学新卒者の俸給が六十五円だった時代に、牛込アパートメントの家賃は二十円から四十五円だったといいます。そしてほとんどの家にひとりは女中がいた。同じ朋潤会が建設した集合住宅でも、本所や深川に作られたものはずっと安い家賃を設定していたそうですから、牛込の場合はもともと都会のホワイトカラー向け住居というコンセプトだったのでしょうね」

そう具体的な数字を上げられれば、そうなのだろうなと思うしかない。だがその高級アパートメントも、この秋に迫った取り壊しに向かって大半の住人が退去してしまった。安宅にしても、五月一杯には他へ移らなくてはならないのだという。

取り壊しと建て直しの計画が進んでいることは、最初にここを訪れた一昨年から聞いていた。それも最近始まった話ではない。一九七〇年代初めにはすでに住民による老朽化対策委員会が設置され、建て替えを視野に入れた検討が始まっていた。建築研究者や建築家が中心になっての保存運動も数年来続いてきたらしいが、食堂や集会室のある一号館の一部だけでも敷地の一角に保存する、という道も先ほど彼が語ったように断たれたのだという。

この土地に新しく建つ高層マンションには、現在の住人の半数以上が戻ることを望んでいると聞いたが、安宅にはそのつもりもないらしい。いまの部屋に居られる限りは居るとはいうが、すでに浴場も閉まったということで、生活万事不便でないはずはない。だが、いまのところ引っ越しの用意をしているようには見えない。先のことへ話を向けると、それまではなにを話していても、にわかに口が重くなってしまうのだ。

引っ越しや荷物の整理となったら、手伝えることもあるだろうにと気がもめたが、急《せ》き立《た》てるわけにもいかない。亡くした妻の思い出に繫がる住まい、その窓から眺める桜、それらすべてを失わなくてはならない安宅の心情は、独身を通す神代にも想像するに余りあった。老いればさまざまのものを失い、諦めなくてはならないのだから、せめて住まいくらいは自分で選びたいだろうに。

(待てよ?……)

ノート・パソコンの向こうの写真を、神代はまたつくづくと眺めていた。浴衣姿の女性が安宅夫人なら、その隣に立っている少年のうちの少なくともひとりは彼らの息子ではないのか。ぼっちゃん刈りの頭にランニングシャツと半ズボン、ズック履き。ほとんど同じような格好をしたふたりの子供のうち、夫人に近い方の背の高い子は眉の濃い、いかにもきかん気な顔で、背の低いもうひとりはおっとりと目尻を下げて笑っている。

しかし安宅はこれまで、息子の話など一度もしたことがない。背かれた子なら、わざわざその小さいときの写真を飾りはしないだろう。とすると――

「息子の春彦だ」

神代の視線に気づいて答えた、安宅の声は静かだった。

「私とも家内ともあまり似ていない顔だろう。家内の実家で古い写真を見せてもらったら、おかしなことに舅《しゅうと》の子供時代とよく似ていた」

手を伸ばして写真立てを取ると、指で触れたのはやはり夫人に近い方の少年だ。

「これが七歳の夏でね――」

そういったことばが途切れたのは、閉めてあった茶の間との間のふすまがすうっと引かれたからだ。ずんぐりした初老の割烹《かっぽう》着《ぎ》姿の女性が、その陰から上半身を覗かせている。通いの家政婦だ。頭にかぶっていた手ぬぐいを外しながら、

「先生、他になにか御用はありますか?」

そういうときも、視線を合わせず下を向いたまましゃべるので、妙にくぐもった陰気な声音だ。神代が来たときにお茶を運んできて、後はずっと掃除やなにかをしていたらしい。

「いつも通りにおかずは何品か冷蔵庫と、冷凍庫にも入れてありますんで。それと今晩の支度《したく》は台所の方に。冷蔵庫のドアにメモをはさんでありますので見て下さい」

「ああ、それで結構です。いつもご苦労様」

「はあ。それでは、また来週の日曜の午後に来させてもらいますんで」

「よろしくお願いします」

安宅は両手を膝に置いて頭を下げる。女性も少女のようなおかっぱの頭を下げた。脳天から白髪が筋になって生えている。顔をきちんと見たわけではないが、かなりの年輩らしい。たるんだニットのスカートに包まれた尻がふすまの向こうに消えるのを、神代は何気なく見送った。


これまでも何度か、安宅の住まいで顔を合わせたことはあるが、まともに口を利いたことはない。神代のところにもこの十数年来、遠縁の女性が手伝いに通ってきているが、こちらは手と同時に口も動いて止まらないタイプだ。代わってもらえたらどんなにか静かでいいだろうが、あんまり陰気くさいのもぞっとしないか。

「あの女性はまだ来てくれているんですね」

「浅原《あさはら》さんかね？　おかげで助かっているよ」

もともとはアパート内の他の老人世帯が手伝いに頼んだ女性で、簡単な料理や家事手伝いの他、通院の付き添いや便所掃除なども嫌がらずにやってくれるのだという。あまり遠くないところに住んでいるらしく、雨の日も真冬も自転車で通ってくる。客は他に何世帯もあると聞いたのだが、住人のほとんどが退去してしまったいまとなっては、いつまで続けてもらえるのか。それも神代が心ひそかに気にしていたところだった。

しかしいくら高齢の友人とはいえ、「食事や掃除は不便ではないのか、家政婦が来れなくなったらどうする」というようなプライヴェートなことを尋ねるというのは、ぶしつけ過ぎるようで逡巡《しゅんじゅん》せざるを得ない。神代にしたところで、「独り身のまま歳を取るのは不安だろう」などといわれれば、心配してのことばだとしても不愉快だ。まして安宅には、その種のお節介を拒む毅然としたものがある。

だがいきなり、考えていたことを見抜かれたようにいわれて仰天《ぎょうてん》した。

「君は、いい人だね。神代君」

「な、なんですか、それは」

「たまたま同じ大学に奉職していた程度の縁で、私のような気むずかしい老人と交わりを結んでくれ、いろいろと心を砕いてくれている。もっと早く友人になっていれば良かった。君という人間の存在を知らないわけではなかったのに、面倒がって知り合おうともしなかったのは愚かな間違いだったよ」

淡々とした口調でそういわれて、恩師に思いがけず誉められたような照れくささ、面はゆさに頭を掻いてしまう。

「それは私の方も同じですよ。大学教授なんて、したり顔でわかったようなことを並べる仕事をしていると、いろいろ肝心なことを忘れちまうのかも知れませんね。でも安宅さん、人生なにをするっても、遅すぎるってことはないじゃありませんか」

「君の年齢なら、確かにそうだろう」

「大して違いやしませんって」

「私は七十二だ」

「私ももうじき五十六です」

ふふ、と安宅は唇の端で笑った。

「失ってみて初めてわかる価値、というものもあるのだよ。亡くしてしまえば決して取り返せないもの、というのもね。我は何物をも喪失せず、また一切を失い尽くせり、さ」

「それは？——」

相手は答えない。だが神代が問いを重ねようとするのをさえぎるように、ふすまの向こうで玄関のチャイムが鳴った。

「神代君、すまないが」

「彼女でしょうか」

そう聞きながら神代は気軽に腰を上げる。実のところ今日は神代も、ここに『彼女』が現れるのを承知で待っていたのだ。

指でネクタイの結び目を整えながら、タイル敷きの三和土《たたき》に下りて玄関ドアを開く。そこにいたのはやはり彼女だ。

「神代先生、こんにちは。安宅先生も、ご在宅でいらっしゃいますわね？」

「美女の到着をさっきからお待ちかねですよ」

豊かに波打つ黒髪を肩から背へ散らした、妖精のように小柄な女性が音もなく滑り込んでくる。そうしてピンクの包装紙でくるんだ小さな包みを神代に手渡した。

「手作りのバナナブレッドですの。この前安宅先生が、美味《おい》しいといって下さったので。神代先生のお口に合うかどうかはわかりませんけれど」

「とんでもない。喜んで御馳走になりますよ。そちらのお荷物は？」

「あ、いいんです。これは私が台所まで持っていきます」

もう片方の手で提げているビニール袋を、彼女は体で隠すようにしている。そこからケーキとは正反対の、独特の香りが漂《ただよ》い出していた。

「やあ、リンさん。ご造作《ぞうさ》をおかけしましたね」

待ち兼ねたのか背後から、安宅が顔を覗かせる。

「いいえ。うまく漬《つ》かっているといいんですけど」

それから不思議そうな顔をしている神代に、

「これも先生ご注文の、キムチなんです」

「あなたが漬けたのですか？」

「はい。神代先生もお味を見られます？　ケーキとキムチでは合わな過ぎると思いますけれど」

「リンさんは大した名人なんだよ。店で売られているようなものとは、全然味が違うんだ。辛いだけでなく自然の甘味と旨味があって、化学調味料の嫌な後味なんかは全然しなくてね、一度これを味わってしまうと、とてもよそで買ったキムチは食べられないよ」

「まあ、どうしましょう。そんなに誉めていただいて、なんだか恥ずかしい」

「いや、花形女優をキムチ作りの腕でばかり賞賛するというのは、かえって失礼だったかな」

安宅のことばに彼女は小さく肩をすくめて、

「いいえ、先生。祖父江《そぶえ》も申しますのよ。おまえは女優を廃業しても漬物屋で食べられるから、いずれはそうして養ってくれって」

花のように笑った。

2

強烈な芳香を漂わせる漬け物は首尾良く冷蔵庫に収納され、それまでの湯飲みに代えて紅茶のポットとカップがちゃぶ台に並べられた。長い黒髪を髪留めで後ろにまとめた彼女が、白磁にシンプルな金彩をほどこした茶碗にダージリンを注ぐ。パールピンクのマニキュアを塗った指先がすうっと伸びているところは、絵のような、としかいいようがない美しさだ。

彼女の名前は春原《すのはら》リン。W大学文学部助手の祖父江晋《すすむ》が主宰する小劇団『空想演劇工房』の主演女優で、祖父江のパートナーでもある。

W大はもともと演劇活動の盛んな大学だが、神代は在学中はもちろんその後も、劇団に関わるような機会は一度としてなかった。おかげで伝統演劇以外のものは、すべて『新劇』かと思っていた。

その彼が祖父江らを知るようになったのは、一昨年第一文学部に入学した薬師寺香澄《やくしじかずみ》、通称蒼《あお》が、劇団の裏方を手伝うようになったからだ。間に立ったのは昔から芝居好きの栗山深春《くりやまみはる》だが、気が利く上に手先が器用で、くるくるとよく働く蒼は、主宰にもすっかり気に入られて可愛がられているらしい。

「小劇団って、寺山修司《てらやましゅうじ》の『天井桟敷』とか唐十郎《からじゅうろう》の『状況劇場』とかってやつか？」

と聞いて深春に、古いなあ、と笑われた。

「せめて『劇団3〇〇《さんじゅうまる》』か『夢の遊眠社』とかいって下さいよ」

神代にしてみればうるせえや、である。だが今度公演があるという話になって、チケットを買ってくれといわれた。裏方なのだから蒼が舞台に出るわけではないし、いまのところ正式の団員というよりは手伝いで、チケット販売のノルマがあるわけでもないらしいが、結局京介や深春と連れ立って駒場《こまば》の小さな劇場に出かけた。

ライブハウスよりもまだ狭い小屋はほぼ満席だったが、それが果たしていい出来の芝居なのか、水準的にどうなのかといったことは神代にはわからない。だが笑いあり涙あり、ひっくり返ったおもちゃ箱のようなテンポの速い舞台で、少なくとも退屈だけはしなかった。そしてそのとき初めて、春原リンの舞台姿とも出会ったのだ。

俳優はW大の学生がほとんどで、素人臭《しろうと》く見える者も少なくはなかったが、その中でリンだけは一段違って見えた。俗な表現を使ってしまえば、『オーラが出ていた』ということになろうか。彼女が舞台の中央に立っただけで、空気がぴんと引き締まった。それでいて変幻自在に、あどけない幼女から花の盛りの乙女、威厳に溢れた女王から無惨に老い朽ちた老婆までを演じ分けた。

見終えてから、

「こんな小さな劇団に、すごい女優もいたもんだなあ……」

と思わず嘆息してしまい、
「先生ったら、こんな小さな、はないですよお」
と蒼にふくれられた。確かに失言である。だが、それだけ神代には女優リンの演技が印象深かったということなのだった。それが去年の二月の話だが、その彼女と神代が安宅の住まいでこうしてお茶を飲むことになったのには、さらにいささかの事情というかいきさつがある。

五月一杯で、残っていた住人もすべて部屋を引き払うことになる。ならばすでに引っ越している人も集まって、最後のお花見をしようという話になった。どうせなら朋潤会アパートメントに興味を持っている建築家や、建築を学ぶ学生なども集まって、見学会を兼ねて賑やかな催し物にしよう。スタッフは学生とボランティアで、料理と飲み物は持ち寄りと寄付。記録としてヴィデオ録りもして、といつか話がどんどん膨《ふく》れ上がって、その一環として演劇の上演も決まった。

祖父江晋が所有しているのも、昭和の初期民間で朋潤会の基準に倣《なら》って建てられた古い集合住宅で、やはり老朽化が進み、保存か改築かの瀬戸際に立たされている。そんな関係もあって朋潤会の保存運動に興味を示していた祖父江と、牛込アパートメントの保存運動グループが顔見知りになり、さようならお花見会に『空想演劇工房』が招かれることとなったというのだ。期日は四月八日の日曜日。無論蒼も裏方として参加するし、栗山深春は乞われて舞台監督をやるのだという。

（まったく世間は狭いやな……）

安宅を訪ねてやってきた神代は、買い物用のカートを引いてのろのろと歩いていく老人くらいしか見ることがなかった中庭で、奇声を上げたり飛び跳ねたりする若者の一団を見かけて、何事が起きたのかと啞然《あぜん》とした。見覚えのある長身長髪に顎鬚のカカシのような男、祖父江と、そして見忘れるはずもないリンの姿を見つけるまでは。

だが気づいてもう一度驚かされたことに、木陰のベンチに腰を下ろしてリンと親しげに話しているのは安宅だった。安宅と女優という組み合わせが意外だったからだけではない。リラックスして神代と語るときもめったに笑うことがない老人が、心から楽しげな笑みを浮かべていたのだ。そうして仲良く並んでことばを交わしているところは、仲睦まじい父と娘のように見えた。いまもリンから渡されたケーキの皿に相好《そうごう》を崩している。さっきまでとはまったく違う表情だ。これがまさしく『妹《いも》の力』ってやつだな、と神代は思う。

「バナナブレッド、というんですか？　見たところはパウンドケーキのようですね」

「レシピはほとんど同じです。でもそこによく熟《う》れたバナナを潰して加えるんです。私はその他にうんと細かく刻んだくるみと、少しラム酒も入れます。後は卵とバターと小麦粉を。砂糖はぎりぎり控え目にして」

「この前、劇団の方たちのお茶会に加えてもらってね、そこで食べさせてもらった味が病みつきになったというわけだよ」

「みんな若いから、目一杯動くとお腹が空《す》きますでしょう？　だからおやつのつもりで、よく腹持ちのいい焼き菓子を作りますの」

「主演女優がそこまでなさるんですね」

「うちみたいな小さな世帯では、なんでも総出でやるのが当たり前ですもの。合宿するときは三度の食事も回り持ち。でも最近の若い人は、最初はご飯も満足に炊《た》けなくて大騒ぎになりますわ」

「そうでしょうねえ」

「でも、教えて慣れればたいていのことは出来るようになりますよ。うちはインスタント食品と化学調味料は禁止だって祖父江が頑張るものですから、下手をすると芝居の練習をしに来ているのか、料理の仕方を覚えに来ているのか、わからなくなってしまいますけどね」

「インスタント禁止は、グラン・パ氏のポリシーですか」

祖父江のニックネームで尋ねた神代に、

「いいえ。そんな大層なものじゃありません」

リンは肩をすくめて少女のように笑う。

「倹約ですの。インスタントラーメン二十食分で季節の野菜を買えば、栄養のあるおかずが何品も作れますもの。大根一本、キャベツ一玉、無駄を出さず生ゴミも出来るだけ出さずに使い切るのが、うちの料理当番の資格なんです。

キャベツの芯はぬか漬けにするし、ブロッコリの軸は煮物やシチュー、大根の剝いた皮は醬油味の即席漬けで、葉先は天ぷらで、茎の部分は塩もみしてご飯に混ぜるんですよ」

「それはなかなかうまそうだ。リンさんが教えてくれるなら、私もいまから料理の仕方を覚えようかなあ」

安宅が楽しげに顔をほころばせる。

「若い方なのに、懐かしい味わいの料理をよく知っておられる。この前いただいた黒豆の煮物も、とてもうまかったですよ」

「安宅先生は、これまでお料理は全然なさいませんでしたの？」

「私は、男子厨房に入らず、の格言がまだ生きていた世代です。家内に逝かれた後も急に生活は変えられない。いよいよ大学を退いて時間は山ほどあるのに、結局は人に頼っています。そういえば神代君はどうしているんだね？」

「私も安宅さんとおっつかつですよ。ひとりで家で食べるなら、外食をしてしまう方が簡単ですしね。そうでないときは手伝いに来てくれている親戚のおばさんが、献立《こんだて》を決めてくれてほとんど作ってくれます。私はそれを温めるか、せいぜい仕上げをするだけで、彼女が来れないときは飯を炊いて買ってきた総菜をつけるか、夏なら素麵《そうめん》か蕎麦《そば》を茹でるくらいかな」

「いやいや、それくらい出来れば上々だよ。私なぞ家政婦の作ってくれたものを食べ終えてしまった後は、彼女が来る日までコンビニの弁当だ。実をいえば家内の買った料理の本だって何冊もあるんだが、それを開いてさてなにを食べようか、それにはなにが要って、冷蔵庫にはなにが残っていて、と考えることがそもそも面倒なんだね。献立といわれても途方に暮れてしまう」

「それじゃお身体に悪いです、先生」

「身体を厭《いと》わなければならない年齢でもないよ。いつお迎えが来ても不思議はない歳だ」

「W大に勤めておられたときは、どうされていたんです？」

「家内が生きていたときは弁当だったが、その後はほとんど学食と大学の会館で済ませていた。いまでももう少しここととキャンパスが近ければ、楽でいいんだがね」

「でも、W大の学食ってお味が……」

大学の会館の食堂も古めかしい洋食で大して誉められた味ではないが、庭園の眺めだけは悪くない。だが英国紳士然とした安宅教授が学生食堂で、学生に混じってプラスチックの盆を手に行列に並んでいたとは、いささかわびしすぎる眺めだと神代も思う。そして味の方は、いまリンがいいかけた通り。安いのが最大の取り柄で、それ以外の取り柄はない。学生のときは生ぬるいカレーも、醤油で真っ黒なうどんも平気で食べたものだが、いまはそんなものを喰うくらいなら一食抜かしてしまう。

「味は、気にしないことにしているよ。ああ、だからといって味音痴ではないと思う。あなたが作ってくれるものは、どれも非常に美味しい。このケーキもね」

バナナブレッドを口にしながらなにもいわなかったことに気づいて、神代もあわててその味を誉めた。決して世辞ではなく、甘さ控え目の素朴な焼き菓子は彼の口にも合ったのだ。

「良かったらレシピを教えてもらえませんか？」

「先生が焼かれるんですか？」

リンが目を見張るのに、

「いや、うちの熊公にやらせます。リンさんもご存じの栗山深春が、あれで結構器用になんでも作りますんでね」

「まあ——」

「そういえば神代君のお弟子には、料理自慢の青年がいたのだったね」

「正確には弟子ってわけでもないんですが、八年も大学でごろっちゃらした上に、いまだに研究室を喫茶店と勘違いしていやがるような馬鹿ですからね。少々使い立てしても文句はいわせませんよ。味の点でリンさんのケーキに匹敵するとは思えないが、うまく出来たら今度は私が持ってきましょう」

「いいえ、誰でも出来る簡単なものですわ」

「とんでもない。作る人が違えば、食べる者の気分もまったく違います」

「それは私も神代君に賛成だな」

安宅がほがらかにうなずいてみせる。

「無精の言い訳だが、家内の料理には家内の味がした。自分がどう真似《まね》てみたところで、同じ味にはならない。たとえ似た味に出来たとしても、そんなものを食卓に並べてひとりでつまめば気が滅入るだけだ。だったら大学食堂の冷めた揚げ物でも、工場で作られたコンビニの弁当でも、腹を満たすには充分なんだ。命を繋ぐ糧《かて》としてならね。それを別段みじめなことだとは私は思わないよ」

「先生は、奥様をいまも愛しておられるんですね」

リンが低くつぶやき、

「愛ということばがふさわしいかどうかは、私にはわからない。長年ふたりきりで暮らした夫婦の間にある感情というのは、もう少し生理的で身体的なもののようだ。そうだね。私が五歳のときから暮らしてきたこの牛込アパートメントを自分の肉体の一部のように感じる、それと同様かも知れない」

相槌を打とうとして、神代はことばを失った。安宅はつまり十一年前妻に先立たれたのと同等の重みのある喪失を、再び間もなく味わわなくてはならないのだ。老人は環境の変化に弱い。いまは矍鑠《かくしゃく》として年齢を感じさせない安宅だが、いまの住まいを奪われた後もそうして気丈なままでいてくれるだろうか。

一瞬落ちた沈黙を救うように、再びチャイムの音が聞こえた。

「おや、千客万来だ。リンさん、もしかして稽古に戻らないといけないいんじゃないのかい？」

「いいえ、今日はもうおしまいですから——」

いいかけて彼女は、あっ、と小さく声を上げた。

「すみません、安宅先生。うっかり申し上げるのを忘れていました。さっき中庭で北詰《きたづめ》さんとお会いしましたの。そうしましたらなにか先生にご用事があるようなことをいっておられて、午後なら私もいますといったのですが」

「ああ、北詰君か」

こだわらない表情で安宅はうなずいた。

「かまわないですよ。幸いあなたのバナナブレッドも、まだ残っているし。では、紅茶の茶葉を入れ替えますかね」

「あ、私がします。いま、北詰さんをお迎えしてから！」

言い置いたリンがふすまを開けて小走りに玄関へ向かう。それを見送って、

「神代君は、北詰順一《じゅんいち》君とは会ったことがあっただろうか」

「確か一度、中庭で挨拶だけしたと思いますが。牛込アパートメントの保存運動をしていた、建築家の方でしたね？」

「そう。彼はやはり子供時代、ここに住んでいたのだ。途中で引っ越して行ったが、建て替え問題が決まりかけた頃に戻ってきて、彼の事務所が保存運動の事務局にもなっていた。彼はね」

安宅はちょっとことばを切って、体を座り机の方に巡らす。

「うちの息子の春彦の遊び友達だった。ほら、これがその頃の北詰君だ」

彼の指が写真立ての中の、おとなしげな顔をした少年を指さしている。そういえば神代が会った北詰も、こんなふうに眉の下がった人の良さそうな顔をしていた。いまは学生のような黒縁の眼鏡をかけていたが、それを取れば顔立ちは、ほとんど変わっていないだろう。

「息子さんと同い年だったのですか？」

「うん。あの頃はいわゆる戦後のベビーブームの後で、牛込アパートメントも子供が多かったからな。放課後や日曜日は中庭といわず、階段、廊下といわず、屋上といわず、悪童連が金切り声を上げて駆けずり回っていたものだよ。私が子供のときのように。それを聞くと、ああ、平和が帰ってきたとしみじみ思ったものだ」

やはり安宅の息子は、子供のときに死んだのだろうか。気にはなるものの、ぶしつけに尋ねられるようなことではない。安宅もそうして写真を手元に飾りながら、自分から子供のことに触れるのは避けているようだ。もっともその写真立ては、一ヵ月ほど前に訪ねたときにはまだそこに置かれてはいなかったはずだが。

「安宅さんは、戦争中は？」

「旧制高校の生徒といっても、とっくに授業などはない。学校ごと千葉の田舎に疎開して、工場で旋盤を回していたな。私がここを離れたのは、後にも先にもそのときだけだ。しかし疎開先から西の夜空が真っ赤に燃えているのを見て、東京は丸焼けだと思っていたからね。飯田橋の駅までたどりついてここの建物が燃えずに残っているのを見たときには、嬉しくて涙がこぼれたよ」

「私の門前仲町の実家も、三月十日に灰になった口です」

太平洋戦争末期、アメリカ軍の重爆撃機による焼夷弾攻撃は東京に大きな被害をもたらした。三月の大空襲では現在の江東区《こうとう》墨田区《すみだ》がほぼ焼き尽くされて、死傷者は実に十二万人の多きに上ったという。関東大震災による被害からようやく復興した東京は、こうしてわずか二十余年で再び炎に飲み尽くされたのだ。

神代の母は大きな腹を抱えて生き延び、焼け残った月島《つきしま》の実家で彼を出産した。当然ながら彼に戦争の記憶はない。ただいままでは決してあり得ない東京風景、さえぎるもののない地平線に赤く陽が落ちるさまが、記憶の底に染みついている。

あれは神代が三つか四つ、店のあった場所にようやくバラックを再建して、家族が一緒に暮らせるようになった頃だろうか。空が赤くてきれいだといった彼に母は、あたしは夕焼けが嫌いだと吐き捨てるようにつぶやいた。あの色を見ると空襲を思い出すから、と。

おまえが生まれる前のことだけど、そりゃあたくさん人が死んだんだよ。みんな火に追われて逃げまどって、隅田川《すみだがわ》の岸辺が土左衛門《どざえもん》で黒く埋まったんだ。嫌な話だねえ——

3

「先生、どーも。あ、神代先生も」

そんなことをいいながら、北詰は座敷に入ってきた。後ろに紅茶ポットとカップをもう一組載せた盆を手にして、リンが続いている。

「やあ、君が我が家に来てくれたのは春彦と遊んでいた頃以来だね」

安宅がそういうと、なぜか北詰の口元の笑みが強張《こわば》った。

「え、ええ。いや、あの頃だってこちらのお座敷にはお邪魔しませんでしたよ。もっぱら隣のお茶の間の方で、奥様からおやつをいただくくらいで」

「その頃からこちらは、お客間に使っておいででしたのね」

リンがやわらかくことばを挟んだ。

「そして南側の八畳は、その頃から安宅先生の書斎にしていらした」

「そうそう。畳を払って絨毯《じゅうたん》を敷いて、立派なデスクに革張りの肘掛け椅子があって、床の間と広縁にはガラスのはまった本棚が置いてありましたね。そこだけが外国みたいで、子供心に気になって仕方がなかったものです。あっ、もちろん外から覗き見しただけですよ」

あはははは、と声を上げて笑うが、それが妙にわざとらしい。額に浮かんだ汗を手で拭い、眼鏡をずらしてはかけ直し、なんとも落ち着かない。この男はどうも緊張しているようだ、と神代は思う。

「北詰さんのお宅は、こちらとはずいぶん違っていたんですの？」

「え？　ええ、ええ、違いましたねー」

リンの方を向いて幾度もうなずく顔は、ちょっとほっとしたように緩んでいて、

「うちは一号館の端の方の六畳二間に八畳の間取りで、だけど子供四人に両親の六人家族だから、先生のところみたいにゆったりはしていません。最後はとうとう五人めが生まれるっていうんで、親父にせがんで独身部屋をひとつ借りてもらいました。一号館の六階の北向きの和室でしたけどね。

戦後しばらくは不法入居者がいたり、一間に家族八人が住み着いていたり、廊下や便所も汚れて壊れてひどい有様で、名義人と居住者が違っている部屋を明け渡してもらったりするのにずいぶん大変だったっていいますが、ぼくが覚えている頃はそういう問題もすっかり片づいてました。小学校に上がったら勉強部屋がいる、なんていって、一人前になったような気がしたもんですが、なあに、もう時効だから白状してしまいますが、マンガばかり読んでましたよ」

「──で、なにか私に話があるって?」

安宅のことばに北詰は、笑っていた顔をまたあわてたように引き締めた。

「あっ、あっ、そうです。牛込柳町にひとつ中古のマンションで空き部屋が出たんですよ。1DKですがダイニングが結構広いしもちろん風呂はありますから、専有面積はここよりいくらか広くなります。部屋はどちらもフローリングですが、畳の和室がいいということでしたら改装は出来ます。ぼくの設計事務所がリフォームを請け負って、それはもう完了していますが、持ち主の都合で急に売ることになってしまって。ここからもそんなに遠くないですし、都営地下鉄が開通すれば便利ですから、先生のお住まいとしてどうかなあと思いまして」

「ふむ」

「先生がご興味がおありでしたら図面とかすぐにお持ちできますし、いつでもご案内して室内を見ていただけます。値段のことはですね──」

金の話になると、他人がそばにいては話しづらいだろう、という気がする。そろそろ失礼しようかと腰を浮かしかけた神代の方に、リンがちらりと視線を流した。ついで台所の方に目をやって、合図しているようだ。荷物は持たず、トイレにでも行く風に立ち上がると、少し間を置いてリンが後を追ってきた。

「なにか?」

「あの、すみません──」

そうして向かい合って立つと、リンの額は神代の口元くらいだ。手を伸ばせば届く近さに向かい合ってみて、改めてこれほど小さな人だったのかと驚く。小柄であることは舞台女優にとってプラス材料ではないはずだが、それは彼女の場合には当てはまらない。印象的なアーモンド形の瞳でひたと見つめられると、なんだか妙に胸が騒いでくる。

「神代先生、一度お時間を頂戴できませんか? 実は、ご相談したいことがあるんですの」

「私に、なにかお役に立てることがありますか」

「ご迷惑かも知れませんが、他に打ち明けられる方が思い当たらないんです。もちろん、なにをして下さいというわけではありません。話を聞いていただくだけでいいんですの」

「あなたのような美女にそういわれて、嫌だという男はいないでしょうね」

こういうせりふは場合によってはセクハラだな、とは思いながら神代は答えた。

「こみいったお話なら、私の住まいにいらっしゃいますか。さしつかえなければこれからでも？」

「はい——」

そのときだった。

——ガシャン！

ふすまの向こうから激しく食器を打ち当てたような音が聞こえて、ふたりは息を呑み同時にそちらを振り返る。とっさに神代が思い浮かべたのは、安宅が卒中を起こしてちゃぶ台に倒れ込む姿だ。

「安宅さん！」

あわてて座敷に飛び込んだ。だが目に映った情景は、彼の予想とはまったく違っていた。安宅は悠然と座布団の上に座ったままで、北詰は腰を浮かしている。表情が変わっていた。ひどく恐ろしいものを見てしまったとでもいうように、血の気の退いた顔が呆然と凍りついていた。

彼の両手は体の前で、空《くう》を摑むように曲がった指が震えている。ちゃぶ台の上には受け皿の中で横に倒れた紅茶カップ。割れてはいないがこぼれた液体が皿を一杯にし、少しずつ溢《こぼ》れ落ちている。さっきの音はそれが立てた音か。

だが北詰が眼鏡の中から、目玉が転がり出そうなほど大きく目を引き剝いて見つめているのは、そちらではない。指の下に落ちた写真立てだ。表のガラスが割れ、フレームと中の写真と、裏板がばらばらになりかけたまま重なって、ちゃぶ台の上に倒れている。

溢れた紅茶がじわじわと流れてきている。そのまだと写真が液体に浸ってしまう。神代があわてて手を伸ばそうとした。同時にリンも。北詰はじっとそれを凝視しながら動かない。だがふたりの指が届く直前、安宅の手が額を摑んだ。

「――先生、危ないです」

割れたガラスを気にするリンには答えず、自分の手元に眼を落としたまま、

「この写真は、春彦が七歳の夏休みに撮った。父からもらった古いカメラで、私がシャッターを切ったのだよ。君にも一枚焼き増しをあげるつもりだったのに、北詰君の一家は突然引っ越してしまったものだから、とうとう上げられないままだったんだ。それしてあれから四十年も経つまで、君は一度も戻って来なかったね」

どことい って変わったところのない穏やかな口調だったが、北詰は不自然に凍りついた表情のままなにもいおうとはしない。

「牛込アパートメント育ちの男の子たちには、いつの頃からか大人には内緒の秘密の遊びがあった。遊びというよりは儀式、通過儀礼といった方が正確かも知れない。それは一号館の屋上の手すりの上を、端から端まで歩く、という遊びだ。それが出来て初めて一人前と認められる。幼年組から『内の子』の一員になれる。だから私も無論やったよ。だが親たちに知られれば禁止される。屋上で遊ぶことも出来なくなる。

誰もが秘密を守った。子供のときにそれをやった少年が親になってまだここに住んでいる場合も、我が子に禁止することはしなかった。私もね。しかし戦後になって、とうとう秘密は漏れてしまった。というのもひとりの子供が足を滑らせて落ちてしまったからだ。だがその子はろくに怪我《けが》もしないで済んだ。六階の上から落ちて、そんなはずはないと思うかね。だが銀杏の枝と植え込みがクッションになったんだ。そうだね、北詰君？」

「…………」

「当然手すり歩きは二度としないように、子供たちは改めて厳重に言い聞かされた。だが屋上は物干し場でもあったし、夏になれば夕涼みや花火見物にも使われていたから、出入り口に鍵をかけるようなことはとうとうされなかった。そして——」

「そして?」

リンが小声で聞いた。

「そして、なにがあったんですか?」

答えたのは安宅ではなく北詰だった。凍りついたような表情のまま、棒読みめいた声がいう。

「ぼくの友達の安宅春彦君は、屋上から落ちたんです。それも落ちたところが悪くて、植栽のある中庭側ではなく北側で、彼を受け止めてくれるような植え込みに乏しかった。その上夜中のことで、朝まで見つからなくて、彼は」

「亡くなったんですか——」

「そうです」

「無謀にもひとりで、夜中に手すり歩きをしようとして、落ちた。そういうことだ」

安宅は言い捨てた。

「ぼくの家が越したのは、その直後で」

「四年前、君がまた牛込アパートメントに戻ってきて再会したとき、真っ先にお線香を上げさせて下さいといってもらって、嬉しかったよ。もっとも私のところには仏壇はないし、家内の分も含めて位牌のようなものは作っていないが」

「忘れていたわけでは、ないんです。いやむしろ、ずっと気がかりでいました。お葬式の直後に、ばたばたと引っ越ししてしまいましたから」

話しながら北詰の顔には、次第に血の色が回復してきている。訴えかけるような必死の表情で、目の前の老人を見つめている。だがその顔をどことなく冷ややかな表情で眺めていた安宅は、手にしていた写真立てを音立ててちゃぶ台に伏せた。裏板を取り上げて横に置く。

こぼれた紅茶はすでにリンが台ぶきんで拭き取っていたから、濡れる心配はない。裏も黄ばみかけた写真と板の間に、畳んだ紙切れが挟まれていた。老いた男の指が、ゆっくりとそれを広げる。ざらりとした紙に、毒々しい印刷の線が滲《にじ》んでいた。古ぼけたマンガらしい。ページが斜めに破れた切れ端を、それも皺《しわ》だらけになったのを丁寧に伸ばして、また畳んであったのだ。

「先生――」

北詰がいきなり、上擦《うわず》った声を上げた。

「その紙は、いったいどこから」

「見覚えがあるかね?」

聞き返した安宅の口調は、気味が悪いくらい落ち着き払っている。

「私の家では春彦には、マンガ本は一冊も買い与えなかった。教育的な配慮というより、私の給与が安くてそこまでの金が用意できなかったということだがね。

だから春彦はいつも、君からマンガを借りて読んでいた。私は知らなかったが、家内からそう聞いたよ。『少年ジェット』とあるね。春彦は確か、こんな名前の主人公が好きで、黄色い風呂敷をマフラー代わりにひらめかせていた。もしかしたらこれも、君の本ではないだろうか?」

「そう、かも――」

「君は知らなかっただろうが、春彦は見つけられたとき、右手にこのマンガのページをしっかりと握っていたんだ」

「これを?……」

「そう。なんでそんなことになったのだろうか。君に聞いたらあるいは、なにか事情がわかるかも知れないと思ってね、捨てずに取って置いた」

「…………」

「だが実のところ、この額の後ろに入れたまま忘れていたんだ。この四十年、君と再会するまでは。なにか、聞かせてもらえることはあるかな」

声が途切れて、明るい午後の座敷にふいに沈黙が落ちた。安宅がなにをいおうとしているのか、はっきりとわからぬまま神代は息を殺している。リンも膝の上で両手を握りしめ、安宅もことばを切ったきりなにもいわない。

いや、再び安宅の唇が動いた。

「四十年も前の、それこそ時効の話ではあるが、君は春彦が落ちた晩は、自分の部屋で眠っていたのかな」

と——

いきなり北詰が飛び上がった。バネ仕掛けの人形のように。神代の目にはそう映った。

「せっ、先生は、ぼくのことを、そんなふうに思っておられたんですかッ?」

「そんなふうに、とはなんだね?」

どこまでも穏やかに安宅は聞き返す。だが北詰はそれ以上なにもいわぬまま、くるっと体をひるがえした。

駆け去った、というと一瞬のことのようだが、ぎくしゃくと手足を動かして、それでもたぶん主観的には可能な限りの速さで、部屋を出ていく。安宅はマンガのページを、また丁寧に畳んで写真の下に入れている。神代とリンは唖然として、そんな彼を見守るばかりだ。

「あの、先生?……」

彼女が遠慮がちに口を開きかけたとき、玄関の外からぎゃあっという悲鳴が聞こえた。それも北詰の声ではないようだ。しかしいきなり聞けばかなり驚いたろうが、さっきからだしぬけに度肝《どぎも》を抜かれるようなことばかり見聞きさせられているためか、神代もあわてて立ち上がる気にもなれない。

スカートを払って立ち上がったのはリンだった。優雅な、水が流れるような動作で。しかし彼女がふすまに手を触れるより早く、それは外からぐい、とばかりに引かれた。同時に聞き慣れぬ男の声がけたたましくわめく。

「くそーッ、いッてーなあ。ちくしょうめ、あのヤロー！」

ふすまの向こうからだしぬけに現れたのは、黒革のトレンチに身を包んだ長身の男だった。コートと揃いの革のソフトを右の脇に挟んで、スポーツ刈りにした頭を左手のひらでなでている。どうやら玄関ドアから飛び出してきた北詰と、衝突でもしたものらしい。男の右腕はギプスに包まれて三角巾で肩から吊られていたから、その腕を庇《かば》って頭の左で受けたというところだ。

サラリーマンには見えないが、ではなんの職業か一見してもわからない。痩《や》せているようでいて、肩や腕には相当筋肉がついている。顔の造作は大きくて派手。日本人の容貌ではあるが、少しばかりラテンっぽい。品のない顔ともいえるが、愛嬌があるともいえなくはない。濃い眉の下の丸い目がきろっとしてこちらを見たと思うと、がばっとばかりでっかい口が開いた。

「おおーっ、見つけた、神代先生！」

馴れ馴れしく呼びかけられても、とっさに相手の名前も思い出せない。だが、まったくの初対面かというと、微《かす》かな記憶があるような気も、する。

「ええっと、あんた、確か群馬の——」

「よっ、さすがW大教授。覚えていて下さったとは話が早い。群馬県警察本部刑事部捜査第一課所属、工藤迅《くどうじん》巡査部長でありますッ！」

六年前巨椋《おぐら》家の事件のときに関わりになったこの刑事とは、神代も一度だけ顔を合わせている。ふざけているのか本気か、両脚をそろえて敬礼してみせたが、その右手はギプスに包まれているのだからしまらないことおびただしい。

「ったく、いってえ何事だい。ここは俺の尊敬する先輩のお住まいだぜ。この不作法もんめ。あんたみてえな騒がしいのに乱入されても困るんだよ。そのうっとうしい面《つら》ァ、オリーブオイルで洗って出直してこいッ！」

安宅の前にいるときには上品モードに入っている言語のギヤが、意識しないまま素《す》の方に切り替わってしまった。いけねえ、と思ったが、一度口から出てしまったものは元に戻せない。もっとも呆気に取られているのは安宅とリンだけで、そういわれた工藤の方は蛙の面に雨がかかったほどにも応えてはいないようだ。

「あっ、これは失礼を」

安宅とリンに向かってぺこりと頭を下げた工藤は、勧められもしない内にさっさと空いていた座布団に腰を下ろすと、

「勘弁して下さいよ、先生。何分にも緊急の用事なんで」

「ああそうかい。で？　逮捕状はちゃんとあるんだろうな？」

「ご冗談を。そんなんじゃありませんって。半分は私用みたいなもんなんですよ。桜井京介はどこにいます？」

「京介に？」

「ええ。実はちっとばかり無下《むげ》に出来ない浮き世の義理ってやつで、彼の知恵を借りたいことが出てきましてね。この通り怪我で休職中なのを幸い東京まで出張ってきたんですが、なにぶんにも急いでるもんだから勝手にこんなとこまで押しかけてしまって御免下さいよ」

「そりゃあ気の毒したなあ」

「へ？」

「京介は深春と蒼と出かけてる。今頃はマレーシアの山の中だ」

「マレーシア？……」

とんでもない地名を聞かされたとでもいうように、工藤の口がぽかんと開く。

「日本、じゃないっすよね？」

「日本にマレーシアがあるかい、地理音痴」

「マレーシアの、どこです？　なんだってそんなとこに」

「理由まで話してやる義理はねえよ。カメロン・ハイランドっていってな、飛行場のあるクアラルンプールから車で四、五時間かかるそうだ。調べりゃあホテルの電話番号ぐらいはわかるかも知れないが、なあに、あと一週間もすりゃあ帰ってくる」

「一週間も……」

工藤は糸が切れた人形のようにへたへたっとなった。大きな顎をちゃぶ台にのせると、世にも情けない表情で、

「そんなに休んでたら俺、やっぱりマジで馘首《くび》になるかも——」

「なんの用だか知らねえが、あいつらが帰ってきた頃にまた来りゃあいいだろうが」

「そうはいきませんや」

「網走《あばしり》から飛んでくるわけじゃねえだろ？」

「だって今頃、俺が病院を脱走したのばれてるはずだもの」

「脱走だあ？」

「無断退院とい一ますか」

日本の警察が駄目になりかけてるってのは、ほんとらしいなと思ったが口には出さない。出したところでどうなるものでもなさそうだ。

「なにやってんだよ、この不良デカ」

「ええ、それが話せば長いことながらってやつで。実は、ですね」

「俺は聞かないぞ！」

神代はあわててわめいた。聞いてしまえば絶対にろくなことにはならない。リンさんのような美女の相談事ならともかく。

「俺にゃあ京介の代わりなんて務まらんからな、聞かされても困る。ええい、なんにもいうな！」

詩人の生まれた町

1

「ま、ま、ま、先生、おひとつどうぞ。空けて空けて、ぐいーっと駆けつけ三杯」

左手で一升瓶を差し向けられて、

「うちの酒だぜ」

神代は憮然としたまま、それでも手のぐい飲みを突き出して酌《しゃく》を受ける。こちらが口をつけるより早く、相手はとっくに満たしてあった自分の器を取り上げて、くーっと一息で空けた。はーっ、とため息をついた。伸ばした首を一振りして、感に堪えぬというように、

「うまいーッ」

「そんなにうまいかい」

「うまいっす。文字通り五臓六腑に染みわたります。病院じゃあ正月だって、一滴も飲ましちゃくれないんで」

骨折した患者に酒を飲ませる病院があるものか。当たり前である。

「『幻《まぼろし》の瀧《たき》』か。こりゃどこの酒ですか」

「富山《とやま》だよ」

「淡麗辛口《たんれいからくち》、上品にして芳醇《ほうじゅん》。さすがW大の先生、いいものを飲んでらっしゃいますなあ」

「卒業した元教え子からの歳暮《せいぼ》さ。在学中の学生からは受け取らんがな」

「いくら酒好きの先生でも賄賂《わいろ》は効かない、と」

「あんたこそずいぶんといい飲みっぷりだな、工藤さん」

「えっへっへ、こちとらも賄賂にならない只酒ならいくらでもいただきます」

いけしゃあしゃあとしたものだ。

「いいのかい。治りが遅れるぜ」

「なあに、あたしの骨なら酒の一升や二升、飲んだ方が血の巡りが良くなって治りも早いってもんで。あー、こりゃどうも。おっとっとっと」

「面倒だ。後は手酌でやりな」

「それはまた有り難い。では遠慮なく、これからは湯飲みでやらせてもらいます」

一升瓶を手元に引き寄せられて、後悔したがすでに後の祭りである。

「こら、水みたいにがばがば飲むんじゃねえ。ちっとは味わえよ」

「喉で味わうのもまたよしってやつで。はいはい、先生も湯飲みでいきますか。そうこなくっちゃいけません」

「おまえなあ――」

「ご心配なく。男工藤、今夜はとことんつき合わせていただきますぜッ」


安宅の住まいでこの男と出くわした、その晩のこと。なにひとつ聞く耳持たぬと宣言したはずなのに、結局は自宅に招き入れて酒まで出してやっている自分のお人好し加減に、神代とてうんざりしないではない。酒は自分が飲みたいからだし、夕飯も食べなくてはならないのだとしてもだ。

一度約束したリンには申し訳なかったが、まさか安宅の住まいにこんなはた迷惑じみた男を捨てて帰るわけにもいかない。猫の子のように襟首《えりくび》を摑んで外に出ると、安く泊まれる宿を教えてくれないかという。神代に思い当たったのはT大学にほど近い古ぼけた和風旅館で、いまのシーズンは田舎から来た受験生の宿泊所になっている。そこなら二食ついてもビジネスホテルよりは安いはずだ。電話してみるとキャンセルが出て一部屋だけ空いているというわけで、大いに感謝されたのはともかくとして、そこから神代の住む西片町までは、歩いて十分とかからなかったのだ。

じゃあな、と別れて一時間もしない内に玄関のベルが鳴り、

「やっ、先ほどはどーもッ」

　持ち帰り寿司のビニール風呂敷を下げた工藤が当たり前のような顔をして立っていた。差し出されたプラスチック容器の中に並んだにぎりはどう見ても四人前くらいはあって、それからそれへと鎖のように状況が繋がって、結局よくわからないまま差し向かいで酒を飲んでいる。そして飲むなら独りよりはふたりの方が、やはり酒はうまいのだ。たとえ相手が『おまわり』であっても。

　これまで警察官という職業の人間を、まったく知らなかったわけではない。中学高校と剣道を続けてきたが、大会に行けば成人の有段者のほとんどが体育教師と警察官だ。逆にW大のような、学生だけでなく教員にも反権力の気風が伝統としてある場所では、剣道をやっていたというだけで「右翼か」という目で見られることもある。

　無論右翼呼ばわりは反駁《はんばく》する気もしないほど馬鹿馬鹿しかったが、警察という組織とその成員に好感を覚えたこともない。深く知り合ってみればそこには「人間」がいるだけなのだろうとは思うものの、どれだけ親しくなっても彼らは最終的には「人間」であることより「警察官」であることを優先させるに違いない、と思えるからだ。「人間」であることを優先させてしまったら、その者はたぶん「警察官」ではいられず、組織をドロップアウトするしかあるまい。白金《しろかね》の事件に関わった荒木《あらき》刑事のように。彼は見聞きした真相については口をつぐんだまま職を辞した。

　警察を不要だとは思わない。そしてそこで働く者は、「個」より「組織」を優先させる特有のメンタリティを持たざるを得ないのかも知れない。ただ神代自身が、己れの属する組織に対する忠誠心を内面化している人間を好きになれない、というだけのことで。

だがこの工藤からは、警察臭さのようなものが感じられない。堅気《かたぎ》の勤め人にはとても見えないが、警官らしくもまったくない。これで身分正体を隠しているならいっそ公安か、とでも疑いたくなるが、自分から刑事だと名乗っているわけだからそのはずもなく、考えるほど頭がこんがらかってしまう。しちめんどくさいのは願い下げだったから、取り敢えずのつもりで尋ねた。

「あんた、ほんとに警察官なのかい？」

「の、つもりですがね」

工藤は器用に片方の眉だけを吊り上げてみせる。

「俺の親父も警官なんですよ。東京で警視庁に入って、ノンキャリアだけどせこせこ勉強して、どうにかこうにか警部まで出世したけど、そこ止まりで来年定年です。俺はそんな親父の生き方がいいとは、ちっとも思わなかったけど、他にやりたいこともなくて、一度は警視庁に勤務したんですが」

「じゃあ、なんで群馬へ？」

「ばあちゃん、つまり親父の母親が前橋でひとり暮らしをしていましてね、親父がそんなふうだから、ゴールデンウィークだ夏休みだってどこにも連れていってもらえないでしょう。行くのは決まって前橋のばあちゃんのところだった。

気の強い、頑固者の面白い年寄りでしたよ。そのばあちゃんが転んで右脚を骨折して、退院はしたけど急に弱ってね。ひとり暮らしは危なくてさせておけない。親父は東京に引き取ろうとしたんだけど、彼女の方は死んでも嫌だっていうんです。老人病院も施設も嫌だ、祖父《じい》さんの建てた家で死にたいって言い張る気持ちもわかるでしょう」

「まあ、そうだな」

「力尽くでも東京に連れてくるって親父と大喧嘩して、それなら俺が前橋行って面倒見てやるって、ほとんど売りことばに買いことばだったんですがね、警視庁辞めて群馬県警に入り直したわけで」

「そのお祖母《ばあ》さんは？」

「四年ばっかりまえにちょうど米寿で大往生。暇とはいえない警察勤めでも地元にいたのが幸いで、どうにか死に目には駆けつけられて、やれやれってとこです。だからまあ」

ひょいと肩をすくめて、

「そろそろ鹹首になってもいいか、ってえところはありますよ。前橋も空っ風が寒いのと、人の気質が荒くて暴力団が多いことを別にすりゃあそう悪い街でもない。だけど自分が生まれたのは、やっぱり東京だって気持ちはありますしね」

「生まれは東京のどこだい？」

「両国《りょうごく》だっけかな。その後も警視庁管内、けっこう転々としてましたが、台東《たいとう》、江東、墨田あたりが長かったですね。おやじはいまも亀戸《かめいど》です」

「ほう。じゃあ俺の親たちが住んでいたあたりともそうは違わないな」

「俺、藍染屋《あいぞめや》の煎餅喰ったことありますよ。富岡八幡宮前の。あれが先生のご実家でしょう？」

「おう。よく知ってやがんな」

「白ざらめのついたやつが好きだったです。駄菓子よりは高くて、到来物待ちだったけど」

「俺は抹茶砂糖のが好物だったな。割れちまって、商売物にならないのを、菓子代わりに喰って育ったもんだ」

「一度気がつかないで七味唐辛子のやつをかじっちまいましてね、あんまり辛いんで泣いた泣いた」

「あー、ありゃあ辛い」

醤油煎餅の片面に七味をたっぷり散らした味を、神代も口の中に思い出して笑う。

「子供向きの味じゃあねえが、あれをつまみに酒を飲むのは乙なもんだぜ。もう少し甘口の、とろっとしたやつを口に含みながらぽりぽりやるんだ」

「そりゃいい。ぜひ試してみますよ」

「そうしな」

煎餅談義も一段落して、工藤はガリを指でつまみながら酒を飲み続けていたが、

「しっかし先生、東京をふるさとと呼ぶのは難しいね。あんまりせわしなく変わりすぎる。今回久しぶりに来て、地下鉄の路線図を眺めただけで頭を抱えたくなりました。おまけに駅で『＊＊方面』ってのを見ると、聞いたこともない地名ばっかりで、これじゃとんだお上《のぼ》りさんで」

「まったくさ。俺はおふくろの実家のある月島で生まれたんだ。佃煮《つくだに》屋の匂いが漂っているような、魚臭い路地の奥さ。それがいま行ってみねえ。馬鹿でかいマンションだらけで、まったくわけがわからねえぜ」

「あの牛込アパートも無くなるんだそうで」

「ああ。もっとも建物としちゃあ、耐用年数は切れてるそうだ。地盤沈下で斜めになって、鉛筆が転がる部屋もあるし、水道管は錆びて赤水が出る。だから住人はミネラル・ウォーターを買っていた」

「へえ、そりゃあ大変だ。年寄りなんか飲み水を買うだけで大仕事じゃないですか」

「もっと危ない話もあるぜ。ガス管が老朽化しているから、ガス漏れや小規模なガス爆発が何度も起きたそうだ」

ええっ、と工藤は目を引き剝いた。

「待って下さいよ。なんだってそんな危ない状態のまんま、長いこと放って置いたんです？」

「俺も詳しいことは知らないがな、もともとあのアパートを建てた朋潤会って財団法人があって、それが解散して住宅営団というのに引き継がれ、その後で戦争が終わってまた営団も無くなって、東京都から払い下げられたんだ、確か。つまり管理責任者がいなくなって、住民の自治組織みたいなものが最後には出来たけど、修理のことは後手に回ったんじゃないのか。出来たときはエレベータにセントラル・ヒーティングまである東洋一の豪華アパートだったそうだが、そういう設備も戦争中の金属供出で無くなったそうだしな」

「なるほどねえ——」

左手でぽりぽりと頭を掻いた工藤は、その手を伸ばして残っていた沢庵《たくあん》巻きを口の中に放り込む。ぼりぼりと音を立て、長い顎を動かしながら、

「しかし先生、そうやって聞いてみると人間、知らないことは山のようにあるもんですねえ」

「ああ、そうだな」

「今頃になって思い出したけど、確か俺が住んでた墨田とか江東にもその朋潤会のアパートってやつがありましたよ。どこにいたときだったかなあ。牛込のあれとおんなじような鉄筋コンクリートのでかい建物でぐるりを囲まれた中庭があって、その真ん中が遊び場になってて、俺なんかも毎日遊びに行きました。車の心配はないし、大人の目はあるから安心だっていうんで、そのへんの街の子がみんな遊びに集まって、街の公園っていうか広場みたいなもんだった。アパートに行って来るからっていうと、親も安心してたね。夕飯のときにはおふくろたちがそこに呼びに来るんだ」

「なるほど、それはいいな」

牛込アパートメントの中庭は周辺の住人が入れない閉鎖的なコミューンの広場だったそうだが、下町にはそれとは違うあり方のアパートもあったということらしい。

ヨーロッパの街では、広場が子供の安全な遊び場であり、同時に夕刻の散歩の場、大人たちが集まる社交の場となり、日曜には市が立ち、祭りの会場となるのだった。神代がもっとも長い時間を過ごしたヴェネツィアは、街全体が海に浮かぶ島というひとつのコミューンだったが、街を分ける街区にはそれぞれ教会と広場があり、狭い住宅を補う生活空間として機能していた。

日本には広場の伝統はない。だが朋潤会のアパートが多く中庭を芯《しん》にデザインされ、それが周辺の住民までもを受け入れる開かれた広場として存在したのなら、設計者の念頭にあったのはやはりヨーロッパの都市の広場ではなかったのか。

町中に突出する異物でしかない現代のマンションではなく、元からある町の、以前からの住民も巻き込んで、新たな核となる建築であり中庭であるとしたら、確かに朋潤会の設計思想は現代のそれよりもさらに進んでいたようだ。

「そのアパートは？」

「とっくに建て替えられたって聞きましたよ」

「そうか――」

話がふっと途切れた、その隙間をあわただしく埋めようとするかのように、工藤が顔を上げた。それまでよりはいくらかかしこまった表情で、

「神代先生――いや、神代さん、とお呼びする方がいいんですか？」

「どっちでも」

先生と呼ばれるのが落ち着かなかった時期も短くはなかったが、いまとなってはどっちでもいい気がしている。大学にいればそこら中が「先生」なのだし、お互い一番無難な呼び方だ。

京介は最初から「神代さん」で、それに引きずられてか深春も「神代さん」。ふたりともたまには「教授」。蒼はもっぱら「先生」だ。呼び方なんてどうでもいいといえるのは、その相手に対する信頼があるからかも知れない。

（待てよ。するってえと俺は、このおかしな刑事をちっとは信頼してるってか？……）

「じゃあ、取り敢えず先生」

「なんでえ」

「俺が病院抜け出して東京まで来た理由ってのを、お嫌でなかったらひとくさり聞いちゃあもらえませんか？」

「俺が聞いたところで、屁《へ》の突っ張りにもならねえぜ」

「いや、それはいいんです。っていうか、頭ん中を整理するためにも、俺が話してみたいんで、ご面倒だってなら念仏のつもりで聞き流してやって下さいよ」

そういわれてしまったら、返すことばはもうひとつしかあるまい。

「好きにしな」

工藤は座布団の上で膝を揃えると、くたびれたブレザーの内ポケットから取り出した紙切れを開いて座卓の上に載せた。

「俺の用事は早い話が人捜しなんです。手がかりといったらろくになくて、こんなもんしか。でもこれをご覧になったら、桜井京介を頼りたいと思ったのもおわかりでしょう？」

神代はそれを手に取った。髪を短く切った、いまどきの十代というにはいささか純朴すぎる雰囲気《ふんいき》の少年がそこに写っている。階段が折り返した踊り場に、大きく開いた窓を背にして立って、カメラの方を見上げているのだ。口元に浮かんでいるのは生気の乏しい、曖昧《あいまい》な笑い。他にどんな顔をしていいのかわからないというふうで、茶色のダッフルコートのポケットに手を突っ込んでいる。

あまり精度の良くないデジカメの写真を、プリンターで印刷したものらしい、ということはパソコンのことなどなにも知らない神代にも一応想像はついた。背景が映っているのはほんの少しで、荒れ果てた廃墟のような場所、としかわからない。辛うじて見て取れるのは背後の、ガラスもない大きな窓と階段の手すりくらい。そのどれもが古び汚れていて、数十年という歳月の経過を思わせる。

「どこだか、おわかりになりますか？」

「俺は京介じゃねえよ」

「桜井氏が見れば、一発だと思いますか？」

「さてな。これっぽっちでなにかわかるのか、危ないもんだと思うぜ。しかしほんの子供のようだが、こいつがなにかやったのかい？」

「ま、まずは一通りお聞き下されい、ってとこですかね」

2

それから工藤の語った話を、語りの口調ともどども書き留めるのは煩瑣《はんさ》に過ぎるだろう。そうでなくても神代が口を挟んで、質問したり話が前後したり、ということが繰り返されたのだから。まして夜が更けるに連れて、お互い酒が回ってきていたこともある。そんなわけで以下の叙述は、大いに整理されたものだ。

去年の年末から工藤は、前橋の病院に入院していた。勤務中にこうむった怪我のためで、負傷しながら犯人を逮捕したのだから普通に考えれば大いばりだろうと思うのだが、どうもそうではなかったらしい。彼もいった通り群馬は暴力団の力が強く、そのせいで刑事部でも暴力団対策課の刑事の方が大きな顔をしている。工藤が捕まえた犯人は、彼らが目をつけていたちんぴらだったのだ。

ドラッグの売人といっても、杯をもらった暴力団の構成員ではない。素人の、それも金回りのいいどこかの社長のドラ息子で、いくらあっても足りない遊ぶ金欲しさに、買い手から売り手に成り下がったのを、その男にクスリを下ろしている元締めともども一網打尽《いちもうだじん》にすべく泳がせていたというのだが、工藤にも無論言い分はある。

スポーツカーに乗った数人の若者が、利根川《とねがわ》の河川敷《かせんしき》にいたカップルを襲い、男を殴り倒し女を車に乗せて走り去った。道路脇に頭から血を流して倒れている男を見つけた彼が、遮二無二《しゃにむに》ちんぴらどもの車を追いつめたあげく、ボンネットの上に跳ね飛ばされながらついにそれを止めて、残った左手で手錠をかけたのだ。相手が何者かわかっていたとしても、見逃せば連れ去られた女性がどんな目に遭わされるかはわかりきっている。体を張って相手の車を止め、犯人を逮捕したことが間違っていたとは断じて思わない。

だが県警本部内では、工藤に対する風当たりはゆるくなかった。日頃の行いが悪いといわれてしまえばそれまでだが、庇ってくれる上司も肩を持ってくれる同僚もいない。彼は病院のベッドの上でふてくされた。祖母を見送ったいまとなっては、警察の仕事に唯一無二の使命感を抱いているわけでもなし、なくもなかったやる気は今回の一件でかなり蒸発してしまった。とすればこれ以上、この街で警官として勤務する理由はない。この不景気な時代に、他になんの能もない三十男にどんな職が見つかるか、という問題はあるとしてもだ。

右腕の複雑骨折の他に特に症状はなかったのだが、急いで復帰する気はさらにしない。県警本部の廊下あたりで、どっちがやくざだといってやりたいような暴対の連中を見かけたら、脳の血管が切れるかも知れない。ぐずぐず心身の不調を訴えて、入院を引き延ばしていた工藤のところへ、ある日思いもかけない見舞い人があった。

「で、まあ、その人の頼みで、もうひとりの依頼人を紹介されましてね。私立探偵でも無し、お門違いといっちゃあその通りなんですが、断るわけにもいかなくて――」

もぞもぞと口の中でいっている。断るに断れない見舞い人の名前は想像できなくもなかったが、神代も武士の情けでそれには触れないでおく。まあともかく、そうしてやってきたのは工藤にはさらに意外な人物、中学一年生の少女だったというのだ。彼女の名前は日野原奈緒《ひのはらなお》という。保守党の県会議員日野原醍醐《だいご》の姪という話だった。

十三歳の少女は生真面目な表情で、捜して欲しいのは自分の従兄《いとこ》で十六歳になる岩槻修《いわつきおさむ》という少年だ、という。修は彼女の母方の血縁で、実家は岩手《いわて》県だが、高校一年から日野原家に寄宿して群馬の県立高校に通っていた。その少年が家出をした。東京にいることはわかっている。自分のところにメールが来たから、と。

しかしそこまで聞かされても、工藤は当惑するばかりだった。彼女が従兄のことを心配する気持ちはわかるとしても、それはどう考えても警察の仕事とはいえない。家出人の捜索願は警察に届け出れば受理されるものの、それはリストにして身元不明の遺体が出た場合などに照会されるだけだ。事件性の感じられない家出は、捜査の対象とはならない。

「興信所に頼むって手はあるだろうが、それにはかなり費用がかかるだろう。だけどあんたの家なら、金がないってことはないだろうしって、まあ、いいましたよ。そうしたら——」

少女は顔を怒りに引《ひ》き攣《つ》らせて、激しくかぶりを振った。おとなしげな顔立ちに似ず、性格は勝ち気なものがあるらしい。私のところでは誰も、修ちゃんのことを心配してあげていない。家出をしたといっても、岩手の親元に帰ったのだろうと決めつけている。岩手は岩手で息子の様子を問い合わせてくることもない。

それというのもみんな、叔父さんが悪いのだ。叔父さんが修ちゃんを傷つけてあんなことをさせただけでなく、彼を見捨ててなにもしてあげまいとしている。私の両親も叔父のいうなりだ。私にはそれが許せない。

「あんなことってのは、なんだ」

「いや、それもこれから話しますがね、ここまで聞いてもまだ俺は、正直な話困ってましたよ。親が頼れなくて興信所に調査を頼む金が出ないとしても、だからって俺にその分ただ働きしてくれっていうのは、ちょっと勘弁して欲しいって気がしましたから。おまけに東京で人ひとり捜すのがどれだけ大変な話か、この子はわかってないんだろう。あのひとの紹介じゃあったから話は聞いたけど、どうやってこの子にそれは出来ないんだってことを納得させられるのか、かなり頭が痛かったです。ところがその子は俺が断り文句をいう前に、ぼろぼろ泣き出してしまいまして」

「美少女の涙にほだされたかい」

「止《よ》して下さいよ、先生。相手は十三歳ですぜ。俺が警官でなくてもそりゃ犯罪だ」

日野原奈緒は泣きながら言い出した。修ちゃんはとても詩を書くのが上手だった。書き溜めたノートを私だけには見せてくれた。でもそのノートを叔父さんが見て、とてもひどいことをいった。叔父さんは詩なんてひとつもわからないくせに、修ちゃんの詩をげらげら笑って、詩を書くなら萩原朔太郎《はぎわらさくたろう》くらいになってみせろ、郷土の偉人になってみろって、そんなことをいった——

「そこまで聞いて俺はやっと、ひとつのことを思い出したんです。先生、ご専門とは畑違いだが詩人の萩原朔太郎って知ってますよね？」

「そりゃまあな」

「俺は群馬で交番に立つまで、ろくに知りゃあしませんでしたよ。観光客に道を聞かれることもあるんで、あわてて勉強しましたがね」

「ご苦労なこった」

「他にも何人かそれほど有名じゃない詩人が出ているってんで、前橋市のスローガンは『水と緑と詩《うた》のまち』なんていいます。街中には大層金のかかった近代文学館があって、朔太郎の遺品やなんかを展示してあって、まあ売り物っていうか観光資源です。その文学館の前を利根川の支流の広瀬川《ひろせがわ》というのが流れていて、公園みたいにした川沿いの遊歩道に詩碑だとか、朔太郎の銅像だとかが並んでます」

「ふうん」

「で、ですね。たぶん東京ではニュースにならなかったでしょうが、今年の初めに朔太郎の記念館近くで放火騒ぎがあったんです」

「その、金のかかった文学館がかい？」

「いえいえ、そっちじゃありません。前橋市の北寄りに敷島《しきしま》公園って薔薇園で有名な公園がありましてね、そこの中に市中にあった朔太郎の生家の一部が移築されているんです。

朔太郎の家は当時評判のいい医者で、病院といっしょになったかなり大きな家があったんだが、彼の原稿なんかを保存していた土蔵と、書斎や客間に使ってたっていう瓦屋根の離れが二棟、戦後になって市に寄贈されたやつが移築されています。周りには松林や紅梅の並木があって、悪くない景色ですよ。前橋の市内は変哲もない田舎の都会だけど」

「ほお」

神代はあまり気のない相槌を打つ。

「で、その移築された朔太郎の生家が放火されたんだって?」

「正確には、低い黄楊《つげ》の垣根で囲まれた庭先みたいなところが燃えた。というか、爆発した」

「爆発?――」

「ええ。素人の手作りらしい爆弾で、大した威力もなかった上に雨の降った後だったから、幸い木造の家の方には火が回らないで、消えてしまったわけですが」

そこまで聞いて神代は、

「おい、ちょっと待てよ」

とつぶやいた。

「さっきの女の子がいうのは、その家出少年が放火犯だったってえことかい?」

「いや、実をいいますと県警の方では、それをやったのが岩槻修である、というのはとっくに摑んでいたんだそうです。ただ、法的な措置は取られなかった」

「揉み消されたって?」

「まったく先生は勘がいい」

工藤は苦笑をもらす。

「さすが名探偵を、お弟子にしているだけのことはありますね」

ふん、と神代は鼻を鳴らした。世辞にしても小つまらない。

「どうでもいいことはいわねえで、ちゃっちゃと話を進めな」

「こいつは失礼。敷島公園の周囲には柵が巡らされていて、門は複数ありますが九時から四時までしか開きません。もっとも大した高さでもないので、その気になれば乗り越えるのは簡単です。特に記念館の近くの柵は二メートルもない。

　事件が起きたのは一月十日の深夜、そろそろ十一日になりかけた時刻で、盛り場でもない場所を人が出歩く時刻でもないんですが、公園の周辺は住宅地なんで、そこから頭を冷やしに出てきた受験生が、自転車を降りて柵を乗り越える人間の後ろ姿を目撃したというわけです。

　侵入したところで、なにか面白いものがあるわけでもないのはわかりきっている。妙なことを、と思ったがそのまま歩き過ぎて、少しして同じ道を戻ってきた。そうしたら柵の中でドウン、と腹に響くような音がして、はっと見ると赤い炎が揺れているのが見えたというんですね。あわててポケットから携帯電話を出して、消防に一一九番通報した。

　と、彼のすぐ目の前を、柵を乗り越えた人間が飛び降りてきて自転車で逃げていった。そのときは街灯の光で横顔がはっきり見えて、自分よりずっと若い少年だったというのがわかった」

「それで素性が知れたってことは、そいつに補導歴があったってことか？」

「いや、それは違うんです」

　工藤は妙に苦そうな顔で、ぐい飲みに残っていた酒を飲み干すと、

「通報があったんですよ。放火事件について岩槻修を調べて欲しい、その代わり表沙汰にはしないでもらいたい、とね」

「警察にそういってきたのが、日野原醍醐だってわけかい？」

「まったく正解でさあ」

「しかし一体なんの目的があって？」

「結局のところは自己保身、自分の醜聞《しゅうぶん》になるのが困るからってことじゃないですか」

工藤が直接関わった事件ではないから、細かいことはわからない。だが奈緒から聞いた話も総合すると、日野原家にはすでに東京に出ている長男が中学高校のときに使っていた、蔵を改造した勉強部屋兼実験室があって、それは岩槻少年が来たときから彼に与えられていた。長男は化学実験を趣味としていて、両親は求められるままにさまざまな実験道具や薬品を買い与えていたらしい。蔵にはそれらの道具や薬品、参考文献や実験記録を記したノートがそのまま残されていた。

どうやら岩槻修はそれらを用いて黒色火薬を製造し、ごく簡単な爆弾を作り出したらしい。奈緒はことばを濁していたが、彼女自身従兄と利根川の河川敷に出かけて、彼が行った爆弾の実験を見たことがあるらしかった。だがそれは鬱屈《うっくつ》した少年の、ささやかなストレス解消法に過ぎなかった。火事にならないよう消火器も持っていったし、なにも破壊する気はなかった。奈緒はそういう。

『叔父さんが悪いの。勝手に修ちゃんのノートを見ておいて、笑ったり馬鹿にしたりするんだもの。だから修ちゃん、叔父さんがいちいち引き合いに出す朔太郎の記念館に放火しかけるようなことをしてしまったのよ。でも、本当に燃やすつもりなんかなかったわ。だから雨の降った晩にしたのよ。それなのに叔父さんは、修ちゃんのことを警察にいったの。それで、家には警察の人が来て――』

蔵の実験道具や薬品は押収され、岩槻修は数日にわたって事情聴取を受けた。未成年の犯行、それも実質的な被害はなかったとして書類送検は免れたものの、修は数日後前橋の日野原家から姿を消してしまった。それが一月の末だ。

「まあそういうことなら、家出したくなったって当然といやあ当然だな」

「爆弾は困りますがね」

「そりゃそうだ。しかしその日野原って県会議員はいけすかない野郎だな」

「それには心から同感しますよ。しかしまあ、爆弾といっても過激派や外国人のテロじゃない、背後関係もシロとわかって、県警では胸を撫で下ろしていたわけですが」

「その子が東京に来ているって?」

「ええ、まあ、ひとつには奈緒のパソコンに届いたメールです。この写真が貼付されていた」

「どこから送られてきたもんか、ってのはわからないのかい」

「正直いって俺に理解できる科学技術といったら、真空管ラジオ止まりなんで、えらそうなことはいえませんがね、早い話がわからないようにされているんだそうです」

先端技術に疎《うと》いという意味では、神代も大した違いはない。文章はすべて基本的に手書きだし、大学でならパソコンが必要な用事は学生か助手を使ってしまう。電子メールもインターネットも存在を知っているというだけだ。

自宅の電話は京介たちに寄ってたかって説得されて、ついに留守電FAXつきのそれに替えたが、そんなものなければないでいいだろうに、という思いは未だに消えない。留守電のランプが点滅しているのに気づかないで翌朝まで放っておいた、などというのもしょっちゅうだ。

「メールの文面は?」

工藤は内ポケットをごそごそやって、たたんだ紙を引っ張り出した。

『Nａｏへ
心配かけてるかもしれないけどおれは元気。

東京にいる。やなところさ。

この街はくさってる。汚い豚どもの楽園だ。

浄化の炎が必要なんだ。

だからおれを追いかけたりしたらいけない。

おれのことなんかもう忘れてくれ。

Ｓａｍ』

神代はその文面を読み、さらに読み返す。空いた片手で顎をひねくりながら、

「なあ、工藤さん？」

「ええ」

「あんた、岩槻修の書いた詩は読んだのかい？」

「いや、そのノートは日野原醍醐に嘲笑された直後に、当人が焼き捨てたと奈緒はいってました」

「じゃあこのメールの語彙なんかが、もともと彼の使っていたものかどうかはわからないか」

「それですがね、奈緒がいってましたよ。写真がついてなかったとしたら、これを修ちゃんが書いたとは思えなかったろう。前橋にいた頃の彼は、東京のことをこんなふうにいったりしなかったって」

「するってえと、修はいま彼にそういう精神的な感化を与える人間のところに同居している、ということにならないか？」

「実をいいますとね、先生。俺もそれを考えているんです」


工藤はうなずいてみせる。

「少年は大した金は持っていなかったといいます。彼の生活費は岩手の親元から送金されていたが、口座は日野原家が管理していてそこからこづかいを渡していたといいます。倹約して貯めていたとしてもせいぜい一、二万。正月のお年玉もいくらかは入ったようですが、すでに二ヵ月近く、東京で暮らせるだけの金があったとは思えない。誰かが住まわせて喰わせてくれているはずですよ」

「だが、東京に出てきたこともない少年が、どこでそんな知り合いを見つけられたんだ？」

「だからそれがネットじゃないか、と奈緒はいうんですがね」

「そっちになると、俺は皆目《かいもく》わからねえなあ」

神代はうなじを揉みながら首を回す。飲み食いしながらするには重い話題続きで、悪く酒が回ったかいくらか頭が痛い。

「修はパソコンは持ってたのか？」

「自分専用のは持ってなくて、使いたいときは奈緒が貸してやっていたけど、市内にネット喫茶があってそこもよく使っていたらしいです。やばいページにアクセスするようなときは、奈緒のは使わなかったようですよ。後に履歴が残りますからね」

「へえ、そんなもんかい」

神代はいったん立って台所に行き、寿司屋の湯飲みに濃い緑茶を二杯淹《い》れて戻る。

「ちょっと頭をはっきりさせよう。苦いぜ」

「こいつはご造作」

ちょんちょんと手刀を切って湯飲みを取り上げた工藤が、

「しかし先生は、まるっきり和風の暮らし振りでおられるんですなあ。飲み物はワインにカプチーノってとこかと思ってましたぜ」

「寿司にワインは飲まねえよ。郷に入ってはだ」

「それもそうっすね。そもそも寿司を持ってきたのは俺の方だった」

ずずっと音立てて茶をすすって、

「おお、苦え」

「で、工藤さん。そろそろ残りの話してないことを吐いちまいなよ」

「と、おっしゃいますと？」

工藤はおどけたようにまばたきしてみせたが、神代がじっと目を離さないでいると、湯飲みを下ろして、

「お見それしました」

ぺこりと頭を下げる。

「さすが名探偵をお弟子に」

「それはもう聞いた」

「でしたか」

「病院を脱走したの、馘首になるのって、そんななあ鉄砲じゃあないのかい。岩槻修は東京のどこかでまた事件を起こす可能性がある。いや、すでに起こしているのかも知れない。あんたはそのために前橋から出張ってきた。違うか？」

3

「どうなんだ？」

「当たらずといえども遠からず、ですかね」

工藤はふっとひとつ息を吐いて、

「けど馘首になるかも知れないってのは、鉄砲でもほらでもありやしません。世間じゃそれほど知られてないことだと思うんですが、警察官ってのは非番のときでも好き勝手に任地を離れて旅行したりは出来ないもんなんです。いちいち届けを出さないといけない。俺の場合は当人入院加療中、親父急病につき東京の実家へ帰宅って書類だけ整えて送りつけてそのまんま逐電《ちくでん》してきてるんで、電話一本で嘘がばれたらそれこそ馘首でも不思議はないんで」

肩をすくめると、

「ただ先生の眼力は外れじゃありません。俺も心配してるのはそのへんです」

「心配するだけの理由があるってんだな？」

「このメールの文章を読むと、確かに爆弾テロでもやりかねない雰囲気が漂ってますからね、いまのところそうでかい事件は起きていないはずだけど、念のためのつもりで東京に照会したんです。最初にお話ししたでしょう、俺が一度は警視庁に入ったってことは。俺の警察学校の同期が本庁にいるんで。そうしたら岩槻が家出をした数日後から、東京で爆弾がらみで奇妙な出来事が続いてるってことが、初めてわかったんです」

「奇妙な出来事？――」

思わず鸚鵡《おうむ》返《がえ》しに聞き返していた。新聞の社会面をあまり熱心に読むことはないし、テレビのニュースもめったに見はしない。だが世間と隔離されて生きているわけでもなし、それなりに大きな事件が起これば気がつかないはずはないと思うのだが。

「事件とはいえないようなことです。だから新聞記事になっても扱いは小さい」

「なんなんだい」

「時限爆弾の構造を持ったブツが、東京のあちこち十ヵ所ばかりで見つかっている。しかしそれは爆発物とはいえない。なぜなら火薬の代わりに黒く染めた小麦粉や砂が詰め込まれていて、起爆装置も形だけで、それらしく電池やトラベル・ウォッチが組み込まれていてもなんの役にも立たないからです」

確かにそれは奇妙な『出来事』だ。

「愉快犯ってやつか？」

「通常の愉快犯は、爆破予告の電話をかけたり文書をばらまいたりして、世間の騒ぎを楽しむといったものですよね。だがこれの場合、電話や文書のたぐいは一切発見されていない」

「とすると、ただの悪戯《いたずら》か」

「しかしそれにしては、爆弾の構造が非常に巧妙なんだそうですよ。爆薬も雷管も、必要なものがそこに入れれば完全に作動する。にもかかわらず、発見されるのは爆弾の模型としかいいようのないもの」

「フ……ン」

神代は顎をなでながら、

「誰がなんでそんなことをしているのか、さっぱりわからないから始末が悪いってことか」

「いずれこうした爆弾を使って、都内で大規模なテロを起こす、その予告行動だという見方もあるようです」

「正体も明かさないまま爆弾の製造技術を見せびらかして、社会不安を煽《あお》ろうとしているとか、そういう意味かい？」

「公安あたりはそう見ているんじゃないか、ということのようですね。先生、一九七四年から七五年にかけて起きた連続企業爆破事件というの、ご記憶ですか？」

「それも知識としては、だな。俺はその頃はずっとイタリアに行きっぱなしだったから」

「あ、そうですか。まあ俺も小学生のガキだったから、大した記憶があるわけじゃないですが」

「それとなにか関連があるのか？」

「それも公安はそう見ているらしい、という未確認の内部情報ですがね、どうも雷管や時限装置の構造に共通性があるらしい」

「あれの犯人は、確か反日――」

「東アジア反日武装戦線、ですね。いわゆる全共闘運動が下火になって、浅間《あさま》山荘《さんそう》事件や連合赤軍のリンチ事件があり、さらに郵便局や警視庁幹部宅やらでの郵便物爆弾事件があり、七四年八月にはM重工ビルの玄関前の爆発で死者八人という、我が国の爆弾事件の中でも一番の惨事となったわけです。それを引き起こした連中が、東アジア反日武装戦線狼、と名乗っていた。逮捕された犯人グループの中には自殺した者もいたし、海外のハイジャック犯からの要求で釈放出国した者もいますが、主犯格は死刑判決が確定したまま、現在も東京拘置所にいるはずです」

「その残党がいまになって始めた、か？」

「同じ人間でなくても、たとえば爆弾製造法といった文書が残されていれば、似たようなものを作ることも可能じゃないですかね」

「しかし文書といっても、それを保存して手渡すには人間の繋がりが必要だろう」

「そうとばかりもいえません。例えばネットです。爆弾製造法を紹介したアングラ・サイトがあるらしいってのは、結構知られた話です」

「またそれか」

神代は渋い顔になる。自分に理解できないものが視野に出現するというのは、いい気分ではない。

「あんたは岩槻修が、インターネットから得た知識に基づいてその爆弾模型を作っている、というわけか？」

「いや、それはたぶん違います。少なくとも萩原朔太郎記念館の事件で使われたのは、もっと素朴なしろものでした」

「素朴な？――」

爆発物につける形容詞にはそぐわない気がして、神代はちょっと笑う。だが工藤はいたって真面目な顔だ。

「日本で最初に使われた爆弾といえば元寇の役の蒙古軍が、って、そこまでさかのぼることたあないですね。十九世紀は爆弾の時代で、帝政ロシア末期のテロリストは爆弾を暗殺の武器にしたし、日本でも民権運動の加波山《かばさん》事件やら、大隈重信《おおくましげのぶ》暗殺未遂やら、あったそうじゃないですか。黒色火薬というやつは一番簡単に作れる、一番古い火薬ですが、威力はそう強いものではないんだそうで。それでも使いようでは弾丸も飛ばせるし、人も殺せますがね」

「手近に残されていた材料で古めかしい爆弾を作っていた修が、ネットを通じて過去の爆破犯の技術を持っている人間と知り合い、そこに身を寄せているとは考えられないか?」

「それはあり得るかも知れません。彼が実際爆弾模型製作に携わっているかどうかは別として」

「だが彼を住まわせている人間は、いずれ修に爆弾を作らせるつもりなんじゃないか」

「まあ、確かにそうでしょう。そいつが政治的な意味合いでテロを計画しているのか、それとも単なる愉快犯なのかはともかく、自分の手足になって動いてくれる若い仲間は欲しいでしょうからね」

「利用されているだけだって、気づけといっても無理か」

「いまどきの十六歳だ。そんなこともわからないくらいガキなんでしょうよ」

「幼いっていうだけじゃなく、他人に必要とされるだけで嬉しいってことはあるかも知れねえな」

「だけどまだ決定的な事件は起きていない。いまなら引き返せるはずだ」

「やけに熱心だな、工藤さん」

「変ですか?」

「まあ、『おまわり』らしくはない」

「あはあ」

工藤は気の抜けたような声で笑う。とろんとした目、締まりのなくなってきた表情からして、だいぶ酒が回ってきているようだ。怪我のせいで禁酒した後なのだから、無理もないだろう。だが気がつくと寿司屋の湯飲みでお茶を飲んでいるはずが、いつの間にかそれに残った日本酒を注いで飲み続けているじゃないか、この不良刑事は。

「らしくないですかね。そうですかねえ。まあ俺、自慢するわけじゃないけど上のいうことは聞かないし、長いものに巻かれるのは苦手だし、出世したいなんてもとっくに思わないし、嫁さんの来手はないし——」

「そりゃ関係ないだろう」

「いやあ、だから俺は別にいーんですよ。警察官に見えなくても、ただ、ただですねえ、先生——」

「なんだよ」

「腹が立つわけですよ、いろいろと。ストレスがたまるわけですよ」

「そうかい」

「なあにが県会議員だ。脂ぎった親父がえらそうに説教なんかこきやがって。なにが郷土の誇り、だ。俗物め。てめえなんざなあ、朔太郎が生きていたら真っ先に馬鹿だ、穀潰《ごくつぶ》しだって罵った口に決まってらあ——」

もうしゃべるろれつが回っていない。肩の上で頭がぐらぐら前後に揺れている。

「おい、工藤さん」

腕を伸ばして肩を揺すったが、それも聞こえてはいないようで、

「だから、止めてやらなくちゃいけないんだッ。誰かが、だいじょうぶだ、もうじき夜は明けるって、肩を叩いてやらないと駄目なんですッ。警官は犯人捕まえるだけが能か、ほんとなら犯罪が起きる前にどうにかしなきゃならないはずだッ」

「わかったわかった」

「わかってなーいッッ！」

他にどうしようもなくて、座敷に布団を敷いて、へべれけになった工藤をその中に引きずり込んだ。上役らしい名前をしきりに口走って、罵倒し続けていた彼は、最後には枕を胸に抱きしめて、

「せいやさん……むにゃむにゃ……」

やっと眠ったらしい。少し口を開けたままの寝顔は、育ちすぎた子供の顔だ。一度会っただけの男、それも刑事なんかと酒を酌み交わしたあげくに先に酔い潰れられるとは、なんともおかしな巡り合わせだと思うと、ぷっと吹き出していた。

酒というやつは先に酔った者勝ちで、介抱させられた方はなんとなく正気に返ってしまうものだが、今夜の自分はいくらか笑い上戸《じょうご》かも知れない。あまり笑い声を立てて、酔っぱらいに目覚められるのも面倒だ。残された神代はちゃぶ台の上に放置されていた岩槻修の写真とメールを拾い上げると、無くしたりしないように書斎に行って、デスク前のボードにそれを止めた。

座敷はストーブで暖房していたが、書斎の空気は張りつめたように冷え切っている。だがそれも、飲み続けて火照《ほて》った顔には快い。机に向かった肘掛け椅子に腰を落として、ふうとひとつ吐息する。この机と椅子は、養父が使っていたそのままだ。神代にはいくらか椅子の高さが高いのだが、その分は机に板を置いて、さらにこれも義父が使っていた革の下敷きを載せてある。いつもはいちいち思い出しもしないが、いま急に彼のことが記憶から浮上したのは酒のせいか、それとも——

（ああ、そうか……）

萩原朔太郎だ。この机の上に置かれていた詩集、養父が読んでいたらしいそれは群馬県前橋市生まれの近代詩人萩原朔太郎の作品を集めた本だった。そして高校生の神代が覗いたとき、ちょうど開かれていたページは、詩人生涯の絶唱とも、後退とも、毀《き》誉《よ》褒貶《ほうへん》半ばする晩年の詩集、『氷島』の巻頭、「漂泊者の歌」だった。

日は断崖の上に登り
憂ひは陸橋の下を低く歩めり。
無限に遠き空の彼方
続ける陸路の柵の背後《うしろ》に
一つの寂しき影は漂ふ。

独特の粘着質な口語体を駆使した官能的な自由詩で知られる詩人は、しかし晩年の『氷島』において鬱屈した激情を叩きつけるような文語詩を残した。それを養父の机上に見出したとき胸を襲った異様な感覚は、いまこうしていても記憶に生々しい。あまりにも暗澹《あんたん》として救いのない詩句が高校生の神代を驚愕させ、ほとんど怯えさせたのだ。

だが十代の日には無縁だったその暗鬱な調べを、五十代も半ばを迎えたいまはむしろ親しいもののように感ずることが出来る。そしておそらくは小春日和《こはるびより》のような養父の胸の内にも、この詩へのなにがしかの共感はあったに違いなかった。

詩人の生まれた町、群馬県の前橋から東京へ家出してきているらしい少年。ノートに書きつけた幼い詩を親戚に笑われ、火遊びというにはいささか過ぎた放火事件でさらに追いつめられて、いまごろ彼はどこにいるのか。

無論、子供の破壊行為を美化するのはナンセンスだ。ひとつ間違えば殺人すら引き起こしかねない爆弾製造は、弁護すべくもない。だが一片の詩心も持たぬのだろう俗物に侮辱の笑いを浴びせられた少年が、手製の爆弾を投げて自らの怒りを炎に変えたことは、詩人を讃《たた》えるどんな記念碑より、華美な記念館や虚しい賛辞より詩的な行為のようにも思える。彼の胸にもまた、晩年の詩人に似たやり場のない怒りと絶望が渦巻いているように思えるのは、神代の感傷だろうか。

ああ　悪魔よりも孤独にして
汝は氷霜の冬に耐へたるかな！

かつて何物をも信ずることなく
汝の信ずるところに憤怒を知れり。
かつて欲情の否定を知らず
汝の欲情するものを弾劾《だんがい》せり。
いかなればまた愁ひ疲れて
やさしく抱かれ接吻《きす》する者の家に帰らん。
かつて何物をも汝は愛せず
何物もまたかつて汝を愛せざるべし。

時を越え、生と死の境を超えて、養父の声が神代の耳元にささやく詩句。その詩のうたう感情は決して、青春のそれではない。たった十六歳で、昔の自分より若い歳でこんな詩に共鳴できるとしたら、それは決して幸せじゃない、と神代は思う。

なんと奇妙な時代であることか、この現代というやつは。物質的に甘やかされた子供は、ますます幼稚なまま時を重ね、精神年齢は七掛けだなどといわれるようになって久しい。

だが同時に、彼らが胸に宿す魂は確実に年老いている。未知と遭遇する驚き、新鮮な感動、そんなものがどこに残されているのか。なにひとつ自分自身では経験したこともないままで、どこかで見たような聞いたような記憶だけは山のように背負わされ、よろめきながらさまよい歩く者たち。彼らはどこへ向かおうとしているのか。

（それは人類という種の衰えの兆しか？——）

神代は頭を一振りして、切りのないよしなしごとを振り払った。酔ってひとり物思えば、ろくなことは考えない。とっくに幸せな眠りをむさぼっている工藤に、自分も倣うべきだろう。

修の写真の隣には、京介たちの旅行日程表が貼られている。二十三日に東京を発った三人はその晩バンコクで泊まり、翌日クアラルンプールに移動してまた一泊。今日二十五日は陸路カメロン・ハイランドに到着しているはずだ。

確かにそのときの彼は、そう楽観的に考えるだけの根拠しか持っていなかったのだが。

いま彼らがいるのは熱帯の高原の夜。そしてマレーシアと日本では時差は一時間しかない。向こうはもう寝ついているだろうか。いや旅先だからといって、あの京介が健康的に八時間の睡眠をとるはずもないか。泊まり先のホテルの電話番号はわかっている。FAXもたぶんあるだろう。いざとなったらそうやって、京介にこの写真を見せることも考えられないではないが、

(まあ、おっちょこちょいの刑事の心配が当たっているかどうか、家出少年が東京でなにかやらかすってのも、推測の域を出ないんだからな)

(そうあせらなくてもいいだろうさ。三十一日の朝には戻ってくるんだ。あっちはあっちで休暇に出かけたわけでもないんだし、なにか事件が起きていないもんでもない――)

マレーシアでの状況については、神代の勘が大きく外れていたわけではない。だが東京については、それは当たらなかった。

過去はささやく

1

それから三日経った三月二十八日の夕刻、神代は同じ自宅の座敷に、今度は春原リンとふたり向かい合っていた。今日のリンはいつもカルメンを思わせる奔放《ほんぽう》さで肩から背へと波打たせている黒髪を、バレッタでうなじにまとめている。身につけている服装も黒い薄手のセーターにベージュのフレアスカートという地味さで、形の良い唇には紅の色もない。そのせいもあってか、元から妖精めいて小柄な体が一回り小さくなってしまったように見える。

(いや、それは違うな……)

神代は内心ひそかにひとりごちる。今日の彼女が違って見えるのは、決して髪型や身なりのせいではない。どんな地味な見栄えのしない扮装、例えばどこかのおばさんのような毛玉だらけのニットに割烹着をつけていたとしても、春原リンをリン以外の者と見間違えることはあるまい。なぜなら彼女を輝かせているのは、肉体の内側にあるまばゆいばかりの生命力に満ちた魂だからだ。少なくとも神代の目にはそう見える。

だが今日の彼女からは明らかに、日頃の生き生きとした輝きが失われていた。濃いまつげの下の目には力が無く、その縁には薄く隈が浮いている。気遣いの表情を隠さない神代に向かって、少しでも元気そうに見せようと微笑んでいる、その様子がいっそ痛々しい。

きちんと正座した膝に両手を置いて、

「先生、お忙しいところを無理を申し上げてしまって、本当に申し訳ありません」

深々と頭を垂れると真っ白な細いうなじが露《あら》わになって、神代は年甲斐もなくそれに目を吸い寄せられてしまう。いつになく打ちひしがれた風情すら、雨にうなだれた花を思わせる、とでもいおうか。当人が意識せずとも自然と人目を集め人を魅了してしまう美しさ、というのはあるのだ。

もっとも彼女の顔立ちが、一分の隙もないほど造形的に整っている、というわけではない。改めて眺めればふたつの目は少し離れすぎているようだし、口はいくらか大きすぎるかも知れない。鼻筋も顎も鑿《のみ》をもって削り出したかのようなきっぱりとした線を持っていて、ひとつ間違えばいかついといいたくなる男顔だ。肌も肌理《きめ》は細かいが浅黒い。

だがそれが舞台の上で声を張り、歌い、笑い、躍動するときには、めりはりの利いた目鼻立ちがいわゆる美人らしい美人たちを色褪《いろあ》せさせてしまう。その美貌は静的なものではなく、生きて動いてこそ魅力を発揮するのだから。

「なに、かまいませんよ。来週になればいよいよ新学期だが、それまでは我々はもう特にやることもありませんしね」

とはいえ彼女から電話をもらっても昼間から大学を離れることは出来ず、こうして夕刻になってから自宅まで足を運んでもらっている。陽が落ちてきてもほんのりと暖かい春らしい気候だったので、廊下に向かった障子《しょうじ》は開け放ち、外のガラス戸は閉めていても雨戸は引かないままにしてあった。広くもない庭には染井吉野の樹が一本あって、梢には白い花がそろそろ五分咲きだ。夕べの薄闇の中に、それがおぼろに浮かんで見える。

「桜がきれいですわ……」

軽く首を傾げるようにして、リンがガラス越しの庭を眺める。

「あれは昔からある樹ですの？」

「死んだ養父が子供のときに植えられた、と聞いた気がしますが」

「すてきなお宅ですのね。落ち着いているのに少しも窮屈ではなくて、ここに座っているだけで気持ちが伸びやかになっていくようです」

「なに、ただの古い家ですよ」

「いいえ。それにとても静か――」

リンがほっと吐息した。

「戸を立てていても春の外気が漂ってきます、呼吸するように。そして明かりの届かない暗がりまでが美しいのですわ。昼は昼で障子を透かす陽射しが、畳に淡い翳《かげ》りを落とすのでしょうね」

「谷崎《たにざき》の『陰翳礼讃《いんえいらいさん》』ですか」

「ええ、昔は日本的な美意識なんて、興味も共感も覚えませんでしたけれど、歳のせいでしょうか、最近はいくらかずつそういうものも、美しいと思えるようになってきました」

「おやおや。あなたのような方に歳のせいなどということばを使われると、こちらは立つ瀬がないですよ」

「そんな。先生はとても若々しくていらっしゃいます。この家のような深い静けさと、落ち着きと、同時に年毎に開く花のような若さをお持ちです。来させていただけて良かったです。本当にこの家は先生のお人柄そのままのよう」

神代は口に含んだ茶にむせかけて、あわててごほごほと空咳《からぜき》をする。そしてここに京介たちがいなくて幸いだった、家政婦のみつさんも帰らせておいて正解だった、とつくづく思う。イタリアでなら社交に修辞はつきもので、相手を華やかな形容詞を尽くして誉め讃えることも、時には相手から賛辞を受けることも、別段照れたりはしない。だが日本で、となると話は別だ。しかも相手が相手だ。

子供のような学生たちの他、リンのように歳若い女性がひとりで神代の自宅を訪ねてくる、などということはまずない。おかげで家政婦は好奇心満々、お茶を出した後も帰宅の時間を過ぎてまでぐずぐず台所に居残っていた。

それを有無をいわさずお引き取り願ったのだが、彼女は門前仲町の実家にも出入りしているから、今度向こうに顔を出したら姉や兄たちになんといってからかわれるやら。妙な誤解や勘ぐりをされないためには、むしろ引き留めておいた方が良かっただろうが、リンの相談事というのはどうやらあまり他人に聞かれたくない種類のことらしい。そのために外で会うのでなく、家まで来てもらったのだから。

「牛込アパートメントの花見会まであと十日ばかりですね。私もいまから子供のように楽しみにしています。近頃祖父江さんともお会いしていないが、劇の方はもう目処《めど》は立ったのですか？」

なかなか肝心の用事を切り出さないリンに、軽い世間話のつもりでいったのだが、

「ええ、それは。脚本も上がりましたし」

語尾を途切れさせた、彼女の表情が俄《にわか》に硬い。おや、と神代は思った。彼女の相談というのは、まさか——

「前に蒼に聞いたところだと、祖父江さんは一度完成した脚本を稽古しながらどんどん変えてしまうそうですね。私は芝居のことはまったくの素人なんだが、そういうやり方は普通なんですか？」

何気ない調子で続けた神代に、

「そう珍しい、ということもないと思います。演じる者の意見を採り入れることもありますし、彼自身脚本以上に役者の演技から啓発されるところが多いというので。でも今回は、能の『黒塚』を下敷きにしておりますから、あまり大きな変更はないと思うのですが……」

だがリンはふいに口調を変えた。

「先生」

その目に思い詰めたような色がある。

「ご相談したいのは、祖父江のことなんです」

やっぱりそうか。こんな美しい女性をパートナーにしておいて、浮気しているのだとしたら断固として赦せん、と神代は拳を握る。

「彼が、どうかしましたか」

「最近様子がおかしいのです。もともと書き出したら筆は速い人なのですが、パソコンに向かっていながらぼーっと放心していたり、稽古場にいても上の空で、夜もあまり眠れないみたいで」

「なにか病気をしている、というわけではないんですね？」

「違うと思います。でも、最近はなにも手につかないという風で、思い詰めたような顔をして朝早くから夜まで出歩いています。そして、疲れ果てて帰ってきて布団に入って、それなのに夜中にまた目を覚ますと眠れないようで――」

「どこに行っているか、なにをしているか、手がかりのようなものはないんですか？　つまりなにか、こう見慣れない持ち物が増えているとか」

「いいえ。でも知らない喫茶店のマッチが、ポケットにあったことがあります。茗荷谷《みょうがだに》のものがいくつか、後は都内の他の場所のものも」

やはり女か。

「それと、カードが」

「カード？　クレジット・カードですか？」

「あ、いえ。ＪＲとか、地下鉄私鉄のプリペイド・カードです。それを何枚も持っていて、ずいぶん使っているみたいで」

デートの場所を転々と変えている、ということだろうか。それとも、複数の相手と？

「電話はどうです。知らない人間からかかってきたとか、受けたときの様子が変だったとか」

「いいえ。でも私に聞かれたくない電話なら、全部自分の携帯で済ませると思います」

「ああ、彼も携帯電話は持っているんですね」

「それは、はい、私も」

やれやれ。携帯の普及のおかげで、確実に家族のプライヴァシーの壁は厚くなっている。昔は家族がどんな人間とつきあっているか、電話に気をつけていればお互い見当はついたものだが。

自然と渋い顔になっていたのだろう、

「先生は携帯はお嫌いですのね？」

リンがくすっと笑った。

「嫌いですよ。首に紐を繋げられているような気がしませんか」

「私も好きではありませんわ。でも仕方ないんですの。急な仕事の連絡をもらったりするには、携帯がないとどうしようもありませんもの」

それもそうだ。携帯電話など持たないといっていられるのは、神代がそういうものなしでもいられる職業についているからに過ぎない。

「まあ、それはともかく」

「はい——」

「彼は元々花見会での上演に乗り気でなかった、ということはないのですか？　だがいまさら断るに断れなくて、というような」

「いいえ、それはないと思います」

リンは頭を振って、

「そういうお話をいただいたのは北詰さんからで、去年の十月でしたけれど、とても張り切って引き受けましたのよ。それからは安宅先生のお住まいに幾度もうかがって、昔からのアパートの生活について取材させていただいたりもして、本はほぼ完成して稽古も進んでおりますもの」

「だが、その後彼の心境が変化したということはあり得ませんか。そう、例えば安宅さんとトラブったり、というようなことは？」

神代がそう尋ねたのは、やはり浮気疑惑の延長線上だ。安宅は明らかにリンに好意を抱いている。そしてリンもまた、安宅に対しては親愛の情を隠してはいない。それが男女間の恋愛感情ではないとしても、夫（入籍はしていなくとも）の立場からすれば嬉しくはないかも知れない。そのために祖父江は牛込アパートメントに足を向けようとせず、他の女性と、というような。だが神代のその推理は、リンがあっさりこう答えたことでパーとなった。

「安宅先生と、ですか？　それはでも、考えられません。私とはあまり口も利いてくれなくとも、先生のところには週に一度は電話してくると聞きましたもの。ですから先生も、彼は最近元気がないようだね、と心配して下さっているのですが」

「うーん……」

邪推すればそれも安宅の様子を探り、リンがそこにいないかどうか確かめたくてかけている、と考えられなくはないが、さすがにそこまでのことを口にする気にはなれない。

「祖父江君の様子が変わったのはいつ頃か、おぼえていますか？」

「ええ。去年の秋、十一月の半ば頃です」

「ある日突然様子が変わったわけですか？」

「それが実は、はっきりしないのです。と申しますのは、私はその頃は友人の劇団に客演して地方公演に出かけていたので、一月《ひとつき》ほど留守にしていたものですから」

「そうですか。リンさんはいなかった——」

彼女の不在中になにかが起きた、ということだろうか。

「その頃彼はなにをしていました。なにか、変わったことでもありませんでしたか？」

「戯曲の材料を集めるので、牛込アパートメントだけでなく他にも残っている朋潤会のアパートを訪ね歩いたり、安宅先生のお宅や北詰さんたち保存会の人たちからいろいろと話を聞いたり、資料を拝借したりしていたのだと思います。他にいつもと違ったことといえばひとつ、うちの劇団がケーブル・テレビの取材を受けて、それが放映されたということがありましたけれど」

「ほう？」

「ほんの十五分ばかりの短い番組で、稽古の絵と公演の絵と、後は五分程度祖父江のインタビューが流されたはずです。でも」

それがなにか？　と視線を返されて、

「その放映を見た女性に一目惚れされて、なんてことは」

「まさか、先生」

リンは小さく吹き出した。

「先生はあのひとが他に恋人を作って、そのせいで上の空になっていると思われましたの？　つまり、浮気していると？」

「まあ、その」

「そんなことだったら私、ちっとも驚きませんわ。あのひと、とっても惚れっぽいんですもの。いつもなにかしらに恋していますす」

「そうなんですか？」

神代は思わず目を剝いてしまう。

「あなたのような女性をパートナーにしておいて、他の女性に心を移すなどということは、私には断固として赦せませんが」

「いえ。でもあのひとの場合、惚れる相手は女性と限ったものではないんです」

「え」

「それどころか、人間でないことも多いくらい」

そこまでいわれてようやく神代は、リンのいおうとしていることを理解する。

「つまり、演劇がらみでということですか」

「はい。今回はあの建物を一目見て、惚れ込んだようでした。まだ裸の桜の梢《こずえ》を見上げて、この桜もキャストだね、いや、これこそヒロインだと、それは嬉しそうにいっていましたわ。

物語の輪郭は先ほど申しましたように『黒塚』、安達《あだち》が原《はら》の一つ家に、というあれですけれど、籠《こ》る鬼女は桜の化身《けしん》でもあるんです。四月八日はちょうど満月ですし、満開の桜の梢に月がかかれば、それだけですばらしい舞台になります」

目を輝かせてそう語っていたリンはしかし、ふと口をつぐむと、

「なのに最近は本当に、なにも手につかないといったふうで――」

「そんなことは、これまでなかった?」

「ええ。あのひとと知り合って、いっしょに芝居をやるようになってもうじき二十五年経ちますけど、これまでに一度だって」

「えッ」

「なんですか?」

「いまあなた、二十五年といわれました?」

「はい」

「とするとあなたは祖父江君と、いったい何歳で知り合われたんですか?」

「先生は私がいま、何歳かお知りになりたいんですの?」

リンにいたずらっぽく聞き返されて、神代は返答に窮してしまう。だがこれまで彼はリンの歳を、せいぜい三十一か二というところだろうと信じて疑わなかったのだ。

「いや、女性に歳を聞くのは失礼だとは承知していますが。しかし、あまりに意外だったもので」

「祖父江は今年五十になります。そして私は彼より は若いですわ」

神代の驚きを予想していたように、リンは小さく笑った。

「私たちが知り合ったのは日本ではなく、インドのゴアでした。彼は大学を休学して、ロンリィプラネットのガイドブックを片手に旅に出てきたバックパッカー。そして私はほんの小娘でしたけれど、父が貧乏旅行者相手に経営しているホテルで働いていました」

「すると、お生まれは」

「インドのボンベイ、いまのムンバイです。私の体には、日本人とインド人とコーリアンの血が流れています。両親も祖父母も疾うに私のそばにはおりませんけれど、舞台に立つとき、心臓が鼓動を速めるとき、いつも感じますの。この体に流れている祖先の人たちの血を」

誇らしげなリンの口調だった。

「日本という国に興味はあったけれど、こんなに長くここで暮らすつもりはありませんでした。でも、生まれた土地に帰りたいというのではありません。自分はひとつところに定住するより、水か風のように絶えず流れていくような生き方しか出来ないと、その頃から思っていたのです。それが結局、それまで生きてきたよりずっと長い間いてしまったのは、祖父江を愛してしまったためかも知れませんわ」

「おや、のろけられました」

他にことばの返しようが無くて、神代はちょっとおどけてみせたが、リンは目元に憂いの色を滲ませて、

「でも先生、いまになって思うんです。私、本当はあのひとのことをなにも知ってはいなかったのではないか、と。私が知っているのは、あのひとが教えてくれたことだけです。両親は早くに死んで、お兄様がひとりいて、でもその人は自殺した」

「自殺？」

「はい。劇団のスタッフをしているとばかり思っていたのが、そのグループは演劇活動を隠れ蓑に政治的な運動を行っていたそうなのです。それも合法的なものではなく、テロリズムに手を染めようとしていて、逮捕されたときも絶対自白はしない。自ら命を絶って秘密を守る、というのが取り決めだったとか。

でも仲間の人は逮捕され、お兄様とあとふたりだけが自殺した。お兄様は用意の青酸カリを嚥《えん》下《か》して。あのひとはお兄様の行動に賛成してはいなかったけれど、死なれてしまってからは兄弟を見捨てたように感じて、耐えられなくなって、逃げるように日本を後にしたのだそうです。

私がそのことを聞いたのはふたりで日本に来る直前のことで、それもただ一度きりです。でも、私にはわかります。あのひとは決してお兄様のことを、忘れてはいません。胸に抱いている罪の思いは、むしろ年毎に強くなっているようです――」

リンは座卓の上に置いた自分の両手を、インド舞踊の仕草のように組み合わせたり、反《そ》らせたり、絡み合わせたりしながら低くつぶやいていた。

「自殺をする人の気持ちを私はわかりません。考えるだけでとても怖いです。死ぬことが怖いというよりも、自ら進んで死のうとする、その気持ちが怖いのです。自殺などしなくても、人はいつかは死ぬのに。でも先生、そういう気持ちは兄弟で似ますか。祖父江はなにか私にもいえないことで悩んで、お兄様のように自殺を考えているのでしょうか。もしもそんなことが起きたら、私は自分がどうなってしまうか自信がありません――」

だが神代は、固い声で彼女のつぶやきをさえぎっていた。

「リンさん」

「はい」

「祖父江君のお兄さんが自殺したのは、何年のことだかわかりますか？」

「私がインドで祖父江と会ったのが、一九七六年の四月のことでした。彼が日本を出たのは、確か前の年の六月。ですからお兄様が亡くなったのは、その少し前だと思います。ひとりで火葬を済ませて、お骨を寺に預けたままだといっていましたから。でも、それがなにか？」

神代は迷っていた。そのことを彼女に教えていいか、悪いか。しかし偶然とは思われない。一九七五年の五月、日本でなにが起きたか。自分が日本にいない時期の出来事で、これまでなんの知識も記憶もないに等しかったのが、工藤のおかげでいまさらのようにその事件を意識させられた。

大学に出たついでに学部の図書室を覗いて、見つけたノンフィクション小説を借りて帰り、昨日読み終えた。一九七四年八月から翌七五年五月にかけて起きた連続企業爆破と呼ばれる事件のことを。その犯人グループが一斉逮捕されたのは、五月十九日の朝だった。

そして逮捕者の他に、三名の関係者が自殺している。男二名女一名。その中のひとりが確か祖父江なにがしという名前だったのだ。

（まさか——）

祖父江という名前は、そうざらにある名でもないが、ものすごく珍しいというほどでもない。単なる偶然の一致かも知れない。だとしたら、そんなことでリンを思い煩わせるべきではないだろう。それに偶然ではないとしても、やはり関係はないのかも知れないのだ。祖父江に起きている異状と、彼の自殺した兄と、そして。

（リンさんに話すのは、確認してからだ。その方がいい——）

即座にそう心を決めた神代は、

「取り敢えず祖父江君と連絡を取りたいな」

出来る限り何気ない口調でいった。

「では、先生に電話を差し上げるように申し伝えます」

「いや。それより彼の携帯の番号を教えておいてくれませんか。私からかけてみます。その方が無駄が無くていい」

「そんな、お忙しいところにお手数をかけさせてしまって、申し訳ないです」

「なあに、かかってくるのを待っているより、かける方が気が楽ですよ」

ためらうリンにメモ用紙とボールペンを押しつけて、番号を書き付けさせると、

「お、そろそろ夕飯時だ。今日は、祖父江君はどうしているのかな？」

「このごろはいつも、十二時近くなるまで戻りませんから。あの、長いことお邪魔してしまってすみませんでした」

あわてて腰を浮かすのに、

「いやいや、帰れという意味でいったわけじゃないんです。夕飯の予定がないようでしたらお誘いしたいのですが、ご迷惑ではありませんか？」

「まあ、そんなお気を使っていただいて。嬉しいです。でも本当に、甘えさせていただいてよろしいのでしょうか」
「いいも悪いも、こっちからお願いしているわけですから」
「はい、では喜んでご一緒させていただきます」
「年寄りに恥を掻かせないで下さって、感謝いたしますよ」

騒がしい食欲熊や無愛想で皮肉屋のムク犬がいなくて幸いだった、と神代は相好を崩す。そうとも、人生にはこれくらいの楽しみがあってもいい。

年齢を重ねれば失われるものは多いが、そのおかげで得られるものもなくはないのだ。これが二十代の頃であればリンのような女性を前にして、酒を酌み交わしながら話すだけでは到底いられなかったに違いない。しかしいまなら、よけいな欲望に煩わされることなく、純粋にその時間を楽しむことが出来る。

「最近は根津《ねづ》あたりにも、そこそこ気の利いた居酒屋が出来ましてね、昭和の初め頃の仕舞屋《しもたや》を店に直して、あん肝やからすみといった和風のつまみで冷えた白ワインを飲ませるんだが、これが存外悪くない。シメの食事には季節の魚を小ぶりの握りにして出してくれたりして、結構吟味したものを揃えているわりには勘定が安い上に、主が若くて変に講釈を垂れたりしないのがいいんです」……

2

同じ晩、そして時刻は数時間後。ところは有楽町駅にほど近いガード下のモツ焼き屋である。終電の時刻も過ぎてそろそろ看板の明かりを消す店もあるが、そこはいくらか客足は退いたものの、依然としてカウンターの中からは香ばしい煙がもうもうと上がって、スツールに尻を据える客たちの顔を包み込んでいる。

「——工藤？」

「よお、たくちゃん、こっちこっち！」

子供じみた声とともに、差し上げられた腕が煙を掻き回す。そうでもしてもらわないと、探す相手がどこにいるかわからないのだから仕方がない。声をかけた男はしかし、それを見ていかにも嫌そうに鼻に皺を寄せた。それから縁無しの眼鏡を押し上げ、覚悟を決めたように近づいていく。

一番奥まった席で、脂じみたカウンターにギプスに包まれた右腕をだらしなく載せ、こちらを向いているのは工藤迅。その横に立ったのは漆原匠馬《うるしばらたくま》という名で、工藤の同い年の幼なじみだ。ふたりとも父親が警察官で、大学を出た後そろって採用試験を受け、中野《なかの》の警察学校も同期に卒業した。

道が分かれたのはその先で、工藤は祖母の介護をするためにさっさと警視庁を退職して群馬県警に入り直したが、漆原は現在警視庁刑事部捜査一課火災犯捜査一係の刑事だ。

階級は工藤が巡査部長より上に上がれる目処《めど》も立たないのに対して彼は一昨年警部補に昇進した。異例の昇進速度ともいえないが、決して遅すぎるということはない。ノンキャリアが警察組織のヒエラルキーを上るには、とにかく繰り返し昇任試験を突破していくしかないので、だが現場にいれば、試験勉強のための時間を確保するのがなによりの難事だ。それには頭の良さ運の良さに加えて、上司の支持を確保するだけの要領の良さが必要とされる。

漆原は冷ややかな目で工藤を見下ろした。彼の前のカウンターには、食べ終えた焼き物の串が皿の上にうずたかい。黙ったまま隣に突っ立っていると、上がった顔から目がきろりとこちらをうかがう、その間にも大きな口には、最後の一串を横ぐわえにしている。

ぐいっと横に引いて口に入れた肉片を、たくましい顎が動いて咀嚼《そしゃく》する。漆原は無言でそれを見下ろしていたが、いつまで待っても終わらない。

「どれだけ喰えば気が済むんだ、工藤」

「ほえはへって、はふはん――」

「口にものを入れたまましゃべるな、みっともない！」

串を皿に落とす。そばのジョッキをぐびっと飲み干す。それでようやく口の中のものを喉に押し流して、ふう、と一息。

「いやあー、喰った喰った」

「モツ焼き喰いに東京に来たのか、おまえは」

「んーなこといったってほら、俺まだ右手が使えないだろ？　そうすっと飯喰うのも不便でさ、匙《さじ》ですくってなんて、ボケ老人みたいで食欲も失せるってえの。だけど串物なら左手でオッケーだもんな。それが嬉しくて、ついついさあ」

「それは、そうだろうが」

工藤が負傷することとなった事件については漆原も知っている。彼は間違ったことはしていない、と思えば同情を覚えないでもなかったが、

「ほら座って、たくちゃんも喰えよ。そんな暗ーい面してさ、どうせろくなもん喰ってないんだろ。だから安くてうまくて栄養たっぷりの、モツ焼き屋で会おうと決めたんだもんな。うわ、俺ってすごい親切。ここのレバ最高だぜ。たれなら普通だけど塩でいけるってのよ、やっぱ鮮度がいいからだよな。おーい大将、注文追加。盛り合わせ二人前につくねのタレとレバ塩それぞれ二人前。おまえ飲み物は？　ホッピーか？」

「馬鹿野郎。こっちはまだ仕事中だ」

「ほんじゃウーロン茶な。大将、俺もお代わり」

「工藤、おまえ、お代わりじゃないぞ。どうするつもりなんだ。馘首になってもいいのか？」

「ありゃ、もうばれてる？」

悪戯小僧のように真っ白な前歯を剥いてニタッと笑うのに、

「親父さんに電話口で、男泣きに泣かれてな。答えに困ったぞ」

「そりゃあ親父のいつもの手だってばさ。あの泣き落としにひっかかるようじゃ、たくちゃん、修業が足りない」

「来年は定年だというのに、このままではおちおち退職もできないと嘆いておられた」

「無事勤め上げてあれだぜ。ぞっとしないと思わないのかよ」

「それは親父さんに対する侮辱だろう」

「違わい。親父は要領が悪いから、とうとうろくな天下り先にもありつけないのさ」

「いくつになったんだ、おまえ。ガキみたいなことばかりいって」

「歳はおまえと同じじゃん」

「そんなことをいってるんじゃない。いつまでもそうやってふらふら、横紙破りなことばかりしているから、手柄だってあげてるのに誰に認められもしないままで、今度みたいな場合にも庇ってくれる上司もいないんじゃないか」

「優等生のお説教はいらないよーだ」

あかんべえをしてみせた。

「そんなのより持ってきてくれたんだろ。例の資料さ」

「こんなところで出せるか！」

「なあに、この煙だぜ。隣だって誰も気がついちゃいないさ」

「いつまでもこんな場所にいたくない」

「ブランド物のコートに匂いがつくもんな」

「知られたら俺の首が飛ぶんだ」

「それもまたよし」

「工藤！」

「採用試験の解答用紙、カンニングさせてあげたのは誰だっけ？」

「おまえ、十二年前のことをまだ――」

「俺がいなければおまえはいまここにいない。輝かしきノンキャリアの希望の星もさ。それは事実だろう？」

「前の晩、景気づけだって酒を飲ませたのもおまえじゃないか。おかげでこっちはひどい下痢と二日酔いで」

「俺はなんともなかったもん」

「おまえの消化器はどうかしてるんだ」

「へい、お待ちどう！」

カウンター越しにモツ焼きの大皿が、どん、と目の前に置かれた。

「ほーら来た来た。喰って喰って、たくちゃん。同じ阿呆なら喰わなきゃ損々。俺はその間にこいつを見せてもらうから」

コートの下から覗いていた角封筒をするっと抜き取られてむっとなったが、焼き立てのモツの香りに空腹を直撃されてはさすがに抵抗しかねた。さすがに食い意地の張った工藤の選んだ店だけのことはある、かも知れない。七味唐辛子をぱらぱらと振りかけて、レモンも少し搾《しぼ》ってほどよく焼けたタンに嚙みつく。

「む、これは」

「なッ、いけるだろッ？」

自分の手柄のような顔でいっている。だが確かにうまい。隣で工藤もタンの串を取り上げ、

「レモンかけて」

「七味は」

「俺が七味苦手なの知ってるだろ。辛いの抜き、レモンはたくさん」

えらそうに命令するのに、黙っていわれた通りにしてやっている。こんなことだからこいつをつけあがらせるのか。

しかし左手一本では、なにをするのにも不便なことは確かだ。串を横に動かして肉片をすべて口の中に納め終えると、指先をおしぼりで拭って角封筒から出した地図を開く。新聞でも読むように顔の前に立てて、口をもぐもぐやりながらしばらくそれを睨んでいる。

「たくちゃん」

「なんだ」

「ここに色ペンでしるしがついてる場所、例のやつが見つかった場所なんでしょ？」

「そうだ」

「なんかこの前電話で聞いたときより、ずいぶん数が多くない？」

「ああ。これまで実行者が別だと思われていたものも、全部マッピングしてみたんだ。一応いまここにつけてあるのは三十六ある」

「放置の日付は？」

「一番古いのが三年前だ」

「へえ。そんなに前からバの字が出てたのかよ」

「模型だがな。といっても初期のものは、模型とすらいえないものだ。油粘土を棒状にして紙でくるんで、そこに針金を挿したものとか」

ぷっ、と工藤は吹いた。

「ダイナマイトのつもりかあ。そりゃたくちゃん、芝居の小道具だ」


ダイナマイトということばだけは、ロパクだけでいった工藤に、

「確かに。だからそれが警察の記録に残っているのは、偶然に近いと考えられる。ほとんどの場合誰かが気づいても、子供の悪戯くらいに考えられて打ち捨てられていたんじゃないのかな」

「そうだな。時計の音でもしていりゃあ、あわてて通報してくるやつはいるだろうが」

「通常の愉快犯なら、せめてその程度にはバの字らしくするだろう。そうでもなかったら悪戯にすらならない」

「だけど、いまは違うんだろう？」

「ああ、どんどん出来が精密になっている」

「進化してるってわけか」

「まあ、そうとも考えられる」

「俺、バの字のことってろくに知らないんだけど、最近はインターネットとかでも作り方が調べられるんだって？」

「そうらしいな」

「でもタイプが似てるのは、七四年のやつらの」

「一応は。それ以外のも見つかっている」

「たくちゃん。地図にただ丸つけてあっても、せめて見つかったブツの種類とか構造とかと、日付のデータくらいはなかったらどうにもならないぜ」

「悪かったな。俺も忙しいんだ」

工藤がむっと下唇を突き出す。

「なんか隠し事してない？」

「俺がそうなにもかもべらべら、しゃべれると思うか？」

「こっちだって情報流したのにィ」

「家出少年か。しかしブツの構造が違い過ぎる」

「だけどあっちは黒色火薬がちゃんと発火したんだから、模型よりはよっぽどホンモノだ」

「まあな」

「そっちとは無関係だとしても、なにかやりかねない。あのメール読んだらそう思うだろう？」

「ああ」

「家出少年とバの字の模型作ってるやつ、もしかしたら繋がってるかも」

「そこまで都合のいい偶然があるか」

「本庁で捜してよ、あの子」

「無理いうな。ろくな手がかりもないのに、どうやれって？」

「俺はなんせ上州の田舎もんだも｜ん。東京みたいな大都会、どこから手をつければいいかもわかんないや」

「捜すつもりで飛び出てきたんだろう」

「まあ——」

「なにか当てがあったんじゃないのか？」

図星だったらしい。串をくわえたまま目をぱちくりさせた工藤は、しかしひょいと肩をすくめてすっとぼける。

「話を持ってきた女の子が、すっごくかわいかったんだなあ、これが」

「おまえがカードを全部晒《さら》さないなら、こっちだってそういろいろはしゃべれない」

「卑怯だなあ、たくちゃんは。いつだってそうやって俺を脅迫するんだ。七並べをすりゃあ、必ず俺の出せる札の手前を止めちまうし」

「何十年前の話をしてる」

「俺をいじめて面白いかよお」

「面白いわけがない。というより、そもそもいじめられているのはこっちだと思うが？」

「嘘だい」

「吐《は》かないなら俺は帰るぞ」

帽子の中に左手をつっこんで、ぼりぼりっと頭を掻いた工藤は、

「わあったよう。変に誤解させるのもまずいから説明するけどな、俺の当てっていうのはちょっとした知り合いでW大出の民間人でさ、そいつの特殊知識に頼ってやれと思っただけなんだ」

「おまえらしからぬ曖昧な物言いだな」

「悪かったな。けどそいつ、いま日本にいねえんだよ。なんか知らないけどマレーシアだかタイだかにいるってんで、当てが外れたもいいとこで」

「思想的にはどうなんだ、その民間人」

「知らねえよ、そんなのは。とにかく後二、三日でそいつは戻ってくるらしいから、そうしたら手がかりになるかならないか当たってみるさ、一応な。家出少年の背景に写っている場所がどこなのか、わかればいくらか手がかりにゃなるだろ」

「それはなるかも知れないが、おまえ、そこに張り込むつもりか？」

「他に手がないなら、やんなきゃなんめえ」

「いつまで東京にいるつもりだ」

「乗りかかった船」

「となると確実に馘首だな」

「なんとかなるさ」

工藤はジョッキを取り上げて、残っていた液体をぐーっと飲み干した。

「男には、男には首を賭けてもやらねばならぬことがあるッ」

「本気なんだな」

「本気も本気」

「なにをそうムキになってる？」

「いいじゃんか。俺がロリコンだから、っていうんでも」

「馬鹿。いっていい冗談と悪い冗談がある」

「そっかー。たくちゃんち、子供ふたりとも女の子だったもんなあ。もう歩いてるのか？」

「当たり前だ。三歳と五歳だぞ」

「へえ。可愛いだろうな――」

「ともかく俺にはわからん。理解できん。なんでおまえが見ず知らずの少年のために、そこまで本気になれるのか」

漆原は投げ出すような口調でいい、工藤は前を向いたまま小さく、

「たくちゃん、昔から優等生だもん」

「そんなんじゃない」

「そんなんだよ。だから落伍しかけた人間の気持ちとか、いまいちわかんないだろ？」

「工藤――」

「それにしちゃなんでか、俺なんかと仲良くしてくれたけどさ。で、いまだにこうやってつきまとわれて、情報搾り取られてえらい迷惑、だろうけどさ、でも俺としては大変に有り難いわけよ」

迷惑だろうか。もちろん迷惑だと大声で断言しなくては、この馬鹿をつけあがらせるばかりだ。そうは思うものの、口は別のことばをこぼしている。

「工藤。おまえは、ちっとも落伍なんかしていないだろうが」

「いま、しかけてる」

「…………」

「でも、別にいいんだ。無理して警官続けなくてもかまわない。たくちゃんと違って俺はこの仕事、もともと向いてなかった気がする。ただ、な」

「うん」

「ただほんの偶然で名前を知った、あの家出少年をさ、引き留められればな。向こうにいっちまう前に見つけて、踏みとどまらせてやれればな、なあんて思っちまったのさ」

「犯罪を未然に防ごうというわけか。だがそれは途方もなく困難だぞ」

「わかってらあ、それっくらい」

「それに刑事の仕事ともいえない」

「だから俺は警官には向いてないんだって」

工藤は眉を怒らせて、低く吐き捨てる。そんな表情を見るのは、ずいぶん久しぶりの気がした。

「俺は、おまえが刑事の仕事を嫌がっているとはいままで思っていなかった」

「最初はな。だけど長く続ければ気持ちも変わってくるさ。なにより自分の仕事に、本当に意味があるのかどうか確信が持てなくなってくる。おまえはそういうこと、ないのかよ?」

聞き返されて、漆原は唇を噛む。

「——ない、と思う」

常に自信と確信に満ちあふれているから、ではない。だが疑問や躊躇《ちゅうちょ》を胸に抱えたまま続けるには、いささかしんどすぎる職であることは確かだ。

「まあ、ない方が当たり前なのかも知れないけど、俺は駄目だった。刑事てのは、犯罪者を見つけて逮捕して起訴まで持ってくのが仕事だろう? だけどそいつらが有罪になって、服役して、大抵の場合はまた社会に戻ってくる。逮捕されてなんかの形で罪を償《つぐな》って、前よりいくらかはましな人生を送れるならいいけどさ、ほんとにそうなってるのかどうか、確信なんか持てないじゃないか」

「犯罪者を逮捕するのは、彼らを更生させるためだけではないだろう。なによりも社会の秩序を維持するためだ。法を犯した者は罰せられねばならない。さもなければ法の存在意義はない。そして被害者感情を満足させるためにも」

「報復の法による代行ってやつか」

「ああ」

「そういうのも俺は好きじゃないけど、まあいい。現場のホトケさんに合掌して、『きっと犯人を挙げますから成仏して下さい』ってやる昔ながらの刑事気質は、悪いものじゃないと思うよ。そうして犯人逮捕が結果的に、被害者や遺族の復讐心を満足させるってことは、そりゃああるだろう。俺だって息子を轢《ひ》き逃《に》げされたばあさんから、犯人を逮捕してもらって有り難うございます、って拝まれてほろっと来たことくらいあるさ。

だけど警察官は、法の番人だといっても所詮はただの人間だ。いつの間にかそれを忘れて、ホトケさんの冥福を祈るどころか、『いっそでかい山が起こらないかな、手柄のひとつも立てたいよな、出来るだけ派手なのがいいな』なんて考えるようになってるてめえに気がついて、俺は愕然としたんだよ、何様のつもりだって」

「刑事なら誰だって、それくらいのことは考えるだろう。被害者感情を考えれば不謹慎かも知れないが、冗談みたいなものだ」

「思っても、聞かれてまずいような場所では、口に出さないだけだって？ わかってるさ、それも。だけど俺は、そんなことを考えたてめえが赦せない。それだけだ」

「そのために？……」

漆原はレンズの奥で目を見張る。

「そんな子供じみた理由で、すべてを棒に振るつもりだって？」

「子供じみた、か。いうねえ、たくちゃん。その通りだろうけどさ、おまえにだけは俺のほんとの気持ちを聞いておいてもらいたかったんだよ。最初から決めていたわけでもないが、東京に来て安旅館の煎餅布団の上で天井の染みを睨んでるとな、もう最初から俺はそのつもりだったんだな、ただ自分で気づいてなかっただけだなって。

岩槻修を見つけて、あいつが今回の一件に関わっているならそれを止めさせる。そしてあいつのことを心から心配していた、従妹のことばをきちんと伝えてやる。それ以上のことは出来やしないが、せめてそれくらいしてやれれば、俺のこれまでの警察人生、最後は落伍して終わるにしても必ずしも無駄だけじゃないって思えるかな、なんて。はは、こりゃおっさんの自己満足だなあ」

とろんとした目でそんなことをつぶやく横顔を眺めながら、

(俺なら……)

漆原は胸の中で思う。

(そんな理由で、仕事を辞められるだろうか……)

小学校から高校、同じ学校に行っているとき、成績は工藤の遥かに上だった。彼には負けまいと常に意識していた。無論それだけの努力はしてきたのだが、なぜそんなにもこの幼なじみに勝ちたいのか、理由は自分でもはっきりとはわからなかった。

しかし工藤が警視庁の採用試験を受けるといわなければ、漆原も彼と同じ道を選びはしなかったはずだ。警察学校時代はまた、工藤の成績を睨みながらどれだけ彼に勝てるか意識し続けた。なのにそんなこちらの気持ちになど気づこうともせず、彼はさっさと警視庁を辞め、いままた警察官の職をためらいもなく放り出そうとしている。それもいままで漆原が、考えたこともないような理由で。

(いや、そんなことは考えるまでもないな——)

漆原は自分が、どれだけエゴイスティックな人間かよく知っている。警察という職場、警察官という職務に使命感を抱いているから、辞めることを考えないわけではない。負け犬の道を歩くのはまっぴらだから、もっといってしまえばそんなことは考えるだけで恐ろしいから、自分は勝ち組になりたい。それだけだ。

(結局俺はこの幼なじみに、人間としては勝てないのかも知れない……)

「――工藤」

「ん？」

カウンターの端に顎をのせていた工藤は、その姿勢のままとろんとした目だけを向ける。

「情報はやる。二、三日うちに、俺が手に入れられるデータはそろえてやる」

バネ仕掛けの人形のように、ぱっと体を起こした。こちらに身を乗り出して、

「ほんと？」

「ああ。仕事の合間だから、そうすぐにとはいかないがな」

「うんうん、感謝感激。もう、こうなったらたくちゃんのためになんでもしちゃう」

「だったら親父さんにあんまり心配をかけるな。間違ってもこのまんまふけてしまおう、なんて考えるんじゃないぞ。退職するならするできちんと筋を通してから辞めろ。いいな？」

図星だったらしい。

「すごいなあ、たくちゃん。どうして俺が考えてることみんなわかっちゃうの？」

「何年つきあってると思うんだ。さあ、帰るぞ。おまえもまだ骨がちゃんと繋がってないんだ、おとなしく寝てろ。――親父さん、おあいそ」

「えーっ、まだ宵《よい》の口だよう。もう一軒行こうよ。ね、もう一軒だけ」

「俺はまだ仕事中だっていったろうが。ほら、立てよ！」

「ふにゃあ」

左腕を摑んで引き起こそうとして、初めて漆原は工藤の息の匂いを間近に嗅いだ。明らかに、ふんぷんとアルコール臭い。

「おまえ、なんだこの匂いは。ウーロン茶飲んでたんじゃないのかッ？」

「酒抜きでモツが食えるかい。あれはウーロンハイだよう――」

「わかった。そういうやつは捨てていく」

手を放すと工藤は溶けかけた雪だるまのように、ぐじゃりと床の上に座り込んだ。すかさず突き出された勘定書を見て、きっちり半額をその上に置く。持ち合わせが足りないほどの金額でもないが、余分に置けばこの大馬鹿者は、それまで酒にして飲んでしまいそうだ。

「見ての通り怪我人なんだ、これ以上は飲ませないでくれ」

言い残して歩き出した彼の背を、工藤の声が追いかけてきた。

「情報、忘れないでお願いねー」

早足で歩き出しながら、漆原はそっとため息をつく。腐れ縁ということばは、こういう場合に使うものなのだろう。別れるの別れないのという話にもならない分、男と女の関係よりよほど始末が悪い。

3

三月三十一日土曜日。

青空に薄紙を一枚かけたようなほんのりとした色合いの空の下、射す陽も暖かいうららかな春の午後であった。

東京都新宿区、私立W大学文学部キャンパスの塀に沿って立つ桜並木も、満開の白い花がはやちらほらと散り始めている。だが幸い風も弱く、明後日の入学式にもそれはまだ華やかに眺められることだろう。

新学期の始まりも来週からだが、キャンパスには意外なほど人影が濃い。ひとつには文学部キャンパス内にある記念会堂が入学式の会場になるため、その準備に働いている職員がいるからであり、学生は学生で新入生歓迎と部活への勧誘を展開する、その打ち合わせに来ているからだった。

会堂前にはすでに四角いテントが張られ、当日は門前に立てられる『二〇〇一年度入学式』の看板に筆を揮《ふる》う老職員の姿も見える。横付けにされたトラックから降ろした折り畳み椅子が、会堂の中に運び込まれては並べられている。明日が日曜日のため、ほとんどの用意は今日の内に行われるのだ。一方クラブの部室の前では、色とりどりの立て看板が並べられ、演劇サークルの学生は衣装をつけて呼び込みのせりふのチェックに余念がない。

あまり広くない自動車道路を挟んで、文学部の正門と相対する高台に八幡神社がある。社殿は樹木に包まれた境内《けいだい》に鎮まっているが、中腹にはこぢんまりとした児童公園があって、陽当たりの良いベンチは近所の老人や子供連れの母親たちの憩《いこ》いの場だ。それも今日は、日向《ひなた》に座っているにはやや暑く感じられる気候のためか、すっかり空いていて、年寄りの猫がうつらうつらしている他は、学生くらいの年頃の若者がひとりかけているだけだった。

若者はスリムのブラックジーンズにスニーカー、黒いダウンのベストに黒いアポロキャップをかぶって、その鍔《つば》で顔を陽射しから守っている。左手には携帯電話を持って耳に当て、右手は小型の双眼鏡を持ってレンズをW大キャンパスに向けていた。その姿勢のまま、ぼそぼそと押し殺した声で携帯に向かって話している。

「……ああ、まだ見えない。でも、間違いないさ。このキャンパスの出入り口は、正門しかないって聞いているんだ。……え？　気がつかれてないかだって？　馬鹿いうなよ。俺がそんなへまをすると思うのか。……なあんだ、おまえやっぱりトガシが怖いんだな。そんなにあいつにシッポ振りたかったら、あいつのところに戻んな。だいたいな、おまえがあいつからちゃんと聞き出せれば、俺がこんな苦労する必要はいらなかったんだぜ。……そうか、わかればいいんだ。そこんとこ、忘れないようにしろよな。……そうか、そうだよ」

黒衣の若者は、くくくくっ、と喉の奥で笑い声を立てた。

「素直で結構だよ。で、ちゃんと作ってるんだろうな。プリティでクールなボムをさ。そのためにおまえを俺たちの住処《すみか》に、かくまってやってるんだからな。せいぜいがんばってくれよ。……そうか。だけどおまえ、まさかもうその従妹にメールとか送ってないだろうな。うちで撮った写真つけて送るなんてさ、死んだ方がいいくらいの馬鹿だぜ。

……ああ、そうだよ。写真くらいで足はつかないかもしんないけどな、そういう油断がやばいんだよ。そんなつまらないことで、ポリスに嗅ぎつけられるなんてまっぴらだぜ。ほんとならなあ、サム。おまえにその始末をつけにいかせたいくらいなんだ。自爆テロでよ、わざと見つかったふりして抱きつくかなんかしてよ、てめえごとふっ飛ばせば、いくらドジな田舎者でもやり損なうことはないだろ？　ほんとにそうするか？

……へえ、えらそうな口利くじゃねえの。いっとくがな、おまえの作るボムなんてな、ソブエのやつの何分の一の威力もねえよ。ボムってえよりただの発火装置だよ、発火装置。間に合わせだっての。えらそうな口叩いてる暇があったら、せいぜいまともな時限装置とかたっぷり作っとけや。それがものの役に立ったら、ちっとは見直してやるからよ。それからわかってるだろうなあ、サム。ミズキには手エ出すなよ。ボム作るのにも手伝わせたりするんじゃねえぞ。あいつは普通の女の子なんだからな、そっとしておいてやれ。……ふん、そうかい。ああ、それならいい。……いつまで？　馬鹿野郎、そんなこと俺にわかるかい。ここで俺が尾行に失敗したらおまえ、なにがなんでもトガシから聞き出せよ。そのポリスがどこにいるのか、そうでないならポリスと消えたW大の教授ってのがどこにいるか。それくらい世間話みたいな顔で聞けるだろう？　出来ねえとはいわせねえぞ——と——」

若者はベンチから立ち上がった。隣のベンチに寝ていた猫が、不興げに一声鳴いて飛び降りたが、それには気づきもしない。双眼鏡を当てた顔を、ぐいと上体ごと前に突き出して、

「出てきやがった……」

つぶやいた。

「なんだ、連れがいるぞ。野郎ばっかり一、二、三人。全部で四人連れで、スロープをこっちに向かって下りてきやがる。タクシーにでも乗られたら面倒だが、まあいい。どうせ大学教授なんて、大した金は持ってないだろ。……ああ、じゃ目処が立ったらまた連絡する」

携帯を内ポケットに、双眼鏡を足元のショルダー・バッグにしまい込んだ若者は、跳ねるような足取りで神社の石段を駆け下りていく。その勢いのままに足踏みを続けていると、対岸の舗道を、目をつけた四人連れが地下鉄駅の方向へ歩いていくのが見え、思わず口の中で快哉《かいさい》を叫んだ。

(やっぱり俺はついてる!)

(見てろよ、逃がすもんか!)

＊

この数日、神代宗は落ち着かなかった。春原リンから聞かされた話、彼女のパートナーである祖父江晋の不審な行動の件が頭から去らないのだ。それが単なる彼の浮気ででもあるならまだいい。邪魔の入らぬ場所に呼び出して説教して、それでもわからないようなら二、三発喰らわせるだけだ。

だがもしもそうでなかったら。工藤から聞いた奇妙な『爆弾模型放置事件』と、祖父江が関係しているのだとしたらどうすればいいのか。どんな理由があってそうも奇妙なことを始めたのか、問い質《ただ》してみたところで、相手も子供ではない。神代と大して歳の違わぬ男なのだ。彼女に心配をかけるな、というくらいのことしか出来ないか。

一九七四、七五年に起きた連続企業爆破事件で、犯人グループの逮捕時に出た自殺者のひとりの名は祖父江朴《すなお》といった。例のノンフィクション小説を読み返しても彼に関する記述はわずかだったが、やはりこれが祖父江の実兄なのだろう。姓が一致し、自殺した年も同じ頃というだけでなく、彼もまた演劇活動をしていたと書かれていた。手先が器用で大道具小道具の製作を一手に引き受けていたが、その一方でサークルの倉庫などを利用し、爆弾製造を行っていたと。

現在祖父江晋は古びてはいるがそれなりに大きい鉄筋アパートのオーナーだが、老朽化が進んでいるために空き室が結構多いのだという。そういう場所であれば、化学的な作業につきものの少々の騒音や悪臭に気を遣う必要もない。祖父江朴が爆弾製造の方法といったことを書き残し、それを弟の晋が手に入れて、いま兄の復讐をするように爆弾をばら蒔《ま》き出しているとしたら……

いかにも馬鹿げた空想のようだが、かつての爆弾といま発見されているそれが構造的に共通しているなら、絶対にそんなことはないと断言するわけにはいかない。動機については、リンが他劇団の地方公演に参加して留守にしていた去年の秋の間に、祖父江になにかが起こったとは考えられないか。

彼の携帯にはあれから日に何度もかけているが、応答はないままだ。工藤からもっと情報をせしめてやろうと思ってこちらも繰り返し電話していたが、いまちょっとお伺いする暇が無くて、といったせりふで逃げられてしまう。携帯電話なんざ便利なようでも、いざとなるとからきし役に立たない、と神代はひとり毒づいた。おかげでいくら酒の力を借りても、夜の眠りが良質なものでなくなったことはいうまでもない。

今日は朝の七時に電話のベルで叩き起こされた。タイからの夜行便で朝成田に到着した、桜井京介ら三人がかけてきたのだが、

『おはようっす！』

という栗山深春の大声を聞いただけで、昨夜の酒がげっぷになってこみ上げてきて、

「なんだ、おめーかよ」

寝不足のままつい険悪な声を出してしまう。

「お気楽な声出しやがって、ったく」

『ははあ、神代教授殿はなにゆえかお心地悪しきご様子ですな。まあ、原因のほどはお声を聞いただけで、おおよそ想像がつかぬでもありませんが』

「うるせー」

だが受話器から聞こえてくる声の主が、いきなり変わった。

『先生、どうかなさいました？　もしかしてどこか具合悪いんですか？』

「はは、蒼か。おまえは元気そうだな」

『元気です、ぼくたちみんな。あの、お土産《みやげ》ありますよ。お土産話もたくさん。だから成田から戻ったらすぐにお邪魔するつもりだったんですけど』

「ああ」

『でも先生が具合悪いんでしたら、今日は遠慮しましょうか？』

心配そうに聞き返されて、なんでもねえんだよ、とあわてて頭を振った。

「ちょっとした二日酔いさ。ストレスがたまるようなことがいろいろあってな」

『それならいいですけど——』

「うん。だがそんなわけでこっちにも、話ってやつが山ほどあるわけだ。特に桜井京介にな。だから、そっちの都合がいいようなら会おう」

『はい、わかりました』

「あの馬鹿には、時差ボケしないようにせいぜい顔を洗ってこいといってくれ」

そこでまた向こうの声が変わった。

『一時間しか時差がないのに、時差ボケなんかしませんよ。どなたかのようなお年寄りでも無し、二日酔いするほどの酒も飲んでいません』

ぼそぼそと抑揚に乏しい、それが誰の声かはいまさらいうまでもない。

「うるせーな!」

神代は受話器に向かって怒鳴った。

「てめーを捜して群馬の不良刑事が上京してやがんだ。いいからさっさと戻ってこい!」

『群馬の——工藤刑事ですか』

「そうだよ。おまえに相談事だ」

『はあ、なにごとですか?』

「何事だろうと、逃げたら承知しねえぞ」


この午後にW大の研究室で待ち合わせることにして、約束の時間にはまだ余裕があったから、神代は家を出たついでに牛込アパートメントに立ち寄った。リンと会えたらもう少し話を聞かせてもらおうかと思ったのだが、アパートの中庭では劇団のスタッフが立ち働いているだけで、リンは今日こちらには来ないという。

主宰の祖父江も相変わらず顔を見せていないが、スタッフはそうしたことにも慣れているというふうで、ただ舞台監督を引き受けた深春がいつ顔を出せるか、そちらの方が気になるらしい。今朝方帰国したんで、顔を見たら伝えておくよと請け合って、結局安宅の住まいに顔を出し、茶を一杯飲んだだけで辞した。

先日の一件、保存運動に関わった建築家の北詰が安宅の息子の死に関係している、少なくとも安宅はそう考えているらしい、ということについては気にならないでもないが、気軽に尋ねられることでもない。安宅の表情にも口調にも、それまでと変わった点はなにもなかった。こぢんまりした台所では、今朝も例の家政婦がのろのろと立ち働いている。前にも増して動作が鈍いのは膝を痛めたからだそうで、自転車は止めて地下鉄で通ってくるのだという。とするとエレベータのない牛込アパートメントでの仕事は、楽なものではないだろう。

気候の良さと、京介たちと顔を合わせるまでには残った酒をすっかり抜いてしまわなくてはというので、大学まで歩いてみることにした。飯田橋まで戻れば東西線でわずか二駅だが、神田川《かんだがわ》に沿って西に歩けば三キロ足らず。そして時間も充分にある。パリにせよローマにせよ中心部はコンパクトにまとまって歩きやすいヨーロッパの都市と較べて、東京は巨大すぎるのが難点だが、これくらいなら散歩するにはちょうどいい距離だ。

久しぶりに歩く神田川沿いの道は遊歩道の整備も進み、心なしか水の流れも昔よりはきれいになったように見える。桜の並木もそろそろ花の見頃で、土曜日の昼から提灯を下げて夜桜見物の支度をした公園もあれば、ベンチで弁当を広げている家族連れもある。コンクリートの護岸の底を流れる排水路めいた都会の川も、両岸から枝を差し伸べる桜に飾られ水面に花びらを浮かべれば、どうしてそれなりに見られぬでもない。

牛込アパートの桜は外より花期がずれるという話で、今朝もまだ五分咲きだったが、こう上天気が続けば他の東京の桜はこの週末が見盛りだろう。風の吹き具合によっては、入学式は花吹雪の中となるかも知れなかった。

昼は大学近くの三朝庵のきつねうどん、関西人がおぞけを振るう醤油色の汁に浸った一杯をすすりこみ、関西風の透明なつゆのうどんも無論うまいとは思うものの、これはこれで悪くない。入学式の準備に浮き立つキャンパスを通り、それとは対照的に静まり返る研究棟に入って自室の窓を開けて、自分で淹れた茶をすするうちに、南国帰りの三人が姿を現した。

「——で、なんですか?」

ほど良く日焼けしたふたりに挟まれて、太陽に嫌われたとしか思えない顔色の京介が尋ねるのに、

「まあいい、うちに行こう。その方が落ち着いて話が出来る」

「お、帰国歓迎会をやって下さるわけですね。それならやっぱり和食だなー」

「てめえが買い物して料理もするなら、いくらでもやってくれていいぜ。材料代と酒代くらいは持ってやる。さて、蒼。道々向こうでの話を聞かせてもらおうか。俺の話は帰ってからだ」

「わかりました。でも、すごくいろんな事件が起きたから、ちゃんとしゃべれるかなあ。京介、落としたことがあったら補足してよ」

「ああ」

「まずバンコクに行ったのが三月二十三日で、その翌日にジェフリー・トーマスのタイの家に行ったんですけど——」

話しながらキャンパスを歩いていく間にも、やはりこの四人の組み合わせは目を惹くらしく、周りから振り返られ視線を浴びる。それぞれの知り合いから話しかけられて、足を止めねばならないこともたびたびだ。


「賑やかだなあ」

スロープの両側にすでに並べられたサークルの立て看板を眺めながら、蒼が楽しそうに微笑む。

「二年前の入学式思い出して、ぼくまでうきうきしてきちゃうな」

「その前から毎日通って来てたんだから、大学なんて別に珍しくもなかっただろ？」

「違うよ、深春。自分がW大生になれたというのとは、全然さ」

「そうかあ？」

「だってそれまではときどき、自分が紛れ込んだよそ者みたいな気がしちゃったし、実際にそんなもんだったし」

「おまえはそんなの、気にしないのかと思った」

「ぼくはそれほどずうずうしくないよ」

「ずうずうしくはなくとも、結構大胆不敵ではあるだろ」

「深春、それ全然フォローになってない」

兄弟のように口喧嘩を続ける蒼と深春、そのふたりを眺めながら、後ろから黙ってついていく京介。そんな三人の様子はここ何年変わらないようでいて、蒼の背丈はまたいくらか伸びたようだ。まったく歳月の流れるのは速い。

「蒼の入学式のときも、良く晴れて桜が満開だったな」

ふと感傷的な気分になってしまう神代を、大きな目で見返って、

「ね、先生。アメリカやヨーロッパの学校って新学期が秋だっていうけど、やっぱり入学式は春がいいですね。桜が咲いてないと気分が出ないもの」

「そうだな。東南アジアやインドだと四月は酷暑の時期で、植物もしおれちまうしな。やっぱり四季のある日本はいいや。――そうだ！」

いきなり深春が大声を上げてぽん、と右の拳を左の手のひらに打ちつける。なにごとかと神代たちは振り返ったが、

「なんか足りないと思ってたんだ。神代さん、どこかで桜餅買っていきましょうや。せっかく東京の春に戻ってきたんだから、胃袋の中からも春を味わわなくちゃ」

「餓鬼みてえなことというない。大声出すようなことか、それが？」

「おんや、それじゃ神代さんは要りませんか？」

「そりゃあ目の前に出されれば、喰うことは喰うけどよ」

「だったら文句はいわないで下さいよ。せっかく人が風流な気分になってるのに」

「ぼくも好きだな、桜餅。京介も食べるよね？」

「あれは葉の塩味があるから、他の和菓子よりは食べやすい」

「無理に喰ってもらわなくてもいいんだぞ」

「あれば食べる」

「そうだ。ぼくまだ一度も食べたことがないんだよね。有名な向島《むこうじま》 長命寺《ちょうめいじ》の桜餅」

「なんだ。そんな名前を覚えているなんて、蒼も案外甘党の食いしん坊だな」

　そういう神代に京介が軽く頭を振って、

「違いますよ。有名なミステリの中に、そこの登場するシーンがあるんです。そうだろ、蒼？」

「ピンポーン。正解です」

　やれやれ、と神代は腹の中でため息をつく。やはり蒼に関しては、京介の方がよくわかっているようだった。いま四人はようやく、文学部の正門を出ようとしている。

　そのまま右へ、地下鉄の駅の方へ曲がりかけて、蒼がふいに首を回してあたりを見た。見ながら、なにか腑に落ちないというように首をひねっている。

「蒼、どうかした？」

　京介が尋ねるのに、

「うん。なんか、このへんも久しぶりって感じだからかも知れないけどさ……」

「旅行ボケか？」

　深春が混ぜっ返したが、蒼はどことなく冴えない表情のまま、

「気のせいだと思うんだけど、なんとなく視線を感じたんだ。誰かがぼくらのこと、じいっと見つめていたみたい。それも、あんまり好意的じゃない視線で。なんか——」

「蒼？」

「なんか、背中がぞくっとした」

＊

「見つけたぞ。あいつの家にたどりついた」

　携帯を片手に、黒衣の若者がささやいた。

「なあに、簡単だったさ。向こうは全然気がついてもいないんだからな」

　あたりはようやく陽が傾きかけて、地面に落ちる影が長く伸びてきたという頃合いだが、路上に他の人影はない。

電信柱の陰に細い体を寄せたその姿は、足元の影法師がそのまま起き上がったような、どこか非現実的な危うさを纏《まと》っている。帽子の鍔の下から濡れたように赤い唇が覗き、細い喉がなにかを呑み込んでいるかにうごめく。

「万一なんかあった場合のために、住所を口頭で伝えておくから書き取れ。いいな。……よし。文京区西片2―＊―＊、表札の名前は神様の神に代々木の代、それから宗教の宗。読み方は知らねえ。……なんだ？『かみしろ・そう』、へえ、そうやって読むのか。まあいいや。

とにかくここがこいつの家だ、ってことだけは間違いない。ぼろい家だぜ。簡単に吹っ飛ばせそうな木の家だよ。おまけに周りはろくに歩いてる人間もいない、しーんとした家が並んでるだけだ。おあつらえ向きじゃないかよ。ここを一発やってやれば、おまえを捜しに来たポリスもあわてて飛んでくるだろう。どうだ？」

それから少しの間、ふんふん、と聞こえてくる声に耳を傾け、しきりにうなずいていたが、

「よし、わかった。おまえはなにがなんでも、そいつを今夜中に完成させるんだ。仕掛けるのは俺がやる。ああ、ふたつともだ。なんだったらもっとあってもいい。頼むぜ」

くくくくっ、と喉を鳴らして笑った。

「じゃあ、俺もこれから一度そっちに戻る。ああ、こいつらならどこへも行きやしないさ。バイクを取りに戻ってからな。おっと、ミズキと替わってくれよ。出たか？……うん、俺だよ、イズミだ。万事順調だから心配すんな」

喉からもれる笑いが、いっそう大きくなる。

「そう、明日だよ。四月一日だ。最高にクールな日取りだろ？　四月馬鹿の日に、今度は冗談じゃないやつがバン、だ。なあに平気だって。おまえの兄貴はへまなんかしない。だから邪魔しないでいい子にしてるんだぜ。じゃあな！」

炎の四月馬鹿《エイプリル・フール》

1

四月一日、日曜日の朝。その日も春らしいうららかな陽射しが地上を照らしていた。

東京新宿区。W大学の本部正門と向かい合って建つO講堂、淡茶色の外壁に三連のチューダー・アーチを並べた大学のシンボルの前面は、さほど広くもない広場になっている。だが日曜日の大学周辺は、付近の商店もそろってシャッターを下ろし、官庁街ほどではないにしろ人気《ひとけ》は少ない。日頃は行き交う学生で溢れるその空間も、今日ばかりはがらんと静まり返っていた。

八時半を回った頃、小型犬のポメラニアンを連れた老人が散歩の途中にその広場を通りかかった。近くのマンションでひとり暮らしをする八十五歳の男性で、健康のために朝晩犬を連れて一時間近く歩いている。暑さ寒さの厳しくない季節はO講堂の階段に腰を下ろし、ハイライトに火を点けて一服するのが習慣だ。この数年、医者にいわれなくても酒はほとんど飲まなくなったが、一日十本ばかりの煙草だけはいくら健康に害があるといわれてもまだ諦める気にはなれない。

もっともここは普段なら学生のたまり場になる。昔はバンカラなどと形容されたW大生だが、近頃は老人の目に誰も彼もひどく子供っぽく映るようになり、高校生かどうかするともっと年下のようだ。彼らに邪魔にされるのは御免なので、人が多いときは立ち寄るのは止める。だが大学が始まっても朝のこの時刻なら、座れないほど学生が出ていることはまずない。

実は最初に講堂前に来たときは、意外に思ったことに階段にかけている先客がひとりいた。ピザ屋が配達に使うような大きな物入れのついたカブが停められていて、そばに黒い服の若者が腰を下ろしていたのだ。黒い野球帽のような帽子を目深くかぶっているので、鍔に隠れて顔はまったく見えない。だがいかにもいまどきの子らしく、痩せてひ弱な体つきだ。上から下まで真っ黒で、なんだか薄気味が悪く思われたので、そのときは立ち止まらずに通り過ぎて町内を一回りし、三十分ほどして戻るともう若者とバイクは消えている。老人はやれやれ、と腰を下ろし、犬のリードを外した。

広場は道路との間に鎖で繋いだ車止めがあって、しつけのいい愛犬は勝手に外へは行かない。だからいまのように他人の姿がないときは、ほんの五分ばかりは自由にそこらを歩き回らせてやる。長年愛用しているライターでくわえた煙草の先に火を点けながら、待てよ、と老人はいまさらのように思った。

すると先ほどの若者は、車止めの鎖をわざわざ外すなり乗り越えさせるなりして、バイクを階段の下まで持ってきていたわけだ。

(なんのためにそんなことをしたんだろう……)

明日O講堂でなにか催し物があって、それに必要なものを運んできたのだろうか。煙を吐きながら老人は、なんとはなしに頭を巡らせた。しかし今日は日曜日だし、動いている人影ひとつない。彼が座る階段の上には、アーチの中に鉄柵の門扉《もんぴ》があるが、それも奥の入り口も含めてすべてきちんと閉じられている。だが、

(あれは？——)

頭上から注ぐ陽の光も届かないアーチの下、鉄柵に押しつけるようにしてなにかが置かれていた。クリスマスケーキでも入れるような、平面が正方形の紙箱だ。汚れひとつない純白の上に、真っ赤なリボンがかけられていて、蝶結びに結んだ輪がかすかな風にゆらゆらと揺れている。

どこにも店のロゴなどは入っていないが、見れば見るほどケーキの箱だった。それも見るからに真新しく、捨てられているものとも見えない。さっきの黒い服の若者が、ここに置いていったのだろうか。妙なことをするものだ、なんでだろう、という疑問と軽い好奇心が、老人の心を内側からつついた。腰を浮かしてそちらに右腕を伸ばしたとき、背後からけたたましい音がして思わず振り返る。

階段の下で彼の愛犬が吠え立てていた。小さな四肢を踏ん張って、その体に似合わぬ大声を上げ続けている。唇がめくれ上がった表情は、これまで見たこともないほど凶暴だ。

「どうしたんだ、ぽん太。なにを吠えてる?」

しかし犬はじりじり後ろに下がりながら、なおもヒステリックな声で吠え続ける。いくら人気がないとはいえ、誰かに聞かれたら苦情をいわれるに違いない。老人は煙草を投げ捨てて階段を下りると、犬を摑まえようとした。

そのとき——

背後で白い箱が爆発した。

いや、そのときはなにが起きたのかわかりようがない。ただ彼は両手に愛犬を抱きしめたまま、爆風に飛ばされて敷石に叩きつけられていた。痛みはない。だが、起き上がることも出来ない。きーん、という耳鳴りの向こうから聞こえる、犬の鳴き声が変わっている。子供が泣いているような、高い哀れっぽい悲鳴じみた声だ。

(そうか。ぽん太は気がついていたんだな——)

(あれが)

(爆弾だってことに——)

耳元で鳴き続ける犬の悲鳴のような声を聞きながら、老人の意識は薄れていった。

事件発生、午前八時四十二分。

2

「なんだって、爆発したァ?」

携帯電話のバイブレータに目覚めさせられて、まだ半分夢うつつのまま受信ボタンを推した工藤迅は、そこから聞こえてきた友人の声の告げたことを理解した途端、大声を上げそうになった。

自分の口を自分でふさいで、あわてて布団の奥にもぐりこんだのは、

『馬鹿、騒ぐな!』

電話の向こうから漆原に、そう怒鳴られたからではない。いま自分のいるのがどういう場所か、ようやく思い出したからだ。

壁の薄い旅館のことで、物音を立てればすぐ隣に筒抜けになる。テレビさえない四畳半だが、これまでもついうっかり鼻歌を歌って、右隣の泊まり客に壁を蹴飛ばされた。

四月になって受験生の宿泊もそろそろ終わりだろうと思っていたが、補欠になった者や二次募集に賭ける者、中には浪人決定で予備校を決めねばならぬ者などが残っていて、宿の空気はこれまで以上に重苦しい。もともとが今時までよく残っていた、といいたくなるような古い日本旅館で、玄関あたりには掛け軸が下がっていたり多少の装飾はあるものの、客室の畳は赤く焼けて天井は染みだらけ。到底陽気な眺めとはいえなかった。

大学で四年遊んだ後は地方公務員試験を受けて警察官になる、と早々と無雑作に決めてしまった工藤は、真面目に受験勉強をした記憶がない。そんなものは時間の無駄だと見極めて、問題なく入れる三流大学に最初から狙いを絞っていたからだ。国立大学に入って官僚になるなり、医者になるなりという目標でもあるなら知らぬこと。それ以下のレベルなら大学なぞ、少々名前が知られていようといまいと、社会に出て大した差が出来るわけでもない。

だが旅館の傾いたような廊下ですれ違った受験生らしい少年の、どんより暗い表情を見ていると他人事ながら気が滅入った。口の中でぶつぶつとなにか唱えているのは、試験に出る項目の暗記をさらっているのか。それとも心の方がいささか危ない方向へさまよい出しているのか。顔を見た限りではどちらともいえない。その少年がすれ違いながら、低い声でぼそっとつぶやいたのだ。

「静かに、してくれませんか……」

ゾンビに息を吹きかけられたようで、背筋がゾッとなった。いっそ怒鳴られるか凄まれるかなら、まだしも対応のしようがある。半分死にかけたような暗い声でささやかれたら、声を呑んでうなずいてしまうしかない。鼻歌に壁を蹴飛ばした右隣はいなくなったが、左隣のゾンビはまだいる。昨日の夜もトイレの前ですれ違ったが、目つきはいよいよ暗くもはやこちらを見ようともしなかった。

工藤は布団の奥で携帯に顔を押しつける。

「もっぺん最初っから話してくれよ、たくちゃん。その爆弾ってのは、一連の『爆弾模型』と同じやつだってのかい？」

『そんなこと、まだわかるわけがないだろ？　事件発生から三十分も経ってないんだ。ただ、おまえこの前いってたじゃないか。当てにしてた一般人っていうのはW大の卒業生だって』

「ああ、俺そこまで話したっけか」

『自分でいってて忘れるな。その相手とは会えたのか？』

「いんや、それはまだ。だけど、まさかそれとこれとは関係ないだろう？」

『俺に聞くな』

「そういや礼が遅くなったけど、資料あんがと。昨日はそれ読んでて遅くなってさー」

『なんかあったらまた知らせる。じゃな』

「あっと、ちょっと待ってよ、たくちゃん。俺も現場へ——もしもし？　切れてら。くそっ！」

頭からかぶっていた布団を跳ね飛ばして、工藤は立ち上がった。こきこき、と首を鳴らし、両腕を振り回して、

「そりゃまあ、俺がのこのこ現場に行ったら、たくちゃんの立場がないだろうけどさ、それにしたってええい、こうしちゃいられねえやッ」

幼なじみの漆原刑事は律儀《りちぎ》に約束を守って、事件資料のコピーを宅急便で旅館宛に送ってきてくれた。昨日はコンビニで買ったにぎり飯をビールで流し込みながらそれに読みふけり、結局は服を着たまま布団に這《は》い込んで眠ったものだから、着替えの手間は要らない。洗面は、まあデートに行くわけでもなし省略してもさしつかえないだろう。

「ここの旅館、ロビーにまでテレビ一台ないんだからなあ。どっかこのへんの茶店で。おっと、それよりも神代先生のお宅に行くのが早道じゃねえかい。今日は日曜だし。一応行く前に電話一本入れておくか。ん？　留守電が入ってる」

口の中でぶつぶついいながらキーを押していた工藤は、『京介が戻ってきたぞ』という無愛想な声を聞いて顔をほころばす。

「ふん、いいタイミングじゃねえか」

柱の釘にかけた小さな鏡の前で、寝癖のついた髪を両手でなでつける。前歯についていた海苔《のり》のかけらを指でこすり落とす。ネクタイは戻し過ぎたワカメのようによれよれだし、たぶんシャツの襟は黒く垢《あか》じみているだろうが、まあいいや、で済ませてしまう。それでも畳に上がることを考えて、靴下だけはコンビニで買ったやつと履き替える。こちらもすっかり垢じみた三角巾をちょいと首にかけ、右腕を通す。ギプスの中で蒸れている腕がむずがゆい。

玄関だけは妙に立派で広い旅館を出て、歩き出しながら神代の自宅へ電話する。しばらくコールの音が続いて、

『――神代です』

無愛想極まるその声は、

「桜井さんかい？」

『工藤さんでしょうか、群馬県警の』

神代教授から話は聞いているだろうとはいうものの、一言で名前を当ててくれた礼をいいたいところだったが、そういっても大した反応は戻ってこないと予想がついたし、いまは無駄話をしている場合ではない。

「臨時ニュースが出てるかどうかはわからないが、テレビをつけておいてくれないか。いまからすぐにそっちへ行く」

『何事です』

見事なくらい無駄なせりふがない。

「あんたの母校のW大で爆発騒ぎがあったらしい。俺もそれだけで、詳しいことはまだなにも聞いていないんだが」

『わかりました。——あ、神代さんが起きてきましたが、替わりますか』

3

電話が鳴ったとき神代宗宅の家内では、まだ揃って眠りに沈んでいた。工藤には悪いと思いながら、昨日は四人で夕方から夜中近くまで飲み食いしながら、どうしても蒼たちの話を聞く方を優先してしまった。シルク王トーマスと弓狩《ゆがり》家を巡る一件がどう決着したのかは、神代にしてもやはり大いに気がかりなことであったからだ。

バンコクからカメロン・ハイランドへ、またバンコクへと移動する蒼の語りを、そばから京介と深春が補足したり半畳を入れたりしながら、昨年の秋軽《かる》井沢《いざわ》で起こった弓狩惣一郎《そういちろう》の死の真相を含めて、すべてが天使の都の水辺で収束する最後までたどりついたときには十一時を回っていて、食卓一杯の料理と酒は、無論デザートの桜餅も含めて、ほぼすべて全員の胃袋に消えていた。

さて、そうなると今度は三人が留守の間に神代のところへ持ち込まれた、前橋の少年家出の一件を話さなくてはならない。それに加えてグラン・パ、祖父江のこともある。だが満腹に加えて、程良く酔いの回った状態で重い話は、する神代の方にしても億劫《おっくう》だった。

明日にさせてもらうか、というわけで座敷に布団を敷こうとすると、てっきり泊まっていくのだろうとばかり思っていた蒼は、これから自分のマンションに戻るという。歩いて十分もかからない距離だから、何時だろうと帰るに支障はないわけだが、

「ごめんなさい。実は明日約束があって、朝わりと早く出かけないとならないから」

「なんだ。帰ってきたばかりで、そいつはせわしないな」

「誰となんの約束なのか、俺たちにもいわないんですよ、こいつ。さてはデートだな。行き先はどこだよ、蒼猫。うりうり」

掴みかかってくる深春のグローブのような手を、猫並みのしなやかさで掻いくぐった蒼は、すばやく玄関に下りて向き直る。もう靴まで履き終えているのだから、まったくすばやい。

「それは内緒。うちのPTAは、そうでなくても過保護気味なんだから」

この二月、彼が遭遇した一件での京介や深春の対応をちくりとやってみせると、

「それじゃ先生、今日はほんとにご馳走様でした」

「明日の夜はどうする？」

「ええっと、ちょっといまはわからないんで、また連絡させてもらいます」

「ま、来週からは新学期だしな」

「ええ、そうですね。おやすみなさい」

礼儀正しく頭を下げて、足早に門を出ていく後ろ姿を、三人は玄関に立ったまま見送る。なんとなく顔を見合わせる。揃って取り残されたような気分がするのはなぜだろう。

そうしてそれは決して神代だけの思いではなかったらしく、

「はあ、なんだかさびしいなあ──」

深春があくびまじりに洩らした。

「親はなくとも子は育つ、か」

「とっくに成人した人間を、いつまでも子供扱いする方が悪いんだ」

「他人事みたいにいうなよ、京介」

「僕は君のように、蒼の友人を呼び出して脅しつけたりはしない」

「その代わり理路整然と問《と》い質《ただ》したんだろ？」

「なんでえ、どっちもどっちじゃないか」

京介はムッとした顔のままそっぽを向く。まったく、これじゃあ蒼よりよほど子供っぽい。

「寝るか」

「そうっすねえ」

「それとも、飲み直すか？」

「そうしましょう！」

飲み食いの誘いだけは絶対に断らない深春が、諸《もろ》手《て》をあげて賛成したが、京介はたったいましがたの会話は忘れたという顔で、

「それより、工藤刑事の用件というのを聞かせてもらえませんか。それとも彼を摑まえて、直接聞かないとなりませんか？」


結局席を書斎に移して、工藤が置いていったメールと岩槻修の写真をふたりに見せた。飲み物はウィスキーのお湯割りに変わっている。かくしてふたりの要求は、同時に満たされたわけだ。深春はメールの文章を何度も読み返していたが、

「確かにこの文面だと、爆弾テロでもやりそうな雰囲気はありますね。だけど前橋にいるときは、特にそういう方面に関心があったわけじゃない。家出して、過激な政治グループかなんかと接触して、感化を受けたってことなのかな」

「おまえ、そっちの知識は？」

「残念ながら根っからのいい加減人間で、政治的にはいたって無頓着なまんま来てます。漠然と保守が嫌いで、かといって共産主義も御免で、原発は基本的に反対で、エコロジーには関心があるけど、電気のない暮らしには戻れない。無農薬の野菜や玄米は美味いと思うが、ベジタリアンにはなりたくないしたまにはジャンク・フードも喰いたい」

「なんだ、結局食い物の話かい」

「なにをおっしゃる。食は人間の根本です」

深春は胸を張る。

「神代さんこそお歳からいえば、六〇年安保闘争世代じゃないですか？」

「馬鹿いえ。俺は四五年生まれだから、そんときはまだ中学生だ。政治のせの字も知ってるどころか、竹刀《しない》振りに明け暮れてたさ」

「じゃあ、全共闘の時代はどうです？」

「六九年にW大の大学院に進んだが、昔から他人とつるむのは苦手でなあ——」

年代からいうとその頃はW大も学生運動の最盛期で、デモの隊列が銅像前をうねったり、キャンパスがバリケード封鎖されたりもしていたはずだが、正直な話神代にはあまり記憶がない。誰もが熱に浮かされたように借り物の政治的用語を使いたがるのにおぞけを振るって、ひとり孤高を気取っていたような気がする。いまにして思えばそんな自分も、大して格好のいいものではなかったろうが。

「深春、おまえは昔から新劇とか好きだったんだろう。そっちの方面で政治的なことをやっている知り合いとか、いないのか？」

「はあ？」

いきなりなにを言い出すのだ、という顔で深春はまばたきした。

「プロパガンダの道具として演劇をやる、みたいなのは昔は盛んだったかも知れませんが、俺らが大学に入った頃はもうなかったんじゃないかな」

「ほう、そうなのか」

「セミプロクラスの小劇団はますます多いけど、それも俺が知っている限りじゃ、政治っぽい匂いのするのと会ったことはないな。せいぜいが環境問題の範囲だけど、そう過激な主張じゃないし」

「祖父江晋の『空想演劇工房』はどうなんだ」

「俺が知ってる限り、あそこの芝居には全然政治っ気はないですよ。ただまあ、常に敗者の視点に立つ世界観ではありますがね」

「敗者の視点——」

「周縁からの目というか、被差別者の物の見方というか。だけどそりゃ当たり前でしょ。体制ヨイショの小劇団なんてあるわけがない」

「それは、そうだろうが」

「なに考えてるんですか、神代さん。前橋の家出少年が、グラン・パさんと結びつくどんな理由があるわけでもないんでしょ? 俺だって二月も三月も、あそこの稽古場やアパートに出入りしてたけど、こんな顔の男の子なんか見たことないですよ」


深春が言い募《つの》るのを耳で聞きながら、それでも神代は答えられないでいる。祖父江が突然リンから他の女に心を移して、そのせいで目前に迫った舞台も放り出していると考えるよりは、ひそかな思想信条に突き動かされてそれをパートナーにも明かせないとする方が、納得が行く気がするのだ。

「——神代さん。そこまでお話しになったのなら、全部しゃべって下さい」

ずっと沈黙を続けてきた京介が、脇から静かに口を挟む。腹の中を見抜かれたようで、神代はぎょっとそちらを向き直った。

「京介、おまえなにを知ってやがるんだ」

「なにも。ただあなたの口調が歯切れ悪くなって、視線が泳いで、グラスの縁を前歯でかじるのは、決まってなにか隠しておられるときです。それに先程から何度も、デスクの上に目を向けている。ということは、この本の内容とそれは関係があるわけですね」

京介が腕を伸ばして取り上げた赤い表紙の単行本は、学部の図書室から借り出してきた例のノンフィクション小説だ。

「この爆弾テロ事件のことは、四半世紀も前のことだし、知識としてだけ知っています。ですが、神代さんが気にしておられたということは」

膝の上に置かれた本がぱらぱらっとめくられて、しおりを挟んだままの位置で開く。そこになにが書かれているかということは、無論いまさら確かめるまでもない。

「わかったよッ」

神代は白旗を揚げる気持ちで、両手を頭の上に上げた。隠すつもりでいたわけでもないが、

「話しゃあいいんだろう。だがな、これは絶対に他言無用だ。蒼にもいうんじゃないぞ。どう転ぶかはまだわからないが、あいつはこれからも劇団の人間と顔を合わせるだろう。変に気を遣わせちゃあ可哀想だ」

「俺はいいんですか。これから来週の公演まで、毎日会うことになりますけど」

「てめえはなに聞いても、気を遣うようなタマじゃねえだろうが」

「あっ、ひでえや。繊細な俺の心を足蹴《あしげ》にしましたね——」

ぶつくさ言い続ける深春の向こうずねを蹴飛ばして黙らせて、リンから聞いた相談事の内容を説明し終えるのに十五分。深春はうるさいが、京介は静かすぎてちゃんと聞いているのかどうか不安になる。

だが前髪の奥で居眠りはしていなかったらしく、

「ではいまのところ、グラン・パ氏とは連絡が取れていないんですね?」

「ああ。携帯の番号にかけているんだが、いつでも『ただいま電源が切られているか、電波の届かないところにおります』ってのが聞こえるだけでな。リンさんがここに来たのが二十八日だが、その前日から自宅の方にも戻っていないそうだ—

「するど、彼は故意に連絡を断っていると考えるべきでしょう」

「浮気には思えねえな、ますます」

「だけど、グラン・パさんの兄貴が昔爆弾テロに関わっていたとしても、なんで彼がいまごろ死んだ人の真似を始めるっていうんだ？　おまけに工藤さんの話だと、いまのところ見つかってるのは爆弾ですらないわけだろ？　そんなの、まるで子供の悪戯みたいじゃないか」

憤然として反論した深春が、だがふっと声を落として、

「十六歳は、子供かな――」

メールの紙を見ながらつぶやいた。

「子供だとしても、その子はすでに爆弾を作り上げている。玩具や模型ではなく」

と、京介。

「だが岩槻修が前橋で作って爆発させたのは、黒色火薬を使う素朴なやつだったそうだ」

「東京で発見されているのは、それとは別だと？」

「全部が全部そうなのかどうかは知らないがな、その連続企業爆破で使われたのと、発火装置なんかが似ているんだそうだよ」

「それにしたって、俺はグラン・パさんの潔白を信じますよ。あの人は芸術家としてのデーモンはしたたか持ってるけど、健全な常識を手放すような人間じゃない。彼の兄貴が関わった爆弾テロだって、いまのパレスチナで起きているみたいな無差別大量殺人狙いの犯罪だったわけじゃないでしょ？　目的は兵器製造産業に打撃と警告を与えるためで、死者が出たのも意図したことじゃなかったって、どこかで聞きましたよ」

「それは、そうらしいな」

神代が読んだノンフィクションは基本的に犯人グループへの同情と共感の視点で書かれていて、死者八人を出したM重工のときには、爆破の五分前に退去を呼びかける電話をしたとあった。

だが当時なんの警戒意識も抱いていなかった企業側が、悪戯電話だろうかと迷う内に五分は経過し、避難の余裕もなく時限爆弾は爆発した。犯人側は侵略荷担企業の危機管理能力を、過大評価してしまったのである。爆弾は玄関前のフラワーポットの陰に置かれ、しかも時刻は昼休みであったために、犠牲にされたのは当のM重工の関係者以上に前の道を行きかかった丸の内のサラリーマンたちだった。爆風で吹き飛ばされた負傷者の上に、外壁のグラス・ウォールが粉微塵《こなみじん》に砕けて降り注ぎ、八人の死者の他重軽傷者は四百人近くという、当時相次いだ爆弾事件の中でも最大数の被害となったのだった。翌年の逮捕まで彼らはさらに幾度かの爆弾テロを行ったが、死者はひとりも出していない。

「もちろん彼の兄貴がその事件に関わっていて自殺した、なんてのはいま初めて聞きましたけどね、そういう悲惨な結果に終わったならなおのこと、同じ轍《てつ》を踏もうとは思わないでしょうよ」

「同じ轍を踏むまいとして、敢えて爆発しない爆弾をばらまくことをしているってのはどうだ」

神代のせりふに、深春が嚙みつくような勢いで聞き返す。

「だからそれはなんのためですよッ」

「理由はわからねえ、けどよ」

「ああ、もう！　要するにとっととグラン・パさんをとっ摑まえて、なにをしてるのか吐かせりゃいいわけでしょう？　いいですよ。嫌な役だけど俺がやりますよ。どうせ四月八日の公演までは、あそこの稽古にも毎日顔出さないわけにいきませんからね、その間にゃどうにかなるでしょうよ、たぶん。馬鹿げた疑惑には違いないけど、ひとつ可能性を潰せば捜査の役には立つわけだし」

「ふん。今夜は妙にものわかりがいいな」

「誉めてるように聞こえませんぜ、神代さん」

深春は肩を怒らせて凄む。

「誉めちゃいないが、まあよろしく頼むわ」

「神代さんじゃなくて、リンさんに頼まれたと思って一肌脱ぎます」

「毛皮をか？」

「――マンネリです」

京介がぼそっという。

「なんだよ、京介。起きてたのか？」

「目開けたまま寝てるんじゃないかと思ったぞ」

「どうして僕に向かって突っ込むときだけは、ふたりで仲良くハモるんです」

それこそマンネリだ、と神代は思ったが、深春のいったことは今度は違っていて、

「で、京介。前橋の詩人少年の写真、もういい加減とっくりと見たんだろう？　その背景がどこか、おまえはわかったのか？」

「これだけ鮮明に写っていて、わからない方がどうかしている」

京介はいささかむっとしたらしく、いつにない強い口調で答えた。

「僕が知りたいのは、この少年がどういうつもりでこれを従妹に送ったのか、ということだ。まったく考え無しにか、それとも実は彼女に自分を捜しに来て欲しかったのか」

「京介、その少年は自分の意志に反して監禁されているとでもいうのか？」

「さあ、それはわかりません。自分で自分の本音に気づいていない、という場合だってあるでしょう」

「それにこんな古びた窓の線だけで、これがどこか気がつく人間はそう多くはないぜ」

「どうかな。工藤さんが面倒がらずに建築史科のある大学でも訪ねれば、彼の質問に答えてくれる人はいくらでもいたと思うな」

「で？」

待ちきれなくなった神代が急き立てる。

「どこなんだい、それは」

「いうのはかまいませんが、それを工藤さんに教えるのは待ってもらえませんか」

「なあにをもったいぶってるんだ」

「いえ。ただ、そこから妙な結論を引き出されるのは困るので」

神代と深春は顔を見合わせて、

(おまえ、わかるか?)

(わかりませんよ!)

ことばにならない会話を取り交わす。それからふたりで同時に視線を戻し、

「いえ!」

「声を揃えないで下さい。いいます。これは原宿表《はらじゅく》参道にある、朋潤会神宮前《じんぐうまえ》アパートメントの階段室です。踊り場の外壁をいっぱいに切り取って、ガラスのないピクチュア・ウィンドウとしているのが極めて特徴的です」

「朋潤会?」

「牛込アパートメントと同じ団体が建てたのか」

「そうです。そして牛込アパートメントと同様、今年中に解体工事が始まります」

4

翌朝神代家の電話が鳴ったのは九時過ぎで、いつまでも鳴り止まぬベルに神代がようやく目を開けると、なんという奇蹟か、京介が受け答えしている声が聞こえる。工藤からの電話だ、ということはそのことばでわかった。さすがに話の内容が気になって重い体を布団から引きずり出すと、京介が無言で受話器を押しつける。

「もしもし?」

『先生、大ェ変《て》だ。とうとうやっちまった!』

京介にどこまで話したのかは知らないが、のっけからこれではほとんど『銭形平次《ぜにがたへいじ》』に出てくるあわて者の三下ガラッ八である。だがこっちは大声で馬鹿野郎、一体てめえはなにがいいてえんでい、と怒鳴ってやりたくとも、過ごした酒が頭に残って声が出ない。

「悪いがな、工藤さん。起き抜けの頭にも飲み込めるように、なにが大変だかもっとこうわかりやすく説明しちゃくれねえか」

『ええ、まだるっこしいなあ。いま桜井氏にもいいましたがね、とにかくテレビかラジオか両方か、かけといて下さいよ。臨時ニュースが入るかも知れないから。後はついたらお話しします。俺はいま先生んちに向かってる途中ですからね、出かけないで下さいよ！』

「わかったわかった」

のろのろ座敷に引き返した神代は、まだ布団の中で熟睡している深春の頭を蹴飛ばして、奥の茶の間に向かう。京介の姿が見えないと思ったが、どうやら台所にいるらしい。コーヒー豆の香りが漂ってくる。さっさと覚醒しなくてはならない事態なら、濃いめのコーヒーはなにより有り難い。

「京介、俺にもたっぷりな」

「わかりました」

この家ではテレビはいたって冷遇されていて、蒼が同居していた時代に買われた小型のそれは、最近は茶の間の隅に追いやられたきり、滅多に電源も入れられない。よっこらしょっといいながらその前に座ってスイッチを押したが、

「なんだ。壊れたかな」

舌打ちをしていたら、後ろから深春がぬっと顔を出した。

「どうしました。いまの電話、工藤刑事からですか？」

「ああ。なんでも臨時ニュースが出るくらいの、どでかい事件が起きたらしいんだがな、しばらく使ってなかったら、テレビが映らねえ」

「どれどれ。なんだ、コンセントが抜けてますよ。ほら。えーっと、リモコンは？」

「そんなもんはない」

「えらい骨董品だなあ。そのうち小道具に貸してくれって、テレビ局から申し込みが来そうだ」

「うるせえ。さっさとしろ」

「はいはいッ。――ええっと、臨時ニュース出てないな。探すとなるとなかなかないもんで」

「新聞を取ってこよう」

寝間着の浴衣の上に綿入れの半纏《はんてん》を羽織って、サンダルをつっかけてがらりと引き戸を開く。今朝も空を見上げればそこに、大文字で『なべて世はこともなし』と書かれていそうなのどかなお日よりだ。庭の桜もこれですっかり咲いてしまうだろう。いくら「大変だ」と電話口でわめかれても、全然実感が湧かない。


ポストから新聞を抜いて、戻ろうとして玄関の方を見てふと見慣れぬものに気づいた。軒下の敷石の上に、ケーキの箱のようなものがある。白い小さな直方体の箱に赤いリボンがかかっていて、蝶のように輪に結んだその色が目に突き刺さるほどあざやかだ。あんなものは確か、昨日の晩まではなかった。あれば夜目にも気づかぬはずはない。

二枚の門扉はきちんと閉じているが、鍵がかかっているわけではない。簡単な掛け金は上から腕を伸ばせば外せるから、誰でも玄関戸の前までは入ってこられる。華やかなリボンからして女の子のプレゼントめいて見えるが、いくらなんでもバレンタインデーには遅すぎるだろう。


しかも引き戸にぴったり寄せて置かれた箱は、もしもそちらの戸を引いて出ようとしたなら、足で踏み潰すか蹴飛ばしてしまいかねなかった。いつも中から見れば右、外からは左の戸を動かして出入りしているので、いまもそうはならないで済んだわけだが、飛び石ひとつ外に置いていけばそうした危険もなかったはずで、プレゼントだとしたらいかにも気が利かない。そんな無神経さと、念入りに結ばれたリボンが妙に不調和な感じだ。

(だが、誰がこんなもんを?……)

なんの気なしに腰をかがめて取り上げようとしたとき、

「待って下さい、神代さん！」

「先生、ストップ！」

内と外から二色の大声が飛んできて、彼の動作をその場に釘付けにした。何事かと体を起こして門の方を見ると、ぐしゃぐしゃの寝癖頭にそれでも黒革のソフトを載せた工藤が、門扉の上から身を乗り出し、ギプスの右腕を振り回してわめいている。

「それさわんないで、先生。家ん中入って下さい。ほんとは退避してもらいたいんだが、この家出入り口はここだけでしょ？」

「裏木戸があります」

玄関の中から答えたのは京介だ。腕を伸ばして神代の半纏の袖を摑んでいる。こっちも工藤といい勝負なくらい乱れきった髪をして、だが目の方は完全に醒めているらしい。

「じゃ、そっちから退避して下さい。俺は所轄に連絡します」

「よろしく」

「ほら、神代さん」

深春とふたりして、否応なく家の中に引きずり込まれ、

「ま、待て、京介。こりゃいったいなんの騒ぎだ。俺はなにがなんだか――」

「爆弾の可能性があります」

京介が耳元でささやいた。

「なんだってえッ？」

「今朝八時過ぎにW大のO講堂前で、時限爆弾らしいものが爆発したとたったいまニュースでやっていました。散歩中の老人が巻き込まれてかなりの重傷だそうです」

「それにしたっておまえ、なんでうちに爆弾が来るんだよ」

「わかりませんよ、そんなのは」

「京介――」

「ただの想像です、僕の」

「突飛《とっぴ》過ぎらあ」

「かも知れません。しかし工藤刑事の様子からして、可能性はそれなりにありそうですね」

確かに、彼の泡を食った様子は冗談のようには見えなかった。

「空騒ぎで終わるなら、それはそれでいいじゃありませんか。責任は彼が取ってくれるでしょう」

鉄面皮に言い切った京介だったが、幸か不幸かそれは空騒ぎでは終わらなかった。パトカーが駆けつけ、近所一帯の住民を退避させて爆弾処理班が出動して来たあげく、解体されたそれは紛《まぎ》れもなくフェイクでも模型でもない本物の爆弾だった。時限式ではなく、箱を置かれた位置から持ち上げたり衝撃を与えたりすれば爆発する仕組みになっていたと、聞かされたのも後日のことだったが。

二〇〇一年四月一日、この日は後に『炎のエイプリル・フール』の呼び名で東京在住の人々の記憶にとどめられることとなる。

もっともそれはパレスチナで、世界のあちこちの紛争地域や内戦地域で、また同じ年の秋に起きた黙示録的ともいうべき惨禍を生んだテロ行為と較べればいかにもささやかな、被害にしても比較的軽微な事件に過ぎなかった。被害者もただ一ヵ所の事件を除いて、重くとも全治一ヵ月程度の負傷を負わされたに過ぎなかった。

しかしいかにも数が多かった。花見の雑踏や、人の賑わう商店街、公園やアミューズメント・パークで、きれいなリボンをかけた小箱やキャラクター人形が、子供の手に拾い上げられた途端に音を立てて弾け飛んだ。子供たちは指先を火傷し、爆発音で鼓膜を傷め、ところによっては周囲のものに火がついて火事になりかけた。

そして日本人は、この種の無差別テロに慣れていなかった。ニュースが広がるにつれ、人出に賑わう公園や盛り場にパニック的な恐怖が広がり、いっそう被害を大きくした。

水道橋の遊園地では、子供の手にしていた風船の割れる音に驚いた親子連れが悲鳴を上げて駆け出したのをきっかけに、群衆の将棋倒しが起こって怪我人を出した。原宿駅近くのティーンエージャーで賑わう商店街では「イスラム過激派のテロだ」という叫び声が上がって、通りに面した商店数軒のガラスが割られた。若者数名が逮捕されたが、彼らは周囲の声に付和雷同したに過ぎず、最初の叫びも意図的なものではなかったと結論された。

こうした派生的事件を別にしても、その日一日東京二十三区内で起こった爆弾事件は不発だったものも含めて二十一ヵ所、負傷者は軽傷も含めて百人を超えた。唯一の死者を出したのは赤坂見附《あかさかみつけ》の地下鉄駅からもほど近い一流ホテルの駐車場で爆発したそれで、洋館のレストランから昼食会を終えて出てきた女性たちが車に行きかけるのを狙ったように石灯籠《いしどうろう》が爆発した。四散した石の破片を顔に受けたひとりが即死し、数人が重軽傷を負った。

それ以外ではW大O講堂前の老人が負わされた、全治一ヵ月の骨折がもっとも重かった。ただし事件の全貌と詳しいデータを一般人が知ることは、少なくともこの当座は不可能だった。社会に不安を広げることを憂慮して、警察の発表はかなり控え目なものにされていたのである。その一方でインターネットを通じての拡大された噂話は、むしろ野放図により刺激的に電脳空間を飛び交っていた。

5

その晩である。神代は自宅で今夜はひとりだったが、さすがに晩酌は控え目にして、その代わりいつもの習慣にはないことにテレビをつけている。ニュースは当然のように昼間の連続爆弾事件で持ちきりだが、その報道振りにはどことなく隔靴掻痒《かっかそうよう》の印象がつきまとっていた。起きたことのすべては明らかにされていない、という印象があるのだ。

特番が組まれニュースが繰り返されていても、どこの局を回しても内容は大同小異で、神代宅に置かれていた爆弾についても、報道されてはいない。無論そのことは、個人的には歓迎すべきことに違いなかったが、どうにも釈然としなかった。

（こういうときに一番情報を持っていそうな、といえばやはりあの爺さんか――）

門野《もんの》貴邦《たかくに》に電話をかけた。実のところこの怪老人とは、ほんの数時間前に白金の美杜《みもり》邸で別れたばかりだったので、当然今朝の出来事は百も承知だったのだが、

『幸いといっていいかどうかわからんが、すでに警察庁警備局が動いておるようだ』

「警備局というと、いわゆる公安ですか？」

『ああ。当然報道などは規制されるだろうな。未遂に終わった君の家の一件なんぞは、抑える方向で動くと思う』

「確かに今晩はずっとテレビのニュースを見続けているんですが、うちの名前はまったく出てきていませんね」

『犯人しか知らない事実を残しておく、というのは一般的な捜査手法だよ』

門野はいうが、神代はなんとなく気分が悪い。自分の名前が新聞に出たり、テレビカメラが門前に押し寄せるのは無論御免被りたいとはいうものの、警察が治安維持のために情報統制に乗り出すとはまるで旧ソ連社会のようではないか。

「といっても、近所の人を避難させたりしましたからねえ。私たちにしたって口止めされた覚えはないですし」

『無論起きたことを無にするわけにはいくまいさ。だが公安の人間というのはしばしばそういう発想の仕方をするものだ。己れたちの手で事態を完璧にコントロール出来るのが最上だ、とな』

「はあ――」

『そして情報化社会というやつでは、自分の目や耳や直感より報じられたことの方を信ずる人間が増える。そういう人間にとっては、ニュースとして提供されない事実は事実ではないのだ』

「そうして今度は情報という名の流言飛語に踊らされて、スケイプゴートを追い回すんでしょうよ」

『関東大震災時の虐殺のように、かね？』

「ええ。六年前の関西の地震じゃその手のトラブルは驚くほど少なくて、日本人も昔よりは冷静に利口になったなんていわれましたが、さて、どうですかね」

『楽観するのは危険だろうな。人間とはそう簡単に賢くなれるものじゃない。原宿で、イスラム過激派の仕業だ、と騒いで回ったのもほんの子供だったというじゃないか。効果的な扇動者がいれば、新しい異民族虐殺が始まらないとはいえない』

「だから公安の情報統制も必要だ、とおっしゃるんですか？　そりゃ民主主義の死滅ですよ」

別に門野が警察を動かしているわけでもなく、彼に絡むのは筋違いだとわかってはいるのだが、他に話を持っていく相手がいないのだから仕方がない。

『君は戦後派だな』

「日本国憲法を支持します」

『だが必要悪、ということばもある』

「関東大震災の虐殺は、お上と軍が民衆を扇動したのだという説もありますよ。統制されることに慣れた人間は批判能力を喪失して、追われる牛の群のようにどちらへだろうと突っ走ってしまうだけじゃないですか」

『かもしらん。だがな、神代君。君だって少なくとも自宅前で頭の軽そうなレポーターに摑まって、いまのご心境はいかがですか、と聞かれるのは嫌だろう？　その爆弾で君の身内が誰か大怪我でも負わされて、心配でたまらないとこだというのに、犯人についてどう思いますか、なんぞとマイクを突きつけられるのはさ？』

神代は受話器を握ったまま憮然とした。茶の間につけたままのテレビからは、新しいネタもなくなったらしく、若い女性アナウンサーが甘ったるい声で事件を非難する感傷的なせりふを繰り返しているのが聞こえてくる。子供が怪我をさせられた、玩具に仕掛けられた爆弾は幼児を狙ったのだ、というあたりが聞かせどころらしい。

「それはもちろんレポーターとかいう連中にマイクを突きつけられたら、ぶん殴っちまうかも知れないんで、報道されないのは幸いですがね」

『そうそう。そう思っておけばいいんだよ』

「だけどやっぱり胸ックソが悪いですよ。マスコミも公安もどっちもね」

我ながら五十を疾うに越えて青臭い話だが、やっぱり警察はなにより嫌いなのだ。

『相手をうまく利用した、と思えばいいのさ。これで蒼君が事件に巻き込まれて、そんなところから昔のことが明るみに出されたりしてはたまらない』

「そりゃそうです」

我ながら、蒼のことを持ち出されればどうしても無難な方へと思いが向かってしまう。これでは京介たちの過保護振りを笑えない。

「もっとも彼もご存じの通りすべて打ち明けられる親友も出来たことですし、あまり先回りして心配しすぎるのは止めないといけないでしょう。いまだってもう私たちの誰より、大人でしっかりしてますけれどね」

『そうだねえ。私だって無論、それくらいのことはわかっているつもりなんだが――』

老獪《ろうかい》な口調で神代をなだめていた門野が、にわかに受話器の向こうでため息をついた。

『つまらんねえ、しかし』

「は？」

『彼が健全に成長するのは、無論めでたいさ。だがここだけの話、もう心配しなくていいってことは、つまらんよ。そう思わんかね』

聞こえてきた老人の声がいつになくしみじみとしていたものだから、神代はついくすっと笑ってしまった。

『おかしいかね、ふん』

「失礼――」

おかしいことはおかしかったが、それは共感の笑いだった。

*

明かりを消した室内は、ひんやりとした薄闇に包まれていた。部屋の主はかすかにきしむ回転椅子に座り、それに向かい合ういまひとりはすり切れかけた絨毯を踏んで立っている。

「どういうつもりだ？」

「予定の行動だよ、トガシ。『火刑法廷』はいよいよ始動した。それだけの話だ」

「わたしは承知していない」

「そうだろうな。だが間違えるな。おれはあんたの部下じゃない。イズミやサムにしてもそうだ。誰もが自分の意志で行動するだろう。あんたが望むならそれは、あんたが自分の手で行うべきだ」

「無論そうするとも。だがおまえたちがあんな軽挙妄動を繰り返せば、わたしは動く時間がなくなる。だからこそ一斉にといったはずだ」

「それはあんたが勝手に決めたことだ。我々はそれに従うとはいっていない。おれにはおれのプランがある。ゆっくりとその瞬間に向かって動いていく、そのための時計がな」

「…………」

「安心しろ、トガシ。イズミのすることは所詮子供の悪戯だ。大したことはやれない。あれをいくら追いかけても、おれやあんたのところにはたどり着けない。そしておれとあんたとの間にも、接点はほとんどない。あんたは安全だよ。それが心配だというならな」

相手のことばに皮肉の毒を感じて、トガシと呼ばれた男は、くわえていた煙草を口から離して机に置く。ギシッと回転椅子がまたきしむ。

「おまえは楽観的すぎる」

「違う。楽観などしていない。おれが敗れたとしても、その累があんたに及ぶことはない。おれは自白しない。そのための用意もある」

「敗北主義は迷惑だ」

ははは、とソブエは乾いた笑いをもらした。

「あんたは最後までかっこをつける気らしいな。だが、わかっているはずだ。おれたちが勝利することなど決してあり得ないということは。おれたちの手で炎と轟音《ごうおん》を上げる爆弾が、どれだけの建築を打ち砕き何人の人間の生命を奪おうと、なにも変わりはしない。この社会はこのまま続いていくだろう。腐れ果てて滅亡するまでは。ツァーリひとりを爆殺して革命が成ると信じられるほど、二十一世紀のテロリストは幸せではあり得ないんだ」

「わたしは、テロリストではない。わたしは、誰も殺しはしない。おまえとは違う」

「おれがしようとしているのは、この醜く肥大した街の上に炎でひとつの構図を描き出すことだ。もしもおれの意図する構図を権力が読み切ったなら、おれはそのささやかな目的すら達することなく死ぬだろう。やり方はそれぞれだよ、トガシ。それでいいじゃないか。国家権力を呪詛する者が国家を模倣しては腐敗する、そんな繰り返しを我々は嫌というほど見てきた。だから同じ轍を踏むのは止めよう。あんたもそう考えたはずだ。

もともと『火刑法廷』はあんたの夢想から生まれた。我々はそこで出会った。夜毎《よごと》電脳世界の法廷に集《つど》って語り合うことで、自分たちの信念を発見していったんだ。そのことには無論感謝している。だが、その場の役割は終わった。あんたも足がつかない内に、サイトを閉鎖した方がいい。おれも、もうここには来ない。連絡も取らない」

「ああ、それがいい」

「じゃあお別れだ、トガシ」

ソブエは握手でも求めるように右手を動かしかけたが、トガシが動かないと軽く肩をすくめた。そのまま出口の方へ体を向けかけるのに、

「おまえにはいろいろ世話になった、——ソブエ。幸運を祈る」

それ以上応える声はなく、油の切れたドアの蝶番《ちょうつがい》がきしんだ。閉じられた金属の扉の向こうを、足音が遠ざかっていく。トガシと呼ばれた人物はひとり残って、それを聞いていた。足音が完全に聞こえなくなったところで、しなやかな身のこなしで椅子から立ち上がる。ドアの施錠をしてから、

「もう出てきていい、サム。君の嫌いなあれは行ってしまった」

「俺——」

「しばらく動かないことだ。気兼ねはいらないから、ここにいなさい」

「俺がしたこと、怒ってます？　勝手に、ああしていろんな——」

「いや。いまソブエがいった通り、君はわたしの部下ではないんだから、命令に従う必要はない。それは事実だよ。だが今日の事件に君が関わっている以上、しばらくここでおとなしくしているのが安全のためだと思うが」

「はい、すみません」

「イズミのところにも戻らない方がいい。それもかまわないね？　あちらとわたしのところを行き来するのは、やはり止めてもらいたいんだよ。君を信頼していないわけではないが、あの子はどうも得体《えたい》が知れなくてね」

「戻りません。あいつ、なんか気持ち悪くて、俺がなにかいっても全然聞かないし、もっとでかい爆弾作れとか、そればっかりで、あいつのいう通りにしているとやばいことになりそうで、だから逃げてきたんです、あなたのところへ」

「それならいい。だが、もっと早くその理性を働かせるべきだったろうね」

トガシの口調は穏やかだったが、少年は冷たい手に触れられたようにびくりと体を震わせる。

「でも俺、あいつのところにたくさん作って置いてきちゃいました。黒色火薬。簡単な起爆装置の作り方なんかも、たぶん覚えちゃっただろうし、だからきっとあいつ、またやります、今日みたいなこと。

「それは、仕方がない」

何度も――」

「でも」

「仕方ないよ。取り戻すのは無理だ。彼らがするかも知れないことについては、あまり気に病まない方がいい」

「はい――」

「そして君には済まないが、もう少しの間だけ協力して欲しい。わたしにも、君が作ることが出来るものを。原材料は取りそろえた。頼めるだろうか」


「ええ。それは」

「心配しなくていい。君は未成年だ。脅されて無理やり協力させられたといえば、大した罪にはならない。まだやり直せる」

「いやです!」

「サム」

「いやです、俺。やり直したくなんかないです、全然。戻るところなんてどこにもないんです。わかんないんですか。俺にはふるさとなんかないんです。とっくの昔にないんです。どこにも!」

「…………」

「前橋にいたとき、俺が爆弾を投げた話しましたよね。そこの近くに詩人の詩碑があります。『帰郷』という詩の前半が彫ってあるの、知ってますか?」

「この目で見たことはないがね」

「あなたが俺に貸してくれた文庫本、これで初めて最後まで読みました。全部で二十一行の詩の内の、頭の六行だけなんです」

「ああ」

「題名は『帰郷』で、夜汽車でふるさとに向かっているって内容で、『まだ上州の山は見えずや。』で終わってる。なんでたったそれだけしか彫らなかったのか、最後まで読んでやっとわかりました。誤魔化しなんです。だって詩人は、嬉しくてふるさとに帰るんじゃないんだから。帰ればいいことがあるって思っているわけじゃないんだから」

嗚呼また都を逃れ来て
何所《いずこ》の家郷に行かむとするぞ。
過去は寂寥の谷に連なり
未来は絶望の岸に向へり。
砂礫のごとき人生かな！
われ既に勇気おとろへ
暗憺として長《とこし》なへに生きるに倦みたり。
いかんぞ故郷に独り帰り
さびしくまた利根川の岸に立たんや。

少年は憑かれたように、宙に目を据えてその詩を口ずさむ。

「俺も同じです。あの街はふるさとでさえない。でも生まれた村からも親からも、俺は追い出され見放された。行くところなんてどこにもない。俺はここで、あなたと死にます」

トガシはサムに歩みより、腕を伸ばしてセーターの胸にその頭を抱いた。少年の体は熱く、汗と涙の匂いがする。失われたものがそこに、自分の腕の中にある。この瞬間だけは、そう幻想を抱いてもかまわないだろうか。口に出すこともしなければ。

（この瞬間だけは——）

罪深き街

1

四月三日の朝である。

ここ数日の上天気が嘘のように、空はどんよりとした雲に覆われて、神代宅の客間にもひんやりとした影を落としていた。

床の間を背にして座った神代の前に、座卓を挟んで男がふたり座っている。ひとりは群馬県警の工藤刑事で、もうひとりは彼が断りなしに連れてきた幼なじみだという警視庁の漆原警部補だ。そして神代はいささか機嫌が悪い。機嫌が悪いということを隠す気もしないでいる。

(なんの災難で二日続けて、刑事なんぞに家まで押しかけられなきゃならねえんだい——)

先週工藤にこの座敷で酒を飲ませたときは、どう見ても刑事には見えない顔のおかげで、相手の職業はさして意識せずに済んだ。だがそうしてふたり並んでいると、やはり警察は警察だという気がしてくる。ましてそこに昨日のふたり組、警視庁の公安部刑事の記憶が重なればなおのことだ。

昨日、つまり神代宅の玄関で爆弾の小箱が発見されたその翌日、こちらが顔を洗う前から現れた刑事たちは、そう思って見るせいか、顔つきも口調も妙に高圧的に感じられる。今日は大学の入学式で、間もなく出かけなければならないからといったのだが、その前に、簡単にで結構ですからお話をと有無をいわせぬ調子で上がり込まれ、なにが簡単なものか、微に入り細を穿《うが》って執拗《しつよう》に聞きほじられ二時間も帰らなかった。そのおかげで神代の警察嫌いはまた一段と昂進したのだった。

公安に対してなにもかもを、正直に話す気など元よりなかった。そしてなにか心当たりは、といわれても爆弾犯人に知り合いはいない。卒業生ふたりと酒を飲んで、遅くなったので泊めて、翌朝テレビのニュースを見ていたら自分の勤めている大学で事件があったので驚いた。新聞を取りに玄関を出てみたら見覚えのない箱が置かれていて、通りがかりの男が警察に知らせてくれた。後のことはなにもわからない。蒼は最初からいなかったことにするというので、工藤も含めてそのように口裏を合わせ、蒼にもそう伝えさせてある。

「その通りがかりの男というのは、あなたのお知り合いではないんですか？」

「いやあ、知りません。いったい何者ですか？」

「それは現在調査中です」

「刑事だとかなんとかいっていた気はしますが、なんとなく胡散《うさん》臭くてねえ」

「どこでそう感じられました？」

「そりゃあ雰囲気が」

「そうですか」

あれだけ敏速に爆弾処理班まで連れてくるのに、工藤が所轄の警察署に対して自分の身分を名乗らなかったとは思えない。当然そこにいるふたりは彼の正体を把握しているはずだ。だが当然といえば当然だろうが、公安刑事は問い質すばかりで向こうからはなにひとつ洩らしはしない。

「で、泊まっておられたというおふたりですが、桜井京介さん、栗山深春さん」

「そうです」

「お弟子さんですか」

「学問的な弟子というわけではないですな」

「しかし、卒業してからも家に招いて泊めるくらいには親しくしておられる」

「まあ、そうですね。おかしいですか？」

逆に聞き返してやると、

「あまり一般的ではない気がします」

それが世間の常識というものか。しかしそんなことを言い出せば、神代の周囲には一般的でないものが山のようにある。

「あのふたりは、歳は離れていますが私の友人のようなものです。教え子と教師ならどうしたって上下関係がありますが、そこを離れればただの人間同士ですから」

「ほう、かつての教え子が友人ですか」

「それもどうせ一般的じゃないでしょう？」

「ええ、まあ」

「だがこの世の中は、一般的なものだけで出来ているわけじゃないと思いますがね」

皮肉をいわれたのがわかったのか、神代と対話していた刑事はかすかに苦笑したが、もうひとりが横から無表情に口を挟んだ。

「いや、先生。しかし大抵《たいてい》の人間というのは凡庸なものです。小さな差違を無視すれば、一般的な判断が結局ものをいいますよ」


言い返してやりたいことは山ほどあったが、むかつく腹を抑えても、早く帰ってもらいたいのが先に立った。桜井さんたちにも話を聞きに行くというので、連絡先の住所と電話番号を教えると、

「ご一緒の連絡先ですか。このおふたりは同棲していらっしゃる？」

という。深春の名前を見て女と勘違いしているなとは思ったものの、わざわざ注意してやるほど神代は親切ではなかった。それにふたりは、同じ部屋に棲んでいるには違いないのだから。

そんな朝の来訪者のおかげで朝食を取り損ね、入学式の最中に危うく腹が鳴りかけたのが昨日のことで、新学期は今週から開始とはいえ実際講義が始まるのは来週の履修科目登録が終わってからだから、まだ大学教授にも余暇がないではない。しかし爆弾の破裂する音と火薬の臭気で始まったこの四月は、決して例年の新学期と同じではなかった。第一事件はまだ、終息していなかったのだ。

一日の狂騒はさすがに再現されなかったが、二日の午後、東京ドーム横のジューススタンドの屑籠《くずかご》が吹き飛んだという。報道されたのはそれだけだったが、未遂のまま発見されたものがまったくなかったのかはわからない。その夜には新宿、渋谷《しぶや》、六本木《ろっぽんぎ》といった都心の盛り場で、人出が減っているのが誰の目にも明らかだった。テレビの映像は、がらんとした舗道にネオンだけがきらめき、制服警官の数が増えた街角を映し出した。

銀座では客足の途絶えることを恐れたブランド・ショップがガードマンを雇い、駅の屑物入れは紙とテープで臨時にふさがれた。不審物を発見したらただちに係員に、といった放送があらゆる場所で流れ始めた。W大でも入学式の後緊急の教授会が開かれて、学内の安全対策が検討された。といってもいきなり名案が出るはずもなく、それらしいものを見つけた場合どうするか、といったことが話し合われただけだったが。

大抵の大学教授は実務能力などからきしありはしない。学生運動でキャンパスが荒れた時代もすでに遠い過去だ。自分の専門分野の他は常識程度の知識もなく、足元に怪しげな箱が置かれていても目に入ることもないかも知れない。見慣れないもの、不自然なものを見つけたら放置せず、といっていきなり手に取ったりもせず、ただちに事務室に知らせること、などという小学生にするような注意も、まったく不要ということはなさそうだった。

もっとも、こと爆弾に関しては神代もえらそうなことはいえない。あのとき工藤と京介から声をかけられなければ、いまごろ病院のベッドで呻吟《しんぎん》していたかも知れないのだ。こうなると蒼が今年大学を休学して、母親の介護のために千葉のホスピスに通うというのも、かえって幸いだった気がしてくる。人里離れた場所というだけでなく、門野が推薦した施設だけあってセキュリティについても万全を期しているらしい。

そのへんのことは昨日の夜、京介からの電話で聞かされた。

「通うよりいっそ、向こうに泊まり込ませてもらう方がいいんじゃないか?」

そういうと、

『それも考えているようですが、どちらにしろまだ休学の手続きは済ませていないようなので』

「なに。書類出すくらいなら俺がやってやるさ」

『過保護ですよ、神代さん』

「なにいってるんだ。いつものことじゃない、場合が場合だろ」

『蒼が承知するなら、代われることは僕が代わってもかまわないので』

「どっちが過保護だ、こら」……

そんな会話をした直後工藤から電話が入って、

『改めてそのへんの話を、桜井氏も含めてさせていただきたいんですが』

という。

「今朝早速公安が来たぜ」

『ああ、そうでしょうね——』

「で、工藤さん。今回の事件とあんたが捜しに来た前橋の家出少年と、関係があると思うのか?」

だったら手遅れじゃないのか、というニュアンスもこめて尋ねたのに、

『ま、そのへんの話も一緒にってことで、何分にもよろしくお願いします』

さすがに工藤のせりふも歯切れが悪かった。

明けて三日も神代は午後から大学に顔を出さなくてはならないので、京介の都合は聞かずにいっそ午前中に、ということにした。工藤との話が済んでから谷中《やなか》のマンションにかけると、九時に来いといわれてもさすがに嫌だとはいわなかったが、翌朝のいま、刑事の方は早々と押しかけてきたのに京介はまだ顔を見せない。なにしてやがんだ、あの馬鹿は、と神代はますます不機嫌になる。

工藤はだがこちらの不機嫌になど気づいてもいないのか、相変わらず腹が立つくらい呑気な顔で、神代が淹れてやった煎茶《せんちゃ》をすすっている。しかし隣の漆原警部補はそれほどずうずうしくもないらしく、座布団の上に正座したままなんとも落ち着かない様子だ。それはそうだろう。本来なら警視庁の第一線にいる刑事が、いまごろこんな場所でのんびりしていられるわけがない。旧友になにをいわれて来たのかは知らないが、どう切り出せばいいのかわからず困惑顔でいるようなのに、いきなり妙な音がしたと思えば工藤が大口を開けてあくびしたのだ。

「ふわああー。やーしかし先生、日曜日はたまげましたねえ。まさしく危機一髪ってやつで」

「まったくな」

「俺が来かかるのがあと一分遅かったら、先生ごとどっかんとなってたかも知れない。俺もちっとは役に立ったと思いませんか?」

「恩に着ろってかい」

「そうとは自分じゃいいませんが」

「俺からするとむしろ、あんたが災難を連れてきた疫病神に見えるがな」

「あっ、ひでえなあ。同じ一升瓶の酒を分け合って飲んだ仲じゃないすか」

「そうだな。正確にいやあ、うちの酒を飲《の》み漁《あさ》っていった」

がはははは、と笑いながら左手で頭を掻いた工藤は、今度はいきなり隣の背中を音立ててぶって、

「たくちゃん、なにこちこちになってんだよ。こちらの先生は至極さばけたお人柄なんだから、なんにも気に病むことないって。先生、こいつを連れてきましたのはね、こんな気の弱そうな顔してても警視庁刑事部の若手のホープなんですわ。俺と違って出世も順調ですでに警部補。そんで二十三区の爆弾模型放置事件に関してずっと調べてたんで、資料を提供してもらってたんだけど」

「工藤——」

「なんだよ、いまさらしゃべるなとかいうなよな。納得してついてきたんだろ」

「俺はおまえと違って、こんなところで油を売っているわけにはいかないんだ。刑事部は総力を挙げて聞き込みに動いているんだぞ。おまえもいい加減に群馬に帰って――」

「ああうるさい。だったら俺を捜査に加えろよ。たくちゃんの部下でもやってやるさ」

「そんなことが出来るわけがあるか。馬鹿なことをいうな！」

「なにが馬鹿だい」

「あんたら、喧嘩ならよそでやってくれねえか」

こらえきれずに神代が割って入る。

「なんで俺んちの前に爆弾が転がってたか、そんなことは知らねえがな、調べるのはそれこそ警察の役目だろう。いまんとこ死んだのはひとりだけだそうだが、さっさとしねえと事件は続くし被害者はもっと増えるんじゃないのかい」

「それは、おっしゃる通りです」

漆原が沈痛な表情で返した。

「前橋の家出少年を捜して、罪を犯す前に摑まえてやりたいって工藤さんの気持ちは聞かせてもらったし、それはそれで真面目なもんだと思った。けど事がここまで来ちまったら、あんまり呑気なことはいってられないだろう」

「そうです」

漆原は大きくうなずいた。工藤がなにかいいかけるのを手振りでさえぎり、ことばを重ねる。

「しかし我々には犯人に繋がる手がかりが圧倒的に不足しています。昨日一昨日都内で発見された爆弾の残存物は現在分析中ですが、犯人に繋がるものが発見される可能性は極めて低い。これまで見つけられた爆発不能の爆弾模型でも、製作者は極めて慎重でした。だからこそ、どんな些細《ささい》な情報でも歓迎します。工藤がいうように、あの少年の写真から場所が特定できるなら」

「特定できたら、どうしますか」

そう聞き返したのは神代ではなかった。廊下側のふすまが音もなく開いて、長身の細い人影が滑り込んできた。

2

「よっ、桜井氏。ご足労」

工藤がギプスの右手を挙げたのには、顔をかすかにうなずかせて応えたきり、なにもいわない。顔を上げた漆原の目に映ったのは、脂気のない長い前髪に半ば覆い隠された顔と細い顎の先だけだ。グレーのVネックに、水色のボタンダウンとスリムのブルージン。そしてメタル・フレームの眼鏡をかけているらしい。ずいぶん若く見える。三十は過ぎていると聞いたが、これでは服装に頓着《とんちゃく》しない大学生、としか見えない。襟元から覗く首や袖口から出た手首は、ずいぶんと細くて頼りないほどだ。


（この男が？……）

いったい工藤はこの若者のなにを当てにしているのか、さっぱりわからないと漆原は思う。そんな大層な人間なのか？　岩槻修から送られてきた写真の背景を特定するだけなら、建築史の専門家ぐらいいくらでもいそうなものなのに。しかしそう思う一方で、漆原の中のなにかが小さく声を上げている。この男は見かけ通りの人間ではなさそうだ、と。

彼は神代の隣に腰を下ろす。小脇に抱えていたノート・パソコンを座卓の上に置く。開くのかと思ったが、両手はそのままパソコンの上に載せて、視線を合わせてきたのは工藤にではなく漆原の方にだ。レンズの向こうから自分を見つめる薄茶色の瞳と出会ったとき、なぜか彼は背筋に冷たいものを覚え、ぞくり、とした。

「事件はまだ、続いているようですね」

低く、抑揚に乏しい声が聞こえる。この男は話すとき、口をほんの少ししか動かさないのだ。

「昨日のニュースに出たのは、東京ドーム横の一件だけだった。しかしそれだけではない。他にも不発で終わった爆弾が、いくつか発見されているのではありませんか」

「なんで、そう思うんですか?」

聞き返した漆原の声は、我ながら喉にからんでいくらかかすれていた。

「マスコミの報道を規制して、百パーセント情報をコントロールできると思うほど警視庁は楽観的なのですか。ネットの世界ではどんな情報でも即時に流《る》布《ふ》されます」

「精度の低い、流言飛語のたぐいならね」

「公式の情報から信頼度が失われたときこそ、流言は盛んに生まれ広がります。報道されているのがすべてではないことを、東京都民はみな本能的に感じている」

「本能的に——」

思わず鸚鵡返しにつぶやいたのに、

「秩序維持者としての警察組織にとっては、あまり有り難くない概念でしょう。しかし人間は家畜ではない。少なくとも、いまはまだ」

前髪の下から覗く淡いピンク色の唇が、うっすらと笑っていると漆原は思う。いや、それは目の錯覚だったかも知れない。その口調に冷笑の響きを感じ取ったための。ふいに彼の胸に、理屈ではない腹立たしさが湧いて出た。

「あなたは、まるでテロリストのように語る」

その感情に押し流されるようにして、つい吐き捨ててしまった漆原に、相手は今度こそはっきりと唇の端を笑いの形に上げた。

「僕は、テロリズムの実効性を信ずるほど楽観的ではありません」

「私もだ」

「俺もさッ」

横から工藤が素《す》っ頓狂《とんきよう》な声を上げる。どうやら割り込むチャンスを狙っていたらしい。

「良かったなー、おふたりさん。早速意見が一致したじゃないか！　話も合いそうでいやあ、めでたいめでたい」

どちらからも返ってきたのは冷ややかな沈黙だけだが、工藤はめげる様子もない。

「それでさー、桜井氏。協力してくれるんだろ？　あんたがマレーシアなんか行ってたおかげで、俺はその間東京で待ってなきゃならなくて、もはや馘首は目前って状況だし、そのうち連続爆弾事件はかくも派手に開幕しちまうし。少しは責任感じて欲しいかもなー、なんて」

「自分で作ったわけでもなし、爆弾の責任までは取れませんよ」

「だったらなによりまず、この写真どこで撮ったか教えてよ」

工藤が座卓の上を滑らせて、岩槻修の写真をぐいと前に突き出すのを、しかし桜井京介は気のない表情で一瞥《いちべつ》する。

「その質問に答える前に、いくつか僕の方からお聞きしてかまいませんか」

「おう、なにが聞きたい？」

漆原が口を挟むより早く工藤は答えている。勝手に安請け合いするな、といってやろうとしたが、よく考えてみれば工藤はまだなにも請け合ってはいない。もっともこの桜井という男が、錯覚して引っかかるということはとても考えられないが。

「この三年ばかりの間、二十三区内で発見されている爆弾の模型のようなものが、すべて同一人物によると警察は考えていますか？」

当たり前のように工藤は漆原の顔を眺め、だがそう聞かれても答えようはひとつしかない。

「いや、少なくとも同一人によると考える根拠はない」

「ですがその中には、一九七四年の東アジア反日武装戦線による連続企業爆破事件との、関連性を疑い得るものがあった、と聞いていますが」

工藤はそんなことまで民間人に話しているのか、と隣に視線を飛ばしたが、幼なじみは横を向いて涼しい顔だ。

「そのことは、否定しません。ただし構造的な類似が見られたのは、昨年十二月に発見された二点のみです。それ以前のものは」

「具体的にどう似ていたんだい。つまり、偶然同じようなものになるってことはあり得ないのか？」

そう尋ねたのは不機嫌な顔を崩さぬままでいた神代教授で、

「いや、そこまでお答えするのはご容赦下さい」

漆原はそう答えておく。うっかり工藤に乗せられて緊張感を忘れ、聞かれるままに情報を垂れ流すようなことになってはまずい。

「昨日一昨日の爆弾はどうです。企業爆破事件のものと、共通性がありましたか」

「それはまだ、なんともいえません。現在分析中です」

桜井の顔を睨んで漆原は答える。そう、こいつの顔さえ見ていれば、緊張感を忘れるということはない。大丈夫だ、緊張しすぎて失敗しなければ、と、つい嫌なことを考えてしまった。

「しかし漆原さん、一昨日一日に二十三区内で爆発し、あるいは発見された爆弾は、決して等質のものではなかった。それは事実でしょう」

「なぜあなたは、そう思うんですか？」

「威力と起爆の方式に、ばらつきがあると思われるからです。もっとも破壊力が大きかったのは、赤坂見附のホテルの庭で爆発して、死者を出したそれです。ついで全治一ヵ月の重傷を負わせたW大講堂前のもの。このふたつはおそらく時限式ですね。それ以外のものはいずれも動かしたり、持ち上げたり、手に取ったりする衝撃で爆発するもの。そして威力はさほど大きくはなく手の火傷程度。爆薬はたぶん黒色火薬」

「詳しいですね、桜井さん」

「受け売りですよ、すべて」

そういって、両手を載せているノート・パソコンを指で軽く叩いてみせた。

「ネットから?」

「そうです。この程度のことは素人でも考えます」

「問題は、その先だ」

「ええ。僕は、四月一日の爆弾製作者及び実行犯は複数だと考えていますが、その点の警察の見解はいかがですか」

「組織としての捜査方針は申し上げられないが、あなたのいうようなことは私も考えている」

「では、昨日の東京ドーム横の事件はいかがです。あの爆弾はどちらですか」

桜井の表情は依然はっきりしなかったが、その口調はいくらか面白がっているようだった。それがなおのこと、漆原の神経を逆撫《さかな》でした。

「昨日の今日では、まだなにも申し上げられませんよ」

「そうですか。僕の予想では、あれは赤坂見附と同じタイプでしょう。そして他に報道はされなかったが、黒色火薬を用いた爆弾もいくつか発見されたのではありませんか。ただしそれはいずれも、不発のまま終わった」

漆原は表情を変えまいと努めたが、それがどこまで成功したか正直な話自信はなかった。

「桜井氏、それもネットかい?」

いつもとまったく変わらない工藤の口調が、いくらか憎らしくもある。もっとも桜井の視線が数瞬でも、自分から離れるのは有り難かったが。

「ええ。某有名掲示板サイトでは、四月一日の午後からすでに事件のスレッドが立ちました。そこに書き込まれている情報は無論玉石混淆《ぎょくせきこんこう》、というよりガセがほとんどですが、注意して読めば中には事実も混じっています」

「そん中に、もっと爆弾が見つかっているって書かれていたのかい?」

「ええ。書き込みを信じれば数十ヵ所」

「そりゃないいぜ」

「せいぜい十分の一でしょうか。それでも嘘ばかりではない。報道規制で情報を管理するのはすでに不可能ですよ。警察では、ネットについてはまったく監視していないのですか」

「公安は知らないがね」

漆原は自分でも意識しないまま、吐き捨てるような口調になっている。

「最近はネットがらみの犯罪も多くなっている。違法な薬を売ったり、売春が行われたり、そうして出会った人間同士が殺し合うようなこともある。だが確かにそっち方面のアプローチは、かなり遅れているといっていい。というか、そもそも従来の警察の手法にはそぐわない」

「そうでしょうね。インターネットは本質的にアナーキーな世界だ。それを有効利用するためには、人間の良識が必要になる」

「良識?」

「ええ、良識」

皮肉に笑った漆原に、桜井も良く似た表情で応えた。そしてその笑みを消さないいまま、

「おかしいですか、それほど」

「いや。だがそんなものがどれほど頼りないか、警察で働く人間は嫌というほど知っている」

「それでも僕が期待していた以上に、ネットは公正に機能していると思いますよ、いまのところは」

「私にはとてもそうとは思えないな。二十世紀の他の発明と同じように、世の中を複雑にしてトラブルを増やす道具だ」

「道具には本来善も悪もありません。ただの鏡、というかそれを増幅するレンズでしょう」

「善悪はただ人間にある?」

「そう」

「我々にとってもその方が有り難い。人の悪は人が裁ける」

「そうでしょうか。その思い上がりが権力となり、より大きな悪を生んでいるのでは」

「君は警察不要論か」

「ええ、出来れば」

「つまりは神が正義だった時代に戻りたい、ということかな」

「とんでもない。僕はいかなる神も崇《あが》めることを拒否します」

いままでにないきつい口調で否定して、頭を振ると前髪が音立てて流れる。初めて露わになった高すぎない鼻筋と白い頬が、一瞬目に灼《や》きつくようにあざやかだった。

「それでも人間の良識は信ずるのかな?」

「ええ。それだけは信じることにしています」

それが君の神なのか、ともう一度聞こうとして止めた。ただ信じるのではなく信じることにしている、つまり意志として、というわけだ。いわゆる宗教のように、盲信はしないといいたいのだろう。

「ようやくいくらか、君の考えていることがわかった気がする」

「それはどうも」

「もっとも同意は出来そうにない。人間というものは、君が考えるほど理性的な存在ではないと私は思うから」

「どうかそれを、ご自分たちの行動の言い訳にだけはしないで下さい」

ここは腹を立てるべきかと漆原が迷った一瞬に、

「ちぇーっ。なんだよ、話がずれまくってるぞ!」

工藤がわめいた。

「おまえらふたりだけで盛り上がっちゃってさあ、俺と神代先生置いてけぼりにするなんて失礼だぞ! こっちにもわかるように話せよ。ねえ、先生?」

「まあ、こいつが失礼なのは、いまに始まったことじゃないけどな」

組んでいた腕を解いて桜井の頭を乱暴にこづいた神代教授は、

「だけど話がずれてるってのは本当だ。なんの話をしにきたのか、漆原さん、あんたの方が忘れちゃぁしょうがねえな。京介、こちらさんが忙しいのは当然だろ。協力したくないならそうはっきりいえよ。舌先三寸で丸め込もうなんてしねえで」

「いいえ、別にそういうわけでは」

恩師にはやはり遠慮する部分もあるのか、下を向いてぼそぼそ言い訳しながら、桜井は手の下のパソコンを開いた。

「あとひとつだけうかがっておきたいのですが、漆原さんがマッピングされた爆弾模型放置事件から、昨日までに、いま僕が読み上げる町名で発見されたものはどれほどありますか。墨田区押上《おしあげ》二丁目、渋谷区神宮前四丁目、墨田区横川《よこかわ》五丁目、渋谷区代官《だいかん》山《やま》町十番地、江東区白河《しらかわ》三、四丁目、江東区毛利《もうり》一丁目、港《みなと》区三田《みた》五丁目、荒川区東日暮里《ひがしにっぽり》二丁目、同じく五丁目、台東区東上野《ひがしうえの》五丁目、千代田区霞《かすみ》が関《せき》一丁目、文京区大塚《おおつか》三丁目、新宿区新小川《しんおがわ》町」

「え、え、確か神宮前四丁目って、四月一日にひとつ爆発したよな。な、たくちゃん？」

工藤は、あ、そうか、といって漆原から送られてきた書類袋を掻き回して、地図と表のたぐいを座卓の上にぶちまける。

「えーっとお——」

だが漆原は、いちいち資料に当たる必要はなかった。

「いま桜井さんが上げた十三ヵ所のうち、私が把握している限りでは八ヵ所で爆弾模型が発見されています。発見された日付はいずれも今年、一月末から二月三月です。一日の爆発は正確には表参道の車道上で、そこは神宮前五丁目になる。桜井さんはどこでその地名を知りました？」

「京介、それもみんなネットで見つけたわけか？」

「ええまあ」

曖昧に答えた彼は、しかし次に口を開いたときは平然と別のことをいう。

「昨日の夜からずっと事件関係のサイトや掲示板を見続けていて、実は気になる書き込みをいくつか見つけたんですが、警察はとっくに捕捉しているかなと思ったら、どうもそうではないらしくて」
「おい、京介」
「たとえばこれです」
キーボードを叩いていた手を止めると、パソコンをくるりと回して示す。『犯行宣言』とタイトルめかした大文字の下に並んでいたのは、千文字ほどの文章で、その後半はこのようになっていた。

……この日本、この東京、そこに住む者ら。汚らわしい国、堕落した街、太平に慣れきった人々。なんと叫び罵ろうと、我々の声はどうせおまえたちの耳には届かない。おまえたちが自ら反省することなどあり得ない。ならばやむなし、奪い取るまで。おまえたちが平然とあぐらを掻いているこの街に火を放ち、打ち砕き、無に帰せしめるまで。

満員の電車の中で携帯電話に向かってしゃべり散らす馬鹿男。両脚を広げて座り顔に塗りたくって恥じない馬鹿女。人目もはばからず乳繰り合うケダモノのような連中。人を突き飛ばして我先に改札を通り、ホームへの階段を駆け下りる飛蝗の群れどもよ。そのときになってあわてふためき、泣きわめくがいい。

かつていくたびも闘いの火の手は上がり、いくたびも悔い改める機会は与えられたのに、決しておのれの足元を見ようとしなかったおまえたち。その余命はだがようやく尽きたのだ。

おまえたちは裁かれる、有罪の判決しか下さない法廷において。おまえたちは断罪される、罰はただ火刑あるのみの処刑台において。覚えておくがいい。この年の桜が散り終えるより前に、享楽の都は失楽の街へと名を変えるだろう。

覚えておくがいい、我々の名を。

《火刑法廷》

横から首を伸ばして、読みにくい液晶画面を睨んでいた神代教授は、びっしりと画面を埋めている文字をようやく読み終えたらしく、

「なんでえ、こりゃあ——」

つぶやいた。

「火刑法廷ってのは確か、ミステリの題名だろ？」

「ええ。神代さんがおっしゃる通り、ディクスン・カーに原題が『The Burning Court』という題名の幻想ミステリがありますが、ここでいっているのはそのタイトルの由来となったフランス、ルイ十四世治下にあった魔女を裁く法廷のことだと思われます。有罪はすべて火刑に処せられるがゆえに、そう呼ばれたという。つまりこれを書いた人間のハンドル・ネーム、ネット上の名乗りが《火刑法廷》だというように読めます」

「桜井氏、これが爆弾犯の犯行宣言だって？」

「そうとも受け取れる内容ですね。某掲示板サイトに書き込まれたのは去年の十一月三十日です」

「名前ってことは、他にその名の書き込みはなかったのかよ」

「ありますよ。同じ名前のサイトも」

京介はこともなげに言い捨てて、

「興味がおありならアドレスをお教えしますから、ご自分で閲覧して下さい。サイトを別にすれば、この他に僕が見つけたのはこれとこれです。最初にあるのが書き込みの日付と時間です」

京介はふたたびパソコンを回して示す。

31MAR 23:59
《火刑法廷》
雨の弓その1 四月の魚 8時10分

01APR 23:59
《火刑法廷》
その2 12時00分

「犯行予告か？」

漆原は思わず声を上げている。

「四月の魚、ポアソン・ダブリルっていうのは、確かフランス語でエイプリル・フールのことだ。W大で爆発したのは八時四十二分。三十分ずれてはいるが、偶然とは思えない」

「雨の弓ってのは？」

「普通に考えればrain-bow、虹のことだろうが、どう関係しているのかはわからないな。だがこの書き込みの時刻が正確なら、犯人が書いている可能性は高い。昨日の東京ドームのやつは、確かほぼ正午に爆発した」

だが工藤は首をかしげて、

「でもたくちゃん、爆弾のタイプからいうとW大のと東京ドームのとは違ってたぜ。同じのはむしろ赤坂のホテルの方だ。W大は黒色火薬、赤坂はセジットっていったっけ？　犯行宣言の最初の方にあった除草剤使うのって、セジットだろ？」

「べらべらしゃべるな、工藤」

漆原は渋い顔をしたが、幼なじみは確信犯だったらしく平然としている。

「桜井氏、この後は？」

彼は再び無言で、パソコン画面をスクロールして見せた。

02APR 23：59
《火刑法廷》
その3 11時00分

時計を見る。十一時五分前。書かれているのは時間だけで、阻止するための手がかりにはなり得ないが、これだけのものを見逃していたのは完全に警察の失態だ、と漆原は歯嚙みする。

「この掲示板で、書き込んでいる人間の本名や住所はわからないのか？」

そう尋ねたのは神代教授。

「普通ではわかりません。串を刺しているようですし」

「なに？」

「つまり、書き込んだ者の所在を知られないよう処置を施《ほどこ》している、という意味です。もちろん令状があれば、プロバイダから資料を提出させることは可能でしょうが」

「それじゃ間に合わねえ――」

工藤が呻く。

「桜井さんよお。こんなネタを握っているなら、いままでもったいぶらないでさっさと出してもらいたかったぜ」

彼はそのことばになんと答えるべきか考えているようだったが、それはこちらの勝手な言い分だ、と漆原は思う。この書き込みが爆弾犯の犯行予告だ、という証拠はない。捜査本部の方針は飽くまで定石通り、現場に残された物証の購入先と、犯人の目撃証言を求めて聞き込みに動いている。

十一月にアップされた文章は結局、犯行宣言と受け取れるという程度のものだし、予告めいた書き込みも場所についてはまったく触れられていない。工藤がいう通り爆薬の種類も違うし、時間の一致もわずか二例では偶然と片づけられてしまうかも知れない。

だがとにかく、手がかりのひとつであることは確かだ。ここに来たのは少なくともまったくの無駄足ではない。しかし手に入る情報がここまでなら、工藤は勝手にするとして自分はもう行くべき時刻だ。立ち上がりかけたそのとき、漆原の内ポケットで携帯電話が振動した。時刻はすでに十一時を六分回っている。

「はい、漆原」

そして彼は目を見開いた。

3

人間の顔が見る見る、文字通り血の気を失って青ざめていくのを、初めて目の当たりにした、と神代は思う。だがそれは一瞬で、電話を切って視線を前に戻したとき、漆原の顔は元通りの平静さを回復していた。

しかし彼が口を開くより前に、工藤が噛みつくような調子で尋ねる。

「たくちゃん、三発目か?」

「ああ」

「場所はどこですか」

京介の問いに、わずかにためらったが、

「新宿区、地下鉄神楽坂《かぐらざか》駅付近だ」

「なにが爆発しました」

「そんなことまで、あんたにいま説明している暇はない!」

さすがに腹立たしげに吐き捨てて、立ち上がりながら神代に軽く一礼する。

「お邪魔しました。私はいまから現場に向かわなくてはなりません」

「何分にもお気をつけて」

もう一度会釈《えしゃく》して廊下に飛び出す後を、工藤が床板を鳴らして追いかける。

「俺も行くよ!」

「馬鹿野郎、来るなッ」

「なぜだよ」

「おまえの面倒まで見ている暇はない」

「別に面倒なんか」

「迷惑だ」

靴を履いている背中に、京介が相変わらず感情の見えない声で問う。

「現場の町名は」

それが耳に届いた証拠にちらっと肩越しの視線が来たが、なにもいわずに玄関を飛び出していく。

「ちぇーっ」

子供のように口を尖《とが》らせてそれを見送った工藤だが、神代が後ろから、

「ずいぶんあせっていたな」

声をかけると、

「公安が出張ってきてますからねえ、なにせ」

「縄張り意識かい」

「自分とところの山だって必死こいて追いかけてるものを、トンビに油揚げさらわれるのはそりゃ嬉しくないっしょ。だけどこのまま事件が続いたら、否応なしに合同捜査、ってか、そうなりゃ刑事部は公安部の下働きにされるだけだろーし」

「他人事みたいなせりふだ」

「他人事ですよ、混ぜてもらえないんだもの。あー、だけどなんかつまらねえな。見物するだけでもいいから、やっぱり俺も行こうかな——」

「それじゃただの野次馬だ、工藤さん」

京介の声がわずかに笑いを含んでいる。

「うるせえッ。だいたいなんだよ、桜井氏。たくちゃんとふたりだけで盛り上がっちゃって、思わせぶりばっかりするなよな。さっきの地名ずらずらっ、あれはなんなんだよ?」

「お知りになりたいですか」

「当たり前のこと聞くな」

「でもその前に、岩槻修の写真が撮影された場所を知りたいでしょう」

「それも当たり前だろッ」

「じゃあ、行きましょうか」

軽くいわれて、えっ、と目玉を引き剝いた。

「彼がすでに居場所を移していたとしても、あの写真を手に多人数で聞き込みすれば、目撃者は見つかるかも知れない。あなたがそれを望んでいるなら、漆原警部補を説得することも不可能ではないでしょうからね」

「チェッ。そこまではっきり見込みが立ってるなら、もっと早くいってくれよ」

工藤が文句を垂れたくなるのも無理はあるまい、と神代にしても思う。京介が漆原を説得出来ていれば、何人か捜査員をそちらに割いてもらえたかも知れないのだから。いや、もしかすると最初からそれを承知で、話を引き延ばしていたのか？

（しかしこいつ、一体なんのつもりで——）

神代にしても不審の目を京介に向けずにはおれなかったが、

「ただし今回の犯人グループに、岩槻修が加わっているという どんな証拠があるわけでもありません。違いますか」

「いまはまだな。だが前橋の公園で修が爆発させたやつの黒色火薬と、昨日一昨日東京で見つかったのと、成分を分析中だ。それが一致したら、俺の嫌な予感はぴったり当たったってこと」

「だが、昨日発見されたものはいずれも不発だったわけですね。東京ドーム横の一発の他は」

「ああ」


「するといまの時点で、彼が犯人グループを離脱している可能性はあります」

「だから昨日のやつは不発だったって？」

「爆薬があるだけでは爆弾テロは成功しません。むしろ問題は起爆装置だ。不慣れな人間が一朝一夕に成功させられるものではないでしょう」

「ふん。そう考えるとちっとは希望が湧くな」

「工藤さんが本当にその少年のことを心配しておられるなら、捜査員を大動員して彼を狩り立て追いつめるようなことはしない方がいい、と思われませんか。出来るならその前に発見して説得して、自首させるようにし向けた方がいい」

「へえ、だからたくちゃんがいなくなるまではなにもいわなかったってことかい？　あいつじゃそんな手加減は利かないだろうからって？」

「まあ、そうです」

なるほど、と神代も思い、工藤も大きくうなずいた。

「こいつはお見それだ。あんた、見かけによらずやさしいことというじゃないか」

京介はひょいと肩をすくめた。

「そういう誉められ方をしたのは初めてです。じゃ、行きましょうか」

「待て、俺も行く！」

あわてて神代が後ろから声をかけた。

「すぐ着替えるからちょっと待ってろ」

「大学に行かれるのでは？」

「別にどうしてもって用でもないからな」

「神代さんも野次馬ですね」

「そういやあ桜井氏、他の相棒たちは今日はどうしたんだ？　髭の生えたむさいのと、可愛い坊やがいただろうが」

「むさいのは舞台監督の仕事で、可愛いのは大学のはずです」

「舞台監督？」

「ええ、見かけによらず」


京介は当然のように、祖父江晋の件には触れようとしない。彼が爆弾魔だなどとは疑いたくない神代だが、捜査側から見れば立派な被疑者ということになるだろう。工藤にしても警察の一員であるには違いない。そう意識すればどうしても、口ごもったり目が泳いだりしかねない。だが京介はいっそ見事なくらい平然としている。

スーツに着替えた神代が玄関に鍵をかけると、ノート・パソコンを入れたショルダー・バッグを肩に京介は先に立って歩き出した。

「で、どこへ行くって？」

「地下鉄で表参道まで」

「昨日の現場のひとつと近いな」

「近いです」

「自分がいる場所の近くでは、やらないだろうよなあ──」

見る見る渋い顔になって、可能性がひとつ薄れたかな、とぼやく工藤に、

「工藤さんは子供のときはずっと東京ですって？」

他人に向かって四方山話《よもやまばなし》とは珍しいこともあるものだ、と神代は思ったが、

「ああ。子供のときっていうより、大学出て一年ばかりまではずっとな」

「どちらかといえば墨田区江東区といった、東半分の方に住んでいた」

「その通り。ってまあ、そのへんの話は神代先生から聞いたんだろ？」

「さっき僕が上げた町名の中には、馴染《なじ》みのあるものもあったのではありませんか」

「あったな。って、俺は犯人と違うぞ」

「僕が上げたのは皆、財団法人朋潤会が東京二十三区に建設した集合住宅の位置です」

「朋潤会か。そりゃあ確かに、俺が小学生のときに住んでた近所に、朋潤会のアパートがあったって話はこの前先生としたけど。ねえ、先生？」

「ああ、したな」

「だけど桜井氏、なんでそれが？」

「ネットで調べているうちに、いくつかその場所が朋潤会アパートの所在地とダブっていることに気づいたんです。なんで、ということは僕にもわからない。新聞記事も探しましたが、爆弾ならぬ爆弾模型では暇ダネにしかならないからか、そちらではほとんどなにもわからなかった。とするとネットの書き込みだけでは、信憑性に問題があります」

「それでたくちゃんの反応を確かめた」

「ええ」

「だがその場所がみんな朋潤会アパートの位置なら、それくらいのことは警察もとっくに気がついているだろう？」

「そうともいえません。なぜならひとつには、分母はもっと多いわけだから。そしてもうひとつの理由は、僕が上げた十三ヵ所のうちの八ヵ所は、いずれも朋潤会アパートは疾うに建て替えられて消滅しているからです」

「そうか。もう無いところにだけ爆弾模型は置かれたのか」

「どことどこ、とは確かめませんでしたが、たぶん間違いないでしょう。元の場所には現在いずれも、変哲もない高層マンションが建てられています。もちろんその土地の住民なら、かつてそこになにがあったか知っているはずですが、そうした事実はデータとして集められる段階で、抜け落ちていって不思議はない」

「朋潤会アパートの跡地に爆弾模型――」

神代はつぶやいた。

「だが、いってえそりゃなんのためだ」

「警告かな」

ぼそっと工藤がいう。

「朋潤会アパートメントの建て替えに反対する人間が、とか」

「工藤さん、そりゃないぜ！」

神代は思わず声を上げたが、

「桜井氏、いまから向かっているのも表参道だっていったよな。あそこにゃ確か地下鉄の駅からも遠くない表通りに面して朋潤会のアパートがある。俺は入った記憶はないが、よく考えてみりゃ岩槻修の後ろに写っていた古めかしい壁なんか、いかにも朋潤会のアパートだ。なんてこった」

「短絡的な結論に飛びつくのは、止めていただきたいですね」

振り向いた京介の表情は険しかったが、工藤は挑戦的に顎を突き出すようにして、

「ははん、読めた。あんたさっき漆原の前で、最後までそれをいわなかったよな。それは別に家出少年を自首させたいとか、そんなおやさしい意味だったわけじゃないんだろ？　あんたは生きた人間なんかより、古い建物の方が大事なんだものな。爆弾魔と朋潤会アパートが結びつけられて、保存運動にけちがつくのは困るとか、そういう心配で警視庁の耳には入れまいとしたんだ。図星だな？」

道の真ん中に突っ立って、名探偵よろしく人差し指を京介の胸元に突きつけた工藤だったが、それに答えた声はどこまでも静かだった。

「残念なことに、工藤さん。朋潤会アパートの保存運動などというものは、すでに終わっているんですよ」

「へ？……」

「十三ヵ所の内、建て替え終わったものと建て替え中のものが併せて八ヵ所。まだ撤去作業が始まってはいないものの、今年中に始まるところが三ヵ所。建て替えプランが決まっていないところがまだ二ヵ所ありますが、建築物の老朽化は甚《はなは》だしく、寿命が尽きるのは時間の問題です」

「その二ヵ所はどうして建て替えられないでいるんだ、京介？」

「住民が高齢化していて比較的所得が低いと、建て替えを考えるエネルギーがそもそも集まらないのです。それはそれで望ましいことではない」

「しかし桜井氏、朋潤会アパートってのはあんたみたいに建築史をやっている人間にとって、価値があるものなんじゃないのか？」

工藤がさらにからむ。

「それはいうまでもありません。特に牛込アパートメントは朋潤会最後の作品で、細部の意匠の豊かさといい、設計思想の先進性といい、いまだにその水準を日本の集合住宅は超えていない。建て替えは当然のこととしても、敷地内での一部保存は実現して欲しかったです。民間レベルでは経済的な問題があるなら、都でも国でも援助すべきでした。現在の法律がそれを難しくしているなら、法を改正しても残すべきだった。牛込アパートメントにはそれだけの価値があります」

「だったら、そういう現状に対する異議申し立てとして、爆弾を考える人間がいたって不思議とはいえないんじゃないか？」

「工藤さん、それを漆原さんに話しますか？」

「さあな」

工藤はぶすっとした顔で横を向いたが、ここまで曖昧な情報で人を動かせるほど警視庁は暇じゃあるまいな、と神代は思う。

「だったらひとつ、僕と賭けをしませんか」

「賭け？」

「ええ。先ほど漆原さんは、爆発の場所を神楽坂だといっていました。それ以外、僕はなんの情報も受け取ってはいないことは、工藤さんと同じです。いまの状態で、その町名を僕が当てたら、僕の勝ちということで」

「町名なんてもともと、神楽坂で決まりなんじゃないのか？」

「いいえ。新宿区のあのあたりは町名改正をしていませんから、神楽坂という住所は一丁目から六丁目まで確かにありますが、他にも狭い範囲に多様な町名があります」

「ほんとですか、神代先生？」

「ああ。確か榎町《えのき》とか矢来町《やらい》とか天神町《てんじん》とか、小さな町がいろいろな。神楽坂の駅から歩く範囲で、まず十くらいはあったんじゃないか」

「へえ」

「なにか紙があったら貸して下さい」

京介は工藤から受け取った小さなメモ帳を開き、ペンを走らせたその一枚を切り取って畳む。それを手渡して、

「いまは見ないで、内ポケットにでも入れておいて下さい」

「なにかタネがあるんじゃないだろうな」

「手品ではありません。僕の勘です」

「これが当たっていたら、あんたが爆弾魔だってことにされるかも知れないぜ」

「もちろん。だからあなたにだけいうんじゃありませんか」

京介は澄ましたものだ。

「で？　あんたが勝ったらなんだよ」

「朋潤会アパートと爆弾を軽々《けいけい》に結びつけるような情報は、漆原さんには内密に願います。永遠にとはいいませんが、当面は」

「その結果犯人逮捕が遅れることになっても?」

「それはいまのところ、単なる可能性の問題です」

「やっぱりあんたは人間の命より、古い建物の方が大事なんだ」

「そうおっしゃいますが、工藤さん。よもやいかなる人間の生命も、自分にとって平等に大切だ、などとはおっしゃらないでしょうね」

「なんだよ、それは——」

思いがけない切り返しだったらしく、工藤は目玉を白黒させている。

「中東やアフリカで民族虐殺が起こっていると知らされても、僕たちは自分の家の猫が死んだことの方が悲しいはずだ。人間ひとりの生命は常に地球より重いというのは建前で、自分との心理的な距離如何《いかん》で命の重みは違うというのが本音です」

工藤はウグ、となにかが潰れたような音を立てたが、

「その建前を放り出すわけにはいかないのが、警察官ってもんだろう」

「それならあなたは前橋に帰って、与えられた職務を全《まっと》うすべきですね。いまのあなたは漆原警部補に拒否されたように、警察官の中には数えられない。ご自分の感情を優先させて、たまたま関わりの出来たひとりの少年を捜しに来たときから、工藤さんは職業的建前から足を踏み出していますよ」

「俺は——」

「いうまでもなく僕は爆弾テロに賛成しませんし、人だろうと物だろうとそうした破壊行為の犠牲になることを肯定などしません。テロでなにかが変わるはずもない。だが爆弾犯人と関係があるかも知れないというだけで、いま消えていこうとしている朋潤会アパートメントに警察の疑いの目が向けられることも、僕には肯定できない。

工藤さんも先ほど、岩槻修を早急に追いつめるより自首させたいといわれたはずです。もしかしたらそうすることで、事件の解決は先に延びるかも知れない。犠牲者が増えないとも限らない。だがあなたは見知らぬ誰かの危険の可能性より、少年の心の問題をためらいもなく優先させた」

「それは、しかし」

「生きた人間と建築物をひとつ秤《はかり》にかけている、と非難されますか。しかし現存する朋潤会アパートは遺跡ではありません。そこにはまだ人間が生きています。警察がひとたび目を向ければ、社会的な弱者である住民がどんな扱いを受けることか。あなたがひとりの少年に思い入れるのと同様、僕はアパートという場とその人々に思い入れる。僕とあなたにどれほどの違いがありますか」

とうとう工藤は絶句した。

気の毒に、桜井京介と理屈をこね合って勝てる人間は滅多にいない。


「ああ、そうかよッ」

それでもようやく、子供の負け惜しみのような口調で言い返す。

「しばらく会わない内に、うっかり忘れていたぜ。あんたがどれだけ傲岸不遜《ごうがんふそん》で、嫌な男かってことをなッ！」

「その嫌な男の知識を、ただで利用しているのはどなたです」

「金払えってか？」

「失業寸前の人間から、むしり取る趣味はありません。ご安心を」

「うるせえ。欲しいなら金くらい払ってやらあ」

「払うくらい持ち合わせがおありなら、その前に襟首が真っ黒になったシャツを替えたらいかがです。行きましょう。時間の無駄だ」

京介は体を巡らせて歩き出す。路上に突っ立ったままうーうー呻っている工藤の肩を、神代はぽんと叩いてやる。

「ま、あんまりカッカしないこった」

「ううー」

「あの馬鹿が完全にへそを曲げたら、自分の部屋から一歩も動かねえよ。なんだかんだいってもあんたの聞いたことに答えようとしてるんだから、そう文句はいいなさんな」

とはいうものの神代にしても、この場合は京介の屁理屈に賛成したい気持ちだった。パレスチナの自爆テロのように、大量の犠牲者が出ていないせいかも知れない。自分の知り合いが誰ひとり、その場に居合わせもしないし怪我を負ってもいないからかも知れない。

だがいま残されている朋潤会アパートに疑いの目が向けられて、七〇年代過激派の摘発を目的に行われた『アパートローラー作戦』のようなものが展開されたら、安宅俊久は彼のふるさとで過ごす最後の時間さえ奪われかねない。そうなる責任は爆弾犯にあるといってもだ。


しかし神代が安宅と知り合わなければ、そうして牛込アパートメントに幾度となく足を運び、その空間の魅力を知ることがなければ、当然のようにそんなことは考えなかったに違いない。異国の大虐殺より自分の家の猫の死を悲しむとは身も蓋もない言い様だが、人間が生々しい想像力を抱ける範囲はさほど広くない。そんな本音を無視しての議論はやはり虚しいといわねばなるまい。

「先生のおっしゃる通りかも知れませんが、どーも利用されてるのはこっち、みたいな気がしちまうのはなんでなんでしょうねえ……」

気持ちはわかると思ったが、答えようのない質問でもあった。

文京区西片町から表参道へは、地下鉄南北線の東《とう》大前《だいまえ》駅に下りて、六駅十三分で溜池山王《ためいけさんのう》駅。そこでの乗り換えは地下をかなり歩いて、赤坂見附駅から銀座線に乗る。

平日の昼間だが、駅や車内の人出はあまり少なくはない。正体不明の爆弾犯に対する不安はあっても、それを理由に仕事を休むわけにはいかないというのが、一般人の常識というものなのだろう。

三人揃って吊革に摑まりながら、気を取り直したらしい工藤が、

「ところで、朋潤会って結局のところどういうもんだったんだ？」

と尋ねると、

「一口でいってしまえばそれは、関東大震災後の東京復興と、不良住宅地の改善を目的に作られた、政府による最初の住宅供給組織でした」

京介は淡々と、しかしよどみなく語り出す。

「それは日本ではほとんど最初の、鉄筋コンクリート造の集合住宅であり、日本人の伝統的な住まい方を無理に洋風化させることなく、耐震耐火の構造に如何《いか》に一致させるかを模索する先進的な試みでもありました。

震災による破壊を災い転じて福と成そうという帝都復興院の都市計画は、旧来の権利に固執する抵抗勢力によって骨抜きにされ、新しい東京を生み出すには至りませんでしたが、朋潤会はそれが勝ち取った大きくはなくとも豊かな果実でした。しかしそれが都市東京を根底的に変えるまでに至らなかったのは、必ずしも失敗のためではありません。

一九三二年満州国成立、一九三七年日中戦争勃発。戦時体制に向かって再編される社会において、朋潤会の先進性、実験精神は無用の贅沢と見なされました。それに代わった住宅営団の設計思想は、実のところ戦後現在まで繫がっています」

「へえ？」

工藤が不思議そうな顔になる。

「戦前と戦後じゃ、がらっと変わったっていう方が納得できるけどなあ」

「戦時中から生き残っているものは、案外少なくないんだぜ」

神代が口を挟んだ。

「日本酒に水と糖類とアルコールを添加して量を増やすなんてのも、物資不足の戦中に始まったんだ」

「さいですか」

「朋潤会のアパートメントは、ガス、水道、水洗便所の完備という点で時代に先駆けていたものの、室内は基本的に和室でした。ひとつの部屋が居間にも食堂にも寝室にもなる、日本的可変性を尊重していた。これに代わった住宅営団が打ち出したのは、画一的設計による省力省原価と食寝分離でした」

「しょくしん分離……」

「食事をする部屋と眠る部屋は別にするべきだ、という主張です」

「ああ、それがダイニングキッチンってやつか」

神代はうなずく。もっとも自分の生まれ育った門前仲町の実家は、戦災の後に建て直したのも純然たる和風建築だったし、西片町の家も洋間は書斎だけだから、自分のものとしては馴染みがない。

「敗戦後再編された日本住宅公団は営団の基準に基づいて、一九六〇年までに日本全国に十四万戸の団地を建設しました。質より量、です。日本的集合住宅、団地の、蟻の巣を並べたような風景と、ダイニングキッチンと呼ばれるささやかな和洋折衷の風景はここに由来します」

大学生のとき若い講師の住まいに招かれたことがあって、それが千葉県のまだ壁も白く新しい、そして恐ろしく巨大な団地だった。六畳と四畳半に六畳程度の板の間があって、テーブルが置かれていた。ずいぶんとせせこましい空間で、ガス台に向かって料理する奥さんのお尻が何度も椅子にぶつかっていたものだ。

「いいんじゃねーの、ダイニングキッチン。俺の家はどこに越しても古い官舎だったからさ、公団なんてずいぶん格好良く見えたぜ。狭いのはそりゃ仕方がない。この嫌ってほどみっしり混み合った街に、暮らそうっていうんだからな」

乗り換えの地下道を大股に歩きながら、工藤は壁の路線図に顎をしゃくった。

「しかし先生、この地下鉄ってやつは都内を移動するには一番っすね。網の目みたいに細かく走ってるし、渋滞は関係ないし」

「東京の道路は渋滞するように出来ていますよ」

神代が答えるより前に、京介が肩越しに振り返っていう。

「なぜだかわかりますか、工藤さん」

「なぜって、そりゃあ車が多いからだろ」

「車も多いが、道路のパターンが複雑で非能率的だからです。道路も電車も地下鉄も、すべて遠回りせざるを得ないようになっている。日本全国城下町は数多いですが、これほど効率の悪い道路パターンを持つ街は東京だけだ」

「って、そりゃおまえ——」

工藤は口ごもる。足を止めた京介は、地下鉄路線を色線で表した地図の中央を真っ直ぐ指さした。

「邪魔ですよね、これ」

「おい」

「もちろん効率がすべてではない。巨大都市の中心に緑の公園があるというだけなら悪くない。それがかつての『将軍』の城跡だ、というだけなら。だがこの場合、つけられた意味が重すぎる。その意味ゆえに地下鉄も高速道路も、この場所を爆心地のように迂回《うかい》しなくてはならない。ここにいまも棲んでいる象徴の名の下に行われたことを思い出せば、罪と血と硝煙の匂いがします」

「おまえ、古いものは好きなんだろうが」

「古ければいいというものではないし、大して古いものでもありません。城の主が代わってからたかだか百三十年です。GHQは軍国日本の解体と民主化を錦の御旗に掲げながら、この国を冷戦構造の防波堤化するために、結局は旧体制を保存した。その結果がいまだに持ち越されている、ゆがんだ首都東京です。空虚にして邪魔くさいこの空間です」

そういいながら、まだじっと見つめている。中心部に差しつけた人差し指を、なにを思ったかすうっと北へ滑らせた。そうすることでなにかを見つけたとでもいうように、京介の目が軽く見張られる。だが、そのまま動かない。神代は思わずその肘を摑んで引いている。

「止せよ、京介」

「なにもしていませんよ」

「物騒《ぶっそう》なんだよ、おまえがそうやって睨んでると」

「先生の意見に俺も賛成」

両側からいわれて、京介はようやく腕を下ろして肩をすくめた。

「タブーはどこでもない、人の心の中にあるというのは真実ですね」

それに言い返そうと口を開いた工藤は、しかし急に動きを止めると胸に手をやる。内ポケットから携帯を取り出す。

「ちょっと失礼」

そういって二、三歩離れる。だが気がつくと同じように京介も、携帯を手にしていた。

「なんだい。おまえも持ってるのか」

「前のは壊してしまったんですが、また強制的に持たされたんです。あれば便利は便利です。——ああ、蒼だ。どうかしたのかな」

その機械を耳に当てていた京介の表情が、ふいと強張るのを神代は見た。

「おい、なにかあったのか？」

「僕は行かなくていい？　なにか必要なものは？……そうか。わかった。また連絡して」

さっさと切ってしまう京介の腕を摑んで、神代は声を張り上げた。たったいまの彼の表情には、ただならぬものがあった。

「京介、なんなんだよッ？」

だが彼が答える前に、工藤が駆け戻ってきた。その顔も緊張に青ざめている。声をひそめて、

「またです」

「どこだ」

「白金台のM学院大キャンパス」

だが京介のことばに、神代は文字通り肝を潰す。

「そこに蒼がいました」

「なんだってえッ?」

「落ち着いて下さい、蒼は無事です。だからいま電話をしてきた。ただかなりの数の重軽傷者が出て、彼の友人の結城翳《ゆうきかげり》も負傷したそうです」

春の牙

1

少年は暗い部屋の中で、ひとり膝を抱えて座っていた。それほど寒いわけではなかったが、借りた布団の上で掛け布団を背中にかぶって。

目の前に置いたポータブル・テレビの光が間違っても外の廊下に洩れないように、音も出さないように注意しろと何度もいわれた。だから音声はイヤホンだ。布団はしばらく使っていなかったらしくて、いくらか湿っぽく黴臭《かびくさ》かった。それでも体をすっぽり包む感触は、気休めほどの安心感を彼に与えてくれていた。

ブラウン管から射すほのかな光だけが、あたりを照らしている。頭上に電灯の笠はあったが、電球はすでに取り外されていた。ふすまの取れかけた押入は空っぽで、他の家具もない。ただ窓には、黄色く日焼けしたボロ切れみたいなカーテンがかかっていた。

これほど荒れ果てた部屋、見たことがない。情けなくて涙も出ないくらい。だがいまの自分にふさわしいのはここだ、と少年は思う。

ニュースは見ない方がいい、といわれた。気晴らしに音楽番組でも見たらいいだろう、と。しかしこんな部屋で、ひとりでカップ麵をすすりながら、華やかな歌番組やドラマを見るのはなおのこと耐えられなかった。だから次々と局を替えながら、ニュースや報道番組を追いかけ続けた。

見始めてすぐに後悔したけれど、電源を切ることは出来なかった。そしていま少年は、膝を抱えて布団の中で震えていた。

四月一日のことは思い返しても夢の中のようだ。自分たちの立てた計画に追われるように次々と爆弾を放り出しては、それが爆発したのを確認してから次の場所へ向かった。罪の意識を感じるほどの余裕もなかった。花火のような派手な音を立ててそれが弾けるのを見ると、胸のすくような達成感さえ覚えた。もう後戻り出来ないと思い、いっそいますぐ逮捕されてしまいたいと思った。そうすればもうもみ消しなんて出来ない。今度こそ大人たちにザマアミロといってやれる。

恐怖が襲ってきたのは、その夜になってからだった。お祝いだといわれて缶ビールを渡されたが、その苦い液体は喉を通らなかった。焼き立てのピザは糊《のり》のように喉に詰まった。パソコンで昼のニュースを追いかけて、被害状況がわかるたびに歓声を上げるイズミに、たまらないほどの嫌悪感を覚えた。そんな人間と差し向かいで座っていることが、恐ろしくてたまらなくなった。

偶然見つけたサイト『火刑法廷』の掲示板で、イズミと知り合ったのは一年近く前だ。自分のどこが気に入られたのかわからないが、サイト主宰者のトガシが、彼をパスワードの必要な別室へ誘ってくれた。その中で一番自分と歳の近いのがイズミで、自然と直にメールのやりとりもするようになっていった。繰り返し、東京に出てこい、来たらうちに泊まればいいと誘われた。そんなつてがなかったら、ろくに地理も知らない大都会へ自分ひとりで飛び出してくることは出来なかったに決まっている。

だが後で思えば、イズミは自分の爆弾作りの腕を利用しようと最初から思っていたのだろう。誘いが一段と強力になったのは、自分が前橋でやった事件が周囲の大人の思惑でうやむやにされたという、それを打ち明けてからだ。しかしそのときは、親戚の家にいることが嫌で嫌で自分の我慢も限界に達していたから、どちらにしろあのままでいることは無理だったろうが。

今日、また爆弾が爆発した。M学院大キャンパスでの爆発は、きっとイズミがやったのだ、と少年は思う。そうしてまた後悔する。イズミの部屋で勧められるままに調合した黒色火薬、それを弾核に詰めたもの、しかもその中には細かく折ったカッターの刃が大量に混ざっている。どんなふうにやるか見たいんだ、といわれて、断りきれなかった。住むところや食べるものまで全部世話になっている、そんな負い目のせいで。それには起爆装置はつけていないし、作ってもいない。だからきっと大丈夫だと、自分に言い訳して。

でもこのままでいたら、きっと人殺しまでさせられる。それだけはしたくない。もう嫌だ。全部放り出したままイズミの部屋を逃げ出し、東京の最初の数日を過ごしたトガシの家に助けを求めた。彼は少年を受け入れてくれて、空いている部屋にかくまってくれた。こんなぼろい部屋にいるのは、他の人間に見つからないためだ。

だけど、馬鹿だった。イズミに作れなくても、ソブエならきっと出来るのだ。少年はソブエとは会ったことはないが、昔の過激派が作ってビルを爆破したような、黒色火薬なんかじゃない、強力な爆薬を作れる人間だとは聞いている。きっとそいつに起爆装置を作らせて、イズミは自分の爆弾を破裂させたのだ、M学院大で。大怪我をしてまだ目が覚めない人間がいるって、いまニュースでいっていた。

トガシは俺に優しい。俺の話を聞いて、なにも気に病まなくていいっていってくれた。だから俺は彼のために、彼と一緒にならやってもいいと思った。でもこんなニュースを聞くと、またわかんなくなってくる。だってトガシもやっぱり、俺に爆弾を作らせたいんだ。人を殺すのが目的じゃないっていうけど、そんなのわからないよ。その気でなくてもそういうのは、起こるかも知れないんだもの。最初の頃みたいな模型じゃないんだもの。

「俺のせいだ……」

大声を出してはいけないとはわかっている。だが気持ちが胸の中で膨れ上がって、一杯になって、いまにも爆発しそうだった。だから唇だけ動かしてつぶやいた。

「俺が悪いんだ……」

テレビの画面ではアナウンサーが繰り返し、M学院大学での被害についてしゃべっている。掲示板の鉄の脚がねじ曲がって折れてすっ飛んだって。信じられない。自分が作った爆弾に、そんなにすごい威力があるとは。人殺しまではしたくなかった。だから弾核は丈夫過ぎないように、百円ショップで見つけた茶筒みたいなちゃちな缶にした。火薬の調合も、花火みたいに音と煙が派手に出るけど爆発力は大したことないようにしたつもりだ。ただイズミがあんまりしつこくいうので、中にカッターの刃を混ぜた。それだけだ。爆発の音や、やったときの大騒ぎは面白かったけど、それ以上のことはなにも望まなかったのに。

怪我をした学生は死んでしまうんだろうか。俺は人殺しになってしまうんだろうか。嫌だ、と思う。しかしその感情は、顔も知らない被害者に対する思いというより、自分が殺人犯になってしまうことへの嫌悪だ。そう気がついてなおのこと、胸がむかむかしてきた。体が震えた。

もう本当に、岩手の家には帰れない。前橋にも帰れないし、この東京にだっていられない。トガシに貸してもらった詩集も、もう開く気はしなかった。詩人の絶望のことばにもなんの感動もない。おおげさで、もったいぶっているだけにしか思えない。

戻れないと思うと、なにもかもが懐かしかった。説教の大好きな親父も、愚痴っぽいおふくろも、そして誰よりも前橋の従妹、子供のくせにときどきは俺より大人っぽく見えた美人のナオ。少なくともあの子だけはいつも本気で俺のことを心配してくれていたのに。それをうるさいものみたいに思って、全部馬鹿にして。

「俺は、もう駄目だ……」

膝の上に顔を伏せると、目から涙がこぼれてジャージを濡らす。

「俺は、もう駄目だよ。なにもかも、自分で駄目にしちゃったよ、ナオ……」


ニュースはまだ終わらない。

東京の夜はまだ眠らない。

従妹の名前を口にしながら、十六歳の岩槻修はひとり涙を流し続けていた。

2

「おわあ、こんばんは」

「おわあ、こんばんは」

「おぎゃあ、おぎゃあ、おぎゃあ」

「やったねえ、イズミ」

「やったな、ミズキ」


「すっごくどきどきしたよ。口から心臓が飛び出しそうだったよ。でも、ちゃんとやれたよ。落ち着いてケーキの箱を置いて、それから歩き出して、誰もミズキのこと気がつかなかった」

「ああ、おまえだってやればやれるんだよ。これで自信がついたろ？　引きこもりなんかしないでいられるだろ？」

イズミはときどきこんなふうに、自分とミズキをごっちゃにする。引きこもりしてるのは自分の方なのに、ミズキがしてるみたいにいう。イズミが外に出たいときは、ミズキがイズミになって代わりに出かける。それはふたりで決めたことのはずなのに、ときどき忘れてしまう。

でも言い出したら全然聞き入れないから、ミズキはもう反対するのを止めた。だってイズミにはいつも、機嫌良くしていてもらいたいから。機嫌が良くてクールでかっこいい、ミズキのお兄ちゃんでいて欲しいから。

「サムが出ていっちゃったから、もう駄目かな、出来ないかなって思ったんだ。でも、平気だったね。ふたりでやれたね」

「結局は、ソブエに助けてもらったけどな」

イズミは怒ってる調子でいう。そのことだけはしつこく腹を立てている。

「おかげであいつに恩着せられて、めっちゃムカつくったらよー」

「やなやつだね、ソブエ」

「ああ。けど、あいつのボムはすげえよ。サムがそこで作ってたちんけなのとは、パワーが段違いだものな。あれならきっと高層ビルだって、粉微塵に出来るさ」

「でも、でも、サムのだってちゃんと爆発したじゃん。エイプリル・フールにやったのは、どれも失敗しなかったよ」

「あんな玩具ならな。人ひとり殺せもしないようなやつならな」

「W大に置いてきたやつは、ちゃんと大きく爆発したじゃない」

「あれだって俺がいって、せいぜいでかく作らせたからだろ。あのときも俺がいったようにすれば、あのじいさんひとりは殺《や》れたんだ。爆薬の中に鉄釘とか混ぜればな、それだけで威力が強くなるんだよ。俺がそうやって教えてやったのに、あいつときたらビビりやがってよ。そんなガキはいつまでも最初の頃みたいに、トガシのお使いで玩具の爆弾ばらまいてればいいのさ」

「殺したかったの?」

「オフ・コース」

「だってあんなおじいさん、イズミは全然知らない人なのに……」

「なんだよ、ミズキ。おまえ最近いうことがクールじゃなくなったな。サムのこと庇ったりして、やつに丸め込まれたのかよ。もしかしてあんな田舎者、好きになったとかいわないだろうなあ」

馬鹿なイズミ、とミズキは胸の中で笑う。そんなことありっこないのに。イズミには、人の気持ちなんてわからない。頭は良くてもそういうことは、全然。でもいいんだ。それがイズミだもの。人の気持ちなんて、わからない方がいいときもある。

「サムは田舎の従妹が好きなんだよ。自分でちゃんとはわかってないけどね」

ふん、とイズミは鼻を鳴らす。誰かが好きとか嫌いとかいう話になると、イズミはいつもそうして、ふん、という。そんな話はちっともクールじゃないからって。

「サムは悪い子じゃないよ。だけどミズキは誰も好きにならないよ。ミズキにはイズミがいればいい。ミズキはイズミが好きだから、イズミがして欲しいことをしてあげる。イズミがして欲しいっていうなら、いくらでも爆弾作ってあげるし、そこら中に火を点けて、人間なんか何百人だって殺してあげる。ねえ、そうして欲しい？」

「調子いいこというなよ。おまえ、ボムなんか作れないじゃん」

イズミはまたふん、といったけど、

「頑張れば出来るようになるよ。だから今日もちゃんと、イズミがいったみたいにM学院に行ってきたでしょ？　女の子のかっこするのなんて大嫌いだけど、変装するならそっちの方がいいってイズミがいうから、ほらちゃんと、びらびらしたワンピース着て行ったでしょ。かつらも被っていったでしょ。そうやって全部イズミの計画通りにやったよ。これからだってもっと上手にやるよ」

「…………」

「ミズキは頭良くないけど、その分はイズミが考えてくれればいいじゃん。ネットやなんかで調べて、もっとクールなボム作れるようになって、そうしたらふたりだけでやれるよ。嫌なソブエになんか頼らなくても、出来るようになるよ。だからずっとずっとふたりだけでいようよ、ねえ」

イズミは黙ってしまった。ベッドの上で、背中を壁にくっつけて、前髪の間から目を見開いてぼおっと暗い顔をしている。ああ、鬱入っちゃった。こうなるともう、しばらくは手をつけられない。ミズキは取り残されてしまう。

たぶん好きだなんていっちゃいけなかったんだ。イズミはラヴなんて自分のそばから無くしてしまいたいんだもの。イズミのすぐそばにあるラヴといったらママの（つまりババアの）ラヴで、だけどそれは「あなたを愛しています」なんてのじゃない。「ママを愛してちょうだい、もっともっと」って蜘《く》蛛《も》の巣みたいにべたべたしたやつなんだ。

ミズキは、そういうのじゃないラヴだってこの世界にはあると思う。その人のことをほんとに心配して、その人のためにいいことをしてあげたいという気持ちが。サムの従妹の女の子は、サムをそんなふうに好きなんだと思う。そしてミズキはイズミをそんなふうに好きだ。

でもこういうことは、いくら口で繰り返しても伝わらない。ことばでいうのでなしに、行動で示すしかないんだろう。それも何度でも何度でも。

「パソ、点けるよ。ネット見るからね」

黙りこくったまま、お人形みたいに動かないイズミにそういって、ミズキはベッドを下りる。M学院のボムが成功したことはわかってるけど、さっきのラジオはずいぶん簡単だった。四月一日にはどこの局もこの事件で持ちきりだったけど、それ以後は変に扱いが小さい。政府が抑えているんだとイズミはいうけれど、それは本当だろうか。そういうのって言論の自由に反するんじゃないのかな。

一日は、ソブエがやった赤坂のホテルで人が死んだから、そっちの方がやっぱり派手だった。昨日と今日もソブエのボムはひとつずつ破裂してるようだけど、それではどっちも人は死んでいない。M学院のなら怪我人は結構出たはずで、ニュースの大きさならこっちの方が勝っているだろう。

こういうときはテレビがあった方がいいけど、テレビは前にイズミがママと喧嘩して壊しちゃった。音が大きすぎるとママが文句をいったんで、窓からえいって放り出した。だから明日も新聞を買いに行かなくちゃ。そしてかっこいい記事があったら、切り抜いて壁に貼ろう。だけど朝でなくいま、ネットでもう少し詳しいのが見つかればいい。例の掲示板では、事件のスレも立っている。派手に騒がれているのを見られたら、きっとイズミも元気になる。フリーズしちゃったイズミは面白くない。そんな顔を見ていると、こっちまで鬱入りそうだもの。

ネットのニュースにも大した記事はなかった。ソブエのとダブっているからか、ほんとに政府が抑えているのか、ミズキにはよくわからない。ソブエがやったのは今日の午前中十一時頃で、ミズキがM学院にケーキの箱を置いたのはちょうど十二時だ。それくらいでも夕刊の締め切りには間に合わなかったんだろうか。

普段はテレビは要らない。ドラマなんか馬鹿みたい。芸能人が座っておしゃべりしてるだけのバラエティなんてクソ。でもこういうときは、あればいいのにって思う。新しいパソコンだとテレビも見られるのが出てきているから、この次はそれをママに買わせよう。

この掲示板はときどきは面白いけど、大抵の場合は胸がむかつく。こんなところにせっせと書き込みをしてるやつは馬鹿だとイズミはいうし、ミズキもそう思う。でも暇で暇でしょうがないときは、これのおかげで時間を潰せる。自分よりもっと馬鹿で、もっとみじめなやつらがこんだけいるってことがわかってほっとする。

書き込みの数だけはやたらと多かった。暇で馬鹿でみじめなやつは、こんなに大勢いるらしい。その内容もはっきりいって馬鹿ばかりで、爆弾犯を英雄みたいに祀《まつ》り上げる書き込みと、それをクサす書き込みが代わりばんこに続いている。

けなしの方が多いのはどんな話題でも同じ。それも大した意見があるわけでもなく、けなす方がクールだと思いこんでいるだけだ。それも論理的にというより、刺激的なことばを並べて冷笑するのがここのルールだ。

「馬ッ鹿みたい……」

マウスを動かしながらミズキはつぶやく。イズミたちはこんなやつらに誉められて拍手されたり、逆に馬鹿呼ばわりされたりするために爆弾を作ったわけじゃない。パソコンの前に座り込んで、評論家みたいに空っぽのことばを並べ立てている暇があったら、自分たちこそ材料を集めて火薬を調合してみればいいのだ。破壊力を秘めた小さな箱を手に持つとはどんなことか、経験してみればいいのだ。そうすれば、こいつらにもきっとわかるだろう。どれほど派手な、汚い、痛いことばを並べてみたところで、そんなのが力を持つなんて思うのはただの幻想だってこと。

物憂く『逝ってよし』なんてつぶやいて、それで誰かを傷つけたと思えるなら本当におめでたい。もちろんそれで傷つくやつはいるだろうし、ミズキも前ならやっぱり傷ついたろう。でもボムは現実だ。腹の底に響く、鼓膜がじんと痺れるみたいな爆発音と、鼻に突き刺さる匂いと、顔を打つ爆風。そして炎が弾け、人の体が切り裂かれ、血がしぶく。本当に傷つけるというのはそういうことだ。それがわかったいま、ミズキはことばなんか怖くない。

別に誰かが憎いわけじゃない。四月一日に爆弾をばらまいた場所は、人が多くて見つかりにくそうなところを選んだだけだ。日曜日の盛り場や遊園地にいる子供や家族連れをことさら攻撃の対象にしたわけでもない。大学を二度狙ったのは、ひとつにはサムが、

「俺、もう大学なんて行けないな」

とつぶやいたから。その声がひどく悲しそうだったからだ。

「だったら大学なんて無くしちゃえばいいんだ」ってていってあげたけど、本気にはしなかったみたい。

「ねえ、やるならどこの大学がいい？」って何度も聞いたら、サムはどこかで聞いたって感じでいくつも大学の名前を並べて、その中にイズミの口から出たW大って名前があったから最初はそこにして、次にM学院を選んだのはWの文字をひっくり返してみただけ。馬鹿馬鹿しい？　だって人生なんてもともと馬鹿馬鹿しいよ。

パソコンの横の壁に東京二十三区の地図がある。ダーツの的にした穴だらけの地図に、いまは赤いサインペンのバツ印がいくつもついている。もっとたくさん大学をやろうか。それとも馬鹿なガキだらけの竹下《たけした》通りか、渋谷センター街あたりにしようか。ボムを破裂させることは、地図にバツをつけるのと同じだ。バツは駄目、Ｎｏ、否定のしるし。イズミとミズキの意思表示だ。

東京全部をこの赤いバツで、びっしり埋め尽くしてやりたい。そしてみんなにわからせてやりたい。イズミとミズキが声いっぱい叫んでいることを、叫び続けていることを。自分たちが生きているこの国のこの街、生まれてきてしまった二十一世紀、いまのここに向かって、すべてに対して。

Ｎｏ！　Ｎｏ！　Ｎｏ！

なにもかも全部、クソ食らえ——

意識が半ばパソコンから離れながら、手だけが画面をスクロールしていた。それでもしばらくかかるくらい、掲示板の書き込みは多くて退屈だった。だけどミズキはふいと、そこに現れた単語に惹かれて手を止めた。

『犯人は《火刑法廷》だ。十一月に犯行宣言がアップされている』

書き手は匿名で文章はそれだけだが、アドレスが貼り付けられていた。ミズキはそこをクリックして千字ほどの文章を読んだ。

「イズミ、こんなの知ってた？　これってまさか、トガシが書いたのかな？」

「あのやたら慎重なトガシが、そんなことするはずがないだろ」

イズミの答えが返ってきて、ミズキは胸の中で少しほっとする。ああ、フリーズが溶けた。

「それを書いたのはソブエだ。決まってる。あいつは《火刑法廷》をハンドルにして、あちこちに出没しているのさ」

「マジで？　そんなことしたらトガシが作ったサイトの『火刑法廷』が目つけられちゃうよ」

「もうあれは閉鎖されてるだろ」

「ウソっ」

「嘘じゃない。ミズキ、俺にばっかりやらせないでネットくらいちゃんと見ろよな」

「だからいま見てるよ」

ちょっとむかついて言い返しながら、ミズキはマウスを動かす。ブックマークしてあった『火刑法廷』に行ってみると、久しく目に焼きついた朱色のタイトルページに、閉鎖しますの文字があった。

「ほんとだ……」

「俺は嘘なんかつかないって」

ミズキはそれでもその朱色のページから、しばらくの間動く気がしなかった。何度も遊びに行った知り合いの家を久しぶりに訪ねたら、なにもいってくれないまま引っ越して空き家になっていた。ドアが釘付けされてた。そんな気がして。

「なにおまえ、洟《はな》なんか啜《すす》ってんだよ。汚いな」

「うるさい――」

ミズキはこのサイトが好きだった。管理人のトガシは他で出会うネットの住人とは違っていて、とても感じが良かった。いうことも落ち着いていて、理性的で、信頼出来る感じだった。

サムと知り合ったのもここの掲示板でだ。もうひとり、去年の秋から加わったのがソブエというハンドルのやつで、こいつだけは得体が知れなくて、気味が悪くて、はっきりいって嫌いだったが。

「さびしいのか、ミズキ」

「さびしい。いきなり閉めちゃうなんて、理由もわかんないのに絶交されたみたい」

「そうか」

「もしかしてトガシは、ミズキたちのこと嫌いになったのかな。ソブエなんかとつるむから」

「どうかな」

「トガシはママみたいに説教なんかはしなかったけど、やっぱボムのことは賛成しなかったじゃない。研究するのと実際にやるのは違うって。本気でやるなら止めないけど、始めてから後悔しても遅いっていってたよね。あれって結局は止めているのと同じだよね。トガシは真面目で、理性的なタイプだったもん」

「後悔してるのか、ミズキ」

「わかんない」

「俺たちふたりだけでいいんだろ？　他の誰もいらないんだろ？」

「うん……」

「だったらいいじゃん。俺はどこにも行かない。ミズキとずっと一緒だ」

「イズミは、ミズキのこと好き？」

「ああ、おまえがいたら女なんかいらないや」

「ミズキも同じ。だから平気だよ。さびしくなんかないよ」

ミズキとイズミはお互いの目の中を見つめ合い、手を伸ばしてお互いの頬に触れる。それはぽっと暖かくて、心が慰められる。

「あのな、おまえには秘密にしてたけど、今日のボムはほんとは、サムが作ったのじゃないんだ。ソブエからもらったんだよ。サムのじゃどうせ大したこと無いから、丸ごと替えたんだ」

「そうなんだ……」

サムは黒色火薬しか作れなくて、いつも威力が弱いってイズミは文句いってた。だからそういうことがあっても、すごくびっくりはしなかったけど、サムが知ったら仲間外れにされたと思って悲しむかも知れない。でもサムはミズキたちから離れたんだから、関係ないかも知れない。たぶんもう、サムと話すことはないだろう。

「うん、それで？」

「ソブエが結局のところ、なにを目標にしてるかまでは俺も知らない。だけど、あいつは俺らを利用してる。俺らを自分の煙幕に使おうとしてるんだ」

「よくわかんない。どういうこと？」

「四月一日Ｗ大でやるとき、八時十分にしろっていわれた。時限装置がうまく動かなくて、三十分ずれたけどな。日曜のあんな早い時間にやっても、周りにろくに人間がいないとわかってたから、俺は嫌だったんだけど」

なんであの時間にしたか、それまでイズミは聞いても教えてくれなかった。それがソブエにいわれて決めたことだったというのは、ミズキはいま初めて知った。

「まだわかんない。どうして日曜日の八時十分だと煙幕になるの？」

「見ろよ」

イズミはパソコンに向かって、保存してあったファイルを開く。

31ＭＡＲ　23：59
《火刑法廷》
雨の弓その1　四月の魚　8時10分

「あー、そうなのか」

ミズキもやっと意味がわかった。四月の魚ってエイプリル・フールのこと。ソブエはこんなとこで、こっそり犯行予告をしてたんだね。

「あ、でも四月二日は？」

「やっぱり犯行声明は出てた。そしてソブエはそれと同じ時刻にやれって、やるならボムをくれるっていったけど、無視したよ。サムがいなくても、俺らだけでやれるって思ったからな」

そう。だけど道具はあっても、ハンダ付けひとつしたことのないミズキたちではやっぱりうまくいかなかった。だからあの日はどれも、不発ばかりだったんだ。

「悔しいね」

「悔しいさ、そりゃあ。でも仕方がない」

「じゃ、今日は？　今日の時刻もソブエが？」

「いや」

イズミは肩をすくめる。

「十一時にやれっていわれてたけど、うざいからいう通りにはしなかったんだ」

「ソブエは犯行声明出してた？」

「ああ、ほらこれだ」

02ＡＰＲ　23：59
《火刑法廷》
その3　11時00分

「ソブエは犯行予告通り、十一時に神楽坂でやったんだね」

「ああ。同じ時間に違う場所でボムが弾ければ、ポリスは混乱するだろうしな」

「でも、イズミは今度もいう通りにしなかった」

「ああ」

「それじゃ、ソブエはもう助けてくれない？」

「いや。たぶんそうはならないさ。あいつの方でもまだ、俺らの助けを借りる必要があるからな」

「そうなんだ。良かった」

「明日にはまた、ソブエが作ったボムを分けてくれるってさ」

「取りに行くの？」

「うん。地下鉄に乗ればすぐだ」

「ミズキが行くでしょ?」

「いや、危ないから俺が行くよ」

イズミったら、また自分とミズキをごっちゃにしてる。それにあそこに行くなら、絶対ミズキの方が危なくないって知っているはずなのにな。

「新しい合い言葉は?」

「じぼ・あん・じやん!」

「ああ」

ミズキはそれがなにか、すぐにわかったからうなずいた。

「いってみな」

「じぼ・あん・じやん!」

「それがソブエのテーマだってよ」

「雨の弓じゃなくて?」

「そっちもだけど、これの方が付き物だ」

「うん。ちょっと爆弾の音っぽいよね。ねえ、たまには違うのもやる? のをあある とをあある やわあ」

「俺はやっぱり犬より猫がいい」

「とをてくう、とをるもう、とをるもう」

「鶏より猫がいいってば」

ミズキはくつくつ笑って、

「そうだよね。イズミとミズキは、まっくろけの猫が二ひき、だもんね」

「ちょうど春だしな」

「おわあ、こんばんは」

「おわあ、こんばんは」

「おぎゃあ、おぎゃあ、おぎゃあ」

「おわああ」

「ここの家の主人は病気です」

「病気です!」

笑いながら唇を寄せ合った。それはガラスみたいに冷たかった。

3

四月三日の午後は神代宗にとっても、気がかりとあわただしさの内に経過した。

表参道の神宮前アパートメントに行くことは取り敢えず延期して、西片町から連れ立ってきた三人は赤坂見附で解散した。工藤はたぶんM学院大の現場に駆けつけたのだろう。京介はやはり蒼の様子が気になるので、怪我人の収容された病院に回ってみるという。神代もそちらに同行しようと思ったが、ふと気になって大学事務所に連絡を入れると、今日の内にまた緊急の教授会が開かれることになったというので、大学へ行かざるを得なかった。

夕方四時に始まった教授会で、大学側から異例の措置《そち》が通告された。新学期の講義の開始を取り敢えず一週間遅らせ、学生には自宅待機を勧めることとなったのだ。都内の私学のおよそ半数が、これに足並みを揃えていた。こんな形で大学の予定が変更されるのは、かつてキャンパスの封鎖や団交が相次いだ全共闘の時代以来で、M学院大白金台キャンパスでの爆発事件が、大学関係者にそれだけの衝撃を与えていたのだろう。大学側の決定にはとかく異を唱えがちな教授会でも、反対論は聞かれなかった。

六時過ぎに西片町に帰宅すると京介がすでに戻っていたが、病院は混乱した状態で蒼と行き違ってしまったのだという。電話の連絡だけはついたので、後でこちらに来るというわけで、ふたりは家政婦の用意した夕飯を食べながらテレビのニュースを見ることになったのだが。

ニュースで思いの外《ほか》ひどい被害の状況が報道されるにつれ、箸を動かす手も鈍りがちになる。心臓に悪い、とでもいうか、蒼の身にはなにごともなかったとわかってはいても、顔を見るまでは安心出来ないのだ。

「こりゃあ、飯を食いながら見てられるもんじゃねえな。一度消すか？」

そう話しかけて初めて、京介の様子が常と違うのに気づいた。箸と茶碗を持ったままの両手が、ちゃぶ台の上に置き忘れられたように止まっている。ゆるんだ指の間から箸は滑り落ちかけ、大きく傾いだ茶碗がお浸しの小鉢に触れ合って、かちかちと音を立てている。

「京介？」

「おかしい——僕の推測が、間違っていたのか——しかし——それならなぜ——」

口の中でぶつぶつとつぶやきながら、いくら声をかけても返事もしない。目は開いていたがテレビを凝視しているのでもない証拠に、ニュースがCMに変わっても堅い表情は変わらない。神代が手を伸ばして箸と茶碗を奪い取ると、ようやくのろのろと顔がこちらを向いた。ゆっくりとまばたきしながら、不思議そうに、

「神代さん、なにをしているんですか」

「飯は喰いたくないなら喰わなくていい。だがな、蒼が来るまでに目を覚ませ。いいな」

「眠っていた覚えはありません。ただ、いろいろ考えていただけで」

「いいから、服を着たまま水風呂に叩き込まれるのが嫌なら、自分で顔を洗って来るんだ。なにを考え込んでるのかは知らねえが、こんなときにおまえがしゃっきりしないでどうするよ。え？」

反論するのも面倒だったのだろう、大儀そうに立ち上がって洗面所に行く京介の背を眺めながら、神代はやれやれ、と頭を振る。解決が延びて事件が続くというのは単なる可能性だ、と言い切った直後の出来事、それも危うく蒼が巻き込まれるところだったのだから、衝撃を受けるのは当然かも知れない。だが京介が動揺しているのを見たら、蒼もなおのこと平静ではいられなくなるだろう。

（しっかりしてくれよ、まったく——）

そのうち蒼と深春が連れ立って顔を見せた。地下鉄の駅で偶然会えたのだという。蒼は思いの外元気そうで、聞かれる前から昼間のことを自分でしゃべり出した。

「なにせいきなりだったからね、耳がきーんとなって、心臓がぎゅって握りつぶされたみたいで、目を開けたらすごい煙がもうもうとして」

活発すぎるくらいの口調でいいながら顔の前で動かしていた両手のひらが、ガーゼとテープで巻かれている。

「蒼、その手はどうしたんだ。おまえは怪我はしなかったんじゃないのか?」

思わず口を挟んだ神代に、

「全然平気。これは、怪我なんてもんじゃないんですよ。翳がいきなりぼくのこと突き飛ばすから、あわてて手、後ろについちゃって、そこの砂利で切っただけ。病院についていったから、ついでに手当されちゃっただけです」

笑ってみせた顔が、しかしふいと止まる。

「だから、なにが起きたのか、ぼく、ちっともわかんなかった。耳鳴りが治まって、体を起こして、煙が薄くなってきたら、人がたくさん倒れてて、血が流れて、泣き声や悲鳴がして。ぼくが、翳、大変だよって振り返ったら、翳もそこに倒れたまま、右の腕がねじれたみたいになって、手の甲まで血が垂れてきてて——」

膝の上に置いていた手が、小刻みに震え出している。蒼は左手で右手を摑んで止めようとする。だが止まらない。

「なに、これ。変だな。きっと、みんなの顔を見たから、急に気が緩んできちゃったんだ……」

そういう間も蒼の手は、壊れた機械のように痙攣《けいれん》し続けている。京介が無言で手を差し出した。蒼は両手でそれにしがみつく。ぎゅっとまぶたを閉ざして、そのまましばらくの間息を詰めていたが、ようやくふうっとひとつ深い息をついて、

「ごめんなさい。もう平気」

目を開いて額の汗を拭う。手の震えは止まったようだ。

「ほんとにだいじょうぶか？　無理に話さなくていいんだぞ」

深春がいうのに、

「ううん。あのときびっくりし損ねた分が、いまになって出てきただけだよ。ぼく、人より遅いんだ。鈍感っていうか」

おどけたように肩をすくめる表情も確かにいつもの蒼のもので、

「それと、自分が怪我するより人に怪我される方が痛いんだってこと、いまさらだけどよくわかった」

「翳君は、蒼を庇ってくれたのか」

三人がタイへ発つ前、一緒に食事をした目のきつい若者の顔を思い浮かべながら尋ねた神代に、蒼はちょっと困ったような表情になって、

「そうみたいです」

「いい友達だな」

「うん。でも、なんでかなあ」

「なにが？」

「よく考えてみると、っていうか、考えてみなくても、変だよ。どうして翳はいつもぼくのこと、庇おうとするんだろう」

「そりゃ、おまえが好きだからだろ」

「でもぼく、もうそんなに子供っぽくはないつもりだけどな。話し方が子供っぽいせいだっていわれたこともあるんだけど、いまから急に、俺は、なんていうのも変だよね」

「自分は、ってのはどうだ？」

「深春、わざといってるでしょ。ぼくはこれでも真剣なんだからね」

「無理に変えたりしなくても、蒼はそのままでいいじゃないか」

「先生までそんなこというんですか？　やだな。ぼくにとっては重大な問題なんです、本当に！」

本気で悩んでいるらしい蒼には悪いと思ったが、神代は笑いを噛み殺していた。蒼が無事でいてくれて良かったと、いまさらのように安堵感を噛みしめる。怪我をした人間には申し訳ないが、『自分の家の猫』の身を一番に案じるのはやはり仕方のないことだ。本当なら膝に抱き上げていい子いい子してやりたいほどだったが、それはたぶん当人が気を悪くするだろう。

深春も顔をほっとしたようにほころばせ、京介は最後まで無言のままだったが、蒼の存在に心を和《なご》ませていることを見抜くのに大した眼力は要らない。こうして男ばかりが顔を揃えて家族の真似事が出来るのも、他でもない、蒼の存在あってのことだ。

（そうさ。いまだけでも、な……）

やはり疲れている蒼を、奥の四畳半に床を取って先に寝かせてから、洋間の書斎に席を変えた。こちらは寝るまでに、しておかねばならぬ話がある。

勝手に台所に立ってグラスと氷と水を用意してきた深春が、これまた勝手にアンティークなキャビネットの扉を開いてスコッチを取り出す。勝手なことをしてやがるな、と思ったものの、神代も妙に疲れた気分で黙ったまま出されたグラスを摑んだ。

「で、劇団の方はどうなんだ？」

「結局脚本はほぼ完璧に出来上がっていたんで、稽古中の手直しはなしってことで、リンさんを中心に立ち稽古に入ってます。もともとせりふの入りはいい連中だし、長いせりふがあるのはリンさんのヒロインと相手役の男だけなんで、日曜日まで特に問題はないでしょう」

「芝居はいいけどよ、グラン・パ氏の行方とか、そのへんについては手がかりなしか？」

「電話はときどきかかってきてるそうですよ。演出助手をやってる戸田《とだ》君には。居場所とか、いつ戻るとか、そういうことは一切いわなくて、芝居関係のこと話すだけだそうですが」

「リンさんには電話はないのか」

「ええ。一応戸田君以外の劇団員には、主宰は他の仕事でお籠もりしてるっていってあるんですが、立ち稽古が始まっても顔も出さないとなると、さすがに変に思う連中もいるみたいですね。なにせリンさんの相手役は、彼がやるはずでしたから」

「それじゃ代役の用意はあるのか?」

「ええ。せりふは覚えてあるっていうんで、いざとなれば戸田君がということになってるんですが、これはどうもね、彼も真面目な性格だからいつもきっちりした芝居をするんだが、リンさんの相手役となると役者不足は否めない」

「安宅さんも楽しみにしてる芝居がつまらなくなるのは困ったもんだが、こうなってくると彼の失踪はただの浮気の結果、ってことになってくれた方がまだましかも知れんなあ——」

嘆息する神代に、

「グラン・パさんが爆弾魔だっていうんですか?」

「だから、そうでないといいっていってんだよ。彼の持ってる古アパート、空き室がたくさんあるんだろう? 灯台もと暗しでそのへんに潜伏してる、なんてこたあないんだろうなあ」

「そこはリンさんが、とっくに捜してるそうです。だけどどこにも不審な痕跡はなかった。だからグラン・パさんがどこかの部屋で、こっそり爆弾作ってたってのも無しですよ」

深春に思考の先を読まれたのは、あまり嬉しいことではなかったが、

「それならそれでいいさ。じゃあやはり女か」

「リンさんの許可をもらって、グラン・パさんの机周りとか身の回りとか、ざっと点検させてもらったんですがね、女の匂いもきれいにしません。手紙とかプレゼントとか、そういうのはね。茗荷谷の茶店のマッチは見せてもらって、実際の店にも行ってみたけど、どこもなんてことないわりと大型の店で、客のことなんか覚えてなかったです」

「劇団員の目撃証言もゼロか？」

「リンさんが留守の去年十一月に、ってことですよね。でも五ヵ月も前のこと、誰もまともに覚えてないですよ。テレビのミステリものみたいに、すぐなにか思い出すなんてことはあり得ない」

「テレビに劇団が出た後に、知らない人間が訪ねてきたとかそういうのもないのか？」

「いや、放送の直後はそれでも結構、そのからみで連絡してきた人はいたそうですよ。まともなのだとタウン誌やミニコミの取材や、福祉施設からの公演の依頼。だけど中にはずいぶん怪しげなのもあったそうです」

「なんだよ、その怪しげってのは」

「俳優志望の売り込みとか、家出娘とか、取材とか広告掲載とか称して、実体のない雑誌の掲載料を巻き上げる詐欺の一種とか、ですね。架空の借金取りまで来たらしい」

「へ？」

「あんたには貸しがある、四半世紀振りに取り立てに来たって婆さんだか小母さんだかが稽古場で騒いで、ちょっとした芝居を見るようだったなんて戸田君は面白がってましたけど」

「その婆さんと浮気してる、とか」

「神代さん、それ本気でいってます？」

「いや——悪趣味だったな」

「リンさんには内緒にしといてあげます」

恩を着せられてしまった。

「いっそこうなったら、私立探偵でも雇って捜させるか？」

「それもいいけど問題は費用でしょ。リンさん、それほど金持ちじゃないですよ。貯金とかする趣味はない人だから」

彼女を助けてやりたい気持ちは山々だが、大学教授とて金が余っているわけではない。こんなことになるとわかっていたら、門野に彼女の舞台を見せてパトロンにしておけば良かった。

「よう、京介。この件でなんか考えはないのか？おまえだって祖父江さんのことは心配だろ？」

京介は無言のままだ。

「じゃあ、今日工藤さんがまたここに来たんだろ。桜井名探偵はどんなご託宣を下したんだ？」

京介はそれでも黙りこくっている。話すことはないとすらいわないのだから、無愛想にもほどがあろうというものだ。深春も閉口したように神代を見たが、当人がそこにいるのに代弁してやる義理はない。大きく伸びをしながら立ち上がった。もう時計の針は夜の十一時を回っている。さっき蒼の隣に、もう一組布団を敷いておいて良かった。

「じゃあ、後はまかした」

「あっ、神代さん、それはないっすよ」

「年寄りに夜更《よふ》かしは禁物だ。寿命が縮む」

「こんなときだけ年寄りぶるのはずるいですって。それならこのスコッチ、全部飲んじまいますよ」

「いいとも。実は中身は国産だ。お休み」


そのしっぺ返しのように、翌朝目を覚ますと神代はひとりだった。枕元にレポート用紙が一枚、蒼の几帳面な文字が並んでいた。

神代先生へ
声をおかけしないまま失礼してしまって申し訳ありません。実は三人とも朝から出なければならない用事が出来てしまったのです。京介もです。もっとも彼は一晩中ネットをやっていたようで、眠っていないらしいんですが。

深春は牛込アパートメントで立ち稽古をするというので、十二時過ぎにぼくたちもそこで待ち合わせをすることにしました。京介は保存運動をしていた北詰さんと会うようです。それから警察の人も来るかも知れないそうです。でも、工藤さんって確か群馬の警察の人でしたよね？

では、先生が寝坊されませんように。

AO

4

止まない爆弾テロのニュースに震撼《しんかん》しながらも、また新しい朝が東京に訪れた。そして今日も、陽は燦々《さんさん》と照り輝き、ようやく五分から七分咲きになった染井吉野の大木の下には、菜の花の黄色やイヌノフグリの青色、花ダイコンの紫、チューリップの赤や白までが咲き乱れている。

四月四日水曜日。

神代宗は今日もまた、牛込アパートメントを訪れていた。都心のただ中の、首都高速道路からもすぐそばという場所であることが信じかねるようなのどかな春景色を目に楽しみながら。ほのかな花の香りを含む暖かな空気に、頰を快くなぶらせながら。だがそうしている間にも、頭からは今日の朝刊にも大きく取り上げられていたM学院大の爆弾事件の惨状が消えてはいない。

明治期の美しい木造建築やチャペル、図書館が建つキャンパスで、学生が集まる掲示板の下にそれは置かれていた。それもまた赤いリボンをつけた白いケーキの箱だったという。鉄の支柱に支えられた木製の掲示板、高さ二メートル、幅五メートルほどのそれが、爆発の衝撃でねじ曲がり折れて飛んだ。掲示板を見ていた学生のひとりが、鉄柱の破片を頭に受けていまも意識を取り戻さない。さらにその爆弾には大量のカッターの刃が混入されていたということで、重軽傷者は三十人に及んだ。蒼の友人、結城翳の怪我は、中では比較的軽い方だった。

（それにしても——）

目の前の平和な風景と、同じように平和に思えたろう大学のキャンパスを突然襲った惨事の落差に、神代はめまいのようなものを覚える。警察は依然犯人の影すら踏んでいない。いま東京の街を歩いている人間は、心のどこかに爆弾への恐怖を抱えていざるを得ないはずだ。

だが巷《ちまた》にどれほど殺伐とした空気が流れようと、ここ朋潤会牛込アパートメントの中庭まではそれは届かないかのようだった。手入れの行き届いた畑のようなやわらかな土さえ香《かぐわ》しく、脚の錆びたベンチにこの花を眺め、陽射しを楽しむ人影のひとりもいないことが、ひどく不自然でもったいないことのように感じられる。

それはなにかの間違いではないのか。まばたきすれば中庭を囲む窓は一斉に開かれて住人たちの笑い声をこぼし、戸口からは子供の群れが駆けてくるのでは。深閑とした静けさは嘘のように拭《ぬぐ》い去られ、活気がそこに戻ってくるのでは。

だがそんなふうに思わせるのも、儚《はかな》い季節の魔法でしかない。どれほど待っても中庭に、子供たちの歓声は響かない。四方から見下ろす建物に並ぶ窓は暗く、カーテンも失われて虚ろな薄闇だけを覗かせている。それでもまだ十世帯ほどは、転居期限の五月いっぱい住み続けているのだという。

決して行く当てがないというわけではないのだろうが、せめて最後の春を目の中にとどめていこうというのか。アパートメントを撤去した跡地には新しいマンションが建ち、そこには思い出のよすがに再び新しい中庭が作られるというが、この豊富な植栽はいったんすべて失われる。それはすでに決められたことだった。

つまりいまこうして見ている風景すら、真に平和なものとはいえないのだった。テロリストの爆弾のように理不尽で突然のそれではないにしても、解体作業が始まれば巨大な機械が怪物のようにアームを振り上げ、樹木を引き抜き、鉄の爪でこの大地を穿ち、ささやかながら豊かな生態系を破壊していくだろう。自ら望まない変化、強いられる変容、追い立てられる居住の場。それが住宅の質を維持するためのやむを得ざる選択であり、住民多数の合意による結果であるとしても、ある者にとっては暴力以外のなにものでもないのではないか。

朝、ここまで来て一番に安宅を見舞った。相変わらず整然と片づけられた住まいで、和服姿の老人は背筋を丸めることもなく端座していた。穏やかな表情にはなにひとつ変わったところはなく、だがその変わらないということがかえって妙に痛ましく感じられる。

「君のところの、桜井君はもう戻ってきているのだろう？　彼のことは君に聞いて、私の住まいを見せて上げるつもりでいたんだが、結局まだ顔も合わせていなくてね」

「ああ、そうですか。今日はこの後下で待ち合わせていますが、ご挨拶に来させますよ」

「いや、別に強《し》いてということではないんだよ。建築の資料についてなら、北詰君あたりと話をした方がいいだろうしね。実測図面のたぐいも、彼が作成していたはずだ」

　その名に神代が、身じろぎするのがわかったのだろう。安宅は小さく口元で笑って、

「この前は、見苦しいところを見せてしまった」

「あ、いえ」

　どちらかといえば、見苦しいのは狼狽する北詰の方だった。あんなにも取り乱したということは、やはり彼に後ろ暗いことがあるからだろうか。

「いまさらなにも、いうつもりはなかったのだよ。どちらかといえばうちの春彦は、気性もきつい憎まれっ子だった。そして北詰君は春彦の子分にされていた。私が買い与えないマンガ本を、北詰君から借りて読んでいたが、それも強引だったのかも知れない。そして、子供のことだ。少しばかり喧嘩をして、それともふざけ合って、それが恐ろしい結果になった可能性は高い」

「息子さんが屋上から落ちたとき、北詰さんもそばにいたということですか？」

「屋上の手すり歩きは子供たちの遊びだった。どれだけ禁じても止めなかった。だが、夜中にひとりでするものじゃあない」

きっぱりと言い切られて、神代は答えることばを失う。

「その上春彦は手にマンガの切れ端を握っていた。そんなものを持って、手すり歩きをするのはさらに不自然だ。マンガを持っていっても、夜中では照明が暗くて読めない」

「では、安宅さんは実際起きたことはなんだったと考えられるんです？」

「北詰君は——」

いいかけて、しかし安宅はことばを切った。口元に苦い自嘲の笑みを刻んで、頭を振った。

「止そう。いまさらなにをいっても、死んだ者の命は戻ってこない」

「ですが、安宅さんは胸にお持ちの疑惑を消せないままでおられる。それはお苦しいでしょう。北詰さんにしても、弁明の機会を欲しがっているかも知れませんよ」

「それは無駄だよ、神代君」

安宅は再びゆるゆると頭を振る。

「私がどういったところで、北詰君は否定するだろう。それは当然だ。彼にしても子供ではない、一家を営む壮年の男なのだからね。そして私の疑念には証拠がない。推理小説の用語を使えば状況証拠とでもいうのか、そんなものの他は。あやふやな、曖昧な疑いだからこそ逆に、北詰君がどんなことばで否定しても拭い去ることが出来ないんだ」

否定しないかも知れない、といいかけて止めた。あのとき北詰は死んだ春彦がマンガの切れ端を握っていたと聞かされて、安宅が自分を疑っていることをたちまちに理解した。思ってもみないことだったら、あんなふうに狼狽する前に唖然とするのではないだろうか。しかも彼の一家は、友人の葬式の直後にアパートから越していったという。

「つまり北詰さんには後ろ暗いことがあって、だからこそ安宅さんがなにを聞いたところで否定するだろう、というんですね？」

「そう、そして――いや、止そう。春彦のことは登美子とも話し合って、仏壇は置かないことにした。写真立ても外には出さなかった。ここに暮らしていれば、春彦はいなくとも他の子供たちの声が聞こえる。階段を駆け上がっていく姿が見える。そうすれば私たちの息子も、いまちょっと外に遊びに出ているだけだと思えるからといってね。いままではそうして暮らしてきた。

　最初の頃気に病んでいたのは登美子の方だった。あれが急病で入院したので、春彦には当時一号館にいた私の両親の住まいで寝るようにいって、私はそのまま病院へ行っていた。遅くに戻ってきたときも当然息子は親のところにいると思っていたのだが、言い出したら聞かない子で、祖父母のところは自分の家に戻るといって抜け出していたんだ。だからどちらもお互いのところにいるとばかり思って、そのせいで発見が遅れた。アパートの別世帯に両親がいる状況が、ここでは災いになったわけだ」

「運が悪かったのですね」

「その通り、そういうしかないことだったよ。だが登美子は、自分が入院したばっかりにそんなことになってしまった、とずいぶん長いこと我が身を責めていた」

「お気の毒です」

「ああ。北詰君と会うこともなかったせいか、春彦の死の経緯を思い出しもせぬまま過ぎてきたのだがね、家内を失い、このアパートも無くなるというときになって、彼と顔を合わせてみると年甲斐もなく胸が騒いでしまった。考えてみれば、彼に後ろめたいことがあるなら、なにもいま私の前に戻ってくる必要はなかったはずだな。そう思えば気の毒なことをしてしまった」

　しかし北詰の行動は、まったく逆にも考えられるのだった。彼が幼い子供のとき、たとえ事故であったとしても友人を死なせたとしたなら、そのことに後ろ暗い罪障意識を常に持ち続けてきたなら。

彼の罪の記憶を刻み込んだ場所が消滅するのを、己が目で見届けたいと思うのではないだろうか。友の親とことばを交わし、相手が自分を疑ったり責めたりしないことを確認して安心したい。そして自分の良心をなだめるために、いささかの手助けをしたりするのではないか。

（チェッ——）

内心で舌打ちして、神代は胸に湧いた黒い想念を振り捨てる。足の下で踏みにじる。現実はミステリじゃない。目覚ましい真相や完璧な解決、そんなものはありはしない。ただの過失、ただの事故。それよりはなにかを疑い、誰かを憎みたいと子供に先立たれた親が望んだところで無理はあるまい。安宅も自分の疑惑が、それ以上のものではあり得ないことを承知している。

そして同じようなあやふやな罪の意識は、たぶん北詰にもあるのだろう。友人に突然死なれた記憶。信じがたい事故。

だがもしその晩自分が一緒にいたなら、そんなことは起きなかったはずだ。自分は止められたのに止めなかった。自分が彼を殺したも同然だ。そんなふうに。

（そうとも。同じような思いなら俺にだってある。養父と最後まで理解し合わず、差し出された手を握り返しもしないで死なせたこと——）

安宅はいつの間にか向かいの座布団から立ち上がり、ガラス窓を開け放って中庭を見下ろしていた。花の香りを交えた甘い空気が、部屋の中へやわやわと流れ込んでくる。

「神代君」

「はい」

「今度の日曜は満月だそうだよ。梢いっぱいの桜が月に照らされて、白くひかるのが見られる」

「それは、見事でしょうね」

「陽のあるうちは子供連れの花見で、夜更ければ大人が夜桜の下で酒を酌んだものだ」

「日曜は飲みましょう。せいぜい花に負けないような、いい酒を用意しておきます」
「ああ。最後の春はいい春になりそうだ」

そんな風流めいた会話を最後に、安宅の住まいを辞した。下る階段の陰はひんやりと冷えていたが、中庭に出ればスーツの上を脱ぎたくなるほどの暖かさだ。そして整然としたところの少しもない、いっそ野放図に茂り合う木々と草花。ケヤキもイチョウもようやく青い芽を吹き出し、印象派風の点描画法を見せている。

庭の四方を囲む建物の壁は、単純な平面の繰り返しではない。北側、浅いコの字形の一号館は六階建てで中庭を囲み、南側、四階建ての二号館は中央部が大きくこちらに向かって張り出した上、窓が大きく、意匠が変化に富んでいる。新築のときはさぞかしモダンで、新時代の都市生活者の城と呼ぶにふさわしいたたずまいだったろう。

だが当初は芝生に舗装した園路を巡らす整然たる幾何学風にしつらえられていた中庭は、戦時中は畑となって芋や胡瓜が植えられ、戦後食糧難時代も過去となってからようやく住人有志の手で次第に整えられて、時とともにここまで豊かな植物相《フローラ》を見せるようになったのだ。いたるところでひび割れ、黒ずみ、剝落《はくらく》したコンクリートの壁も、木々の枝越しに眺めれば、いっそ新築のときより緑によく映るようにも思える。時間が醸《かも》し出したそんな景色も、この春限りの見納めだ。

住人でもない人間が、センチメンタルになるようなことでもないとはわかっている。建物の耐用年数が尽きて、建て替えは避けられない必然だということも。だがいまこの牛込アパートメントが無くなるのでなければ、安宅は孤独ではあっても落ち着いた生活をもうしばらく送ることが出来たはずだ。北詰が過去の記憶に胸を騒がせて戻って来、安宅と再会してその疑惑を目覚めさせることもなかった。

折しもこの壁の外では、正体不明の爆弾魔が跳《ちょう》梁《りょう》して人々に恐怖と苦痛をまき散らしている。穏やかすぎる春の情景。その向こうに待ちかまえている死と滅び。薄く雲をかけた春空の向こうから、姿の見えない禍禍《まがまが》しいなにものかがにわかに伸び上がり、牙を剝いた。そんな姿が神代には、見えるような気がした。

「神代先生ー」

背後から彼の名を呼ぶ明るい声がする。振り返ると二号館中央の下を通って、蒼が中庭に姿を見せようとしている。そこでは一階部分がトンネル状の通路になっていて、本来なら南側に出来るアパートメント全体の正門に通じているはずだった。そこに出来るはずだった計画道路が取りやめられた結果、正門も西側に移動されている。しかし二号館の建物を眺めるなら、そちら側からが一番絵になっているのはいまもだった。

「なんだ。ずいぶんおかしなところから出てきたな、蒼」

「向こう側はあちこち破れた低いフェンスしかないから、建物を見がてら入ってきちゃいました。行儀悪かったかな」

肩をすくめた蒼は、急に思い出したというようにあっ、と口の中で声を上げて、

「先生、今朝は起こさないで出かけてしまって、すみませんでした」

「まったくだ。深春や京介にゃ最初っから期待してないが、おまえまで黙って行っちまうとは冷たいなあ」

「ごめんなさい。でも、ぼくも寝坊しちゃって約束の時間に間に合わなくなりそうだったんで。病院に翳を迎えに行くことになってたんです」

昨日からしきりと名前のでている結城翳が、蒼の後ろを歩いてきながらぺこりと頭を下げた。

「あ、どうも——」

前に会ったときにはいまどきの若者らしいセンスを見せていた彼だったが、今日はだぶだぶのTシャツの上に明らかに袖の短すぎるジャケットを着ている。自分でも気になるのかしきりと袖口を引っ張っているが、砂色のそれはどうやら蒼からの借り着らしい。うちを出てから病院に行く前に、その服を取りに自分のマンションまで回ったのだろう。

「昨日は大変だったな、結城君。怪我の方はいいのかい?」

「あ、はい。かすり傷ですから」

「そんなことないよ。下手したら右腕の神経が切れてたって」

蒼がそばで頰をふくらませた。

「ほんとはまだ入院してた方がいいっていわれたのに、無茶なんだ、翳は」

「切れなかったんだからいいんだよ。別に指だって痺《しび》れてもいないし」

「だけど」

「あのまま病院にいたら、ばばあがうるさくてたまらねえよ。昨日は駆けつけてくるなりヒステリー起こしてわんわん泣き出すし、今日また来たら無理やり家に引っ張っていかれたぜ。みっともなくてもうやってらんねえ」

「ばばあってのは、ああ、母上のことか」

「母上って、そんな洒落《しゃれ》たもんじゃないですけど」

「嘘だ。翳のおかあさん、美人じゃないか」

「厚化粧なだけだよ。んで、まあ、あのまんまじゃ無理やり家に帰らされそうだったから、香澄に着替え借りて逃げ出してきたんですけど、今夜はどこで寝るかなあ」

「だからぼくのマンションに来ればいいよ」

「うーん。けど、おまえんとこだとばばあも知ってるしな」

「それは後で考えよ。先生、深春や劇団の人たちは食堂に集まってるみたいです。行きませんか?」

「なんだ、そうか」

食堂は一号館の西の端、正門からも一番近い一階にある。営業していたのは戦前、食糧の統制が厳しくなるまでで、戦後は外食券食堂として営業を再開したのも束の間、その後は荒廃するに任されていたのを、ここ一、二年は保存運動の会が清掃して写真展の会場などにも使っていた。

神代も何度かは足を踏み入れたことがあるが、壁の下三分の二ほどを青磁色のタイルで張り、厨房との間を仕切るバーカウンターの上にはアールデコ調のステンドグラスを飾った小粋《こいき》なインテリアはいまの目からも魅力的だった。陽が落ちれば酒好きの住人たちが顔を並べ、杯を交わして社交の時を過ごしただろう情景を想像するだけで、うらやましさと不思議な懐かしさが胸に湧いてくる。

先に立って小走りに前を行く蒼の背を見ながら、神代は翳と並んで歩く。と、いきなり彼が小さな声でわびた。

「すみませんでした、昨日は」

「なんだね?」

意味がわからず聞き返した神代に、

「俺が香澄を大学に呼んだんです。もうじきあいつおふくろさんのとこに泊まり込むっていうし、そうなればしばらく会えなくなるから、じゃあその前に飲もうって。そのせいで、あんな——」

「だがそれは君の責任じゃない。不幸な偶然というものだろう」

「あいつにも怪我させちまったし」

「怪我なら君の方が、よほど重かった。それも蒼を庇ってくれたためだと聞いたが」

「庇うなら、傷ひとつつけないように庇えなきゃ駄目ですよ」

「この二月も君は、蒼の事件に巻き込まれて怪我をしている」

「それこそ偶然が重なっただけです。それをうちのばばあ、なにを勘違いしたのか昨日香澄に食ってかかったらしくて」

確かに母親の立場からすれば、蒼のせいで息子が毎度怪我をさせられている、としか思えなかったかも知れないが、残酷な現場を目撃した直後の人間に、いかにも心ない、という気もする。まあ、彼女も取り乱していたのだろう。

「だが蒼は昨日、なにもいっていなかったな」

「俺にもなんにもいわないです、あいつ。聞けば俺がばばあに、腹立てるってわかってるから。でもなにも聞かなくても、あの女がなに考えてるかなんて顔見りゃ一発ですけどね。ガキみたいにありったけ全部、外に出ちまうんだから」

乱暴な口調とは裏腹に、この若者は母親を芯から嫌っているわけではないらしい。いきなりのばばあ呼ばわりにはさすがに驚いたが、口の悪さについてはこちらもえらそうなことはいえなかった。

「君の母上は正直なお人柄らしい」

「精神年齢が低いんです。おかげでこっちが苦労させられます」

「蒼も我々の耳に入れたいことではなかったろう」

「それは先生たちだって、聞いたらすごく嫌な気がしますよね」

「そうだな。昨日のうちに聞いていたら、こちらも動転していたからね、君を逆恨《さかうら》みしたくなっていたかも知れない」

「ほんと、当然です。あいつにも気ィ使わせちまったんだなあ——」

ますますしょげ返った翳は、だが急に顔を怒ったように引き締めると深々と頭を下げた。

「すみませんでしたッ。何度謝っても追いつかないことですけど、俺とつきあうことであいつに嫌な思いさせたり、危ない目に遭わせたりしないよう、今後絶対に気をつけますッ」

いっぺん顔を上げて真正面からこちらを見つめると、もう一度頭を下げる。今時の若いのに似ない、生き生きしたいい眼をしてやがるじゃないか、と神代は思う。

「つまり蒼は我々に、君への悪感情を持ってもらいたくなかったということだ。それだけ蒼にとって、君の存在は大きなものなんだな」

「え?……」

ぱっと起こした翳の顔が赤い。

「なにせ蒼の保護者は、ご存じの通りうるさがたぞろいだからな。だが俺はもう、あいつを子供扱いするつもりはない。蒼が君を誰より信頼する友人と選んだ以上は、その選択にどうこう口を挟む気もないさ。それに俺の目から見ても、君はなかなかいい男のようだ。まあ、これからもよろしく頼む」

右手を差し出して握手でも良かったのだが、ここは日本だからというわけで、神代も両腕を体の脇につけて頭を下げた。

「わ、あ、はい。こちらこそ、よろしくッ」

翳もあわてふためいて、また頭を下げる。蒼が食堂の外玄関の前から振り返って、呆れたようにいった。

「なにやってるの、ふたりとも?」

「い、いや、なんでも——」

「コミュニケーションを深めてるんだよ、おまえのダチと」

「おじぎし合って?」

「礼儀は大切なんだぞ」

「変なの—」

蒼はすでにドアの取っ手を掴んで引いていたが、急に驚いたようにそちらに顔を戻す。

「どうした、蒼?」

「香澄!」

足を急がせる神代と翳の耳に、開いたドアの間から聞こえてくる声が飛び込んできた。険しい、誰かを非難している声だった。

「——いい加減に秘密主義は止めてくれ、っていってるんだよ、俺は!」

名探偵は不機嫌

1

木製の椅子とテーブルが幾組か残る他はがらんとした食堂の空間に、いまは二十名近い人の姿があった。真ん中に立っているのは深春と、もうひとりはひょろりと細い眼鏡の若者で、演出助手で俳優もする戸田、と以前紹介された覚えがあった。歳の頃は深春と同じ、三十代初めといったところか。そのふたりを取り囲む残りはいずれも二十代のようで、顔や名前は神代にはわからないが、『空想演劇工房』の俳優やスタッフではあるらしい。そして祖父江晋とリンの姿は見えない。

他に顔を知っているのは、ドアの横に困惑した様子で立っている北詰だけだった。取り敢えず話しかけられるのは彼だけなので、

「どうかしましたか？」

小声で尋ねてみたが、

「いえ。ぼくが来たときはもうこんなふうで」

なにがどうなっているやら、自分もわけがわからないといったふうだ。

「何度同じことをいえばいいんですか。団員にはきちんと説明すべきだ、それが主宰者の責任だろうっていう俺の意見は、間違っていますかね。ええ、戸田さん？」

さっき外まで聞こえてきたのは、その声だったろう。浅黒く日焼けした肩幅の広い青年が、急先鋒という感じで戸田に食いついている。その顔は前にこの劇団の舞台で見ていたかも知れない。さすが役者の端くれというべきか、声量は豊かでがらんとした室内にびんびん反響する。

「本読みにも一度顔を出してくれただけ、立ち稽古が始まってもただの一度も参加しない。祖父江さんがそんなふうにしたこと、これまではまずなかったじゃないですか。ずっと変だと思っていたんだ。いったい彼はいまどこにいるんですか。もしも病気や怪我で日曜日の公演に参加出来ないのなら、その程度の事情説明はあってしかるべきでしょうが。そして誰が彼の代役をやるか、全員で話し合ってきちんと決めるべきだ。

いや、戸田さんがやる、それが祖父江さんの意志だというならそれでもいいですよ。だけどそれならそれで、はっきりいってくれなくちゃ。いまみたいに便宜的に戸田さんが代わって稽古に入って、そのままずるずる本番まで行ってしまうなんてのは、俺は納得できないですよ。そんなやり方でまともな芝居が出来るんですか。祖父江さんの本を生かす演技がみんな出来ると思うんですか。そのへんの考えを聞かせて下さいよ」

「あの人は南《みなみ》さんっていって、学生じゃなくプロ志望で、舞台やテレビのオーディションなんかもよく受けてるんだって」

蒼が声をひそめて説明した。

「劇団で一番古いのはリンさん以外は戸田さんで、グラン・パにも信頼されてるんだけど、彼は本業はイラストレーターで、舞台の方でプロになるつもりはないんだ。そのへんもあって、前から南さんとは折り合いが悪いっていうか」

「プロ志望者って多くないのか？」

翳が尋ねるのに、

「登録している人が三十人くらいで、常に参加するのは二十人ってとこで、W大の学生がその三分の二だからね。もちろん学生でも将来演劇畑でやっていくつもりの人はいるけど、少ないよ。その中で南さんはバリバリのプロ志望で、もちろん声も体の切れもいいし、普段はバイトで生活費稼ぎながら頑張ってるすごい人なんだけど……」

「まあ、待てよ。南君、君の言い分もわかるけど、戸田君を責めても仕方ないだろう？」

切りもなく言い募る南に、深春が太い声で割って入った。声量とガタイという点だけなら、こちらも負けてはいない。

「グラン・パの動きが取れなくて、困惑しているのは一番戸田君なんだ。彼がグラン・パを隠しているわけじゃない。君が代役に立ちたい意志があったならそれは気の毒をしたが、もともとこの劇団で配役を決めるときは、もっぱら主宰が断を下したはずだろう。どんな理由があって彼がここにいないのか、それは俺だって知らないさ。だがグラン・パが出られない場合は戸田君が責任を持つ、というのが彼のあらかじめ下していた決定なんだから、それに君が不服で、全員で話し合って決めるべきだというのはちょっと筋が違うんじゃないか？」

南は顎を引いたが、さすがにそのまま引き下がりはしなかった。

「おことばですがね、栗山さん。俺は祖父江さんに惚れたからここにいるんです。彼のカリスマ性に惹かれて、彼と芝居をしたいと思ったからこの劇団に参加したんだ。彼がいなかったら俺がここにいる理由はない。そういう意味で俺は誰よりも真剣なんです。一回一回の舞台に文字通り命を張ってるんだ。それをわかって下さいよ」

「別に君の真剣さを否定するつもりはないさ。君の実力も、情熱もな。だが勝手に決めつけちゃいけない。グラン・パは蒸発したわけじゃないぜ。この日曜日に板に乗せる『花月夢幻《かげつむげん》』は紛れもなく彼の書いた本だ。そんなことはわかりきってるだろう。ご当人がいまここにいなくとも、『空想演劇工房』は祖父江晋の劇団さ」

飽くまで強気に言い放つ深春に、神代はひそかに冷や汗を掻いている。祖父江は実際蒸発したも同然なのだ。行方を追及されればいつかはボロが出る。それをどう誤魔化すつもりなのか。

「それともプロ志望の南君としては、アパートの花見の余興にかける芝居なんてものには、もともと興味がなかったのかな。それならそれで仕方がないだろうが、嫌々いてもらわなくとも結構だぜ。君の役に代役を捜しても、グラン・パは反対はしないだろうさ」

「プロ志望が悪いのかよッ！」

いきなり南はわめいた。声が裏返っている。深春の一言は彼の逆鱗《げきりん》に触れたらしい。

「野心を持つのはダサイか。俳優として上れるところまで上りたいと思うのはおかしいかよ。祖父江さんはそんなことはいわなかったぞ。あの人は俺の可能性を引き出してくれた。俺を手のひらの上で軽々と舞わせてくれた。だから俺はあの人についてきたんだ。俺は本気で芝居をやってるんだ。学生さんのサークル活動じゃない。社会人の趣味のお遊びでもない。あんたこそいい歳して、年中好き勝手やってるフリーターのくせに！」

「なによ、その言いぐさ。学生のサークル活動で悪かったわねえ！」

いきなり南の背後から女性の声が上がった。彼の背を乱暴に押しのけて出てきたのは、赤茶けた髪を頭のてっぺんで団子に結い上げ、丸顔に鼻っ柱の強そうな目をした女だ。中背だが手足はすらりと長くて、ダンサーのような体型をしている。

「もともと『空想演劇工房』はW大のサークルよ。グラン・パだって文学部の助手だし、大学外の団員もいるってだけ。本末転倒していばらないでよね。話がずれるばっかりだわ」

「あの人は金平《かねひら》さんっていって、確か教育学部の院生」

蒼がまた小声で解説する。

「うるさそうな女だな」

「まあ、わりと論客タイプっていうか」

金平はまだ不服そうに言い返そうとする南を睨み付けて黙らせると、

「でも戸田さん、栗山さん、代役の件は別としても私たちが不満を感じているのは事実だわ。確かにこの劇団ではグラン・パの意志で大抵のことが決められてきて、それに承伏できない人間は辞めていくだけだったから、それはいいのよ。ただ彼がこんなに長く、それも本番を目前にしてまで姿を見せないのはこれまでなかったし、なんといっても不自然よ。他の仕事で手が空かないなんて、言い訳じみてしか聞こえないわ。なにかまずいことがあるなら、そういってもらいたいのよ。それとも、いえないようなことなの？」

いよいよ話が危ないところに近づいている。と、また新しい人物が口を開いた。

「――実は、変な噂を耳にしたんですよ」

ぼそぼそと聞き取りにくいその声の主は、目鼻立ちの地味な、別れた途端に忘れてしまいそうな顔つきの若者で、自分でもそれを自覚しているのか髪を金髪というよりは真っ黄色に染めている。

だがそれがちっとも似合っていないばかりか、そのせいでなおのこと顔の印象は薄くなっているようだ。そしてなにより目つきに力の無いのが、神代には気に入らない。もっとも教室に立ったこちらを見る学生たちの大半も、似たようなものだったが。

「蒼、あれは？」

「炭屋《すみや》さんって一文の学生です。演劇専攻で、劇作家志望で、いまは一応劇団のスタッフ要員だと思いました」

彼は依然聞こえにくい声で続ける。

「祖父江さんって、警察に追われているんじゃないですか」

「なんだってえ？」

深春が押し被せるような声を出した。

「噂なんてのはもともと馬鹿げたものに決まってるが、そりゃまたとびきりの馬鹿話だな」

相変わらず彼は強気一方で押し切ってしまうつもりらしい。

「どこでそんな噂を聞いたんだ。グラン・パってのはいつからそれほど有名人になったのかよ。で、彼が警察に追われてるなら罪状はなんだ。覚醒剤の売人か、業務上横領か？」

けっ、と笑ってみせるのに、

「聞いたのはW大の中です。演劇サークルの部室が並んでるスロープ下のところで、昨日小耳に挟んだんですよ。刑事が聞き込みに来た、祖父江さんのことをあちこちで聞いていたって」

「本物の刑事かよ」

「そうだって」

「グラン・パがなにをしたっていうんだ？」

「爆弾」

「なに？」

「爆弾魔は祖父江さんだからって」

えーっ？　という驚きと不審の声が、異口同音に上がる。蒼も翳も目を丸くして口を開けていたし、北詰までが同じ声を出していた。


「俺は信じないぞ！」

「そんな馬鹿なこと、あるわけないじゃない！」

南や金平は大声で否定する。

「おい、君。無責任なことをいうのは止せ」

「そうよ。侮辱的だわ。仮にも団員のひとりのくせに、根も葉もないことを広めるのは許せない」

「ぼ、ぼくは、別に、広めてなんか」

「現にここで話してるじゃないか」

「そうよ。その調子じゃあ学内でもあちこちで言い回ったわね」

さっきは対立しているようだった南と金平が、今度は口を揃えて炭屋を非難する。それまで黙っていた他のメンバーも一斉にしゃべり出し、食堂の中は騒然たる空気に包まれた。

「そんなこと、あり得ませんよねえ。神代先生」

北詰が恐る恐る尋ね、蒼も否定のことばを聞いて安心したいという目でこちらを見る。だから神代もこう答えるしかなかった。

「違うだろう。俺はグラン・パさんのことを大して知っているわけじゃないがな、そこまで軽率で想像力を欠いた人間だとは思えない」

「そうですよね。想像力がなかったら戯曲なんて書けるわけがないし、少しでも想像できたら爆弾なんて作れるはずがないんだ。誰が犠牲になるのかわからないんだもの、あんなひどいこと——」

蒼は自分に言い聞かせるようにそういってうなずき、それでもぶるっと不安そうに体を震わせた。翳がちらっと物言いたげな視線をその顔に投げる。その隣で北詰はますます困惑の表情で、

「これじゃ、せっかくのイベントがどうなってしまうか……」

ぽろりと本音をこぼすようにそういってしまってから、はっと口を押さえた。

「その、すいません。利己的過ぎましたね。世間は爆弾事件で大騒ぎなのに」

「ま、あんたの気持ちはわかるよ」

慰めの口調になる神代に、肩を落としてため息をつく。

「我々の保存運動は、結局完全に敗北で終わりましたから」

「最後のお祭りくらいは盛大に、ってかい？」

「それもありますけど、ぼくはまったくなにをやっても外すばかりで、無能だからなのか、運が悪いのか」

またため息。かなり暗い。

「イベントのこともぼくの責任ではあるんですが、本当をいいますと、ぼくがいま一番気がかりなのは安宅先生のことなんです。神代先生は、あの方がアパートを出てからどこに移られるか、といったことはなにか聞かれていますか？」

「いや——」

前にリフォーム済みのマンションの話をしていたのは北詰自身だが、それからどうなったのか安宅の口からはなにも聞いていない。

「ぼくも心配で、ああしていろいろお話を持っていくんですが、先生は結局腰を上げて下さらないのですよ。図面などをお持ちして説明するとうんうんと聞いて下さっても、じゃあ下見に行きませんか、というと、まあその内に、といった具合で。かといってあまり急き立てるのもどうかと思うと」

「うーん、そうか……」

「ぼくの持っていく話がお気に召さないのなら、それはそれでいいんです。先生はやはり、ぼくにあまりいい感情をお持ちではないのかも知れないし、それならとんだ失礼なお節介なわけですが、先生には他に、身の振り方を心配してくれるお身内もおられないようなので」

「そうだな。他の血縁といったことは、安宅さんの口からは聞いたことがない」

「ただ、ぼくもイベントが終わればここの事務所を閉めることになります。数年前からの予定で、少々大きな仕事が入っているものですから」

「牛込アパートメントとの縁も切れるって？」

「いえ、まったく無縁になるわけではありません。解体に先立って装飾的な窓や看板といった保存するディテールを選択し、また新しい建物が出来上がってきたときには、その設置にも関わります。ただぼくはこれまで、一部保存を含めた再建プランの作成と提案といった活動を中心に行ってきましたので、その方面は取り敢えず終了です。

　保存運動が挫折に終わったのは残念ですが、住民の生活の場を確保するには建て替えは致し方ないことですし、それについてはもう諦めるしかないとはわかっています。アパートメントの建物が限界に来ていたのは事実ですから。心残りなのはひとつ、安宅先生のことだけです」

　それは安宅の身の振り方が気になるというのと、春彦の死の件で誤解されたままなのが心外でならない、というのと、ふたつの意味が重なっているのだろう。

そう思ったのがそのまま伝わったように、北詰は尋ねてきた。

「神代先生は、なにか聞かれておられますか？　つまり、その、春彦君のことを」

「まあ、いくらかはな」

ちょうど今朝その話をした、とはさすがにいいづらい。

「気休めをいうようだが、あまり気にしても仕方がないだろう。この前はともかく、安宅さんはもう君にどうこういうつもりはないようだ」

「ええ、でも――」

それはどちらにとっても不幸なことに違いない。だが、四十年の歳月はあまりに長すぎる。いまからなにかを明らかにするというには。

「そうでなくても年寄りには、生活を変えるのが億劫なものだよ。なにも君に対して含むものがあるから、せっかくの好意を無にしているというわけではないと思う」

「そうでしょうか」

「日曜日のイベントを安宅さんはずいぶん楽しみにしておられるようだから、それが済めばきっと引っ越しの気分にもなられるだろう。私もそのときは腹を割っていろいろ聞いてみることにするよ」

「ええ、お願いします。それにしても、祖父江さんはどうしてしまったのかなあ……」

劇団員同士の会話は、ますます入り乱れて騒がしい。喧嘩腰でやりあっているのも、ひとりやふたりではない。その声があまり高くない天井に反響し、ひとつになってわーんという耳鳴りのような音に溶けてしまっている。深春は両手を振り回してなにやら熱弁を振るっているようだが、彼の声も壁際にいる神代たちのところまでは届かない。まさかそれが演劇をやっている人間の集団だからというわけではないだろうが、無声映画を見せられているような奇妙な情景だった。

だが四人が立っているすぐ脇は外玄関のドアだったから、それがキイッと鋭い音を立ててきしんだのには真っ先に気づけた。明るい陽光に満ちる戸外から、ひんやりと影に包まれた室内へ、うららかで静かな外から、諍《いさか》いの熱気が沸き立つ内部へ、ドアを押し開いてひとひらの黒い影が滑り込んでくる。その小柄な人影は、魔女のような黒いフードつきのマントを頭からすっぽりとかぶっていた。

顔は見えなくとも、蒼にはそれが誰かただの一目でわかったらしい。

「リンさん！」

嬉しそうにその名を呼ぶのに、白い小さな手がひらめいてフードを肩へ落とす。真っ黒な髪が波打ちながら溢れ、鳥の翼のように広がった。その髪に囲まれて浮かび上がる白い小さな顔が、神代の目に突き刺さるように鮮烈だった。

紅を引いた唇が開く。艶《つや》やかな声が流れる。

「皆さん、お待たせしました」

ただその一言で、吹きこぼれる鍋のように沸き立つ喧噪《けんそう》はぴたりと鎮まった。誰もが動きを止め、息を呑むようにしてリンの方を見ていた。

2

（このひとは、生きる時代と場所によってはどれほどのものになったかわからねえな——）

神代は思わず胸中でひとりごちている。古代であれば神のことばを伝える巫女として、社会の頂点に立っただろう。キリスト教の中世なら精霊に満たされた聖女と呼ばれたろうし、権力者の家に生まれれば男勝りの政治家として国を動かしたか、国を傾ける宿命の美女として記憶に刻まれたか。時代が下ればベル・エポックの女王と呼ばれた女優サラ・ベルナール、さらには映画の黄金時代銀幕に咲いた数々の名花たちにも、よもや劣ることはなかったに違いない。

「このたびは団員の皆さんに大変心配をおかけしてしまったことを、心から申し訳なく思います。このようなことは『空想演劇工房』として活動を始めて二十年、これまでただの一度もありませんでした。どうかお許しいただきたいと思います」

特別なことをいっているわけではない。ドアを背に立って、唇に小さく笑みを浮かべたままゆっくりと、だが完璧な発声と音楽的なリズムで話される彼女の声は、ただ耳にしているだけで官能的な快感さえ与えてくれる。

「祖父江晋からの伝言を、これから皆さんにお伝えします。それで納得できないという方がいらっしゃるのでしたら、大変残念ですが今回の公演からは抜けて下さってかまいません。祖父江は舞台には参加できそうにないので、改めて戸田さんに代役をお願いいたします。あとの配役については、すでに決めたままで変更ありません」

「祖父江さんはどうしたんですか？」

南が大声で聞き返す。

「伝言ではなく彼自身の口から、そのことを伝えてもらうわけにはなぜいかないんですか？」

リンはほんのわずかに顔を動かして、南を正面から見つめた。そして小さく微笑んだ。

「お話しするのが遅れたことは申し訳ないと思っています。実は、祖父江は現在入院中です」

「ご病気なんですか？」

金平が悲鳴のような声を上げ、

「でも、この前出てこられたときはそんなふうには見えませんでしたよ」

炭屋は不信を隠そうともしない。リンは一呼吸置いて答えた。

「彼の病気はマラリアの再発です」

「マラリア？」

異口同音に驚きの声が湧く。

「祖父江は昔ナイロビでマラリアに感染しました。それが二十数年振りにぶりかえしたのです」

「うそ、そんなことってあるの？」

金平の声はいよいよかん高い。

「だってグラン・パは、ずっと元気だったじゃない！」

「彼自身も意外だったので発見が遅れました。生命に別状はありません。ただ、いますぐに退院するというわけにはいかないようです。もちろんお見舞いも遠慮して下さい」

リンは両手を開いて、ちょっと肩をすくめてみせた。困りましたね、というように。

「そんなわけで、私たちは彼の不在を力を合わせて乗り切らなくてはなりません。でも、それは決して不可能なことではないと私は信じています。ただ勝ち目の乏しいゲームに乗るつもりはない、と思われる方がいてもそれは仕方ないでしょう。大変残念ですが、そういう方は祖父江が復帰してからまたいらして下さい。——でも」

彼女はくすっと笑いを洩らした。

「演出家が伝染病なんて聞こえが悪すぎると思っていたら、もっと聞こえの悪い風評が生まれていたとは驚きましたね。祖父江もまさか自分がベッドの上で呻っている間に、テロリストにされるとは想像もしなかったことでしょう。もしかしたらそれをヒントに、新しい戯曲が生まれるかも知れませんが。そうしたら炭屋さん、あなたのアイディアということになりますね」

楽しげにいわれて、黄色い頭の炭屋は首を亀のように縮める。金平がその背中を荒っぽくこづいている。南はむーっと眉を寄せているが、それでもリンのことばに異を唱える様子はない。

「さあ、ずいぶん時間を無駄にしてしまいました。皆さんは二階の集会室でせりふをさらっていて下さい。初めに柔軟と発声をお忘れ無く。私たちは北詰さんと、日曜日のタイムテーブルをもう一度確認してから上に行きます。そうしたら戸田さんも含めて立ち稽古を通しましょう。はい、急いで！」

リンが言い終えてパンと手を叩くと、全員が一斉に廊下へ通ずる出口へと駆け出す。まるで担任に号令をかけられた小学生のような素直さだ。しかしこここは彼らの呼吸を摑んだリンの、話術の巧みさをこそ誉めるべきなのだろう。だが最後の足音が階段を駆け上がって止むと、リンは顔から笑みを消した。マントを肩から滑り落としながら、食堂の中央へつかつかと進み出ると、さっと視線を巡らす。そこに残っている者たちを確認するように。

「すみませんが、どうかこちらへ」

そう命じられて従うことが、いまさら不思議にも感じられない不思議。蒼に繋いだ手を引かれて、翳はとまどったような声を出す。

「え？　でも、俺部外者だし……」

「リンさんが出ていって欲しいっていわないいんだから、いいんだよ」

「そうなのか？」

「そうなの」

部外者というなら神代も同じだ。祖父江が健在のときでも、『空想演劇工房』というサークルの場を司り、ルールを決めるのは実は彼女なのだろう。蒼にはそれがわかっているのだ。誰より小柄なリンを中心にして、神代、北詰、蒼と翳、深春と戸田が輪になった。

「もうお気づきと思いますけれど、マラリアの件はフィクションですの」

やはりそうか。ある種のマラリアの潜伏期間が長いことは聞いた覚えがあるが、まさか二十年もしていきなり再発はしないだろう。

「祖父江晋は爆弾事件の重要参考人として、指名手配を受けました」

誰も驚きの声は上げない。代わりにすっ、と息を呑む音が聞こえた。神代自身が立てたものかも知れない。だが戸田も怪しむ様子がないということは、祖父江の兄のことは、彼もすでに聞かされていたのかも知れない。

「今日の午前中は、うちのアパートに家宅捜索が入りました。それでこちらに来るのが遅れましたの。もちろんどこをひっくり返しても、爆薬の材料ひとつ見つかるものではありませんけれど」

リンの口調にはかけらも、動揺の色は表れていない。ただ声は低く抑えられていて、部屋の外で立ち聞きしている者がいても聞こえないように気をつけているらしい。

「ここへ来るまでも、尾行がついていたようです。そんなわけでごめんなさい、戸田さん。明日はまた警察が私に話を聞きに来るようで、こちらには来られないかも知れませんわ。ですから今日の内に、演技は合わせてしまいましょう。みんなせりふは入っているようだから、それで本番はどうにかなると思います」

「ぼくがさっきアパートの前まで来たとき、門を見張っているらしい人がいるなって思ったんです。前の電信柱の陰から」

蒼が小声で口を挟んだ。

「だからわざと正門からは入らないで、隣の空き地からフェンスを乗り越えちゃったんだけど、やっぱりあれも警察だったんですね」

「ええ。不愉快な思いをさせてしまって、本当にごめんなさいね」

「でもリンさん、グラン・パはそんなことしないですよね？」

「ええ。私は彼を信じているわ」

「しかし、どこへ行ったのかわからないわけなんでしょう？」

そういったのは北詰だ。

「病気なら仕方がないと思ったけれど、それはあなたの嘘だったわけですよね？」

「すみません」

「その上あなたが尾行されているだけでなく、どうしてか牛込アパートメント自体が見張られているというわけじゃないですか」

「そのようですわ」

「いったい日曜日はどうなるんです？　牛込から外に移った旧住民も、朋潤会アパートメントに興味のある研究者や学生ボランティアも集まって、みんなで中庭で最後の集いをするんですよ。それを楽しみにしている人がどれだけいると思います。芝居が出来なくなるというなら、それは残念だけれど仕方がありませんよ。だが、警察がうろうろするなんて迷惑この上ないです」

「彼らには日曜日のイベントを中止するように、といわれました」

リンのことばに北詰は目を剥いた。

「冗談じゃない！」

「北詰君、声が大きい」

神代がささやくと、はっとしたように口をつぐんだが、

「ご心配なく。それは私の権限にはないことだ、と無論答えました」

「あなたたちの舞台を取りやめれば、そんなことをいわれる必要もないわけだ」

「北詰さん、それはちょっとひどいんじゃありませんか」

深春がムッとした顔を突き出す。

「たとえグラン・パがテロリストだったとしても、劇団の活動とそれは無関係だ。まして彼は無実なんだから、警察がなにをいおうと我々がびくびくする必要はありませんよ。イベントを中止させる、どんな法的根拠もないんだ。国家権力に迎合するのは止めましょうよ」

「ぼくは、イベントの開催を守りたいだけです」

「私も、祖父江の舞台を守ります」

リンが静かに、だがきっぱりと言い切る。

「『花月夢幻』は上演いたします」

「リンさんの相手役としては役者不足ですが、ぼくもがんばります」

戸田がうなずき、

「おう。進行はまかせとけ」

深春が胸を叩いた。

「蒼もペンギン小僧もこき使ってやるからきりきり働けよ」

「ペ、ペンギンって俺のことですか？」

「イワトビペンギン。そのつんつん立った髪の毛がクリソツだろーが」

「あら、本当にそう見えてきてしまったわ」

リンにまでいわれて、翳は頭を掻くしかない。

「客がひとりも来なくても、芝居だけはやるってことですか」

北詰はやけになったようにまた大声を上げ、神代が再びたしなめようとしたとき、

「ひとりも来ないということは、あり得んな」

暗い廊下に開いたままのドアのところから、静かな声が聞こえた。和服姿の長身が、ゆっくりとその向こうから現れる。

「安宅先生！」

「立ち聞きしたようになってすまないね、リンさん」

「いいえ。先生にはなにも、隠し立てするつもりはありませんもの。万全の状態とはいえなくとも、やれるだけのことはやらせていただきます」

「私もあなたの舞台を見損なうつもりはない。というわけで北詰君、間違っても上演を中止させるようなことは考えないでくれ給えよ」

北詰はなんと答えていいのかわからないらしく、口ごもりながら視線を落とす。彼は彼なりに安宅のためを思ってものをいっているのだろうに、それがとかく裏目に出てしまうのはいかにも気の毒だったが。

「劇団員の諸君は集会室にいるようだね。なにやら不思議な合唱が聞こえてくる」

「発声練習ですの。これから通しで立ち稽古をいたします。よろしければ安宅先生、見学していかれますか？」

「さて、舞台裏を拝見するのは楽しみなような、心配なような」

「艶消しに思われるかも知れませんわね」

「いましがた、そこのドアから二階へ駆け上がっていった人がいたが、あれも俳優さんかな。髪が真っ黄色だったが」

「炭屋、あいつ立ち聞きしてやがったな」

深春が歯を剝いた。

「ああいうのはいっぺん締めてやらんと！」

「心配いらないわ。ドアに貼りついていてもなにも聞こえなかったでしょう」

リンは落ち着き払っている。

「役にも立たないし、首切りましょうよ」

「いいえ。ああいう人はむしろ目の届くところにいてもらう方がいいの。無理に追い出したりすると、逆恨みされて返っておかしなことをいいふらしかねないわ」

「いろいろ大変なようだね」


安宅のことばに、リンは指先でなでるような視線を返す。なにも答えず、口元にはほんのりとした笑みを浮かべて。あどけない幼女のような、同時に謎めいたスフィンクスのような。周囲に立つほぼ全員が、その表情に目を惹きつけられていた。男に媚びを売るなどというのとはまったく違う。しかし彼女の見せる表情の一顰一笑《いっぴんいっしょう》は、確実に異性の目を捕らえて吸引する。

（おー怖《こわ》）

神代は口の中でつぶやいた。リンはあまりにも魅力的過ぎる。深入りして下手を踏んだらまず確実に身の破滅。一夕《いっせき》酒の相手をしてもらうくらいが自分には相応だ。こんなパートナーを持った男は、幸せなだけでは済むまい。

（彼が爆弾と本当に無関係なら、やっぱり女関係を疑うしかないのかな――）

それはそれで憂鬱な話でもあった。

バン！――

いきなり大きな音を立てて、食堂の外玄関のドアが押し開かれた。帽子を左手で押さえてどたどたと飛び込んできたのは工藤だった。相変わらずのコート姿で、ギプスの右腕を三角巾で吊っているのもそのままだが、その布もいい加減薄汚れている。だが彼は、そこにこれほどの人数が顔を揃えているとは予想しなかったらしい。やっ、とでもいうように目を丸くして体を退いたが、

「おおっと、君は、蒼君だよねえ！」

「はい。群馬県警の工藤さんですね。お久しぶりです」

「やー、ほんとに久しぶり。ずいぶん背が伸びて、いい男になって、このッ」

「蒼君、刑事さんとお知り合いなの？」

リンが不思議そうに尋ね、

「ええ。もう何年も前に、京介たちと向こうでいろいろあって」

「や、こちらの美女とはこの前こちらの先生のところでお会いしましたな。あの折りはきちんと挨拶もせず、失礼を」

「なにしに来たんだよ、あんた」

神代は後ろから工藤の襟首を摑んで引き戻した。

「いっておくがな、現在ここでは警察関係者は歓迎されないぞ」

「そりゃまたなんでっすか」

「国家権力の横暴が非難の的になっているんだ」

「俺は群馬の田舎刑事、本庁や公安は無関係であります。そこんとこよろしく」

「祖父江晋さんがな、重要参考人で指名手配されたんだよ」

ずいと前に出てきた深春が、顔を突き出してささやく。

「とんだ見込み捜査だ。自分らが爆弾魔を捕まえられないからって、見当違いのことばかりしてるのは税金泥棒だぜ」

「ふうん、そう来たか」

工藤は腕を組んで呻った。その片腕はギプスの中だから、様にならないことおびただしい。

「じゃあさ、彼が見つけられる前に真犯人をとっ捕まえればいいんでしょ？」

あっさりいわれて、一瞬全員が鼻白む。

「馬鹿野郎、犯人逮捕はおまえらの仕事だろうが！」

「この際民間人からの情報提供は歓迎ですぜ」

「あのなあ」

「ご安心あれ。我らに名探偵桜井京介あり、さ」

またしらっとした空気が流れる。なんなんだ、この阿呆はという目は、彼を知っている自分たちの方にも向けられているようで、神代はなんともいたたまれない。と、蒼がいまになって気がついたというように、

「あれえ。そういえば京介ともここで待ち合わせしてたはずなのに、来てないいね」


「そんなはずはない。ってことは、おーい、どこだめいたんてー」

一瞬置いて、蒼が声を上げた。

「あっ、京介そんなところにいたんだ！」

奥右手、厨房の手前に設けられたバーカウンターの陰からむくりと起き上がったシルエット。顔に垂れかかる前髪を掻き上げながら、

「戯《ざ》れ言《ごと》はたくさんですよ、工藤さん」

桜井京介は不機嫌そのものの声で吐き捨てた。

3

カウンターの内側に残っていたスツールをいくつか並べて、その上に器用に横になっていたらしい。姿を隠して？　いや、たぶん寝ていたのだ。昨日の夜は一睡もしなかったらしいから。もっとも大して安眠は出来なかったろう。むっつりとした表情がその証拠だ。

学生時代からまだ着ている骨董品のウィンドブレーカー、体にかけていたらしいそれをばたばたはたいて羽織ると、ポケットから出した眼鏡を顔に押し込んでようやくこちらへ出てくる。いつからそんなところに寝ていたのか、服はたいても色素の薄い髪の上には、天井から降った埃《ほこり》がうっすらとまぶされているようだ。

「まだ群馬に帰ってなかったんですか」

「もちろん。それどころか俺、爆弾事件解決までは警視庁に出向って形で承認受けちゃった」

「やっぱり税金泥棒だ」

深春がこそっとつぶやく。

「違いますって。俺は桜井京介との連絡係」

「連絡係？」

「そ。非公式ながら今回限り、民間人の協力を受け入れようってことで、名探偵と本庁の繋ぎでさ」

「そんなご都合主義な」

深春のつぶやきに、

「まったくだ」

神代も同感したが、

「工藤さん、やっぱり馘首寸前なんだね」

蒼の口調は悪意抜きで厳しい。

「役に立ったら立ったでいい。でも立たなかったりマスコミにすっぱ抜かれたりしたら、工藤さんごと京介のことも切り捨てて、知らぬ存ぜぬで終わらせるつもりなんだ、警察のエライ人は。ね、そうなんでしょう？」

「王様は裸だって叫べば、すべてが解決するってわけじゃないぜ、ぼーや」

それまでのへらへらした笑いを消して、工藤は憮然と吐き捨てる。ということは、蒼のことばが正鵠《せいこく》を射ているというわけだ。

「事実はひとつだろう。つまりあんたも結局は王様騙した詐欺師の手先ってこった。民間人の協力が聞いて呆れるぜ。京介にだけ危ない橋を渡らせて、手柄はてめえらのものってことか。え？」

深春が詰め寄ってすごむのに、工藤も肩を怒らせて言い返す。

「だから俺も一蓮托生《いちれんたくしょう》なんだよ。坊やがすっぱ抜いた通り、犯人逃がせば俺の首もすっ飛ばされて終わりでいッ」

「てめえと心中させられたって、京介にゃ有り難くもなんともないさ」

「ンなこたあいわれなくてもわかってら。俺だってなにが悲しゅうて、野郎と心中しなきゃならないいんだよ。そんな趣味はねえ！」

「わかるもんかよ。好きこのんで権力の犬になってるやつなんて、根っからのマゾで変態に決まってらあッ」

「黙れ。俺の理想は池波志乃《いけなみしの》だ、どこが悪い！」

話が完全にずれている。

「あ、あの、ぼくたち上で稽古をしますんで、どうぞここはごゆっくり」

戸田がかすれた声を上げた。

「行きましょう、リンさん。警察の捜査が、なんてことになると、ぼくらはいない方が」

「そうね。団員の人たちをいつまでも置いてはおけないし。安宅先生も上にまいりましょう？」

「う、む。そうだな——」

それでも彼はこちらが気がかりらしく、工藤と京介の顔を見比べていたが、再度うながされると三人で階段を上がっていく。その足音が消えるのを待って、深春は今度は京介に食ってかかった。

「おまえもおまえだぞ。なにをぼーっとしてこの刑事にいわれるままになってるんだ。そうでなくたっておまえ、探偵の真似なんかさせられるのは大嫌いだろう。自分に火の粉がかかってるわけでもないのに、こんなやつらに利用される必要はない」

「——火の粉が、かかっていないわけじゃない」

答えた声は低かった。

「グラン・パ氏のこともそうだし、昨日はひとつ間違えば」

京介の目が蒼と翳を見た。

「ぼくのこと？　でも、なんでもなかったよ」

「もしもそんなことが起きていたら、僕は事態を甘く見た自分を許せなかったろう。僥倖《ぎょうこう》は、幾度も当てにするものじゃない」

「でも京介、ぼくのために警察に協力して、そのせいで京介が危ない目に遭うのは、ぼくは嫌だよ」

「蒼が心配する必要はない。これは僕が自分で決めたことだ」

「でも――」

いいかける蒼の声をさえぎって、翳が思い切ったように口を開く。

「桜井さんは、爆弾犯人が誰かわかっているんですか？」

「わかっていたら、こんなところで立ち話はしていないよ」

京介は唇だけで笑った。

「だけど見通しは、あるんですよね？」

「すでに僕の想像のひとつは外れている。僕は今回の事件には複数の人間が関与していて、本当に危険な能力を持っているのはひとりだけだろうと考えていた。工藤さんが追いかけてきた前橋の少年は、それほど破壊力のある爆弾を作ることは出来ないし、犯人グループは密接な連係プレーを取っているわけではない、とね。だが、どうやらそれは外れた。M学院大で爆発した爆弾は、黒色火薬のそれではないらしい。威力の点から考えても。そうですね、工藤さん？」

「おっしゃる通り。って、こんなことぺらぺらしゃべっちまっていいのかなあ、俺は」

工藤は肩をすくめたが、

「まっ、いいや。ここに犯人がいるはずもないし。たったいま桜井氏は大層なご謙遜だが、彼の推理ですでに命中していることもある。昨日神楽坂でやった、その地名は新宿区横寺町《よこでら》だった。神楽坂と聞かされただけで、彼は町の名を当てたのさ」

「あのとき書いて押しつけたメモか」

「さいで」

へえっ、という視線が京介の方に集まったが、彼は嫌そうに横を向く。

「四月一日は赤坂見附の駅からすぐ近くの赤坂Pホテルの庭。そして今日は彼の指示で、墨田区緑と、目黒区緑が丘を警戒している」

「赤と緑？」

翳が首をひねった。

「香澄、わかるか？」

「――もしかしてそれ、虹の色と順番？」

蒼のことばに、工藤がぽんぽんと手を叩く。

「おー。さすがだ、ぼーや」

「止めて下さい、工藤さん。ぼくはもう、坊やっていわれる歳じゃありません」

蒼は憤然と言い返したが、翳がその袖を引く。

「待てよ、香澄。なんで赤と緑だけで虹だなんてわかるんだ？」

「じゃあ、翳は虹の七色順番に全部いえる？」

「え、と――」

「赤、橙、黄、緑、青、藍、紫」

「重なってるのは赤と緑だけじゃないか」

「そうか……」

神代は気づいた。

「横寺の『横』には、作りに『黄』が含まれている、か」

確かに東京の地名で虹の色尽くしをやろうとしたら、赤や青はいくつもあるだろうが、ない色もまた多い。そこで『横』の字で黄色にこじつけたというわけか。

「でも、橙色は？　なにか似た字ってありましたっけ。木偏の『木』じゃたくさんありすぎるし、作りの『登』のつく地名だとか？」

「まあこじつけのようだが、四月二日に東京ドーム横でやったのがそれに当たる、と考えられているわけさ」

「どうして？　地名はあそこって——」

「後楽園の後楽だ」

「関係ないのに」

「爆破されたのはな、フレッシュオレンジジュースのスタンドだったんだよ」

「おいおい」

「馬鹿馬鹿しい、な」

「ふざけてるのかよ、犯人は」

無論死人も出ているのだ。冗談でないことくらいわかっている。だがこんな場合でなければ、吹き出してしまったかも知れない。笑うに笑えない分、見合わせる顔は苦くなる。

「ふざけてるっていうか、こういうのも一種の愉快犯ってことになるんだろうな。ネット上に犯行予告が出るのさ。前日の真夜中、二十三時五十九分に。時刻は書かれているが場所の記述はない。ただ三月三十一日のそれには『雨の弓』とあった」

「rain-bow?　なんだ。そのままじゃない」

蒼がいうのに工藤は面白くない表情で、

「そりゃ『雨の弓』が虹ってのはわかってたさ。だけどいきなり虹だっていっても、別になんの必然性もないんだ。わかるわけがないだろ」

（ん、待てよ？……）

なにか最近どこかで、虹に関係のあることばとか読んだだろうか。神代はかすかに頭にひっかかるものを覚えたが、考えてみてもそれ以上なにもたぐり寄せられる記憶はない。

「野球で大きく弧を描くカーブとか、外野からの山なりの返球とかのことをレインボウっていうけど、関係ないよな」

「いくら東京ドームのそばだったからって」

「だいたいなあ、テロリストの犯行声明ってのは、もっと堂々と新聞社に送りつける、そういうもんなんだよ。誰が見てるかわからないネットの掲示板に、それも前日寸前にこっそり書き込むなんて、どう考えても卑怯だぜ。アン・フェアだ」

「テロリストにフェアプレーを求めてもな」

「でも、東京二十三区に限っても、ジュースタンドなんてどれだけあるか知れないでしょう？　なんでその中の、東京ドームのだったのかな。やっぱり野球と関係あるのかな」

「いや、それをいえば四月一日のだって、『赤』とつく地名はまだいくらもあるぜ」

深春が言い出す。

「赤坂だって九丁目まであるし、元赤坂なんてのもあるし、他にも赤塚とか赤羽とか。その中でなぜそのホテルが選ばれたのか」

理由などないのかも知れない。犯人が完全に精神に異常を来している人間だとしたら。普通のテロリストであれば、どんな独善的な主張にせよ標的の選択に理屈がつくはずだ。ただ地名に『赤』がつくから、などというなら無差別にやっているのと変わらない。逆にいえばそれだけ、逮捕するのが困難だということだ。


「『黄』の代わりの『横』とつく地名だって、二十三区にひとつじゃなかったろう。どうしてそれと特定できたんだ？」

周囲がいつの間にかまた賑やかすぎるほどの調子で言い合っているのに、京介は相変わらず無言のままだ。まさか立ったまま再び眠ってしまったわけでもあるまいが、神代の問いも聞き流されたようで、そばから工藤が代わって答えた。

「神楽坂の近辺にはあれひとつでしたね」

「そして今日の緑とつくのは、二ヵ所だけだったんだね。その地名の場所に警官を配置したんだ、京介のことばを信じて？」

「ああ」

「通行人に警戒を呼びかけるとか、住んでいる人を避難させるとかは？」

「そりゃ無理だ。マスコミに洩れるのも、犯人が警戒して現れないのも困る。第一なんの証拠もないのに、そこまではやれないさ」

蒼はなにかいいたげに口を開きかけたが、他にどうしようもないことはわかったのだろう。唇を引き結んでうつむいてしまう。

「地名につかない藍と紫はお手上げだな。橙をジュースタンドにこじつけたようなことをやられると、見当がつかないだろう」

「お店ならいくらでもありそうだよね——」

「谷中のマンションのそばに『藍』って居酒屋があるし、『小紫』ってお好み焼き屋もあるぜ。事前に警戒するのは無理だからその前といっても、今日逃がしたら次は青だろ。これも赤と同じくらいたくさんある。青山、青戸、青葉台……」

「——だから」

京介がようやく口を開いた。

「今日の内になんとかして犯人を逮捕してもらわなくてはならない。M学院大の犯人は別でも、こちらの身柄を抑えられれば牽制《けんせい》は利くだろう」

「昨日の夜も犯行予告は出ていたの？」

「ああ。ただし書き込む場所を変えていた上に、検索エンジンにも引っかからなくて、探すのに時間がかかってしまってね」

だから眠い、といいたいらしい。

「それでも予告を出しているっていうのは、どういうことだと京介は思うの？」

「さあ——」

「もしかしたら犯人は、自分のことを止めて欲しいんじゃないのかな。だから誰かに気づいてもらいたくて、それを」

「だったらもっとわかりやすく、どこでやる気か書けよって」

工藤がぼやき、

「時刻は二時三十分とあった。午前の時刻はなにごともなく過ぎたから、午後のそこまでに警察が働いてくれれば答えはわかる」

京介がけりをつけるようにいった。

「だけど、なんで虹なんだろう」

その蒼の問いに答えられる者はいない。そして神代はまた、頭の芯が妙にざわつくのを感じている。なぜ、虹なのか。思わせぶりに曖昧な犯行予告を書き込む犯人の、真の狙いはなんなのか。


予告の二時三十分までに、まだ一時間弱あった。食堂の隅でつくねんと、誰にも忘れられたようにして立っていた北詰が、翳が少しの間親にも見つからないところで寝起きしたいというのを聞くと、

「ここの六階で良かったら泊まれるよ」

という。

「四年前にぼくが戻ってきたとき、前から使ってみたかった洋室が空いていたものだから、持ち主から貸してもらって書斎に使っていた。それも一階に事務所を作った半年前からは引き払ってね、だから少しばかり埃臭いとは思うけど、家賃とかそういうことはいわないから」

「えー、只でいいんですか？」

「うん、もちろん。もう独身部屋は住んでいる人もいないけど、水と電気だけはまだ切られていないから、トイレなんかは心配いらない。ガスも共用の台所で五月いっぱいは使える。地下の共同風呂はもう終わっているけど、神楽坂の方へ五分ばかり歩けば銭湯はあるよ。どうする？」

「はい、お願いします。ぜひ！」

「いいなー、翳。朋潤会アパートに住めるなんてうらやましい」


そんなわけで食堂に残っていた一同は、ぞろぞろ階段を上がることになった。別に神代までついていくことはなかったのだが、なに、こうなればことのついでだ。二階に出たときは立ち稽古をしているらしいリンの声が耳に届いて、そちらに軽く気を惹かれないではなかったが、

「北詰さんが子供のときは、集会室はよく使われていましたか？」

「ええ、それはもう」

京介の問いに彼は懐かしげな顔になって、

「戦前には五、六階の独身部屋は女子禁制で、親や姉妹でも上げてはいけない、集会室を応接間代わりにここで会うべしという決まりがあったそうです。ぼくが覚えている戦後にはそういうことはなくなって、英語教室やバレエ教室、お習字の教室が開かれたり、十二月にはクリスマス・パーティがあったり、大人のための社交ダンスの会や文化講演会のようなこともしていたと思います。ここのアパートは大学の先生や学者さん、芸術家の方も多く住んでおられましたから、講演者も内部で調達出来た。近年はそうした活気もなくなって、葬式を出すことが多くなりましたが」

話しながら先に立ってどんどん上がっていく。足腰には自信のある神代だが、さすがに一階から六階まで一気に上がるのはしんどい。それでも疲れた顔を見せるのは沽券《こけん》に関わる、と意地を張れる程度には余力があった。

「翳、だいじょうぶ？　傷は痛まない？」

「だいじょうぶに決まってるだろ」

「体力がついていいよなー、青少年」

「はは、そうっすねえ」

牛込アパートメントは基本的に、階段の周囲に各世帯の玄関ドアがとりつく構造になっている。例外が一号館の五、六階で、建物の中央を走る中廊下の両側に一間の小部屋が並ぶ。

「外に窓の開く北側は和室で、中庭に向かう南側は洋室です。もちろん中庭側の部屋の方が人気があって、なかなか空かなかったものですよ。だからこの639号室が使えるとなったら、少しの間でも使ってみたくてね」

北詰がそういいながらドアを開けた部屋は、家具がなにもないせいもあるだろうが、結構広くて明るい。中庭に向かって窓がふたつ。作りつけのクローゼットを除いても畳に直して八畳くらいは充分あるだろう。

「どうだい、ずいぶん殺風景だけど」

「いえっ、充分です。大学が始まればどうせ寝に帰るだけだし」

「ぼくのところに空気で膨らますベッドと、使っていない布団や毛布もあるよ。もしも必要ならテレビなんかも」

「翳はまだ腕が使えないでしょ。運んで上げるよ」

「いや、それくらい平気だよ」

「遠慮しないで。それにほら、いまなら人手もあるしさ」

ちゃっかりと蒼は深春の顔を見、そういわれれば深春も嫌だとはいえない。というわけで一同はまたぞろぞろ、長い廊下を引き返す。和室側のドアの横には六角形の窓が開けられていて、内側にはガラスの引き戸があるのだが、窓枠のデザインがそれぞれ違っているのが目に面白い。

「他は全部空き部屋ですか?」

京介の問いに、

「そのはずだ。もっとも住人の数が減ってきてからは、ここを借りて納戸代わりに使う世帯も増えてきてね、確か安宅先生も北側に書庫用の部屋を二間くらい持っていたんじゃないかな」

「書庫なら本が焼けないように、北側の方がいいでしょうね」

「うん。しかし住むにはやっぱり寒かったよ」

「北詰君が自分の部屋にしていたってのも、そのへんなのか?」

神代がそう聞いたのは、他意あってのことではない。だがなぜか北詰の背中は、その瞬間ぎくりと震えた。振り向いた顔は青い。

「——ええ、そこの631号室です」

顔を前へ戻しながら、妙にのろのろとした口調で彼は答える。

「ぼくの一家が越した後は、従弟の家族が確か物置に使っていましたね」

「なあ、京介。ことのついでにもうひとつ、謎解きを引き受けちゃあもらえないか？」

翳が使うものを運ぶのに深春や蒼が北詰の事務所に入って、廊下でふたりだけになったとき、神代は京介に持ちかけた。

「ことのついでって——」

当然のように京介は渋い顔になる。

「僕は、振ればお望みの結論が出てくる、打ち出《うちで》の小槌《こづち》じゃありませんよ」

「わかってらあ、そんなことは。だがおまえ以外に頼るやつがいねえんだから仕方がない」

眉間《みけん》に深く縦皺を刻んでため息をつく京介に、

「話を聞いてくれるだけでもいい」

「時間の余裕がなさ過ぎます」

「こちらもあんまり時間がないんだ。といっても、日曜のイベントの後くらいまでは待てるかな」

「なにか、北詰さんが？」

「それと安宅さんだ」

「そうですか……」

「おまえ、年寄りには親切だろう。先の短い人間が独りで胸に苦しいもんを抱えて、ふるさとを失おうとしてるところなんだ。彼のためにしてやれることがあるなら、してやりたいんだよ」

もう一度ため息をつきながら、右手で前髪を掻き上げた。相変わらず不機嫌そのものの顔だったが、なおも神代が無言のまま待ち続けると、

「今日、警察がまともに働いてくれたら」

話をうかがいます、というつもりだったのだろう、たぶん。だがそのとき神代は、京介の口から出るはずのことばを聞き損ねた。またしてもばたばたと駆けてきた工藤が、息を切らせながら、

「すっ、すまねえっ、桜井氏ッ」

「逃がしましたか」

「ああ。その代わり爆弾は抑えた。爆発はさせないままな」

「神宮前アパートはどうなりました」

「岩槻修の顔写真を持たせて聞き込みしたところ、目撃者がいた。彼がアパート内にしばらく暮らしていたことは確からしい。だが」

「もういない、ということですね。やはり」

「彼が住んでいたらしい部屋も一応特定できたんでな、ただそこの住人とはまだ会えていない。未成年者が個室に使ってるらしいんだが、親もまだ摑まらなくてな」

「それで？」

「たぶん明日にも、令状を取って家宅捜索」

「悠長なことだ。僕なら今日の内に逃げていますよ」

「張り込みはついてる」

「どこまで信用できるものか。いざとなれば強権を発動して別件逮捕も平気でするくせに、手際《てぎわ》が悪すぎますよ」

京介は冷ややかに吐き捨てる。

「一言もねえ」

「ライバルの公安部の方はどうした」

神代が横から尋ねると、工藤はますます亀のように首をすくめる。

「合同捜査ってことだそうですが、俺は外様《とざま》もいいところで、捜査会議にも出られないもんで」

「役立たず」

工藤を責めるのはいくらか不当だったかも知れないが、他にいうべきこともない気がした。

4

《データ》
二〇〇一年四月の爆弾事件より、主にセジット爆薬使用のもの。
四月一日　午後一時二十分頃、千代田区紀尾井《きおい》町赤坂Ｐホテル別棟レストラン前で、レストラン玄関右横に置かれた石灯籠が爆発。
死者一名、負傷者十二名。

同日　朝八時四十分頃、新宿区W大O講堂前にて爆発。

散歩中の老人が全治一ヵ月の重傷。ただしここでは黒色火薬使用。

ネット上の予告は八時十分。

四月二日　正午、文京区後楽東京ドーム横のジューススタンド屑籠が爆発炎上。

スタンド内の販売員が爆発音に驚いて体を台にぶつけ、軽傷を負った他は、周辺に人気がなかったため人的被害は無い。

ネット上の予告は十二時。

四月三日　午前十一時、新宿区横寺町曹洞宗《そうとうしゅう》長寿寺《ちょうじゅじ》墓地にて爆発。

墓石一基が四散、数基が転倒し、庫裡《くり》の墓地側の窓ガラスが割れたが、掃除の老女が転んで腰を打った以外負傷者無し。

同日　正午、港区白金台私立M学院大キャンパス内で爆発。

掲示板が吹き飛び、負傷者多数。内一名は現在も意識不明の重体。

ネット上の予告は十一時。

四月四日　午後二時四十分、墨田区緑の銭湯緑湯前の路上に放置されている不審な紙袋を、巡邏《じゅんら》中の警察官が発見。待機していた爆発物処理班に連絡し事なきを得たものの、現場近くから駆け去った人影を見失う。

同日　二時五十分、目黒区緑が丘のマンション駐車場で50ccバイクを止めている運転者に、巡邏中の警察官が不審尋問をしたところ、小箱を投擲《とうてき》して逃亡。行方を見失う。爆弾は起爆装置の断線のため、爆発しなかった。

ネット上の予告は二時四十分。

なおこれらの爆弾にはいずれも、トラベルウォッチを用いた時限式起爆装置が用いられている。四月一日都内の他の十九ヵ所で用いられた爆弾はいずれも黒色火薬と硫酸が用いられ、これらとはタイプが違っている。

5

日野原奈緒は前橋の自宅の勉強部屋で、自分のパソコンの画面をじっと見つめていた。ついさっき届いたメールが、そこに表示されている。東京の住所と知らない携帯番号も。

『なおちゃん
頼む、助けてくれ。
もういやだ。
俺このままだと人殺しになっちゃう。
逃げ出しておまえのところに帰りたい。
俺はいま、この住所の人のところにかくまってもらっているんだ。
携帯の番号も変えた。
でも、もう金がなくて。
迎えにきてくれよ。頼む。
一生のお願いだ。
オサム』

時計を見る。九時二十分。

明日は四月五日木曜日、つまり平日で、もちろん学校はある。

それにたとえ休みだったとしても、いま東京に行きたいなどといって親が赦してくれるはずはない。修の家出が明らかになって以来、家族はひどく神経質になっている。それだけでなく、最近東京は爆弾事件のせいもあってひどく危険だというので、学校でも週末渋谷や原宿へ遊びに行くことはしないように、と繰り返しいわれているほどだ。

だが奈緒は少し考えただけで心を決めた。財布の中身を確かめた。行きの交通費には充分間に合うけれど、向こうでの費用や帰りのことも考えなくてはならないから、銀行のカードを持っていこう。

いつもの通学バッグを、ビニールレザーのボストンに替えた。色は黒だから、これくらいなら制服で持って歩いてもそんなに変には見えない。それからバッグの底に、学校へ持っていくことは禁じられている携帯電話と、私服を一揃い丸めて押し込んだ。部活だからっていつもより早く出て、駅のトイレで着替えよう。遅くなるとクラスメートと鉢合わせしてしまう。

巨椋《おぐら》のおばさまのご紹介だったけれど、あの刑事はやっぱり頼りにならない。修ちゃんはきっと、前橋には戻りたくないというだろう。おばさまはかくまってくれるかしら。たとえおばさまが駄目でも、私は修ちゃんを見殺しにはしないわ。

世界を消すためには

1

それもまた、廃墟めいた淀《よど》んだ空気を漂わせる建築だった。東京の一角に、不細工な四角い石の塊《かたまり》のようにごろりと居座っていて、玄関前の飾り柱はどことなくさびれた風俗店のようで、出入り口は狭く、受付の窓の中から猜疑《さいぎ》に満ちた目がこちらを睨む。今日もまた。

ここは墓場だ、とイズミは思う。廊下はいつも暗く、そこをスリッパを引きずり、裾《すそ》のほつれかけたスカートをだらりとさせた老婆たちが、のろのろと行き交う。

この黴臭い湿った空気、ペンキが浮いて皮膚病の肌のように剝がれおちかけた壁、自分たちが住んでいる表参道のあそこも、ここといくらかは似ているが、でもここほどはひどくない。

ここの廊下は長い。その廊下に沿って、どこまでも古びたドアが並んでいる。まるで無人のように静まり返っているのに、その前を通り過ぎると必ず少しして、薄く開いたドアの中から現れた目がこちらをうかがう。病院の入院病棟の個室か、それとも刑務所の独房か。どちらも実際見たことがあるわけではないが、きっとこんなふうだろう。

表参道のアパートはここととは全然違う。三階建てで、賑やかな道に沿って十棟に分かれていて、表通りに面した部屋のほとんどが大きなガラス窓のギャラリーやブティックに改装されている。壁や階段はぼろくても、むしろお洒落な感じだ。部屋の天井が低くて全体に狭いのも、中にいると洞窟にすっぽり収まっているような気分になれる。

同じ団体が建てたっていうここだけど、池袋あたりからだってそうは遠くないのに、表参道みたいには全然ならなかった。元から独身向けだけに作られた個室だけのアパートだそうで、それは七十年前もいまも同じで、住人だけが建物と一緒にすっかり歳を取った。だからここの廊下を歩いていると、死にかけている建物と死にかけている年寄りたちの匂いがぷんぷんして胸が悪くなる。

爆弾を仕掛けて吹っ飛ばすなら、こここそ真っ先にやればいいのだ。東京でまだいくつも残っているというこういう古くて汚いのを、片っ端からぶち壊してやればいい。前にソブエにそういったら、煙草の煙もろとも臭い笑いを吹きかけられた。『馬鹿だな』と。

『おまえのいう朋潤会アパートなら、我々が手を下すまでもない。国家権力がせっせと破壊してくれている。おまえの住んでいる神宮前アパートメントも来年には取り壊しだ』

そういわれるとひどく嫌な気がした。あの巣には自分の匂いがたっぷり染みついていたし、新しいマンションにはきっとないだろう自由で自堕落な空気があった。それもまた母親から買い与えられた場所ではあったが、母親が後生大事にしている新築のデザイナーズマンションは好きになれない。磨き上げられたガラスと白い壁、あれも真新しい廃墟だ。死んだ無機物だ。自分の肌身に馴染んだアパートは着古したジーンズのようで、汚ければ汚いほど、ひび割れて染みだらけで歪んでいればいるほど、ひとつ屋根の下で暮らしてきた老犬みたいに思える。

それを失いたくない、無くされるのは嫌だといいそうになって、だがイズミは唇を嚙んだ。またソブエに笑われるのは気分が悪いし、こいつに向かっていったところでどうにもならない。それに来年といえばずいぶん先のことだ。そんなに先のことを、いまから気に病んでも意味はない。自分がいつまで生きているかだって、わからないのだから。

五階の中庭に向いた部屋。何度目か、前と同じようにドアをノックする。表札はない。上三分の一に中の見えない網ガラスがはめられたドアは、どれも同じように見える。番号を書いた札が貼られていなければ、絶対に見分けはつかない。ドアの汚れ方や錆び具合はひとつひとつ違うといっても、それを見て取るには廊下の照明は暗すぎる。天井につけられた蛍光灯の半分は、電気代の節約のためなのか、切れたまま交換される様子もない。

ガラスがぼんやり明るんでいて、中に人のいることはわかった。二度ノックをしてから、ドアに口を近づけて合い言葉をささやく。

「じぼ・あん・じやん——」

そのまま待っていると鍵を外す音がして、ドアが十センチばかり引き開けられた。中から片目が覗いてこちらを見る。疑い深く、警戒している。これがここのアパートの住人の流儀らしい。何度味わっても不愉快なやり方だ。

「入りな」

スカートを引っかけないように、ドアを力まかせに押して中へ滑り込む。いつ見ても息が詰まりそうな狭苦しい部屋。狭苦しくて、そのくせ殺風景なのだ。薬品の匂いに煮干しのだしの匂いが混じっているのが、へどが出そうに気持ち悪い。悪臭だからというよりも、爆薬と家庭的な料理の匂いの違和感がイズミの胸を悪くする。もらうものだけもらって、さっさと帰ろう。さもないと服にこの匂いが染み付いて、きっとミズキが怒るだろう。

だが不愉快を感じていたのは、こちらだけではなかったらしい。

「もう少し地味な格好は出来ないのか。そんな黒いびらびらしたワンピースで出入りされる、こっちの身にもなってくれ」

ソブエは吐き捨てるようにいう。だらしなく伸びかけた着たきりのジャージ姿で、人の服装をけなすなよな、と思ったが、

「女の服はあんまりないんだ、ミズキの持ってるこれぐらいしか。こっちだって迷惑だよ。おかげでここに来るときはバイクにも乗れないし」

「事故でも起こしたらそれで終わりだ。地下鉄で来ればいい。——まさか、昨日もそんな格好で行ったのか、緑が丘へ？」

「違う！」

「どちらにしても失敗したな。逃げなければならないなら、ブツは持って逃げろ」

「爆発すると思ったんだ。不発だった」

「おまえ、最後の配線を繋げる前に投げた。それだけだ。こちらは悪くない」

「失敗したのはそっちもじゃないか。警官に見つけられて逃げたんだ」

「詳しいな」

「新聞やテレビのニュースは控え目だものな。だけどその分ネットじゃ情報が飛び交ってる。あんたのドジもそこで知ったんだ」

ソブエとイズミは毛羽《けば》だったカーペットの上で、座りもせずに睨み合っている。いくら相手を見下ろしても、自分の方が弱いのは無論分かっていた。ボムを作れるのはソブエだ。ボムが欲しければ結局のところ、ソブエに従うしかない。

だが最後は相手のいう通りにするとしても、黙って従うつもりはなかった。いうだけのことはいわなければならない。

「警察は、張っていたんだろ？　墨田区の緑と、目黒区の緑が丘、両方に山を張ってばっちり警戒していたんだ。あんたがネットに予告を出すなんて、そんな馬鹿なことをするから」

「場所は書いていない」

「そんなことといったって、気がついたやつがいたんだろう。あんたが虹の七色にひっかけてやる場所を選んでるってのはさ」

「そうだな」

ソブエはうっすらと笑った。

「だが、それでいいんだ」

「良かないさ」

「いや、気づかせるつもりでやっている」

「マジで？——」

始めてイズミは、ひやっと冷たいものを感じる。こいつ、まともじゃない。

「マジならあんたおかしいよ。頭がヘンだ」

「かもな」

平然とうなずく。

「気づけばいい。そしてパニックすればいい。こちらの最終目標は、気づいても守りきれないくらい大きいのだから」

「なんだよ、最終目標ってのは」

「おまえが知る必要はない」

「だったら」

好きにしろよ、こっちはもう手を引くから。そういおうとした。だが一瞬遅れた。胸倉を掴まれ、背後の壁に叩きつけられたのだ。


コンクリートの壁に背骨を打たれて、一瞬息が詰まる。叫ぼうにも声が出ない。相手にそれほどの力があるとは思わなかった。

「もう、遅い。いまさら逃げられない」

ワンピースの襟元を太い指でぎりぎり締めつけながら、ソブエはイズミの顔を見上げる。影になった顔から、すくい上げるように覗き込む目が、黄色く濁っていた。

「放、せ、よッ」

「どうせ逃げ切れるはずもない。これだけのことをやって、挙げられずに済むと信じているなら、おまえは馬鹿だ。まったく、いまどきの若いのはそれくらいもわかっていないのかい」

「放、せ——」

イズミは必死にもがいた。両手を振り回してソブエの顔を殴り、脚で蹴り上げた。だが首を絞められているせいで力が入らない。頭にもう霞がかかってきている。

それにしたって壁一枚の隣には、人がいるはずなのに。こんなに騒いだり暴れたりすれば、誰か気づいてくれるはずだ。誰、か。

「無駄だよ」

楽しそうにソブエがささやく。

「こんな年寄りばかりのアパートで、少しばかり声や物音がしたからって誰が見に来てくれる？　それはなんだろう、とは思うだろうさ。舌打ちしたり、歯の抜けた口でぶつぶつはいうだろうさ。だけど年寄りってのはね、それくらいで自分の部屋から出てきたりはしないものさ。せいぜい明日顔を合わせたら文句をいおうと思うくらいで、それも明日になる前に忘れてしまうのさ。

どうだい、気持ちがいいかい？　頭がぼーっとして、大麻でも吸ってる気分になったろう？　はは、安上がりで合法的なドラッグだ。そうとも、暴力はしばしばドラッグに似ている。もっともいい気持ちになるには、ちょっとした慣れとコツがいる。

素質もいくらかはあるかもな。おまえにはたぶん殴られて、首絞められてトリップする素質がある。試してみたいか。もっと気持ちよくしてやろうか。びらびらした服を引き裂いて、このまんま犯してやろうか？」

「──ふ、ざけんなッ、てめえ！」

ようやくイズミはその手をもぎ放し、二、三歩後ろに下がる。

「なに、勝手なことといって、やがる」

喉が鳴る。うまく息が出来ない。膝に力が入らない。壁に背中を支えて、辛うじて立っている。だけどこんなところで、ソブエに負けるわけにはいかない。表参道まで帰らなかったら、ミズキが俺をいつまでも待ってるだろう。

「ブッ、殺、す──」

「殺せねえよ」

ソブエは唇を裂いて笑う。

「出来ねーよ、おじょうちゃんには」

「俺は、女じゃ、ないッ」

ソブエはひどく面白い冗談を聞いた、というように顎を反らせた。

「そうかい、女は嫌かい。まあ、どっちにしろ甘っちょろいガキさ」

「俺はガキじゃない。サムはガキだったけど」

「サムっていえば、もうあいつとは関わりにならない方がいいぜ」

「あいつ、俺らのところは四月一日に出てったよ。なんで？」

「前に、サムを探しに前橋からイヌが一匹来てるって教えてやっただろう」

「ああ、そんなこともあったな」

その刑事とつるんでるらしいやつを追いかけて、家を突き止めてボムを置いてきた。でも、たぶんあれは不発だったんだろう。ニュースにもなっていないし、なにせサムが作ったやつだものな。

「すっかり忘れてた」

「サムのやつ、前橋でちゃちいのを一発やったっていってたろ。おまえら、サムに作らせたやつを不発で放り出したよな。火薬分析すれば出所が同じだとばれるさ」

「それってやばい？」

「やばいね。正直な話、おまえにも出入りしてもらいたくないくらいさ」

「サムっていやぁ、もっとやばいこともあるんだぜ。あいつ従妹にメールしたんだ。俺んちで撮った写真つけて」

「なんだって——だから刑事が来たのか？」

「あ、でもいまのとこポリスなんか来てないぜ。写真の背景っても、なんにも写ってないし」

「そういうことはもっと早くいえ。頭の軽いガキどもが」

「俺がやったわけじゃない」

そういったがソブエは答えず、ごみだらけの床に座った膝の上でノート・パソコンを開く。

「その従妹のメアドは？」

「あ、わかる」

「見せろ」

命令されるのは面白くなかったが、再度うながされていやいや携帯を開いて見せる。

「この、ナオっての。——なにすんの？」

「役者は多いほどいい。使えるものはなんでも使う。イズミ、おまえはサムを呼び出せ」

「関わらない方がいいんだろ？」

「使い走りぐらいはやれるさ」

「無理だよ。あいつ、トガシのところに逃げてもう戻ってこない」

「そうか——詰まらねえな」

そういいながらキーボードを叩くソブエを、イズミは所在なく眺める。

「なあ、教えろよ。あんたの最終目標ってなに？」

「でかいもんだ」

「東京タワーかよ」


あはは、とソブエは大口を開けて笑う。

「そんなものよりずっとでかい」

「わからねーよ」

「日曜日まで捕まらなければ、見せてやるよ。それが炎の龍となって醜い街の上にかかるでっかい虹を。それこそが真実の火刑法廷だ。儚い電脳世界の幻なぞじゃなくな」

イズミは頭を振った。ソブエはやっぱり頭がおかしい。なんでこんなやつのいうことを、少しでも真に受けたりしたんだろう。

「なにいってるのか、わかんねーよ」

「じゃあ、おまえはなにが欲しくて始めたんだ」

「俺は——」

ことばが出てこない。頭が空っぽで、気持ちが悪い。吐きそうだ。俺は別になにも欲しくない。欲しいものはババアを怒鳴りつければ、なんでも手に入った。それでも、欲しいのは……

「俺、帰る」

「表参道の神宮前アパートにか？　いまごろデカが張ってるぞ」

「そんなもの――」

「おまえ、母親を舐めて、さんざんいじめて、金を搾ってきただろう。ガキどもってのはいつだって、そうやって大人を舐めてかかる。だけど覚えておくといい。大人ってのはガキよりしたたかだ。邪魔になるとわかれば平気で捨てる」

「うちのババアが、俺たちをポリスに売るって？」

イズミは鼻で笑おうとしたが、

「そんなことはあり得ないと思っていたろ？　それがガキの甘ささ」

ふん、とソブエは鼻を鳴らす。

「どうしても帰るなら服を替えて帰れ。そこの押入の中にあるもの適当に着て、長いカツラは外して行くんだな。信じる信じないは勝手だが、それもしないならもう来るな。おまえから足がつくのはかなわない」

おまえのつんつるてんでだぶだぶの服なんか着られるか、といおうとしたが、口から出たのは別のことばだった。

「助けは要らないのかよ」

「助けるつもりがあるなら、戻るな」

「でも、ミズキが」

「呼べばいい。おまえらテレパシーが通じるんだっていったろ」

ソブエは首だけこちらにねじ曲げて、ニッ、と笑ってみせた。

「もうしばらくボムと遊びたかったら、こちらのいうことを聞くんだな」

ソブエはパソコンに向かったきり、もうなにもいわない。イズミは手に持ったままの携帯を上げて、短縮番号をプッシュした。ミズキの声を聞きたかった。そして混乱した頭を落ち着かせたかった。

だが、そこから聞こえてきたのは、

『イズミ？　イズミちゃんなの？』

上擦った母親の声だ。怯えているようにも、興奮しているようにも聞こえる。

『ねえ、いまどこにいるの？　いつ戻るの？　ねえ、イズミちゃん！』

「いま、は」

だが答える代わりに、イズミは乱暴に通話を切った。体が震える。胸がむかつく。だが、わかった。正しいのはソブエの方だ。ババアは、俺たちを警察に売った。

2

四月五日の午前十時、牛込アパート二号館一階の朋潤会アパートメントハウス研究連絡会事務所に、建築家の北詰と神代、京介、工藤の四人が顔をつき合わせている。アパートの実測図面を作り、保存修復の可能性を視野に入れた再建計画のプランニングを、この四年ばかり続けてきた場所だ。


もともとは三室の畳和室に板の間の小さな台所という間取りなのを、畳と間仕切りのふすまを取り払い製図机を入れて使っていた。だがその空間が手狭に感じられるほどだった、若い建築家や学生たちの熱気はすでにない。壁を埋めた本棚はほぼ空にされ、図面類も運び出され、採用されなかったアパートの一部保存計画案の模型だけが、この場所の目指したものをうかがわせている。

そして壁に一枚、満開の桜越しに一号館を望む写真をあしらったポスターに『四月八日　牛込アパートメントお別れ会』の文字が躍る。昨年撮影された写真そのまま、壁一枚を隔てた中庭では染井吉野がその梢を白く輝かせていたが——

誰もがそれぞれの理由で浮かない顔をしていた。だがもっとも青ざめて、ほとんど悲愴《ひそう》な顔になっているのは北詰だった。それは、馘首寸前のとはいえ刑事にまでやって来られては怯えるのも当然かも知れないが。

「繰り返しになるが北詰君、この刑事の存在は無視していいんだ。こいつはいま京介から離れるわけにいかなくて金魚の糞やってるだけなんで、君がなにをいおうと聞き流すことになってる。俺はただ安宅さんのためにも、はっきりさせられることはさせてやりたいと思うだけなんでね。君だって彼のことは心配してるというし、君自身もこのままでいいとは思ってないんだろう？」

「ええ、それは……」

北詰はうつむいたまま、ようやく蚊の鳴くような声で答えた。

「でも、なにをいっても無駄だと思うんです。ぼくのいうことが事実かどうか、なんの証拠もあるわけじゃない。いまから証拠が見つかるはずもない。なにしろ四十年前のことですよ」

安宅自身がいったのとそっくり同じ内容のことを北詰からもいわれて、

「そりゃあそうだが」

「ぼくがいけなかったんです。牛込アパートメントが取り壊されるかも知れないと聞いて、それまで忘れたふりをしていたことが急にいろいろ気になってきて、ええ、そこには罪の意識みたいなものもあったんでしょう。でも自分としては親切心で、なにか安宅先生のために出来ることがあったらなんて考えて、顔を出して。そのせいで先生は春彦君のことを思い出してしまい、ぼくを疑って、憎んでおられるのなら、自業自得です。ぼくは憎まれてあげるしかないんです——」

「それは違うぜ、北詰君。君をどれだけ憎んだところで、安宅さんの息子が戻ってくるわけでもない、安宅さんの気持ちが救われるわけでもない。寿命の延びてる時代だ。あの人だってあと十年や二十年は生きられるだろう。その間ずーっと君を憎んで、憎み続けていろっていうのかい？　憎悪とふたり連れの余生なんて、そんな惨めで救われないものがあるかい」

「だって、他にどうすればいいんですか」

北詰は顔を突き出した。青ざめていた顔が、いまは斑《まだら》に赤らんでいた。

「それともぼくが自殺でもなんでもして、懺悔《ざんげ》すればいいんですか。それであの人が満足されるなら、いっそここの屋上から飛び降りますか」

「馬鹿だな。君にだって奥さんも子供もいるんじゃないか。君に自殺されたら今度は、安宅さんが罪の意識を引きずらなきゃならなくなる。そして君の家族は安宅さんを憎むだろう。どこまで行っても、誰も救われない。君がやけになったところで、なにもいいことはないぜ」

「それなら——」

「四十年前の八月になにが起きたのか、まずは君の立場からの話を聞かせてもらおうじゃないか。俺は安宅さんから、彼の立場の話は聞いてる。それをつき合わせるのが最初だ。別に悪いことじゃないだろう?」

どちらかというとこれは、そこにいる京介に聞かせるために話させるのだ。安宅と北詰、ふたりの気持ちを収めるのにはどうすればいいか考えろ、というと京介は、時間がないの、そんなの爆弾犯人を逮捕するよりよほど難しいのと文句を並べていた。せめてこの日曜が過ぎてからにしてくれ、と。

だがイベントが終わったら、北詰は事務所を閉めるという。そうなったら彼を摑まえることは難しくなる。神代にしたところで、来週履修科目の登録が済めば時間の余裕はあまりなくなる。悠長なことはいっていられない。というわけで無理やり京介と北詰を、ここで向かい合わせた。

ものぐさに押し黙る『名探偵』の前で、証人(いや容疑者か)にしゃべらせるのもこちらの役目とは有り難くないが、北詰自身にしても本音では腹にあるものを打ち明けてしまいたいのではないか。だったらこれが誰にとっても、要らぬおせっかいだとは思わない。

「——あれは、昭和三十六年の夏休みのことです。ぼくは、ぼくと安宅春彦君は、同い年で同じ小学校に通う小学校二年生でした……」

ようやく北詰は語り出した。両手で膝頭をしっかりと摑み、目はその間に落としている。顔が仮面のように強張っている。

「牛込アパートメントの住人が、この周辺の街の人たちより所得がずば抜けて高かった、ということはないと思います。でも教育にはお金をかけたい、という家が多かったようで、その当時から区立の小学校に通うのは少数派でした。同じ学年ではぼくと春彦君だけだったんです。

春彦君にいじめられた覚えはありません。むしろぼくは弱虫で本ばかり読んでいるような子供だったので、幼なじみの春彦君にいろいろ庇ってもらっていたと思います。ぼくたちはいつもくっついて遊んでいました。このアパートの中庭で、階段室や屋上で。夏休みはそれこそ朝から晩までずっと。

でもその年の夏の春彦君は、いつもより元気がなかった。お母さんが具合が悪くて、寝込みがちで、同じアパートの中に住んでいる祖父母のところへ行かされることが多くて、でもそのお祖父《じい》さんがきびしい人で、怖いから嫌だと。そんなこともあって、その最後の夏はいつも以上にぼくたちはふたりで遊んでいました。

前に神代先生にお聞かせしましたが、ぼくはその頃一号館の六階に、自分だけの部屋を借りてもらっていました。北側の和室でしたが、ぼくにはすばらしいお城でした。でも父との約束で、友達を連れて行ってはいけないことになっていました。その頃は独身部屋はどこも満室で、中にはこっそり女性を連れ込むような青年もいて風紀上の問題になっていましたから、ぼくの部屋を子供たちのたまり場にするのもいけないということでした。例外は春彦君で、ふたりでそこで勉強したり本を読んだり、騒がずに過ごすことは認められていたのです」

そこで北詰はことばを切って、ごくり、と喉を鳴らした。それからもう一度話し出したとき、声はおかしな具合にかすれて上擦っていた。

「屋上の手すり歩きは、戦前から子供たちの間で伝えられてきたイニシエーションでした。でもぼくらの数年前に、足を踏み外して中庭側に落ちた子がいて、その子は植え込みのおかげでろくな怪我もせずに済んだけど、それからは厳禁された、ということがありました」

「ああ。それは前に安宅さんから聞いた。だが、禁止されればなおさらやりたいよな」

「いいえ、ぼくは臆病者でしたから、むしろ安心していました。そんな怖いことをしないで済むと思って。でも春彦君は、内心悔しがっているようでした。特に子供組の年長で、禁じられる前に手すり歩きを果たしていた子たちは、からかい半分ではありますが、ことあるごとにそれを口実にしてぼくらを笑ったりしました。

八月の初めでした。その日ぼくたちが喧嘩したのは、いろんなことが重なっていたんだと思います。お母さんのことで春彦君がいらいらして、ぼくが手すり歩きはしちゃいけないんだというのに彼が反発して、ぼくたちは六階の部屋で喧嘩になって、大声を出して隣のお兄さんに怒られたものです。壁は薄いし、夏のことでみんな窓を開けていましたから、子供が金切り声で怒鳴り合えばそれはもう筒抜けになります」

「うん」

「春彦君はいいました。自分ならあの手すりの上で走ったり、でんぐり返ししたりも出来る。年長組の前でそれをやってみせれば、あいつらも自分たちが臆病だとかいわなくなるだろう。でも、おまえにやれとはいわないから安心しろよな。ぼくはそれでも止めました。春彦君は怒って、ぼくを腰抜けだと罵りました。そういわれてぼくも、珍しく本気で怒ったのでした。

そのとき彼はぼくの『少年ジェット』を読んでいたので、それを返せといいました。春彦君はまだ読みかけだから嫌だ、といって、ぼくたちは本を挟んでとっ組み合いました。ぼくが彼の手からそれを取り返そうとし、彼は摑んで放すまいと。たぶんそんなふうだったのでしょう。夢中だったので、細かいことはなにも思い出せませんが。そして——」

「マンガが破けたのか」

「ええ。そう、そうです」

北詰は膝を摑んでいた両手を、開いて顔の前に上げていた。その指が、空を摑んで曲がる。くしゃ、と音が聞こえた気がした。

「破けた、その瞬間ぼくは手を放した気がします。本は畳に落ちた。でもその勢いで、裂けたページは完全に取れてしまった。びりびりという音を聞いた途端、ぼくはひどく後悔していました。破れたのはマンガ本などではなく、なにか、もっと大切なもののような気がして。


そのときまた隣から怒鳴る声が聞こえて、春彦君はそのまま部屋を飛び出して行きました。ぼくが彼を見た最後がそのときです。ええ、それきりぼくはお通夜のときまで、なにも知らなかった。なにも聞かされなかったのです」

「——その、破れたマンガ本はどうしました」

いきなり京介が聞いた。話を聞くことは聞いていたらしいが、ずっと黙っていた人間がいきなり口を開くと驚くではないか。だが北詰は驚く気力もないのか、うつむいたまま力無く頭を振る。

「わかりません。マンガのことなんてすっかり忘れていたんです。安宅先生にページの切れ端を見せられるまで」

「部屋を飛び出していった彼は、自分が破ったページを持っていったのでしょうね」

「いや、わかりません。本当に。ぼくと春彦君と、どちらがどう本を持っていて、どうやって破れたかも思い出せません」

「だがあなたが手を放したときに本が下に落ちたのだから、本を摑んでいたのはあなた。それならば春彦君がそのページを持っていたということになりませんか。つまり破れたページは彼の手の中に残ったはずだ」

「——ああ、そうですね」

少ししてから、北詰は気の抜けた表情で答える。

「そうかも知れない。だが、それが?……」

「春彦君が行ってしまってから、あなたはどうしましたか。それも覚えていませんか」

「ぼくは——」

記憶をたぐるように口をつぐんだ北詰は、

「たぶん、自分の家に戻りました」

「あなたの一家は、一号館に住んでおられたのでしたね」

「ええ、一号館の東端の一階でした」

「そして春彦君は、いまの二号館の部屋ではなく、祖父母の住んでいた部屋に行ったのでしたね」

「さあ、どうでしょう……」

「安宅さんの話だと、奥さんが具合が悪くなって入院しなけりゃならなくて、春彦君は実家の方に泊らせることになっていたというが」

「その実家は」

「やっぱり一号館だったと聞いたな」

「確か、うちとは中庭を縦に挟んで反対側の、一階だったと思います」

「しかし春彦君は夜になって祖父母の部屋を出た。自分の部屋に戻るといって。そして、途中で気が変わったのか、最初からそのつもりだったのか、一号館の階段を上がった」

「ええ——」

「北詰さんはその晩は、どこにも行かれなかったのですか」

「それは、どういう意味ですか」

固い声で聞き返した北詰は、眼鏡の中で両眼をかっとばかり見開いている。

「桜井さん。あなたもぼくがマンガを破られた腹いせに、春彦君を屋上へ呼び出して突き落としたというんですかッ?」

「いえ、そんなことはいっていません。問題は、翌朝一号館の北側に安宅春彦が、あなたのマンガ本のページを握って死んでいたという事実に、どのような解釈をつけるかということです。安宅先生は息子の死の状況の不自然さから、それは事故ではなく殺人ではなかったのかという疑いを抱いている。だが北詰さんは少なくとも、ご自分はなにも知らないと主張される。そうですね」

「そ、そうです。ぼくは、春彦君になにもしていない!」

「いかがです。これから春彦君が落ちたと思われる一号館の屋上へ、上がってみませんか」

「四十年前の現場にかい? まさか吹きっ晒しの屋上に、なにが残っているわけもないだろうがな」

工藤が遠慮ない口調で混ぜ返すのに、

「黙っていらっしゃい、工藤さん。あなたは今日は金魚の糞なんだから」

京介のせりふの方がもっと遠慮も情けもない。北詰は依然気が進まないふうだったが、結局四人ぞろぞろと、中庭を横切って昨日と同じ一号館の階段を上がった。確かにここの独身部屋にでも住んでいたら、階段の上り下りだけで嫌でも足腰が丈夫になるに違いない。

階段を上がりきると、屋内には大きな流しの並ぶ洗濯場があり、外には鉄棒を立てた物干し場が広い面積を占めている。この洗濯場は若い主婦や使用人の文字通り井戸端会議の場所だったそうだ。

問題の手すりはちょうど大人の腰の高さほどで屋上を取り巻いていたが、その上を歩くとしたら足を載せる幅はせいぜい二十センチしかない。だが内側に向かって斜めに切れた厚みがあるおかげで、すごく細いという感じはしなかった。そのコンクリートの厚みの中は、配管が通っているのだという。

そこから上半身を突き出して下を見た工藤は、

「おおっと、こりゃ切り立った崖《がけ》みたいだな。足元がすうすうする」

「なんだ、工藤さん。あんた高所恐怖症か」

「ちっとだけ、それもガキの頃だけですけどね。いまはもう克服しましたよ」

神代も真似して覗いてみた。中庭側は下に見える緑の樹木のおかげで印象が和らげられているが、春彦が発見されたという北側では木も少なく、舗装した地面がそのまま見えてしまうのだ。ざっと計算して十五メートル。ここを落ちたのでは、人間はひとたまりもあるまい。

だが安宅の疑いはやはり、根も葉もないものではないだろうか。もしも春彦が手すりの上に立っていたなら、屋上に立つ子供は手を伸ばしても春彦の体にはろくに届かない。その子の身長にもよるだろうが、足首を摑むのがせいぜいだ。配管を収めたコンクリートの厚みが邪魔をするのだ。


古い写真の中の北詰少年は、どちらかといえば小柄だった。手すりの内側に立っていたら、たとえ大人でもそこにいる者を外へ放り出すのは簡単ではないだろう。やるとしたら棒かなにかで足元をすくうくらいだが、子供がそこまで凶悪な真似をするだろうか、と考えるのは甘いか。

だが京介はと見れば、すでに階段の方に歩き出している。

「もうよろしいのですか？」

「ええ、屋上の様子はよくわかりました。ついでに北詰さんの使っていた独身部屋、見せていただけますか」

北詰はまたぎくり、としたようだった。

「あそこにはなにもないですよ。ぼくらの一家が越した後は、親戚が物置にしていましたが、その荷物も全部出してしまいましたし、子供時代のものはたぶんなにも」

「かまいません。場所だけ確認したいのです」

しかし場所だけというなら、昨日翳に使わせる部屋をみんなで見に行ったときに、部屋番号は631と聞き、前も通ったはずだ。ドアの並ぶ細く薄暗い廊下を大股に歩いていった京介は、ドアの前に足を止めて、

「見せていただけますね」

「どうぞ。もともと鍵はかかっていません、空っぽですから」

北詰はうなずいた。やはりその表情が硬い。内開きのドアを開けたところは小さなたたきで、ドアに隠れてしまう位置に下駄箱がある。小さな段差を上がるといくらか細い畳が並んだ四畳間。奥の壁にガラスを引いた窓がある。

「土足のままでかまいません。埃だらけですし」

「うーん、こりゃ独身でも狭いですなあ」

早速上がり込んだ工藤が、あたりを見回しながらいう。だが昔の学生下宿は三畳、などという部屋もあったのだ。これなら御の字である。

「押入もない。ああ、だけどここが物入れか」

廊下側の壁につけて、押入の下半分という格好のスペースがある。押入そのままふすまの引き戸がついているが、上の空間は低い棚のようになにもなくて、壁にはガラス戸、その外が六角形の窓だ。

「夏はこのふたつの窓を開けておくと、風が通ってとても涼しかったんですよ」

「しかし勉強部屋代わりにならいいだろうが、ここだけで暮らすのは楽じゃなかったでしょう」

「ええ。だからこの棚の上に布団を敷いて、ベッド代わりに寝ていたなんて聞きました」

「ああ、なるほど」

京介はしかしそちらは一瞥しただけで、北に向かう窓に手をかけた。長らく開かれていなかったのだろう、引き戸はひどく不快なきしみを上げて抵抗していたが、ようやく開く。窓の外には手すりというより、転落防止のための柵のようなものが一応つけられていたが、京介はその窓に腰を下ろした。

「夏ならふたつ窓を開けて、ここに座るのはきっと気持ちが良かったでしょうね」

「ええ。でも、子供の体でもその柵が心許なくて、ぼくはあまり座る気にはなりませんでしたが」

「北詰さん、もう一度お聞きしますが、春彦君と喧嘩した日の夜あなたは、この部屋に戻っては来なかったのですね」

「戻りません」

彼の表情はやはりまだ硬かったが、落ち着きを取り戻してもいた。

「マンガ本のことですか？　ぼくはたぶんそれをここに放り出したまま、自分の家に逃げ帰ってしまったんだと思います。破れた本を見るとそれが、ぼくたちの友人関係の破綻《はたん》を表しているように見えて、といったら大人の表現過ぎますが、ある種後ろめたかったのですね。当時の子供にとって本はそれほど安いものではなかったし、粗末にすれば怒られる。見るのも見つけられるのも嫌で」

「あなたにとって破れたマンガとこの部屋にまつわる記憶は、幼なじみの友人との決裂の記憶だった。あなたはそれを思い出したくなかったから、この部屋を避けた。そして幸いにも、ほどなく牛込アパートメントから引っ越すことが出来た。忘れようとした記憶は歳月の中で無事薄らいだけれど、四年前にここに戻ってきても、この部屋に足を踏み入れる気にはなれないままだった」

「そうです」

北詰はふうっとため息をついた。

「まるで怖いもののように、この部屋を避けていました。こうして中に入ってみれば、屋上と同じでなにが残っているわけもないのですが」

「なにもありませんか」

「ええ、ご覧の通り。四十年前も鍵もかけないまま逃げるように走って家に戻ったのでしょう。そしてあのマンガはたぶん、その後でここを使った親戚に捨てられてしまったでしょう」

「あるいは。ですが、安宅先生が抱えている疑惑というのはこういうことかも知れません。春彦君が祖父母の部屋から外に出られたということは、あなたもそうだったかも知れない。ふたりで約束していたからこそ、息子は部屋を抜け出したのではないか」

「桜井さん！」

「彼はマンガ本が破れたのが、もっと早い時間だということを知らない。息子がそれを握りしめていたといえば、当然転落の直前それが破れたと考える。しかし息子は屋上で本を読んだのだろうか」

「そうだ、京介。昨日安宅さんは確かにそういっていたよ。マンガの切れ端を持って手すり歩きをするのは不自然だし、第一夜の屋上では暗くて本は読めないとな」

「他に先生は、なにをいっておられました？」

「いや、それ以上はなにも。俺は聞いたんだが、止そうといって口をつぐんでしまわれた」

「先生に聞いてきます」

いまにも駆け出しそうになる北詰を、京介が腕を摑んで引き留める。

「最後まで聞いて下さい。安宅先生は、息子さんが落ちたのは屋上からではなく、この部屋からだと思っておられるのでしょう」

「そんな——」

「あなたと春彦君が夜中この部屋で会って、そのときに喧嘩が起きた。マンガを中にもみ合って、息子はマンガのページを握ったまま落ちた。先生はそう考えている。屋上の手すりに立った者を、子供の手で突き落とすのが無理なことは、その場の様子を見ればわかりますから」

「違います、それは——」

北詰は唇を震わせた。

「喧嘩は本当に、夕方だったんです。もしも夜中にそんなことをすれば、隣の人が気づいたはずだ。ねえ、違いますか？……」

救いを求めるようにこちらを見る。

「それに、もしもそうして春彦君が落ちたなら、どうして黙ってなんかいるものですか。すぐに大人に知らせます。本当です！」

「——私もそれを信じたいよ、北詰君」

ドアのところからの声に、室内にいた全員は一斉に顔を振り向かせる。廊下の薄暗がりを背景に、安宅俊久が立ってこちらを見ていた。

3

「先生！」

北詰が声を上げるのも、果たして彼の耳に届いているのだろうか。

「そうとも、信じたい。なぜなら人を憎むのは、いやそれ以前に人を疑うのは、とても苦しいものだからね。まるで、毎日毒を飲まされているような、それは嫌な気分がするよ」

安宅の表情はうつろだった。口調は力無く、聞き取りにくかった。だがそのことばは止まず陰々滅々として、あたりの埃臭い空気を流れていく。

「しかし、私には私の感情が自由にならない。我ながら下劣だとは思いながら、君がなにかいえばいうほど、それが私の心には新しい疑いの種になる。確かに隣の部屋の住人がなにか聞いていたかも知れないが、いまさらその行方を捜せるはずもないし、捜せたとしてもその証言に信頼が置けるとは思えない、とね」

「安宅先生、ぼくは、どうすればいいんですか。どうすれば先生に赦していただけますか。教えて下さい、どうか、それを」

北詰は埃だらけの床に、崩れるように座り込んでいた。両手を前につき、そのまま土下座しようかという姿勢で相手を見上げるのに、

「無理だよ」

安宅はのろのろと頭を振る。

「君の潔白に有利なことを上げれば、屋上には春彦の履き物が残されていた。引っかけて履く木の底のサンダルだからね、手すりを歩くならそんなものを履いては歩けないだろう。逆に春彦がこの部屋の窓から落ちたなら、サンダルが屋上にあるわけはない。そうだね」

「ええ、それなら――」

「しかし駄目なんだよ、北詰君。私はそれでも君のことを無罪には出来ないんだ。君が窓から落ちた春彦を見殺しにしたなら、部屋に残されていたサンダルを持って屋上に置いてくるくらい簡単だろう、とそう思ってしまう」

ひっ、と北詰は喉を絞められたような音を出した。口がぱくぱくと動くが、そこからはもはやなんのことばも聞こえない。

「状況証拠というのはいつだって、解釈の如何《いかん》で意味を変えてしまう。君の潔白の証拠は、疑いを持って見れば罪の証《あかし》なんだ」

（なんと絶望的な状況なんだ――）

神代はひそかに嘆息せずにはいられない。もちろんこれが事件の直後なら、隣人の証言も得られようし、春彦のサンダルから指紋を採取することも出来たに違いない。だが四十年の歳月がすべてを不可能にした。少年の遺体が検死を受けたとしても、その書類さえ残されてはいまい。そして記憶だけにもとづいて推測を重ねるなら、疑いはついに疑いのままだ。北詰の有罪に向かって傾いた安宅の秤を、逆転する方法はない。

北詰自身、春彦の死やこの部屋に話を向けられるだけで緊張し、そうなることで周囲に怪しい印象を残してきた。いまそこで凍りついている彼の表情も、拭いがたい疑いを向けられた衝撃で硬直しているのか、罪人が図星を指されて絶句しているのか、見た目からわかりはしない。たとえ嘘発見器にかけられても同じだろう。自分の記憶を都合良く改変するために、四十年は充分すぎる期間だ。

(それは『名探偵』だって見抜けないに違いないさ。いっそ予言者でもない限りはな——)

神代の思いを知ってか知らずか、京介は窓枠に腰を下ろしたまま口を閉ざしている。

「すまないね、北詰君。だから君はもう、私のことは気にしないでいい。春彦のことは忘れていい。私は自分の疑いが疑いでしかないことを知っている。証明は出来ないし証明するつもりもない。私がこの先穏やかな眠りに恵まれないとしても、それは自業自得というものだろう。では、失礼するよ」

枯れ木が揺らぐように、ふらっと老人はドア框《かまち》から離れる。歩き出す。神代は思わずその後を追っていた。

「安宅さん!」

呼んだ。

「私が、とはいわない。だが我々には、いやこの地上の誰かにでも、あなたのためにしてさしあげられることは、なにもないんですか?」

彼はわずかに首だけを振り向けた。

「すまないね、神代君」

冷え冷えとした笑いが、その口元に皺を寄せている。それはすでに彼岸《ひがん》に向かって、一歩も二歩も歩き出してしまったものの表情だ。

「君の気持ちは、有り難くいただいておくよ。それを疑うつもりはない。本当だ」

ふらりと首を巡らせて、安宅はまた歩き出す。その姿が廊下の向こうに消えるまで、神代は動くことが出来なかった。無力感が胸にこみ上げてきて、その場に座り込んでしまいたくなる。


「——先生、だいじょうぶですか?」

そおっと声をかけられて、目を上げるとそこに蒼と翳が立っていた。ふたりの若々しい顔に、救われたような気分になった。

「なんだ、蒼。今日もここか? かおるさんの方にはまだ行かなくていいのか」

「そうなんですよ。俺、さっさと行けっていってるのに。親孝行だなーって感心してやったのにさ、損したみたいだ」

翳が横からからかう。

「だって、この事件の決着がつかなかったら、気になって東京離れられないよ。どっちにしろリンさんたちの公演のときは戻ってくるつもりでいたし、だから少なくとも日曜日まではね」

そういう蒼の肩に揺れているものは、どうやら畳んだ寝袋だ。

「さては夜も泊まり込みか」

蒼はえへっと舌先を覗かせて、

「だって面白いんですよ、キャンプかなんかしてるみたいな感じで。懐中電灯持ってこの廊下を歩くのも、地下の洞窟を探検してるみたいな感じなんだ。空っぽになった部屋を覗いて歩くのは、遺跡を見て回ってるみたいだし。ちょっとインディ・ジョーンズ気分。ねッ？」

「ガキくせーなあ、香澄は」

「ああっ、昨日の夜は翳だって面白がってはしゃいでたくせに、裏切り者」

「いや、香澄は俺の傷の心配してくれてるんです。風呂入るときなんかは、濡らさないように気をつけないとならないんで、まだちょっと不便だし」

翳が神代を見てフォローを入れるのに、

「そう思ってたんだけど、失礼なこといったから、もう手助けしてあげるの止めたっと」

「そんな意地悪いうなよ」

「意地悪だよーだ」

翳とふたり楽しそうにじゃれあっていた蒼は、しかしいきなり大声を上げて向き直ると、

「あッ、そうだ。先生、北詰さんにいおうと思っていたんだけど、この前いわれた独身部屋にはもう誰もいないっていうの、違うみたいなんです」

「違うというのは、誰か人の気配がするのか？　話し声を聞いたとか？」

「ええ。翳も聞いたよね?」

「そうなんです。昨日の夜、トイレに行ったついでに探検していたら、どこからかぼそぼそって話している声が聞こえて」

「ラジオかなにかじゃないのか?」

「だとしても、人のいない部屋でラジオが鳴っていたら変じゃありませんか?」

「安宅さんが書庫に使っている部屋もある、とは聞いたがな」

そうはいってもわざわざ書庫まで来て、ラジオは聞かないだろう。

「安宅先生は見かけましたよ。でも、先生の声じゃない気がする」

「だけどさ、香澄。あの人が少し精神的にやばいとしたら、独り言いってた可能性はあるよな」

「声色《こわいろ》使って?」

「死んだ息子になったつもりで、とか。——すいません、変なこといって」


「いや、そういうこともないとはいえないが、やはり北詰君には話しておこう。そうでなくても爆弾事件なんてものが続いているのに、見知らぬ人間が入り込むようなことがあるとしたらまずい」

「じゃあ、ぼくたちで話します」

三人で631号室まで引き返したが、そこにいた北詰と京介に話しかける間もなく、どたどたと工藤が廊下の向こうから駆けてきた。この男、なにかといえばそうしてどたついているような気がする。これが鉄筋コンクリートの建築でなければ、床を踏み抜かないか心配するところだ。

「どうした、工藤さん」

「たっ、たっ、たっ、大変、だッ」

「今度はどこが爆発したって?」

「ち、違うん、で、す——」

「なにいってるのかわからねえぜ。ちっとは落ち着いてものいってくれよ」

何度も唾を飲み込んで、ようやく声を絞り出した工藤は、

「日野原奈緒が、家出したんです」

その名前が誰だったか、とっさに思い出せないでいる内に、工藤は回れ右して走り出す。

「どこへ行くんだ、工藤さん」

「こうしちゃいられないんで。あの子の身になにかあったら、俺は顔向け出来ない人が」

そこではっと立ち止まって、振り向いて大声でわめく。

「勝手に動くなよ、桜井氏。なにかあったら俺の携帯に連絡しろ、いいなッ？」

そのまま返事も待たず駆けていってしまう。神代たちは告げられた事態の深刻さが共有出来なくて、ぽかんとその後ろ姿を見送った。

「工藤さんって、捕物帖《とりものちょう》の下っぴきみたいだね」

「毎度親分てえへんだってやつ？」

「そ」

「あれが日本の警察官の典型なら、倫理的にはともかく能力的にはお寒いものだな」

独り言のようにつぶやいた神代に、横から京介がすばやく同意した。

「まったくです」

「だけど、ぼくたちはこれから、どうすればいいんでしょう……」

つぶやいた北詰の声は、蒼たちよりよほど弱々しく不安げだ。

「このまま爆弾犯人が捕まらないとしたら、イベントなんかやっていいものかどうか。強行したとしても、人は集まらないかも知れないし——」

「少なくとも、牛込アパートメントは安全だという気がします」

そういったのは京介で、ほとんど同時に全員の視線が彼に集まっていた。

「京介、ほんと？」

「たぶん」

「名探偵のご託宣か」

「いいえ、そんな気がするだけです」

こんなとき、京介が曖昧ないいかたしかしないのはいつものことだ。北詰は失望したように再びうつむいたが、翳は目を逸らすことなく京介を凝視している。

「お願いです、桜井さん。犯人、捕まえて下さい。あなたにはそれが出来るんでしょう？」

「怪我をさせられた復讐？」

京介は穏やかに聞き返し、だが翳は怒ったような顔で頭を振る。

「そんなんじゃないです。別にこんなもの、大した怪我でもないし」

「それなら、なぜ」

「いろいろ考えちゃうんですよ、別に考えたくないのに、犯人のこととか」

「いろいろって？」

蒼が聞いてもすぐには答えなかったが、

「俺、思うんですけどね、犯人はきっと俺たちとそう歳の違わない若いやつですよ。あのときキャンパスにいたのは学生ばかりだったもの、その中に普通に混じって、目立ちもしなかったはずなんだ」

「そうだったね。ぼくも翳が来るの待って、掲示板の近くにしばらくいたんだから、もしかしたら犯人を見ているのかも知れない。だけど特別変な人というのは、気がつかなかったな」

「これ以上被害者を出さないために、早く犯人を捕まえるべきだというなら、そういう情報は警察に対して提供すべきだと思う」

京介にいわれて、翳は肩をすくめた。

「いいましたよ、そりゃあ。でも警察は犯人を捕まえて、裁判で有罪にして、罰を与えるために取り調べるんでしょう？」

京介が無言のままだったので、神代が代わりに翳に答えた。

「まあ、簡単にいやあそういうことだろうな」

「いったい犯人がどういうつもりで爆弾事件を起こしたか、なんてことは結局わからないままになるんじゃないんですか。裁判傍聴したとしたって、検察や弁護士がことばにするものって、一番の本音みたいなものは抜け落ちてしまうでしょう？」

「犯人の本音を知りたいってことか」

「知りたいですよ。いや、別に好奇心とかそういうのじゃなくて、正直いって不安なんです」

ことばを切った翳は、引き結んだ唇の端をくいと引き上げて笑いの表情を作る。だが、それは笑いというよりは、虚勢のようだった。

「ここのきれいに花が咲いてる中庭とか眺めていても、ふっと思い出しちゃうんですよね。そうして、なんていうか、落ち着かなくなっちまう。自分ってものを、丸ごと否定されたような気がして。俺みたいなタイプがこんな神経質なことというの、かなり変だとは思うし、たぶん時間が経てば忘れられるんだろうけど、ときどきはそんなふうです」

「翳、なにもいわないから……」

蒼はそんな友人のことばに、軽いショックを覚えているようだったが、当人は半ば冗談でもいっているような表情で、

「うちの大学に怨みがあるとかならわかりやすいけど、そういうのでもないらしいでしょう？　だけどわからないままだと、自分の中で収まりがつかないんですよ。下手したらずっと、こういう落ち着かない気分のままでいないとならなそうで。だから桜井さんがそいつを見つけてくれたら、警察に渡す前に聞いてやりたいんだ。おまえはそもそもなんのつもりであんなことしたんだって。それで納得が行ったら、まあいいか、みたいな。そういうの、おかしいですか？」

「おかしかないさ。だが聞かれて答えられるくらいはっきりしていたら、あんなことはしねえんじゃないかな」

神代のことばに、翳と蒼は顔を見合わせる。

「そうなのかな。そんなあやふやな気持ちで出来るものかなあ」

「出来るんじゃない？　むしろことばが見つからないから、その代わりにやってしまうのかも知れないよ。弁護するわけじゃ全然ないけど、自己実現っていうか、自己表現っていうか」

「だって、ひとつ間違ったら殺人だぜ？」

「実感がないんだよ。時限爆弾なら、ナイフで人を刺すより間接的だしさ」

「ただ、ナイフは店で売っているけど、爆弾はそうじゃない」

「だから、なにかの拍子でそういうものが手に入ったり、誰かから作ってもらったりしたら、ゲームみたいなつもりで」

「気軽にやれるってか？」

冗談じゃねえや、気軽に人殺すのかよ、と翳は横を向いて吐き捨てる。そして神代は、胸に浮かんだものを彼に向かってことばにしていた。


「俺たちから見りゃあいまどきの若い連中は恵まれすぎて甘ったれたガキだが、その中で窒息しそうになるってことだってあるだろう。だからって無論俺も、弁護する気はないがな」

どうしようもないほどひもじい思いなんかしたことがないから、食べ物の有り難みがわからない。生まれたときからなんでも与えられてきたから、本当に欲しい物が見えない。身体感覚は希薄になり、精妙なメディアの与える疑似体験ばかりが積み重ねられる。他人にも自分にも等しく皮膚の下に血が流れている、そんな程度のことすら実感がない。

だがそんな子供を作り出したのは、飢えに苦しんだ記憶から逃れられない親たち、祖父母たちの世代だ。子供らのために良かれと願ってすべてを与えてきたはずなのに、その保護が子供らの枷《かせ》になる。要求を先へ先へと叶えてしまうことで、生き物としての本能がスポイルされる。やりすぎたのか、あるいはどこかで道を間違えたのか。

（どっちもだとして、さあ、俺たちはうまく引き返せるのか？……）


「この街を、壊したい——」

その声が耳に届いたとき、神代は体の芯から突き上げる悪寒《おかん》めいたものを覚えていた。自分でいったことばが爆弾魔を召喚《しょうかん》した、そのつぶやきが薄暗い空間のどこからか聞こえてくる。そんな悪夢めいたイメージが浮かぶ。

「この平和を、壊したい——この世界を、砕いて無に還したい——」

「京介？」

蒼がそういって初めて、そのことばを低く紡《つむ》いでいるのが京介の唇だということがわかる。それほどにつぶやかれることばは暗く、虚無の色を帯びてあたりを流れていた。

京介の表情は前髪に隠れて見えない。ただその下から覗く唇が、かすかに動いている。


「目に見えるすべてに、否定のノンを——言語よりも明確に、確実に、嫌悪と忌避《きひ》と否定を——飽食した街に絶望を——」

「京介ったら！」

蒼が駆け寄って京介の腕を掴む。揺さぶる。彼は小さく頭を振ると、腕を上げて顔にかかる髪を掻き上げた。梢を埋める桜の花の白さを思わせる、その面差しにあるのは、かすかに苦い皮肉めいた微笑だけだ。

「そんな思いの袋小路にはまって、たまたま手段が与えられれば、僕だって爆弾犯人になっていたかも知れませんね」

答えるのはいつもの京介の、淡々とした、だが少し高い声音で、一瞬前までの不吉な響きは跡形もなく消え失せている。

「びっくりしたー」

蒼は笑い、

「冗談じゃねえ。まったく、脅かすない」

神代は憮然とする。後ろで翳と北詰はぽかんとしていた。

「おまえが犯人になってどうするよッ」

「でも、犯人のいいそうなせりふをしゃべってみれば、その気持ちもわかるかと思って」

「わかったのか」

「いくらかは」

「それがなんか役に立つのか？」

「さあ。でも世界を消してしまおうと思えば、もっとも簡単な方法がひとつあるのですね。わかりきったことといえばそれまでですが、いまさらのようにそれを思い出しました」

「京介、それって？」

蒼はふっと、不安を覚えたようだった。そして京介は、そんな蒼を見たままうなずいた。

「そう。世界を消すためには、世界を認識する主体を消してしまえばいい。つまり、自殺すればいいんだ」

時を越えて

1

その四月五日、東京二十三区連続爆破事件捜査本部は虹の五番目の色である『青』のつく地名に警戒をもって臨んでいた。ネット上に書き込まれた予告時刻は八時二十分。警視庁管内から集められた制服警官数百人が、港区北青山、南青山、江東区青海《あおみ》、葛飾《かつしか》区青戸《あおと》、足立《あだち》区青井《あおい》、目黒区青葉《あおば》台《だい》に配備された。特にこれまでの傾向として、都心に近い港区にはもっとも重点的に人員が配備され、街頭の不審物に対する警戒に当たっていた。午前八時二十分、そしてその夜まで。

だが、その見当は的中したものの、犯人はあっさりと警備の裏を掻いた。午後八時二十分、営団地下鉄青山一丁目駅の事務室で、机上に置かれていたハンドバッグが爆発したのである。室内に居合わせた駅員数名が、爆発音に耳を痛めたり煙を吸ったりしたが、机のそばにはいなかったので軽傷だった。四月一日、赤坂のホテルでの事件を除いて、犯人は意図的に死者を出さぬよう、爆薬の量と成分を調節しているらしいことは、すでに捜査本部でも気づかれていた。

そのバッグは十五分ほど前、銀座線渋谷行き車内網棚の忘れ物としてホームにいた駅員に届けられたものだった。届けたのは小柄な中年の女性で、灰色のスーツに眼鏡をかけていたということだったが、妙に化粧が厚く見えたという以外に顔の印象は乏しい。急ぐからといって名前も告げずに立ち去った。それが犯人か、単に忘れ物を届けた第三者かということはわかっていない。

ただ彼女はバッグを渡した後は、戻り浅草《あさくさ》方面のホームに通ずる階段を下りていったので、それを見送った駅員はちょっと奇妙な感じがしたのだ、という。彼女は青山一丁目駅に用があったわけではないのか。乗り越しでもしたのだろうか。もっともその女性が次の浅草行きに乗ったかどうかまでは、駅員は確認していない。

その同じ夜、ミズキはあの廃墟のような建物の中の一室で、小柄な少女と向かい合っている。サムの従妹の日野原奈緒だ。前橋の自宅を朝、通学を装《よそお》って出てきたという十三歳の少女は、スニーカーに黒のカーゴパンツ、ピンクのセーターに人工皮革のブルゾンというラフな私服に着替えていた。ソブエがメールで彼女に送った住所はここではなかったが、携帯に連絡が入ってミズキが迎えに行った。

(もっとダサイ田舎の子かと思ったら、意外と可愛いんだ——)

ミズキはすばやく視線で相手を値踏みする。これでその真っ黒な髪をブリーチして、軽い感じにカットすればもっと様になるのに。それから肌はきれいだけど、眉はもう少し細くしないとイモくさい。自分にこんな妹がいたら、ファッションとかメイクとかいろいろアドヴァイスしてあげて、買い物なんかも一緒に行って、きっと楽しいだろうな、とめったに考えないことを思っている。そんな自分にふと気がついて、まるでイズミを裏切ってしまったような、ひどい後ろめたさに襲われた。

馬鹿なこと考えてる。なんのためにこの子を前橋から連れ出したか、忘れたわけじゃないのに。ぼんやりしてたらまたイズミに笑われるし、ソブエにはなにをされるかわからない。あいつは嫌い。醜いし、暴力を振るうし、ほんとならソブエとなんか関わりたくない。イズミがそうしろっていうから、仕方なく我慢しているんだ。そう、これは全部大好きなイズミのためだ。

「修ちゃんはここにはいないの？」

奈緒が振り向いて、固い声でいう。その表情も強張っている。いくら世間知らずの子供でも、この部屋の様子を見れば疑いたくなって無理ないかも知れない。ぼろぼろなのだ。天井は染みだらけで、壁は前に住んでいた人間が色チョークで描いたいたずらがきで一杯で、ソブエが使っている部屋よりまだひどい。床にはカーペットすらなくて、白っぽい埃の膜に足跡がたくさんついている。これじゃ誰かが住んでいるとは、まあ見えないだろう。

「いないよ、ここにはね」

ほんの一瞬前の少し好意的な気分を、自分の胸から振り払うようにミズキは冷たい調子で答える。イズミならきっと奈緒の表情に怯えを見て、残酷な気分になって、喉の奥で笑うだろう。人を傷つけるのはとても面白い。自分が優位に立つのはいつだっていい気持ちだ。それがこんな、仔猫みたいな女の子だって。

「サムはいま忙しい。だからミズキが代わりにおまえを迎えに行ってやったんだよ」

「忙しいって——」

奈緒はふいに、キッとミズキを睨み付けた。

「わかってる。あんたたちは爆弾魔なんでしょ。それで修ちゃんに爆弾を作らせて、あちこちにばらまいているんだわ。可哀想に、修ちゃんはそんなことしたくないに決まっているのに、彼を利用して、ひどい人たちね！」

へえ、とミズキは目を見張った。この子は本当に仔猫みたいだ。見かけは可愛いけどからかえば一人前にうなったり、歯を剝いたり、爪を立てようと飛びかかってきたりする。いいとも、そうでなくちゃ面白くない。ただ怯えているばかりの獲物じゃあ、こっちも退屈するだけだ。楽しくなってきた、とミズキはくつくつ笑った。それから大股に奈緒に近づいて、腕を摑んで引き寄せた。その顔を覗き込みながらいってやった。

「おまえはサムのことを、まるで年下みたいにいうんだな。おまえこそガキのくせに、子供扱いしているようだ」

「違うわ！」

奈緒は言い返したが、その唇は痛いところを突かれたというように震えていた。

「そんなことないわ。でも修ちゃんは、うちでは私だけが味方だったのよ。私はいつだって修ちゃんを心配していたわ。叔父さんがひどいことをいったときだって、修ちゃんの代わりに叔父さんに食ってかかったわ」

「へえ、そう。でもサムはそういうおまえのところから、東京に逃げ出したんじゃないか。おまえのことが好きだったら、家出なんかしなかったんじゃないのか？」

「それは——あんたたちがそそのかしたからよ。東京にくればいいことがある、みたいなことといって、誘い出したからよ」

「それは当たってるよ。メールでだけだけどサムとは友達だったし、だからサムがもう親戚のとこにはいられないっていったとき、それなら東京に来いって書いてやったよ。それが悪いか？」

「本当に修ちゃんのことを心配したんじゃない。ただ利用したかったからよ！」

「サムはね、自分に出来ることがあれば仲間の役に立ちたいっていったんだ。進んでね。だから一緒にやったんだ。年下のあんたに子供みたいに心配されるより、その方がずっといいって。迷惑だったんだよ、あんたが世話を焼くのが」

「うそ——」

いいながら奈緒は泣き出している。大きな黒目勝ちの目からぼろぼろ涙をこぼしている少女を見ていると、ミズキはいくらか胸が痛んだ。ちょっとだけだけど、可哀想に思った。だがハンカチを顔に押し当ててうつむいていた奈緒は、泣き声が途絶えたと見るとまた顔を上げていた。

「信じない」

目の縁を真っ赤にした奈緒は、洟をすすり上げながらも頭を振って言い張る。

「修ちゃんが自分で、私に向かってそういうんでなかったら、絶対に信じないから！」

可愛くない、と思ってミズキは安心する。せいぜい強情を張ればいいのだ。これなら同情もしないで済む。その方がミズキは気楽だ。駅で会ったときに持ってやったボストンバッグをそのまま、ドアの方に行きかけると、奈緒はハッと目を見開いた。

「荷物、返して！」

「携帯は？」

ブルゾンのポケットを押さえるのに、

「投げな」

「取り上げるの？」

「警察に電話でもされたら困るからね。おまえがいい子にしてたら返してやるよ」

「そんなこと、しない」

奈緒は硬い表情で首を左右に振る。

「そんなことしたら、修ちゃんも捕まってしまうもの。しないわ」

「サムがもうおまえのこと、好きでないとわかったら？」

「信じないもの……」

つぶやきながらも、奈緒は下を向いた。

「携帯投げないと、おまえの荷物燃やしちまうよ」

「そんなのひどい」

「早くしな」

奈緒はしぶしぶ、ポケットから出した携帯をミズキの足元に放る。

「こっちにモバイルやポケベル、入ってないだろうね」

「ない」

と奈緒は答えたが、目はそちらに向けたままファスナーを開け、乱暴に中を探った。着替えしか入っていないのを確かめて、放り出した。

「今夜はここで寝な。明日になったらサムに会わせてやる」

「ここで寝る?」

信じられないことを聞いた、というように奈緒は目を見張る。しばらく前から空き室になっていて、鍵が壊れていたのを、ソブエが勝手に侵入して、自分の部屋の空気が薬品の匂いで汚され過ぎたりしたときは、寝室に使っていたらしい。だから作りつけのベッドの上には、一応枕や毛布がある。だがそこにかかったシーツと枕カバーは垢じみた上に染みだらけで、しかもそれがソブエの寝た痕だと思うと、ミズキならそんなところに横になるなんて絶対に嫌だった。

奈緒がぞっとしたようにベッドを見るのに、ミズキは残酷な快感を覚える。気味が悪くて眠れないとめそめそ泣けばいい、こんな生意気なガキは。サムのためになにもしてやれなかったのに、まるで自分が世話をしていたような口を利くのだから。


「そこが嫌なら床で寝たっていいんだぜ。もっともネズミに顔を撫でられるかもな」

奈緒はもうなにもいわない。両手を握りしめ、歯を食いしばってこらえているようだ。ミズキは楽しくてたまらなかった。

「じゃあお休み、奈緒ちゃん」

「待って。明日は本当に修ちゃんと会わせてくれるのよね?」

そう聞く奈緒の声を無視して、ミズキは乱暴にドアを閉めた。それからソブエの取り付けた南京錠をかけた。

「あの子は面白いな、ミズキ」

後ろからイズミがささやく。

「うん、面白い。とっても」

ミズキは答える。

「あんな子をひとり捕まえて、誰にも邪魔されないところで飼えたらきっと楽しいだろうね。イズミはそう思わない?」

「止せよ」

珍しく、イズミが苦笑しながら止めた。

「生き物は面倒だぜ。餌をやらないとすぐに死んじまうし、餌だけやっておいても死ぬときは死ぬ。そして死んだら腐るんだ」

「あの子には今夜ちゃんと餌やったよ。そこのファミレスでふたりで食べたもの。後は明日の朝やればいい？」

「ボムで吹っ飛ばすのは面白いけど、自分ちで死ぬのは面倒だよな。昔縁日で買ったひよこや金魚みたいにさ」

「あれを殺したのはイズミだよ。ミズキじゃないよ」

「ふたりでやったろ？」

「そうだっけ？」

「おまえは都合の悪いことは、みんな俺のせいにするんだからな」

ミズキはあはは、と笑った。

「それでもイズミはミズキのこと、好きでしょう？」

「おまえは玩具になる女の子の方がいいんだろ？」

「違うよ。やっぱりイズミがいいよ」

ふたりは顔を見合わせてくすくす笑う。廊下の明かりは暗くて、鼻をつままれてもわからないくらいだったけど、お互いがどんな顔で笑っているかはちゃんと見えていた。

2

同じ夜、時計の針は十一時にあと数分と迫っている頃。文京区大塚、地下鉄丸ノ内線茗荷谷駅にほど近いファミリーレストラン。

同じ名前の店でも郊外型のそれと違い、作りはこぢんまりとしている。外壁は全面ガラス窓で、窓際に座ると貧弱な花壇越しに春日通りと呼ばれる自動車道が望める。

この時刻、店内に客はほんの数名しかいない。その男は窓際の席に座って、ほとんど手をつけないいま冷めたコーヒーを前にしていた。背は高いのにずいぶん痩せていて、妙にひょろっとした印象なのに肩幅だけはある男を、この店で働くウェイトレスは『カカシ』と呼んでいた。

カカシはシートに座ると、ほとんど身動きしない。手ずれしたノートとシャープペンシルがカップの横に置かれているが、それも席について以来一度も触っていない。首を曲げてガラス窓の外を、彫像のように動かないままじっと見つめているのだ。自分で鏡を見ながら適当に切ったような、不細工な短髪に無精髭の残るやつれて頬のこけた横顔がとっても気味が悪い、とウェイトレスは思っていた。

カカシは最近の常連客だ。このところ一日に一度や二度は、必ずやってきて窓際の席に座る。特に夜の遅い時刻。複数の大学や高校が近接して建つ土地柄、昼間の客は多いが夜はとても少ない。

だからこんな時間に来て、真夜中過ぎの終電までしばしば粘る客の顔は、嫌でも覚えてしまう。サンドイッチやスパゲティといった軽食を取ることもあるが、大抵の場合オーダーはコーヒーだけだ。それもろくに飲んでいるのを見ない。

店は夜中の三時までやっているので、お代わり無料のコーヒーを目当てに時間潰しに来るタイプの客もいる。だがカカシは、コーヒーのお代わりを受け取ったためしがない。冷めたものをお取り替えしましょうか、お冷やを替えましょうか、といってみても、うるさそうに手を振って断るだけだ。感じが悪いしおかしい、と彼女は思う。

彼の視線がどこに向いているかは、とっくに気づいていた。目の前の通りを挟んで、そこに建つ古いアパートを見つめているのだ。もう六十年だか七十年だか前に建てられた、五階建ての鉄筋コンクリートのアパート。前からお化け屋敷みたいで気持ちが悪かった。

それも今年にはようやく取り壊しになるのだという。毎日通勤する場所の近くにあんな気味悪いものがあるのは嫌だから、さっぱり壊してもっとお洒落なショッピングビルでも出来ればいいのだ、と彼女は常々思っていた。だが、そんなふうに熱心に見つめたいものではない、絶対に。

いつか店の他の人間に、カカシの正体はなんだと思うか聞いてみた。『ストーカーじゃない？』というのは、あのしつこい目つきには似合うような気がしたけれど、可能性はあまりない。だってあのアパート、住んでいるのは年寄りばかりだもの。男の方もそんなに若いとはいえないけど、せいぜいが四十五十って感じ。それが八十のおばあさんをストーキングするっていうのは、想像するだけでキモイ。『地上げ屋じゃない？』ってのはどうだろう。それなら目つきが悪くても不思議はないけど、ああしてファミレスの椅子に座り込んでいても、なんにも埒《らち》が明かないじゃない。

『刑事じゃない？』というのもあって、ああなるほどという気もしたけど、刑事はひとりでは動かないんだよね。『探偵かも』というのはもう少し可能性ありかも。だけど、やっぱり悠長すぎるよね、という話になった。ああして座り込むだけで調査費一日いくら、なんていったらほとんど詐欺だ。

そんな話をしていたら店長に、『お客様のことをあれこれ詮索《せんさく》してはいけない』って怒られて、話はそこまでになった。客に聞こえるようになんていってないのに、そういう態度が接客のときに出るんだなんて、ほんとに店長はうるさい。

ところが昨日、早番で帰る同僚の子が嫌なことをいったのだ。他には聞こえないように、耳元に口を寄せて、

『犯罪者ってことはあるかも』

驚いて聞き返した。なによ、犯罪者って。

『爆弾魔』

子供の悪戯でしょ？

『馬鹿ね。四月一日に赤坂のホテルで、ひとり死んでるじゃない。その後白金台の大学でも、重傷の人とかいるんだよ。そして犯人はまだ全然捕まってない』

もちろん本気にはしなかった。赤坂や白金なんかで起きてる事件の犯人が、茗荷谷なんて冴えないところの冴えないファミレスで毎日座り込んでるなんて、馬鹿馬鹿しいにもほどがある。あたしがあんまり気にしてるみたいだから、からかわれたんだ、と思った。

きっとカカシはこの不景気で会社が潰れたか、リストラに遭った失業者かなんかで、家にいることもできなくて、暇つぶしにきているのよ。なんとかしなさいって奥さんにいじめられてるのか、それとも家賃を滞納してこのままだといまにホームレスになるしかないかも、なんて思って、暗い気分で外を見ているとと目の前におんぼろアパートが建ってるってそれだけの話なんだ。

でも二時間ばかり前、カカシが入ってきてまた同じ席に着いたときはびっくりした。オーダーを取りに行ったらテーブルの上にスポーツ新聞が広げてあって、もろに『東京を連日襲う爆弾魔の恐怖』なんて記事が載っていたんだもの。あたしがそれを見てそのまま固まってしまったものだから、あわてて畳んでしまっちゃったけど。

別にあんなの、なんの証拠にもならないよね。駅で売っている新聞だもの、それを買ってきてファミレスの席で広げたって、なんにも悪いことはない。普通に誰もがやることだわ。犯罪者が自分の事件の記事を読んでるなんて、ドラマの世界よ——

レジの横に立ってぼんやりと物思いに耽《ふけ》っていた彼女は、店のガラスドアがきいっと鳴って押し開けられるのに、あわててマニュアル通りのお迎えの声を放った。

「いらっしゃいませ！」

それから相手をさっと眺めて内心で、あら……、と思った。身長は、百八十は軽くありそう。それに足がかなり長い。モデル体型というには、ちょっと痩せすぎだけどね。そして服装は残念ながらボツ。スニーカーにブルージーンズ、カーキ色のすれたウインドブレーカーなんて、いまどきは学生もしなさそうなチープなファッションだ。

おまけになによ、その髪型。色が茶色っぽくて、脂気がなくてさらっとしてるのはいいけど、顔の半分以上が隠れてる。まるで幽霊。そのダサイ髪のせいで、せっかくの脚の長さも減点ね。ただ無精してるだけかも知れないけど、うっとうしくないのかしら。それとも顔に傷でもあるのかしら。

そんなことを頭の中で考えながら、顔は身についた営業用の微笑を浮かべ、メニューの束を抱えながら、

「おひとり様ですか。お食事でしょうか。お煙草はお吸いになりますか？」

すると客は右手を胸の前に挙げて、席の方を軽く指さした。

「友人がいますので、あそこに座ります。それと、僕はホットコーヒーを」

声は悪くなかった。ちょっと高めで、淡々としたしゃべり方もクールな感じ。でも彼が友人だって指さしたのは、こともあろうにカカシだと気づいて、思わず緊張してしまった。

それから体をそちらに向けた彼の前髪がふわ、と動いたのを見て、危うく出そうになった声を押し殺す。髪の間からほんの少しだけ、その下の素顔が見えた。自分の目を疑っている間に、それはもう隠れてしまったけれど、その顔ったら――

「あ、あの」

「はい？」

「レシートは、ごいっしょで」

「そうですね」

「かしこまりました」

彼の背を見送って、はっと我に返る。グラスに氷と水を入れる、手がちょっと震えている。もうひとりの遅番から『どうしたの？』と聞かれたが、なんでもないと頭を横に振った。なんでもない。だから誰も来ちゃ駄目。

水のグラスとコーヒーのカップを盆に載せて、こぼさないように気をつけて運んでいく。彼はこちらに背を向けて座っていたので、髪の毛しか見えない。でも、いっそその方がいい。どうせ向こうが座ってこっちが立っていたら、顔はちっとも見えないんだから。

彼女が近づいていくと、ふたりは黙ったまま向かい合って座っていた。たぶんあたしが離れてから、また話を続けるのだろう。最初彼が近づいていったとき、カカシときたら目を見張って、ずいぶん驚いたみたいだったもの。大声を上げたりはしなかったけど、膝の力が抜けてもう立てない。そんなふうに見えた。

（やっぱり、こいつは犯罪者かも——）

きっと追われて逃げ隠れしていたのよ。それがとうとう見つかって、これ以上逃げられないと観念したんだわ。

（だからきっと、この人が探偵とかで——）

「お待たせしました。ホットコーヒーです」

コーヒーとお冷やを置いて、向かいの先客のお冷やを替えて、オーダーシートに追加のコーヒーをプラスして、そんなお決まりの仕事を出来るだけ丁寧にしたけれど、彼女のひそかな願いはとうとう叶えられることはなかった。なんとか、彼が顔を上げてこちらを見てくれないかしら、という。さっき前髪の間から垣間見たその面差しは、こうしているとただの夢のように思われてきてしまうから——

「捜しましたよ、グラン・パ」

ウェイトレスがようやく立ち去ったのを見定めてから、桜井京介は低くそういい、

「まさか君が現れるとは、思ってもいなかった」

彼は答えた。やつれた顔には力無い笑みが浮かんでいる。

「君は自分とは関わりないことには、不干渉を決め込んでいると思っていたよ」

「出来るならそうしたかったですよ、本当に」

京介は不機嫌に答える。

「リンが君を頼るとはな」

「いや、彼女からあなたのことを頼まれたわけではありません」

「するとまさか、警察に協力しているなどとはいわないだろうね」

京介は黙り込み、祖父江晋は両手を広げた。

「これは驚いた。ぼくは君という人間は、弱いもの哀しいもの忘れ去られていくものの味方だと思っていたのだがな。安っぽいヒューマニズムより、利潤利便の名の下に破壊されていく建築をこそ守るという君の信念は、看板を下ろしてしまったのかな」

「看板を下ろした覚えはないです」

「だが君は国家権力の走狗《そうく》と結託したわけだ」

グラン・パの口元が歪《ゆが》む。低い笑い声とともに、ことばが吐き出される。

「その報酬は、なんだね」

「僕にとってかけがえのないものです」

「とは？」

「愛する者の生命身体の安全、そして微笑み」

「それは——」

笑い飛ばそうとしたらしいが、うまくいかなかった。

「この国がアジアや中東の国々を侵し、そこの子供たちの生命を脅《おびや》かし微笑みを奪っていても、桜井君、君は平気だということか」

「ええ、僕は心の狭い人間ですから。異国の見知らぬ人々より、自分にとって大切な人間を一番に考えずにはいられません」

チッと彼は舌を鳴らした。

「正直が美徳とは限らないぜ」

「美徳だろうと悪徳だろうと価値は僕が決めます。無論負うべきリスクは負います」

「君は、傲慢だ」

「それもたぶん、僕が負うべきリスクでしょう」

京介はカップを上げて、コーヒー・メーカーで抽出したお粗末な味の液体を一口だけすすった。その短い沈黙にも耐えられぬように、グラン・パはなにかいいかけたが、京介が先に口を開く。

「あなたにとってリンさんと劇団は、もう守るに価しないのですか」

「違う！」

彼は低く叫んだ。

「だが、リンは私がいなくとも生きられる。彼女は強い人間だ。私こそ彼女に頼って、彼女にすがって生きてきたようなものだ。私などいない方が、彼女は女優として大成できるだろう。私はそれを信じている」


「リンさんの意見も聞かないまま、勝手に決めつけるのはフェアではないのでは」

グラン・パはうつむいてふうっと息を吐く。

「リンは、どうしている？」

「四月八日の牛込アパートメントでの野外舞台を、成功させるためにがんばっておられます。あなたの行方が知れないということで、劇団員の中にも動揺が広がっていましたが、それを押さえ込んでも公演は止めない、と」

「そうか。私はやはり、彼女とこれまで一緒にやってきた仲間たちを裏切っているんだな」

「そう思っているなら、せめて彼女にだけは弁明したらいかがですか」

「彼女になにかいう前に、連行されるだけだろう」

「警察に出頭する気はない、と」

「当然だ。少なくとも、いまはまだね」

そういいながら彼は顔を上げ、店内とガラスの外に目を走らせた。

「君は、どこまで知っている」

「なにも」

「しかしそれならなぜ、私の居場所がわかった？」

「茗荷谷の喫茶店のマッチが、いくつもお宅に残っていました」

「だが、この店のマッチはなかったはずだ」

「僕にだけ手の内を晒せといわれるんですか」

彼はまた、ため息をついた。腰を浮かしながら、

「それならお別れだ、桜井君」

「ひとつだけ聞かせて下さい。これは一九七四年の『虹作戦』の復讐戦《リベンジ》なのですか？」

一瞬の動揺を映して彼の目が揺れた。だが口は開くことなく、ポケットから千円札をテーブルに置いたときにはグラン・パはもう椅子を立っている。同時に京介も、彼の前をふさぐように立ち上がっていた。

「あなたはリンさんより、亡くなったお兄さんを選ぶのですか」

「どうかな。実のところまだ決めたわけじゃない。だが、知らぬ振りも出来ない」

「いつまでも先延ばしには出来ませんよ」

「そうだな――」

「あなたの知っていることを全部打ち明けて、警察の協力をあおぐという選択肢はないのですか」

「君がそんなことをいうとはな」

「いいたくていっているわけではありません」

「なるほど。気の進まない顔だ」

背を屈めて京介の顔を覗き込む。

「悪いな」

横に伸びた彼の右手が、卓上のノートをすくい上げた。舞い上がったそれが、京介の顔に向かって飛ぶ。反射的に体を退いて避けた瞬間、祖父江はそのまま店の出口ではなく奥へ向かって駆け出した。

「祖父江さん！」

だがそのときにはすでに、彼の背中は奥の通路に消えている。

そこにはトイレのドアと、もうひとつ『PRIVATE』と書かれたドアがあった。京介が駆けつけると、そちらのドアがいま閉まったところだ。最初に出迎えたウェイトレスが、何事が起きたのかというように恐る恐るこちらを覗いている。

「ここは、従業員のロッカールームですか?」

「はい。それと、通用口が」

「あらかじめ退路はチェック済みだった、ということか――」

「あの、なにか?」

「金を貸していた友人を捕まえたのですが、後一歩で逃げられました」

若いウェイトレスは両手を胸の前でひとつに握りしめたまま、ぽかんと目を見開いてこちらを見上げている。それからようやく我に返ったのか、

「えーと、あのお、コーヒーのお代わり、お持ちいたしましょうか?」

「ええ、ではお願いします」

断るのも気の毒だと思ったので、そう答えておいた。

だが席に戻ってくると、京介も見たことのない男がそこにいた。四十がらみの、中背だが胸板の厚い体型をしている。チャコール・グレーのスーツに地味なネクタイをきちんと結んでいるが、サラリーマンにはまったく見えない。浅黒い顔に太い眉、その下の小さな目が妙に鋭く冷たかった。

「桜井京介か」

「あなたは」

だが相手はそれには答えず、顎の一振りだけでそばについてきたウェイトレスを追い払う。

「祖父江晋を逃がしたな」

「逃げられた、という方が正確だが」

「警視庁の尾行を撒いておいて、こんなところで被疑者と面談していた人間が?」

男は鼻の先で冷笑した。

「あんたのような怪しげな民間人に、協力を求めるほど我々は甘くない。一緒に来てもらおうか。いろいろ聞かせてもらいたいことがある」

「まだ、名前と所属を聞かせてもらっていない」

内ポケットから黒革の手帳を抜き、最初のページを開いて示す。

「警察庁警備局公安第三課だ。桜井京介、君を逮捕する」

京介の表情は動かない。

「逮捕？　罪名は」

「犯人隠避の現行犯だな」

「祖父江さんと会ったことが？」

「彼は犯人ではない、といいたそうだな。だが重要参考人として手配されていることを知らないとはいわないだろう」

「真犯人であると否とにかかわらず、捜査の対象とされている人間をかくまって司法活動を妨害する行為は、犯人隠避の罪に当たる、と？」

「話はゆっくり本庁でするとしよう。それとも手錠をかけて連行される方がお好みかな」

「僕はそれほど特殊な趣味はありません」

京介は立ち上がりながら、テーブルの上のレシートと千円札を掴む。

「レジを済ませるまで、待っていただけるでしょうね」

3

明けて四月六日。

牛込アパートメントの中には、近づく花見会を前にした陽気な賑わいの雰囲気が次第に漂い始めていた。中庭にはレンタルされた四角いテントや、模擬店の屋台道具が続々と運び込まれ、当日は旧住民と学生ボランティアがたこ焼きや焼きそばを作り、豚汁やお汁粉のふるまいもある。元の食堂では朋潤会のパネル展示の用意も行われていた。

『空想演劇工房』も、主宰が入院中との説明を信じたメンバーは、屈託なく集会室で最後の仕上げに励んでいる。グラン・パの代役に抜擢された戸田は、彼の身に起きている事実はすべて知らされているものの、いまはいかにこの大役を乗り切るかに注意のすべてが向かってしまったようだ。リンも元より演技に入れば余念はすべて切り捨てられる方で、舞台監督をおおせつかった栗山深春だけが正直な話一番落ち着かない。

　繊細に思い悩んだり、いらいらしたりはキャラに合わないと心得ているのだが、そういうところは表に出さないよう心がけているので、稽古場の脇で進行表を確認し、音響や照明の打ち合わせをしている間にも、つい難しい顔になってしまうのはどうしようもなかった。これで神代教授でもいてくれれば少しでも気が紛れるのに、今日は彼はどうしても大学に行かなくてはならないというし、蒼がいてくれればもっといいのだが、今朝はまだ顔を見ていない。

「あのー、栗山さんどうかしましたか?」

サブについている女の子からおっかなびっくりという口調で聞かれて、よほど不機嫌な顔をしていたらしいな、といまさらのように気づいたが、

「うん。実は家で飼ってる猫が、昨日帰ってこなくてさ」

「あらら、雄ですか?」

「雄」

「春ですものね。でも、栗山さんって住んでいるのマンションじゃなかったですか?」

「うん、まあ」

話が矛盾《むじゅん》してきたので、あわてて誤魔化してしまう。連絡もないまま戻ってこなかったのは、飼い猫ならぬ桜井京介だった。教授に電話してみても昼過ぎに牛込で別れたというだけだし、工藤はどこにいるのか連絡がつかない。心配でなにも手につかないということもないが、なんとなく気がかりな宙ぶらりんのまま一晩過ごしたのだった。

（まさかあの馬鹿、勝手に犯人見つけて追いかけていって、またひとりで危ない目に遭ってたりしないだろーなあ……）

（二度とあんなことになっても俺は知らないぞっていったんだからな、ほんとに断固として知らねーんだからな――）

（だけどまあ、那須《なす》の雪山で起きたみたいなあんなとんでもないことに、そうやたらと出くわすわけはないよな。もともとあいつ、お世辞にも連絡がいい方じゃないんだし……）

深春がそうして落ち着かない時間を過ごしていたところに、集会室の入り口から結城翳がひょいと顔を覗かせた。おっと、いい気晴らしの獲物が来た、とばかり深春は椅子から立ち上がる。さすがに相手が怪我人だとは承知しているから、首根っこを捕らえて引っ張り込むような真似は慎んだが、

「ペンギン君、いいところに来たなあ。仕事は山ほどあるぞ」

「いえっ、俺、まだちょっと力仕事は」

「なに、重いものを持たせたりはしないさ。おまえさんをいじめると蒼に怒られるからな」

「ええ、その香澄から伝言なんです。ちょっと六階まで来て欲しいって」

「なんだ？」

「いえ、ここでは」

「まさか京介がどうかした、とかいうんじゃないだろうな？」

「それもあるんです」

「連絡があったのか？　いつだ！」

思わず大声を出していて、周りから何事かという視線を向けられているのに気づいて、あせった。これじゃどう見てもこっちが悪役だ。

「上に行こう、上」

「だからそういってるじゃないすか」

「――俺、ちょっと外すから、なにかあったら携帯にかけて」

蒼は翳が北詰から貸してもらった639号ではなく、北側の631号にいた。歳月の細かい埃をまぶされた部屋の中でなにをしていたのか、汗ばんだ顔を汚れた手で拭いたのだろう、鼻の頭がどす黒く汚れている。

「あッ、翳。見てよ、これ、見つけたんだ!」

そういって前に突き出したのは、すっかり色褪せてはいるが元は毒々しい色刷りだったろうマンガの単行本だ。『少年ジェット　第一巻』とタイトルがあって、黄色いマフラーをなびかせた少年とシェパードらしい犬の絵が刷られている。

「えーっ、あんなに探してもわかんなかったのに、どこにあったんだ?」

「物入れの床板が一枚割れてて、持ち上がりそうな感じになってたでしょう? だけど端の方はしっかりはまってて動きそうもないなと思ったのが、さっき隙間に靴べらあてがってこじったら、ぱかっと開いたんだ。そして、その中にさ」

「うーん、でもなんでそんなとこに入ってたんだ。わざわざ隠したみたいじゃないか」

「隠したんだよ、きっと北詰さんが。破れたマンガを見るとまた春彦君に腹を立てずにいられなくなるから、それが嫌で秘密の隠し場所に押し込んで、そのまま忘れちゃったんじゃないのかな。彼の一家が引っ越した後に、親戚の人が物置にしていたとしたら、きっと物入れにもなにか入れて、そうすると床の割れ目も閉まっちゃうだろうしさ」

「こらこら、ちょっと待て。蒼、俺をわざわざここまで呼びつけておいて、なにをおまえたちはふたりだけで通じる話をしてるんだ?」

深春のことばに蒼はあっ、と小さく声を上げて、

「ごめん。でも、ちょっと興奮しちゃったもんだから。四十年ってすごい昔ではあるけど、まだ残っているものもあったんだなあって」

「安宅さんの息子と北詰さんの件なら、神代さんから少しだけは聞いたぜ」

「うん。このマンガが、きっとふたりが喧嘩したときに破れた本だと思うんだよね。一ページだけ破れているところがあるし、ほら」

蒼が本を広げると、ちょうど真ん中あたりのページが四分の三ほど破り取られているのが見えた。

「しかしなんでまたおまえ、そんなもの探してたんだ？」

偶然見つけたというには、蒼の汚れ振りはかなりのものだった。よく見れば翳も、手や袖が埃で黒ずんでいる。

「京介が探せっていうから」

「連絡があったのかッ？」

「うん、でも直じゃなくて、京介から頼まれたっていう人から昨日の真夜中に電話があったんだ。その人はね、地下鉄の茗荷谷の駅に近いファミレスの店員さんで、レジするときに京介からメモを渡されたんだって」

「メモ？　どんなメモだよ」

「『蒼へ　631で40年前の痕跡を探してくれ　京介』。あとはぼくの携帯番号だけの」

蒼が翳と牛込アパートメントに泊まり込んでいるのはわかっていたわけだから、ここでの急ぎの捜し物なら蒼に頼むのが早い。それはわかる。だが——

「どうしてあいつ、自分でおまえに電話しなかったんだろう？　そんな見ず知らずの人に頼むなんて、あいつらしくないぜ」

しかもそのままこっちには連絡をよこさない、というのはどういうことだ。

「まさか、犯人に拉致《らち》されたなんていうんじゃないだろうなッ」

「さもなければ、逮捕されたか」

蒼が妙に冷静にそういうので、深春はぎくっと顎を引いてしまう。

「だって、警察はあいつに協力を求めたはずで」

「違う部署がってことはあるじゃない。だから、門野さんに頼んで調べてもらってる」

「そうか——」

あの爺さんなら、たぶん司法関係にも顔は利くだろう。京介がたとえば公務執行妨害で逮捕されて、そのまま外部との連絡も許可されないまま、というような状況なら、門野の顔でどうにかなるものかも知れない。

「だけど蒼、おまえ落ち着いてるな」

「そう？」

「京介がいきなり行方知れずになって、そんなわけのわからない伝言だけ来たってのに、俺たちに連絡もしないでさ」

「やれっていわれたことがあったから、まずそれをやろうって思っただけだよ。京介のこと、信じてるから」

（こりゃ、一本取られたな、だ……）

「それでね、深春。見つけてびっくりしたのはこのマンガだけど、他にも物入れの隅に四十年前の残り物があったんだ。それも、安宅春彦君の」

「ええッ、なにが？」

「いま見せるよ。北詰さんはほんとに、二度とこの部屋に入らないまま越していったんだね。その後親戚も物置にしか使わなかったおかげで、捨てられないで残っていたんだと思うよ」

蒼はそれこそ埃まみれの紙束を、畳の上に持ち出して広げた。二ねんせいのがくしゅうノート、ひらがなれんしゅうちょう、さんすう、などと書かれた表紙はどれもすっかり劣化していて、指でさわるだけでぱりぱり音を立てて崩れていきそうだ。

だがその中に、丸善製の大学ノートが一冊混じっていた。紙質は他と較べて遥かに上等だが、灰色の表紙にはハガキ大の紙を貼り付けて、そこに子供の字で『なつやすみじゆうにっき　2ねん4くみ　あたかはるひこ』と書かれている。使いさしのノートを転用したもののようだ。安宅が息子に与えたのだろうか。

「その中の最後のページ、見てみて」

いわれて深春は、かすかなためいらいのようなものを抑えて表紙を開いた。太い2B鉛筆で書かれた文字とクレヨンの絵が並ぶ紙を破かないようにそっとめくっていって、蒼がいう最後のページにたどりつく。そして、息を呑んだ。

「これは、安宅さんに渡さないと――」

「うん。だから深春の意見を聞きたかったんだ。いますぐ安宅先生のところへ持っていくのと、京介が戻って来るのを待ってからにするのと、どっちがいいと思う?」

4

三月三十一日から毎夜、二十三時五十九分にネット上に出現していた《火刑法廷》の犯行予告は、なぜか四月五日には現れなかった。だが爆弾の放置場所が虹の七色をたどっているのなら、少なくともあと二度はそれがなくてはならない。

代わってネットを賑わせたのは、次の爆破場所がどこになるかという推理の書き込みだった。これまでは『橙』をオレンジジュースのスタンドで間に合わせた以外は、地図を検索すれば容易に見つけられる町名や駅名から色が拾われている。だが、『藍』の字がつく町名駅名は東京二十三区にはない。代用するとしたらなにか。店の名前か。

掲示板サイトには夜を徹して、あれにも藍の字がつく、これにもつく、というたぐいの書き込みが山のように集まった。その中には神代の実家である門前仲町の煎餅の老舗藍染屋の名前までが挙げられていたのだが、幸いネット・ユーザーではない神代はそんなことは知らない。その内『東京にも藍の字のつく地名がある』という書き込みが現れる。港区三田の魚籃坂《ぎょらんざか》だ。正確にはタケカンムリとクサカンムリが違っているのだが、良く似た字ではある。交差点は『魚籃坂下』だし、その近辺には坂の名の元となった魚籃寺という寺が存在する。

他に『藍』がつく名はないということで、次に犯人が狙うなら確実にこの周辺だろうということになった。警察は今度こそ特別警戒を敷いて、確実に爆弾犯を押さえなくてはならない。魚籃坂下、魚籃坂入り口、魚籃寺、とあるにはしても、これまでよりは確実に範囲が狭い。少なくとも北青山から南青山を大騒ぎで見張ったあげく、地下鉄青山一丁目駅であっさり裏を掻かれるような醜態を晒す心配はないだろう。

だが書き込みはそんなストレートな、警察ガンバレの意見ばかりではない。そこはむしろ逆で、無能だ、税金泥棒だといったレベルの比較的ありふれた罵倒から、全共闘世代の生き残りか、それを気取っているのか、犯罪捜査を口実にした権力の横暴を断固粉砕するぞ、とのアジ演説。政治がらみ風でも、爆弾犯を革命戦士と称揚するものから、左翼小児病のぶり返しだと笑うものまで、否定も肯定も入り乱れている。

ミステリおたくが犯行の動機を推理するスレッド、などというのもあって、単なる愉快犯や狂気の沙汰といったものは最初から退けられている。東京で派手な騒ぎを一週間繰り広げることで、世間と警察の目を引きつけておいて、他の地域で真の目的を遂行するのでは。いや、虹の七色による選択というのは単なるミスリードで、赤坂Pホテルで死亡した女性を殺害するのが真実の目的だったのだ。一九七五年に逮捕されて死刑が確定したまま、いまなお東京拘置所で拘置されている連続企業爆破犯の死刑をすみやかに実施させるための犯行だ、などという穿《うが》った意見も出た。

犯行予告が出なかったため、爆破が行われる時刻はわからない。日付が変わってから《火刑法廷》のハンドルでの書き込みは相次いだが、それはどうやらすべて悪戯の模倣書き込みに思われた。警視庁や所轄の警察署は、善意の忠告と悪戯電話の応対に深夜から忙殺された。

さらに——
夜が明けた頃からぽちぽち、魚籃坂近辺に野次馬らしい姿が見られるようになった。圧倒的に十代二十代の若者が多かったが、中には中年以上、頭の白い老人までが混じっていた。制服警官に私服刑事を交えた捜査側もかなり早い時刻から魚籃坂周辺の警戒を始めていたのだが、この野次馬の群れには手を焼いた。昼を過ぎる頃にはテレビの中継車も出、空にはヘリコプターが飛ぶ騒ぎとなった。

追い払っても追い払っても、入れ替わり立ち替わりして野次馬たちは現れる。周辺では道路が渋滞して、事故や喧嘩も起こる。警察の拡声器が、『ここではなにも起きていません。危険ですからすみやかに解散して下さい』と繰り返すのに、『なにも起きてないならなぜ危険なんだよー』とやじり返す声。周囲から笑いと拍手が湧く。だがそれ以上、群衆が警官隊と敵対することもなく、事実何事も起こらないまま春の日の午後はゆっくりと過ぎていく。

午後五時、会社の退け時になっても魚籃坂の人波は解消しなかった。むしろテレビの報道を見て、面白半分集まってくる人間で、ますますあたりは混雑し始めていた。もよりの営団地下鉄南北線白金高輪《しろかねたかなわ》駅で改札規制をしよう、周囲の道路を立入禁止にしよう、との案も検討されていたが、犯人からの爆破予告が届いたわけでもなく、すべては風評に過ぎないのだ。そうした措置を取ることは、逆に今日ここで爆弾が破裂することを認めたことになる。その上で他の場所で事件が起きたら、警察の面目《めんぼく》は丸潰れではないか。

だが日没が近づいて、なお人波が去らないとなると、このままではまずいということは警備側の誰にでもわかる。実際の爆弾でなくても、暗くなったところでカンシャク玉のひとつも弾ければ、四月一日の再現でパニックが起きて圧死者が出ることもないとはいえない。機動隊を出して群衆を強制排除しよう、とようやく方針が定まる。

その頃、午後六時半ほぼちょうど。雑踏する白金高輪駅を下りた少女がいた。黒髪をポニーテールにした上に、鍔の大きいキャップを目深《まぶか》にかぶっている。未晒しコットンのザックを、肩にかけるのではなく胸の前に抱えている。日野原奈緒だった。昨日の夜からずっとあの汚らしい建物の一室に閉じこめられていたのが、さっきこのザックを押しつけられて駅まで連れて行かれ、切符を渡されて地下鉄に乗せられたのだ。ここに行っていわれたようにすれば、修と会えるといわれて。

昨日の夜は本当に不安で、汚い部屋とベッドは気味が悪くて、ろくに眠れなかった。朝になってトイレに行かせてもらったけれど、ミズキはずっとそばにいて逃げることは出来なかった。食事は朝にコンビニのパンとコーラ、昼にはカップ麵を出されて、悔しいけど仕方なく食べた。今日一日で食べたものはそれだけだから、いまも胃のあたりがぐうぐう音を立てている。

ミズキは奈緒が食べている間も、面白そうな顔で眺めながらそばに立っていた。がりがりに痩せたミズキはロングヘアのウィッグに、黒いコットンのフリルやリボンがたくさんついたワンピースを着ていて、それが仮装みたいに見える。口元をゆがめて、『よく食べるね』と笑った。奈緒は自分が、ミズキに飼われている子犬になったような気がした。

気まぐれな主人が機嫌を損ねれば、どんな残酷な仕打ちをされるかも知れない、閉じこめられたまま飢え死にさせられるかも知れない。でも子犬にはそれを避けるすべはない。だからせいぜい媚びを売って、いじめられないよう、主人の気に入るようにしなければならない。

だが、奈緒は絶対そんなことはしたくなかった。自分がこれまでお嬢様として、無闇とちやほやされてきたとは思わない。だがやはり奈緒は、前橋では尊敬される名士の一家の娘として、それなりのプライドを育ててきている。

なにも悪いことをした覚えはないのに、こんな目に遭わされるのは絶対に不当だと、煮えたぎる怒りを抑えきれない。それも相手は他ならぬ、修ちゃんを騙して利用した悪人だ。自分のところに届いたメールが、修ちゃん本人からのものでないことは最初からわかっていた。でも彼を見捨てるわけにはいかないから、信じたふりをして東京に出てきたのだ。まさかいきなり閉じこめられて、携帯まで取り上げられるとまで予想出来なかったのは、やはり甘かったのかも知れないが。

カップ麺を口に運んでいると、いきなりミズキが携帯を押しつけた。奈緒のものではない。

「なに？」

「サムだよ」

その手から携帯をひったくって、大声で叫んでいた。

「もしもし、修ちゃん？」

『奈緒？　ほんとに奈緒か？』

修ちゃんもすごくびっくりしているようだった。

『おまえ、家出したってほんとかよ？　いまどこにいるんだよッ？』

「あのね、私——」

いいかけたところで電話をもぎ取られた。

「返して！」

と叫んだが、ミズキはさっさと出ていってしまった。少しして戻ってきたけれど、奈緒がもう一度修ちゃんと話させて、と頼んでも笑うだけだった。

「今晩会えるよ」

「本当に？」

「ああ。六時までここでおとなしくしてな」

そんなことを頼むのは嫌だったけど、もう一度お手洗いに行かせて下さいといって、廊下の向こうにあるトイレまでふたりで歩いた。両側にドアが並んでいる。でも薄暗くて、人の気配がない。まるで空っぽみたいだ。こんなところだから、人を閉じこめたりも出来るのだろう。

でもトイレを出た途端、階段を上がってきた人がいた。その人に向かって奈緒は走り出した。大声で、『助けて、助けて！』と叫びながら。その人は足を止めて、こちらを見ているようだった。でもすぐにミズキに追いつかれ、後ろから髪を掴まれた。すごく痛かったけど、死にもの狂いでもっと叫んだ。少しでも人がいるなら、呼べば聞いてもらえる。逃げ出せる可能性が増える。

その人は背の高い、でも針金みたいに細いおばあさんだった。白髪を頭の上でお団子に結《ゆ》って、白いブラウスとタイトスカートの上から紺色のカーディガンを羽織っている。その人が眼鏡の上から、怪訝《けげん》そうな目でこちらを見ていた。

「あの、お願いです、助けて下さい。私、昨日から閉じこめられているんです。この人に」

やっとそれだけいったけれど、おばあさんの表情は変わらない。不機嫌そうに眉を寄せて、じいっとこちらを見ていたが、

「なにを騒いでいるんですか。静かにして下さいな。ここは壁が薄いんだから」

かさかさと干からびた声は、どことなく調子が外れていて、チューニングのずれたラジオの声のようだ。それだけいってくるりと体の向きを変えると、のろのろと足を引きずって歩きながら、独り言をいう声だけが奈緒の耳に聞こえてきた。

「まったく——いまどきの若い人は、都会の生活のマナーを知らないのだから、あんなふうに廊下でふざけあって、まあ、なんてことでしょ——」

奈緒は呆然と立ち尽くしたあと、どうすることも出来ないで部屋まで引きずられていった。元の部屋に放り込むと、『舐めた真似をしたお礼』に汚れた床へ突き倒され、ブーツの先で体中を蹴りつけられた。悔しいから声も出すまいと思ったけれど、爪先が鼻に当たったときは、痛くて悲鳴が抑えられなかった。奈緒は床にうずくまったまま、半分気を失ったようになってじっとしていた。

そして六時少し前、入ってきたミズキに引きずり起こされた。さっき蹴られた奈緒の顔が腫《は》れ上がってでもいたのかも知れない。手にしていたキャップを頭に押し込まれた。気がつくとミズキも着替えていて、ピンクハウスのようなぴらぴらしたワンピースはスリムのブラックジンとハイネックのセーターに変わっていた。ウィッグも外して、黒いアポロキャップをかぶっている。

「これを持って魚籃坂まで行くんだ」

コットンのザックを押しつけられて、奈緒は思わず聞き返している。

「ぎょらんざか？　どこ？」

「地下鉄で白金高輪って駅まで行けばすぐだよ。おいで、教えてやる」

ミズキはどこか別人のようで、大股に歩き出す。あわてて奈緒はその後を追いかけた。まさか、この人はミズキじゃないのかしら。顔は同じだけど、なんだか雰囲気が全然違う。

「幽霊屋敷みたいに汚いところで、びっくりしたろう？」

うん、と奈緒は素直にうなずいた。

「住んでる人も、ちょっと幽霊みたい」

「まったくだ。可哀想だけど、あいつらに助けてもらおうなんてしても無理だぜ」

「そう、ね……」

「ここは七十年前に作られたアパートなんだ。その当時は独身女性専用でさ、職業婦人、いまでいうキャリア・ウーマンが暮らすトレンド最先端の都会的な集合住宅、だったそうだ。いま見ると、とっても信じられねえけどな」

「さっき私が会ったおばあさんも、学校の校長先生みたいだった」

そういって顔を見たけど相手は平然としている。やっぱり、違う。

「あなたは、ミズキじゃないのね？」

「わかるかい？」

「ええ。服装のせいだけじゃなくて、声も、話し方も、感じも違うもの」

「俺はイズミ。ミズキはサムが好きだから、あんたに嫉妬しているのさ」

思いもかけないことをいわれて、奈緒はどんな顔をすればいいのかわからない。その間にも相手は止まらず、さっさと玄関を外に出ていく。建物は道路の角に建っていて、玄関を出た横の壁には『小石川女子アパートメント』という小さな表札が掲げられている。

「東京の地下鉄、わかる?」

「ううん。いままでは山手線しか乗ったことない」

「原宿《はらじゅく》とか、渋谷とか?」

笑いながら聞かれて、恥ずかしいような気がした。いかにも群馬県の田舎から、週末に東京へ遊びに来る子供だ。

「いいじゃん、そうすんのが楽しいなら」

「でも、ダサいでしょ?」

「ダサくても、自分がいいと思えばいいのさ」

「うん——」

しかし奈緒は口に出さないまま、思った。そんなふうにいえるのは、やっぱりあなたが東京の人だから。生まれていままでずっとこの街で暮らして、それが当たり前になってる人だから。田舎に生まれて結局は田舎から離れられない、私たちとは違う。

「ほら、この線は赤で書いてある丸ノ内線だから、隣の後楽園でコバルトグリーンの南北線に乗り換える。間違えずに目黒行きに乗って、二十分で白金高輪駅だ」

「駅に下りたら、修ちゃんいるの?」

「駅のそばにはいなくても、そっからすぐの魚籃坂のへんにはいるよ。向こうもあんたのこと探してるはずだから。彼の顔を見つけたら声をかける前に、ザックの中に手を入れて、手探りで箱についている出っ張りを動かなくなるところまで押し下げて、そのまま足元に置いて離れる。わかったか?」

「それ、どういう意味？」

相手は唇を曲げて笑った。急に、それまでの雰囲気が一変したようだった。

「イズミ——」

「あんた頭いいから、もうわかってんじゃない？」

「これ、なんなの？」

「知らない方がいいぜ。知ったら持って歩くの、気持ち悪いだろ？　間違っても警官に荷物検査されたりしないようにな。これをちゃんとやってくれればサムとは会えるんだから」

「でも——だって——」

「早くしないと遅れるぜ」

切符が手に押しつけられた。そして奈緒は改札に向かって歩き出していた。頭が麻痺《まひ》してしまって、なにも考えられない。そんな状態のまま足だけはロボットのように前に前に進んで、地下鉄に乗り、乗り換え、白金高輪駅に下りた。そして祭りのさなかのような混雑に啞然とした。


騙された、と思う。こんなにたくさん人がいて、うまく修ちゃんと会えるはずがない。でも、どうしようもない。私ったらイズミと話すのに気を取られて、携帯も財布もカードも置いてきてしまった。警官がたくさんいる。思い切ってあの人たちの誰かに、助けて下さいっていおうか。でも、私が持っているのが本物の爆弾だったらどうしよう。修ちゃんを見つけるより前に、警察に連れて行かれたらもう会えなくなってしまう。

もちろん修ちゃんが本当に東京で爆弾を作っていたなら、自首した方がいいと思う。でも、その前にとにかく会って、彼の話を聞いてあげなくちゃ。彼の場合頭ごなしに、いうことを聞かせられるのが一番嫌いなんだもの。そして本人にも納得させてから、私が警察まで一緒についていってあげる。うちのパパやママや叔父さんは大騒ぎするだろうけど、そんなのもうどうだってかまわない。私には修ちゃんの気持ちの方が大事。

魚籃坂はあんまり幅の広くない、緩い坂で、でもそこにびっくりするくらいの人が集まって右往左往していた。警官が拡声器を片手に顔を真っ赤にしているのが見えたけれど、声が割れてしまってなにをいっているのかちっともわからない。携帯を片手にしゃべりまくっている人、デジカメやビデオカメラを片手にきょろきょろしている人、坂の途中のマンションのベランダは外を覗く人でいっぱいだ。

奈緒はもう人当たりがして、頭がガンガンしてきてしまって、立っていられない気分。マンションの玄関の方にふらふらと道を逸れた。自動ドアが開いて人が出てきたので、ついその後に吸い込まれるように中へ入ってしまった。大きなグリーンの鉢の横で、壁にもたれてほっと一息ついた。と、ガラスの向こうを人に押されながら歩いている、修ちゃんの横顔が見えた。奈緒は夢中で駆け出した。誰かが後ろから呼び止めた気がしたけど、立ち止まったりしたら見失ってしまう。

「修ちゃん！」

「奈緒！」

ふたりは思わず両手を握り合っていて、

「良かった。やっと会えた——」

「馬鹿だなあ、おまえは。なんで家出なんかしたんだよ」

そういった修ちゃんの目は赤くて、だから馬鹿なんていっても赦して上げよう、と奈緒は思う。

「修ちゃん、お金ある？　電車賃くらい」

「ああ、あるけど」

「だったら、ここ離れようよ。なんか嫌だ」

「ああ。おまえ、荷物はなにも持ってないのか？」

そういわれて奈緒は息を呑んだ。ザックがない。さっきマンションの玄関を入ってほっとしたあのときまでは、確か胸の前に抱えていたのに。私、イズミにいわれたように出っ張りを押しただろうか。そして置いてきた？　覚えていない、なにも。ただ、忘れてきただけかも。

「どうしよう。あれ、取ってこなくちゃ」

しかし修ちゃんは奈緒の手を握ると、

「来い」

それだけ行って足早に歩き出す。人波を掻き分けて、マンションからどんどん遠ざかる。だが、地下鉄の駅とは違う方向だ。

「修ちゃん」

「逃げるんだ」

「でも」

「逃げなきゃ危ない」

「爆発するの？」

「ああ、たぶんな」

「だったらここにいる人たちにも、危ないから逃げてっていってあげないと。ねえ」

修ちゃんはもうなにもいわないまま、奈緒を引きずるようにして歩き続ける。そうしてどれくらいの間歩いたか、JRの田町《たまち》駅に着いたときには、奈緒は息が切れて物もいえなくなっていた。


「なにか、飲むか？」

いわれてただうなずいた。駅の中のカウンターだけの喫茶店に入ってアイスコーヒーを飲む。シロップの甘さが体に浸みるようだ。喉がからからに渇いていることにも気づけないほど緊張していた。だがほっとすると、改めて修ちゃんの様子が気になってくる。彼は横向いて、むっつりと黙り込んでいた。その頬が削げて、知っていた頃とは別人のように見える。——修ちゃん、怒ってる？　と聞きたいのに怖くて聞けない。

「奈緒」

「うん」

「大声出さないって約束するか？」

「なに？」

「おまえの真後ろにテレビがある」

修ちゃんの声にただならぬものを感じて、でも見ないではいられなくて振り返った。野球の中継の上に臨時ニュースが流れている。

『港区三田のマンション、カーサ魚籃坂のロビーで爆発。ガードマンと警察官計二名が負傷』

「修ちゃん、あれ」

「声、出すな。絶対に」

奈緒はストローを噛みしめた。

真夜中の虹

1

漆原警部補がこの男と顔を合わせるのは、これで二度目だった。以前は文京区の大学教授の座敷で、居合わせた群馬県警の工藤刑事にいわせれば『ふたりで盛り上がっ』たわけだが、漆原自身にそんな自覚はおよそない。むしろそれは漆原にとっては、奇妙な緊張感に満ちた、快いとは断じていえない時間だった。

帰ろうとしたところで神楽坂の爆発事件の一報が入り、工藤にはなにもいう時間がなかったが、出来るなら食ってかかりたかった。

なぜおまえはあんな男をそうも信頼するのだ。あんな得体の知れない、しかも警察を嫌っていることを隠そうともしない相手を。ああいう人間こそ、無差別な爆弾テロを実行してもおかしくない、道徳性など薬にしたくもない、頭のおかしいのを巧みに隠して生きていながら平然と殺人を犯せるような人間だ——

さすがにそこまでは、我ながら感情的すぎるせりふで口に出す前にうんざりしたが、とにかく漆原が桜井京介という人間を、出来れば二度と会いたくない相手、と感じたことだけは間違いなかった。

それがなんということだろう。警察が民間人の協力を受け入れる、そんなことが現実にあり得るとはついぞ信じられない。それもよりにもよってあいつを。工藤に『俺そういうわけで、この事件が解決するまでは警視庁出向で桜井京介との連絡係。よろしく』けろけろといわれたときは、本気でぶん殴ろうかと思った。この馬鹿はなにも考えていない。

「いーじゃん、利用できるものは利用すれば」

「そういう問題か！」

「なんか、上の方の話で急遽《きゅうきょ》決まったみたいだよ。俺もよくは知らないけど、あいつっていろいろコネがあるみたい」

「どういう人間なんだ、あれは」

「知らないよ、そんなの。でも、これまでもいくつか関わった事件を解決したりはしてるらしい」

「名探偵か？」

馬鹿馬鹿しいと笑うつもりでいったのに、工藤は真面目な顔でうなずいた。

「ただまあ事件を解き明かしたっていっても、警察呼んで犯人引き渡したり、なんてのはやらないみたいね。自首したければしなさい、ってくらいで。だから彼の功績っていうか、そういうのは公式の記録には出にくいわけよ」

「怪しげな話じゃないか！」

漆原は吐き捨てるしかなく、

「あんまりスクエアに考えない方がいいよ、たくちゃん。なにも桜井氏に全責任を負わせようってわけじゃないんだし、『虹』の件真っ先に指摘してみせたのは彼じゃない。参考資料参考資料」

「……………」

「ただささ、あいつ全部はしゃべってないからね」

にや、と工藤が笑う。

「腹に一物も二物も隠してるよ」

「本当か？」

「俺の野生の勘、証拠はなんにもないけどね」

「だったら共犯も同然だ」

「そうだな。共犯とまではいわなくても、犯人隠避か証拠隠滅か」

「冗談じゃないぞ、工藤。そんな民間人に協力を求めてどうするっていうんだ」

「俺に文句いうなよ。俺が決めたことじゃないぜ」

それはそうだが、

「参考人として事情を聞くべきだろう」

「それでしゃべらせようとしたって、簡単に口割るほど可愛いタマじゃないから、協力を求めるって下手に出ておいて、少しは飴《あめ》をしゃぶらせて、引き出せるものは引き出すようにってことじゃないか？上もけっこうえげつないよな」

そういわれて漆原は目を見張った。工藤がそんな風に、マキャベリスティックな考え方をするとは知らなかったのだ。

「なんだよ、たまげたような顔して」

「いや。彼はおまえの友人なのかと思っていたんでな」

「俺はそのつもりだけどね、向こうがどう思ってるかは知らないや。それに友達だからって馴れ合えばいいってもんでもなし、譲れないものもあるだろ。俺はいたって凡庸な人間なんでね、革命なんか欲しくもない。取り敢えずはいまの日本が、平穏無事に続いてもらいたいんだ。それにはやっぱり爆弾魔は取り締まらないとな」

「桜井は違う考え方だというのか？」

「だから、あいつのことは俺に聞くなよな。たくちゃん話が合ったみたいだから、今度ゆっくり飲みにでも連れ出して話せばいいだろッ」

工藤とそんな話をしたのが四月三日のこと。四日から工藤は桜井に貼りついていたはずだが、漆原はその後なにがあったのか聞いていない。

五日になって、そもそも工藤を東京に飛び出させた前橋の少女日野原奈緒が突然家出したという知らせが入り、工藤が桜井から離れたその夜、警視庁の尾行を撒いて姿を消した桜井は、警察庁警備部公安三課に犯人隠避の現行犯で逮捕されていた。

現在は四月六日のすでに真夜中近く。その身柄を警視庁刑事部が引き取ることに成功したのは、やはりコネの結果なのか、あるいは警視庁と警察庁になんらかの取引めいたものがあったのか、漆原は知らない。知りたいとも思わない。

「ご無事なようですね」

殺風景な取調室に入った漆原がそう声をかけると、折り畳み椅子にかけていた桜井は相変わらず季節外れの幽霊のような顔をわずかに振り向けて、

「拷問《ごうもん》は受けていませんよ」

皮肉に皮肉で答える。

「桜井さん、あなたは重要参考人として手配されていた祖父江晋と、茗荷谷のファミリーレストランで会っていたそうですね」

「ええ」

「彼と約束していたのですか？」

「いいえ」

「ではあなたは、なぜその店に行ったのですか」

約束していなかったはずはない、と思った。だからこの問いにもろくな答えは戻ってこないだろうと。だが予想を裏切って、桜井はいう。

「犯人は、主に地下鉄で移動しているのだろうと考えたことがひとつです」

「地下鉄で？　しかし——」

反論しかける漆原を無視して、桜井は続けた。

「僕のパソコンは持っていかれてしまったもので、正確な文章までは思い出せませんが、昨年十一月にネットに書かれた犯行宣言めいた文章、あれを読んだときにまずそうした印象を持ったのです」

「あの文章に？」

あれは神代宅で読ませてもらった後、本庁に戻ってからプリントしたものを捜査会議にも出し、繰り返し読んでいる。だが、そんな部分があっただろうか。

「改札を通りホームへの階段を駆け下りる、たしかそんなくだりがありました。これがJRなら、普通ホームへは階段を上がることになります」

思わずまばたきしていた。なんという単純な、だがいわれてみれば納得できる指摘だ。私鉄ならこの限りではないといっても、事件はこれまですべて東京二十三区の中心部で起きている。

「――だが、四月四日の墨田区緑と、目黒区緑が丘は違うな」

「ええ。ひとつには他に『緑』とつく地名がなかったからでしょう。そして目黒区は共犯者のしたことです」

「断言するんだな」

そういったのを聞き流して、

「爆弾犯人は可能な限り、地下鉄を利用して都心部を移動している。これが第一の仮説。それも移動距離を出来るだけ短くしようという傾向が見られる。これが第二の仮説です。『赤』のときに、赤塚、赤羽といった地名ではなく、赤坂見附が選ばれたのはそのためではないか」

「それで、丸ノ内線に目をつけたということか？」

「ええ、まあ。もっとも赤坂見附に入っている地下鉄は、丸ノ内線だけではありません」

「だが丸ノ内線ならお茶《ちゃ》ノ水《みず》に出て、総武線で錦糸《きんし》町《ちょう》に行ける。墨田区緑の最寄り駅に！」

漆原は思わず身を乗り出している。

「翌日の後楽園は茗荷谷の隣の駅、神楽坂は――」

「後楽園から南北線を経由すれば二十二分です」

「乗って調べたのか？」

「いえ、パソコンのソフトで乗り換えと所要時間を簡単に調べられるものがあります」

「ああ、そうか。じゃああんたは、そのソフトで駅をいちいち調べていって、茗荷谷にたどりついたということか？」

だが桜井はそれには答えず、逆に聞き返す。

「犯行宣言の書き込みについては、調べはどの程度進みましたか」

「アクセスポイントはいずれも都内。だが場所はそのたびに違っていて、インターネット・カフェを利用しているらしい。それもご丁寧に、防犯カメラのないところを選んでな」

「つまり、そちらからはなにもわかっていないということですね」

「ああ」

漆原は憮然とうなずいた。事件がここまで進んでも、犯人に出し抜かれっぱなしだと認めるのはいかにも腹立たしかった。

「で、こちらの質問にはまだ答えてもらっていないが？」

だが、桜井は視線を外して無言のままだ。我知らず声が大きくなる。

「桜井さん、この期に及んでこれ以上の隠し事はなしだ。捜査本部に協力を約束した以上、それだけの働きはしてもらいたい」

「お気の毒ですが漆原さん、僕は警察官ではないしどんな義務に縛られているわけでもありません。これは純然たるボランティアです。なにを話すべきかは自分で決めます」

その淡々とした口調に、漆原は顔の強張るのを感じた。思わず膝の上で拳を握りしめ、それでも声だけは平静に言い返していた。

「だったら公安に戻ってもらおうか。向こうじゃこんなやさしい尋ね方はしないだろうな」

桜井の顔が上がった。頭を一振りして前髪を払いのける。現れた白い顔から、弓なりの唇が嘲りの笑いを浮かべていた。レンズの中から、茶色の瞳が冷ややかに嗤っている。

「脅しですか。あなたがたのお得意の手ですね。口を割らないなら眠らせない？　耳元で強面《こわもて》の肉体派が怒鳴り続ける？　そして最後は泣き落とし？　結構ですとも、おやりになりたいならおやりなさい。どうせ間もなく事件は終わる。そのとき犯人は自ら姿を現すはずです。それについてはいまさら、僕がするべきことはなにもない。四月八日の日曜日に出してもらえれば、それでかまいません。あと一日半くらいなら、眠らなくてもいられます」

それきりきっぱりと横を向いて、口を引き結ぶ。髪の下から現れた横顔は、取りつく島のない氷の彫像だ。

「一週間で事件が終わると、なぜ断定できる」

答えはない。

「犯人を逮捕出来なければ、また死者が出るかも知れないんだ」

桜井は無言だ。そのまま一秒、二秒、時間が緩慢に過ぎたが、沈黙を破ったのは漆原には意外なことに桜井の方だった。かすかに肩を動かし、足を組み替えると、

「死者は出ないでしょう、たぶん」

「どうしてそんなことがいえる」

「虹をかけている犯人は、死者が出ることを望んでいない。赤坂での失敗以来、爆薬の量と成分比を変えているはずだ。あなたがたがそのデータを把握していないはずはない」

「だからこの先も、事件が続いてかまわないとあんたはいうのかッ？」

漆原はこらえきれずに再び声を荒らげ、桜井を正面から睨み付ける。

「テロを肯定しないといったのは嘘か！」

「いや、僕はすべての暴力行為を忌避する」

「だったら」

「警察が行使する法的根拠に乏しい強権も、暴力の一種には違いない」

「だが、今日も魚籃坂で事件が起きたんだ」

「被害は？」

「マンションのロビーに置かれていたのを、気づいて持ち出そうとしたガードマンと、通報を聞いて駆けつけた警察官の二名が鼓膜を損傷され、顔や手に火傷を負った。あんたは、その程度の傷ならかまわないとでもいうのか」

「気の毒だとは思います」

その冷静すぎる返答が、漆原の頭にまた火を注いだ。だがいまこいつの胸倉を摑み上げて、殴ろうと蹴ろうと、それは相手の言い分を補強することにしかならない。むしろ桜井は彼を怒らせて、口をつぐみ続ける口実を手に入れようとしているのだ。

そう気づいて、漆原はぐっと下腹に力を入れた。波立つ感情を理性で抑え込んだ。眼鏡を外して袖で拭い、顔に押し入れる。容疑者を落とすときも同じ、これは人間対人間の勝負だ。

「桜井さん、どうすればあんたを動かすことが出来るんだ」

「自分の弱点を教える者がいますか?」

それはつまり、弱点はあるということだ。だが、どこにそれがひそんでいるのかはわからない。工藤を連れてくるか。いや、それは駄目だ。いまここで試されているのは、他でもない自分という人間なのだから。

漆原は深く息を吸った。吐いた。そして椅子から立ち上がった。非常に下らないことをしようとしているという、自覚はある。桜井がなにかを知っている、などというのはまったくの見当違いに過ぎないのかも知れない。この歳まで警察官として生きてきた、プライドに泥を塗る愚行なのかも知れない。

だが、プライドなぞより大事なものはある。心からそう信じられなければ、自分は警察官でいる資格がない。俺ひとりが恥を掻いて、どんな些細なものでも犯人逮捕に繋がるヒントが摑めれば、それで充分だ。

「俺がこんなことをしても、あんたにとってはなんの意味もないのかも知れない。だが、俺には他に差し出すものがない」

それだけいって床に膝をついた。両手を前に、手のひらを床につけて、背中を折り曲げた。額を手の間の床にぐい、と押しつけた。

「頼む」

「なんの真似ですか」

桜井の無感動な声が上から降ってくる。

「それほど、手柄が立てたいのですか」

「違う!」

床のリノリウムを見つめたまま、漆原は声を張った。

「それはあんたのいう通り、爆弾犯は死者を出すことを望んでいないのかも知れない。赤坂で人が死んだのは向こうのミスで、もうそういうことは起きないのかも知れない。だが、爆弾が仕掛けられる以上いつだって危険はある。そんなことはあんただってわかっているはずだ。

犠牲になるのが警察官やガードマンなら、仕事の上のリスクだといえるかも知らん。馬鹿な野次馬どもなら、自業自得だといってもいい。だが確率は少なくとも、現場に小さな子供が近寄って、爆発物に触って被害に遭うようなことがないとどうしていえる。死ななくても顔に火傷を負って、その子の人生が変わってしまうことだってあり得る。

ただの可能性だ、甘ったるいヒューマニズムだ。そうだろう。だが少しでも可能性があるなら、その可能性をこちらの力で消すことが出来るのなら、そうしないわけにはいかないんだ」

「…………」

「警察官の使命感、職業倫理、そんなもの以前の話だ。俺には五歳と三歳の娘がいる。その子の身に何か起きたら、俺は死刑になってもきっと犯人を殺すだろう。

子供を持つ親だったら誰だってそう考える。だが犯人を殺したって死んだ子供は戻らない。だからこそ、そんな思いをしないで済むように止められる犯罪は止めなきゃならない。頼む、桜井さん。公安での扱いとか、いろいろ気に入らないことはあるだろうが、あんたの知っていることを教えてくれ、この通りだ！」

土下座を続けても、しばらくなんの返事も聞こえなかった。だがやがて、

「明日は新宿御苑を臨時休園にして、門と周辺を警戒なさることです」

漆原はバネ仕掛けの人形のように、床から上体を跳ね上げている。

「新宿御苑？　それが『紫』かッ？」

「犯人逮捕のためには休園にしない方がいい。ですがそれだとおっしゃる通り、なにも知らずに公園に来た人に危険が及ぶ可能性があります」

漆原はこらえきれずに割って入った。

「聞いてもいいか、桜井さん。なぜ新宿御苑だ？」

「地名尽くしで行くなら、二十三区内で紫に関連するのは新宿区内藤《ないとう》町の『藤』だけだと思うのです。無論魚籃坂のように、町名や駅名でないところにそうした文字がないとはいえないが」

「新宿御苑が内藤町なんだな？」

「正確にいえばその三分の二ほどが、です」

「そうか、公園か。園内に藤の木か藤棚でもあれば、そこを狙うかも知れないな」

こうしてはいられない、と立ち上がった漆原に、

「園外でも東側の、外苑西通りとの間の縦長の地帯が内藤町に含まれます。むしろ犯人が狙うのは、そこかも知れません」

「なぜだ」

「新宿御苑の開園時間は十時から十七時。ですが犯人が爆弾を仕掛ける時刻は、九時から九時半の間だろうと推測します」

「午前か、午後か？」

「わかりません。ですが、どちらにしろ開園時間以外です」

漆原はしばらく黙って相手を見下ろしていたが、再び椅子に腰を落とす。

「なぜそういうことになるのか、理由を聞かせてもらえるか。ネットの普通では気づけない場所に、予告が出ているとかそういうことか？」

「いえ。いずれにせよ昨日の夜は、パソコンに触れてはいません」

「ああ、そうだったな。だったら？」

「四月一日から続いた爆弾事件のうちの、虹の七色をたどっていると思われるケースを、東京の地図にマッピングしてみて下さい」

「それで、なにかがわかるのか？」

いまこの手元にはないが、無論捜査本部には現場の位置をチェックした地図がある。それを見ていても、なにがわかるとも思えない。疑わしげな表情が浮かぶのが、桜井にも見えたのだろう。ことばを選ぶ風に間を置いた彼は、

「あなたは一九七五年に逮捕された、いわゆる連続企業爆破グループの犯行について、予備知識を持っていますね？」

「ああ、それは一応な。そのメンバーのひとりで、逮捕直前に自殺した祖父江朴が、あんたの会っていた祖父江晋の実兄だってことも」

「では彼らがM重工本社ビルを爆破する前に、計画していて実行はされなかった『レインボー作戦』と呼ばれるものをご存じですか」

「――いや」

「公安は当然のように知っていました。だが検察はレインボー作戦関連の調書を別綴じにし、警察内部にもその事実を広めぬように留意した」

「そうなのか？」

「しかしA新聞のスクープによってそれは社会に知られることとなり、検察はそれもまた起訴事実に含めざるを得なくなる。だが四半世紀の時間は、事件の記憶をたやすく風化させた。そして犯罪を取り締まる側にとっても、悪夢的なその犯罪計画は敢えて記憶の底に封印されたのではありませんか」

桜井は手を伸ばして、空っぽの机の上に人差し指を触れた。いくつかの同心円を描く。ついで中心から真上へ線を引く。

「これは、時計です。東京という都市を一個の時計に見立てて、そこに虹色の点を打つ。たとえばこの真前の一点は、十二時」

「十二時――後楽園？　あれは、時刻ではなく場所を示していたのか？」

「なぜ早く教えなかった、とはいわないで下さい。最初から確信が持てたわけではありません。それにフェイントもあった」

「あ、ああ。そうだな……」

うなずきながら机の上の同心円に、ひとつひとつそれを置いていく。新宿区横寺町——十一時、墨田区緑——二時四十分、港区青山一丁目駅——八時二十分、昨日のそれも含めるなら、港区魚籃坂——六時四十分。

そしてふいに愕然と、目を見開く。

「桜井さん、この時計。角度を時間に換算しているということは、中心が必要だ」

「そうです。城下町江戸は江戸城を中心に、同心円を成す構造を持っていました。それはいまにいたるまで、基本的に改変されていません。なぜなら、ここにそれがあるからです」

桜井の指先が机の一点に、突き刺さるように置かれる。それきりふたりはなにもいわぬまま、その部屋の内で動きを止めていた。

2

二〇〇一年四月、首都東京を襲った連続爆弾魔事件。だがその正確な全貌を、都民が把握することはついになく、一時のパニックめいた狂騒もたちまちに風化して消えていくだろう。ごく少数の、必然的に、あるいは否応なく、関わりを持ってしまった人間を除いては。

漆原警部補の尽力によって、桜井京介の忠告は警備に反映された。犯人を検束することと、住民の安全を守ることのいずれを優先させるかという議論は当然起こり、だがある意味意外なことに警部補の主張が勝ちを収めた。新宿御苑は臨時休園されただけでなく、そのことはマスコミを通じて広く宣伝された上、さらに近辺の住民には警戒が呼びかけられた。魚籃坂の二の舞を警戒して、内藤町周辺にはあらかじめ検問が配置された。

だが前日、魚籃坂での爆弾で負傷者が出たこともあって、野次馬の参集は遥かに少なかった。テレビの中継映像にこれまでの事件の経過をドキュメント風に構成し、スタジオでタレントや評論家が論評するというほとんど同じ構成の番組が民放で三本も組まれ、いずれもそれなりの視聴率を集めた。

しかし真剣に緊張を感じているのは警備に駆り出された警官と、現場周辺にカメラを据えた放送局の人間だけだったろう。少なくとも現場からの中継はテレビで見ている分には、変化のない映像を時折『鳥が飛んだ』『自動車が接近して通り過ぎた』といった空騒ぎが破るだけで、退屈そのものとしかいいようがなかった。

夜のゴールデン・タイムに入って、特別番組はそのほとんどが終了した。動きのない狭い街並みを映し続けても絵にならないし、スタジオでのおしゃべりや再現映像も種が尽きていた。弛緩《しかん》した空気が、早くも人々の間に漂い始めた。

桜井京介が予測した爆破時間の下限、午後九時半が近づくに連れて現場に立つ漆原の心中にも焦燥が生まれていた。このまま何事も起こらないとして、厳重な警備の結果爆弾犯が犯行を断念した、と見てもらえれば一応は警備側の勝ちということになる。だが犯人を逮捕しない限り、事件が解決したことにはならない。爆破地点が予測された段階で、もっと目立たない警備の仕方をして犯人をおびき出せば良かったのだ、という非難が再燃することは容易に予測できた。

漆原は片足に重心をずらして、貧乏揺すりをしていた。自分でもみっともない癖だとはわかっているが、気持ちが落ち着かないときは自然と体が左右に揺れてしまう。ここに桜井京介がいれば、まだしも苛立ちの向け場があるのだが、あっさり「遠慮します」といわれてしまった。くそ、腹立たしい。そんなことを思っていたとき、ポケットに入れていたトランシーバが耳障りな音を立てた。

「漆原だ」

　かけてきたのは外苑西通りで検問を行っている警察官で、そこに群馬県警の工藤刑事はいるか、と聞く。

『たったいまタクシーから降りた少年と少女が、工藤刑事に会いたいといっております』

「工藤はいない。今日の配備には参加していないはずだ」

　それだけいって切ろうとして、だがふと——

「待て。そのふたり、名前は？」

『それが、工藤刑事でなければいえないと申しております。ただ、挙動は不審です。ふたりとも非常に落ち着きのない様子で』

「年齢はいくつぐらいに見える」

『十五、六歳。少女の方がもう少し年下かと』

「携行品は？」

『ハッ。少女がごく小さなポシェットを肩から下げている他は、なにも。——あ、待て！』

　その瞬間に起こったことを、可能な限り事実に即して語るなら、まず警官はふたりが喧嘩を始めた、と思った。少年が少女の肩からポシェットの紐を外して奪おうとし、だが次の瞬間少女がそれを奪い返した。走り出した。周りにいた警官が彼女を止めようとしたが、彼女は『退いて。爆弾よ！』と叫びながら走り、人気のない舗道に向かってそれを投げ捨てた。どーん、と底響く音とともにそれは爆発し、白煙を噴き上げる。

　当然のように警官隊はふたり目がけて殺到した。だがふたりは逃げなかった。駆けより、抱き合い、少年は小柄な少女を庇うように抱きしめた。ふたりの声を聞き取ることが出来たのは、押し寄せた警官のうちのほんの一部だった。

『奈緒が悪いんじゃない！　俺のせいだ、全部俺が悪いんだ！』

　少年はそう叫び、少女は、

『修ちゃん、修ちゃん』

それだけを繰り返していた。

3

岩槻修、十六歳。高校二年生。

日野原奈緒、十三歳、中学二年生。

ふたりはそれだけ名乗って口を閉ざした。逮捕時、相当手荒くこづき回された少年はふてくされたように黙り込み、少女は逆に大人びた口調で、

『すみません。後少し待って下さい。そうしたら私にわかることは全部お話しします』

といって頭を下げる。ようやく駆けつけた工藤刑事によってふたりの名は確認されたものの、よもや彼らが事件の主犯だとは誰にも信じられない。

『ダミーだな』

早々に断定した公安は、配備の重点をただちに元の対象に戻した。二十七年前、レインボー作戦の名の下に狙われたそのものに。


東アジア反日武装戦線狼。そう名乗ったグループが目指したのは、過去の日本帝国の歴史を撃ちその落とし前をつけること、現在なお続いているアジアに対する搾取の構造を明らかにし、アジアの民衆と連帯して戦うことだった。彼らが攻撃の対象としたのは武器輸出産業であるM重工、朝鮮植民地で死亡した日本人の慰霊碑を祀る寺、アイヌへの侵略を正当化する旭川《あさひかわ》の銅像といったものだった。そうした彼らの闘いの一環として、それは選ばれ試みられたのだった。

昭和天皇暗殺計画は。

八月十五日に行われる式典に出席するため、那須の御用邸から東京に帰るお召し列車。それが通りかかるのに合わせて荒川の鉄橋を爆破しようというのが、彼らのレインボー作戦だった。計画は彼らなりに可能な限り綿密に練られ、四十キロのセジット爆薬を詰めた爆弾と電線、コネクタ、積層乾電池などが用意された。

しかし結果として作戦は失敗した。河川敷を九百メートルにもわたって電線を張るという作業の困難さに時間がなくなってしまい、爆破を試みるまでにも至らなかったのだ。その結果使われなかった爆弾がM重工の爆破に使われて、死者八名の惨事を生む結果となった。しかも彼らは東北線の上り線路に爆弾を仕掛ける予定だったが、お召し列車は一般の列車とは違う特殊なルートを走る。このときは貨物線を走っていたので、いずれにしても作戦は不成功に終わることを約束されていた。

四月七日が八日に変わって、九十分ほどが過ぎた時刻。静寂に包まれた東京都心を、一台のワンボックスカーが走っていた。明るいペパーミントグリーンの車体の横に、『東都グリーンサービス』という素人臭い文字が並んでいて、後部にはかなり背の高いゴムの木やベンジャミンといった観葉植物の鉢が揺れている。

ラジオのニュースがさっきまで、新宿区内藤町の爆発事件を報じていた。だが、実行者が明らかな未成年だったためか。犯人と思われる者を逮捕した、という以上の内容はない。

「あいつら、うまくやったよ」

助手席から楽しげな声。

「とっくに東京から消えてるかと思えば、電話で呼び出しただけであっさり出てきて、おまけにあの女の子がやるっていうとは思わなかったよな。場合によったらもう少し、脅してやらなくちゃと思ってたんだけど、修ちゃんと同じになりたいなんていうんだから泣かせるよ」

「しまえ」

刃渡り十五センチほどのアーミーナイフを、革製の鞘《さや》から抜き差ししながらいうのに、

ドライバーが無愛想にいう。

「そんなものちらつかせて、人目につく」

「はいはい」

さすがのソブエも今日ばかりは、ナーバスになるのを抑えられないらしい。だがイズミはむしろ興奮していた。さっきになってやっと、ソブエの標的を教えてもらえたのだ。すげえや、と思わず笑い出してしまった。なるほど、でかいじゃないか。

永代通りをゆっくりと西進し、JRのガードをくぐって丸の内側に出た車は、左折して南に向かう。左手に東京駅の赤煉瓦の駅舎が浮かんだ。

「なんか、すげー建物」

「東京生まれのくせに東京駅が珍しいのか？」

「東京ったって、普段はこんなところまで来やしないさ。——あ、いまのM重工のビルだろ？」

「来ないにしちゃ、よく知ってる」

「知ってるさ。二十五年前に八人殺ったボムが爆発したとこだ」

「正確には二十六年と八ヵ月前だ」

「ねえ、どこまで行くの？」

「まだ時間が早い」

「何時にやるって？」

「午前二時」

「あは、虹だから」

「そうだ。イズミ、おまえここで下りろ」

「えー、ここで？」

「折り畳みのチャリ積んできたんだろう。地下鉄はもう終わってるだろうが、それで動けるはずだ。どこへでもいいが、この近くにはいるな」

「でもソブエ、俺あんたのやるところ見たい」

「見世物じゃない」

「あんたの作ったボム持って、ぶっ飛んでやるよ、あの濠越してさ、マルテンの頭の上に落っことしてやる」

「やりたけりゃ、自分でやれ。自分の落とし前は自分でつけるんだ」

ソブエは車を止めるとドアを開け、イズミを外に蹴り出した。その体の上に、折り畳み自転車を収めた袋が落ちてくる。

「痛てーなッ、この野郎、なにしゃがる！」

だが立ち上がるより前に、車は走り出している。いまさらどれだけ大声で罵ったところで、向こうまで届きはしない。しばらく呆然と道端に立ち尽くしてしまう。

「俺の、落とし前……」

ソブエは止めたけど、思い切ってもう一度表参道まで戻った。ババアはいたけど、ポリスに電話したことは否定した。それでも俺たちが爆弾魔と関係あるかも知れないと、疑ってはいるらしい。たぶんあのままじゃ、たれ込むのも時間の問題だろう。

「そう。そうだよな。ソブエもやる、トガシもきっとやるだろう。それなら、俺だって――」

腰のベルトには、アーミーナイフの鞘が下がっている。ボムがなくても、俺にはこれがある。ババアをあのままにはしておけない。手早く自転車を組み立てると、イズミは地を蹴って飛び乗った。


ひとりになってソブエはふたたび北上を始めた。どうせ無事に済むとは思っていない。虹の七色が完成した以上、レインボーすなわち皇居への攻撃という狙いは公然のものなはずだ。

だが、皇居周辺の警備は意外に手薄だった。そうと見せかけて罠《わな》を仕掛けているということも考えられるが、心配しすぎても仕方がない。さっきからうかがう限りでは、二重橋前に警察車両と人員が配備されているのがわかる。確かにそこからが一番距離は近いのだ。皇居外苑から二重橋濠を越せば、新年などの宮中参賀の折りに人がつめかける広場と、昭和新宮殿と呼ばれる天皇の住居がある。直線距離にして二百メートルほど。

だが、自分が予定している地点から新宮殿への距離は、一キロを超えている。自作のロケット砲はどこまで飛ぶか、ノートには『理論的には射程最大二キロ』とあったが、実験も出来なかった以上それは難しいと考えなくてはなるまい。

二重橋を強行突破して、ということも考えたが、目標に到達することは限りなく困難だろうと考えてそれも断念した。それよりは、

（真夜中の虹を――）

お笑いだ、とは思う。もしもあの人が自分のしていることを知ったら、賞賛は絶対にしないだろう。火の出るような口調で敗北主義、と非難されるか、冷ややかに否定され無視されるか。かまわない。自分の落とし前を自分でつける。それだけのことだ。敗北主義というなら、あの人こそ自ら生命を絶ってしまった。仲間はまだ生きているのに、自殺の手際だけが良かったなんて、自慢にもなりはしない。そうじゃないか？

内堀通りに出た。東京二十三区の地図を広げればほぼ中央に位置する皇居の、さらに中央に位置する新宮殿。そこを中心に円周を十二分割し、時計の文字盤に見立てれば『二時』に当たるのがここ、M物産ビルだ。

ワンボックスカーをその前のスペースに乗りつけて、後部を皇居方面に向ける。観葉植物の鉢でカモフラージュした中は、手製ロケット砲の発射台だ。導火線に点火すれば数秒で、セットしたロケット弾三発が宙に弧を描く。日曜の早朝、未明の闇の中。そして四囲は無人の空間。よしんば飛んでいく方角が狂おうと、途中で爆発しようと、無関係な人や場所に被害を与える心配はない。

大手濠の水を隔てて、石垣の上にはただ黒々とした樹木の茂りだけがあった。怒りもない、憎しみもない。では、なにが自分にこれをさせるのか。誰にわかってもらいたいとも思わないが、こっそりと自問し、自答する分にはかまうまい。

それは二十六年前に独り逝った男への、呼びかけの声でありことばだ。君よ、天にいるならばこの煙と炎が見えるか。地の底に落とされてあるならこのどよもしが聞こえるか、と。答えを聞く必要はない。どこであれ、自分も間もなくそこに行く。

ジッポのライターを取り出した。それを導火線に近づけようとしたとき、植え込みを鳴らして間近に人影が立ち上がった。背の高い痩せた輪郭に、一瞬胸が高鳴る。死者が還ってきたような錯覚に襲われて。だが、違う。ならばそれが刑事だろうと、別の人間だろうと——

「来るなッ」

わめきながら灯油のポリタンクを引き出して、頭からかぶる。体を伝い落ちた灯油は足元にたまり、黒い流れとなって地に広がっていく。ロケット砲の作製に手間取って、自裁のための爆弾には手が回らなかった。灯油に相手がひるんだ隙に、濡れていない手で導火線に点火する。炎が闇の中に、朱色の筋となって走っていく。

「止めろ——」

声が震えている。それが誰かやっとわかって、おかしくて笑った。

「止めてくれ。もう、充分だ——」

なにが充分なものか。この炎の矢が夜空に弓なりに虹を描かない限り、腐れた街を時計に見立てた暗号は完成しない。飛べ。飛んで行け。突き刺され。破壊しろ。燃やし尽くせ！

二重橋前からようやく、けたたましいサイレンを鳴らして警察の車両が殺到する。遅い。もう遅い。おまえたちは間に合わない。花火のような口笛めいた音を引いて、ロケット砲が飛ぶ。弓なりの弾道を描いて夜空を切り裂く。

「止めろ、止めろ、止めろおッ——」

あの人に死に遅れたのは同じ、あたしも、この男も。でも、あたしはあたしの落とし前をつけた。そして可哀想に、おまえはまた残されるんだ。決して兄に勝てない弟。

ライターを足元に投げた。炎が走り全身を包む。あたしは真紅の衣装を纏《まと》った火の鳥だ。跳躍する。車道目がけて。そのヘッドライトが、あたしを照らすスポットのよう。

ロケットの後を追って、あたしも飛んでいく、炎を引いて。もうなにも怖くない。なにもあたしを縛ることは出来ない――

突入してきた警察車両のバンパーに跳ね飛ばされ、一瞬宙に舞い、鈍い音を立ててアスファルトに落ちた小さな体。その体を舐める炎を、火傷するのもかまわず必死で消した。着ているものを脱いで、叩いて、最後には両手でもって。

火は消えたけれどもう彼女は動かない。舌を噛み切ったのか口元から血が溢れている。真っ黒に煤けた顔が、なぜか笑っているように見えた。

そのまま舗道に座り込んで、動くことの出来ない彼の肩に、ひんやりとした手がそっと触れる。

「桜井君――」

「はい」

「ぼくは、出来なかった。彼女を救えなかった」

「誰にもそれは、出来ませんでした」

「ぼくのせいだ。ぼくが彼女に、兄のノートを渡さなければ、なにも起こりはしなかった。そうして結局、彼女の共犯になることも、彼女を止めることも出来ないまま――」

祖父江の頬を、溢れた涙が伝う。

「なにもかも、ぼくが悪い」

「いいえ。それはこの人の選択です。決して、あなたのせいではありません」

だが祖父江はうなだれた頭を振りながら、繰り返しつぶやく。ぼくが悪い、と。

「祖父江晋だね」

歩み寄ってきた刑事が尋ねる。

「そうです」

「この女性は？」

「浅原千佳子《ちかこ》さんといって、私の兄、朴の恋人でした」

祖父江は京介に肘を支えられて、ようやく舗道から立ち上がる。

「君にはいろいろと、聞かせてもらわねばならないことがある」

「なんでもお話しします」

「その前に、彼の火傷の手当を」

京介が割って入ったが、逆に祖父江はそれを制した。

「だいじょうぶだ。それより桜井君、リンたちのことを頼む」

花月夢幻

1

四月八日、日曜日。
上野の山も千鳥《ちどり》ヶ淵《ふち》もすでに花の盛りは過ぎていたが、道をそぞろ歩くだけで軽く汗ばむほどの気候に誘われて、人の出はどこも少なくはない。連続爆破事件解決のニュースはまだ正式発表されたわけではないが、わずか一週間前の騒ぎも早々と記憶からは薄れつつあるらしい。まさか自分がそのような奇禍《かき》に出くわすはずはないという根拠乏しい楽観は、平和に慣れたこの国の、この時代の人間に深く染みついているようだった。

そして牛込アパートメントのお別れ花見会も予定通りに実施され、受付開始の十時には正門前に人の列が出来た。元の住民は五百円、部外者は千五百円の会費で参加出来、写真展や見学会の他、格安の模擬店や振舞酒もあるというので、建築史や朋潤会に興味のある人間だけでなく、花見目当ての家族連れや散歩の足を伸ばした近所の人々まで集まって、予想以上の賑わいとなっていた。

唯一予定と変わったのは、『空想演劇工房』の公演が急遽取り止めになったことだけで、それも主演女優急病のため、という形で告知されていたので、そこに連続爆破事件との関連性を見出す者などまずいなかったろう。参加者の大半はもともと演劇に興味などなかったので、催し物の中止にも別段異議は出ていない。春原リンは自ら捜査本部に出頭し、供述を行っているはずだった。もっとも彼女は、祖父江晋と浅原千佳子の関わりなどなにも知らなかったはずなのだが。

神代たちが事件の経緯について知らされるのは、これよりかなり後になってからのことだ。だがここでかいつまんで説明してしまうなら、祖父江晋は兄が残した爆弾製造に関するノートを秘蔵していたのだった。兄の生前幾度か顔を合わせたことのあった晋と浅原は、その後二十六年間一度も互いの消息を聞くことなく過ごしてきたが、晋の顔がケーブル・テレビに映り、それを偶然浅原が見てしまったことから事態が動き出した。

兄の死で日本を離れた、いわば逃げたことで浅原は晋を非難し、それを退けられなかった晋は兄の遺品を渡すというほどのつもりでノートを彼女に贈った。犯行を教唆《きょうさ》したつもりは毫《ごう》も無い。だが浅原はそれを熟読し、恋人の試行錯誤の痕をたどるようにして爆弾の製造を始めた。晋はそれに気づいて彼女を説得し、止めさせようとしたものの果たせず、といって警察に通報する決心もできぬまま、後を追い続けていた。

祖父江晋は語る。

『私は彼女を見ていました。見ていながらなにもしませんでした。私の尾行に気づいて爆破を止めてくれればいい、とは思いましたが、力尽くで彼女を止めることは最初から諦めていましたし、警察に通報しようともしませんでした。私がそうすれば彼女は死を選ぶことは推測され、兄の自殺を忘れられない私は彼女をも自殺に追いやる気持ちには到底なれなかったのです。

そんな私の優柔不断が事件を大きくしたのだ、という自覚はあります。しかし時間を巻き戻したとしても、浅原さんを告発出来るかと問われれば、答えを躊躇せざるを得ません。そのような私が有罪とされるなら甘んじて罰を受けるつもりです』

浅原千佳子の製造した爆薬は充分な破壊力を持っていたが、最後に放ったロケット弾は推力が不足していて、大手濠を越えてわずかに皇宮警察学校の屋上を燃やしたに過ぎなかった。

彼女が住まい、爆弾製造の場としてきた茗荷谷の小石川女子アパートメントには捜査の手が入ったが、爆弾の原材料や資料は、祖父江朴のノートからパソコンも含めて、一切処分された後だった。その結果、連続爆破事件の全貌を解明することはかなり困難となった。祖父江晋が起訴されるか否かは、まだわかっていない。

　お花見会は盛況だった。あのしんと人気がなかった中庭には人が溢れ、模擬店の屋台からはソースの焦げる香ばしい匂いが立ち上り、子供たちが歓声を上げて駆け回る。子供の縁日と違うのは、寄付されたり持ち寄られたりした一升瓶が惜しげもなく開けられて、ベンチには顔を赤くした老若男女がおしゃべりに花を咲かせていることだ。彼らの頭の上には春の陽射しをやわらげるレエスの円蓋のように、満開の桜の枝が白く広がり、かすかな風にゆっくりとその梢を揺らめかせている。

　中庭の西寄りに立つ染井吉野の古木は三本、中でも二号館寄りの一本がもっとも高く、枝は四階の窓近くまで伸びているものもある。今日は誰もが庭に出て花を仰いでいたが、かつては足の悪い年寄りも部屋から花見が出来るといっていたものだ。今年はこの数年でも珍しいほどの、見事な花のつきようだと、旧住民の誰もがうなずき合っている。

　その花の下に集まる表情は無論、明るいものばかりではない。失われて帰らぬ過去の思い出話に、笑いが湧くかと思えば涙ぐむ者もいる。学校の卒業式のように、住所を交換して再会を約束する老人たちの姿もある。

「さみしいわあ」

「なあに、再来年には新しいマンションが建ってまた戻ってこられるんだから」

「それまで元気でいられるといいんですけどね」

「縁起の悪いことをいっちゃあいけない。きっと戻れると信じなくちゃ駄目だよ」

「そうそう。それに新しいマンションにはエレベータがちゃんとつくんだから、牛込のように苦労して上り下りすることもなくなる」

「耄碌《もうろく》したってだいじょうぶってな」

「あらいやだ。金輪際《こんりんざい》耄碌なんかするものかっていわなくちゃ」

「そうだそうだ。あんたのいうとおりだ。エレベータになんぞ頼っちゃいかん」

「だが便利になるのは悪いことじゃないよ」

「特に年寄りにとっちゃあね」

「また春になったら、こうしてみんなで集まって、お花見しましょうね」

「だけど、こんな見事な桜はよそにはないよな」

「そうそう、今日で見納め」

「冥土《めいど》の土産」

「ええ、縁起でもない」

「だけどやっぱりさみしいわあ」……


入り口近くの元食堂には、写真と図面のパネル展示がされ、建物の見学に訪れた人は時間を決めて公開された部屋部屋に案内される。二階の集会室は休憩室として、椅子が並べられお茶のポットや手作りの菓子がテーブルに用意されていた。屋上でカラオケ大会、というような企画も出ないではなかったのだが、参加しない者にとってはうるさいだけだからというので流れた。

劇団の公演もなくなったおかげで、写真展と見学会の他は特に催し物もない、ただ飲み食いするばかりの散漫な集まりになってしまったわけだが、それがつまらないとは誰も思わないのは、やはり満開の染井吉野の大木を初めとして、爛漫《らんまん》と咲き誇る春の花々に飾られた中庭の美しさのゆえだったろう。昼には桜の下で記念撮影が行われたが、いまも記録のビデオを撮影する北詰事務所の若者が、カメラを片手に中庭を飛び回っている。

「まーったく、手持ちぶさただったらありゃしねえよッ」

　栗山深春はぶつぶついいながら、およそそのせりふとは正反対に、たこ焼きの焼き板の前でせっせと手を動かしている。錐《きり》のような道具を操る手つきはプロと見まがうばかりのあざやかさで、黒い鉄板の穴の中でふっくりまるまるとした黄金色の玉が、生き物のように回転しては焼き上がっていく。

「深春、それことばの使い方が変」

　屋台の向かい側から、ゴミを拾い集めたビニール袋を片手に蒼が突っ込んだ。

「そんなに忙しそうにしてるのに、もっと忙しくしたいの？」

「違う。俺がいいたいのはだな、たこ焼き屋をやるために今日までせっせとここに通ってきたわけではないぞ、ということだッ。俺は舞監がやりたかったんだ。そしてこの花の中で舞う、リンさんの艶姿《あですがた》が見たかったんだ！」

「そんなこといったってしょうがないじゃない」

　そこでぐっと声を低めて、

「グラン・パが無事に見つかったってだけで、ぼくほっとしたよ」

「まあな」

「彼は犯人じゃないんだから、長いこと刑務所に入れられたりはしないよね？」

「そうだなあ。劇団の先行きはわからないにしても、彼の才能がこのまま埋もれちまうってことはないだろ」

　深春は腰を伸ばして額の汗を拭いながら、

「だけど、おまえがせっかく関わってきた場所が、なくなっちまうのは切ないな」

「そうだねえ。でもどっちにしても、今年はあんまり手伝えそうになかったから」

「千葉には、いつからだ？」

「うん――」

　蒼がちょっと答えを考えるように首を傾げ、

「おふくろさん、待ってるだろ？」

深春がそういったとき、後ろから若やいだ声がした。

「お兄ちゃん、たこ焼き焼けてる？」

「あっ、はいはい。ちょうど焼き立てっすよ。食券はそこの缶に入れて下さい。ええ、ソースはかけますか？」

「そうね、ソースとおかかはかけて。紅生姜と青海苔もね。マヨネーズはいらないわ。はい、ありがとう」

銀髪の老婆は経木《きょうぎ》の舟に盛り付けられたたこ焼きを受け取ると、両手で大事そうに抱えてゆっくりベンチの方へ戻っていく。

「おまえも喰うか、たこ焼き。ペンギン小僧はどこ行った？」

「翳は食堂で写真展の受付。お昼食べてないと思うからたこ焼きもらって持っていくよ。二人前ってことで大盛りにして」

「はいよッ。そういや京介は？　今朝こっちに来たんだろ。まだ寝てるのか？」

「ううん。さっき工藤さんから電話が入ったみたいで、また出かけちゃった」

「まだなにかあるっていうのかよ」

「聞いても教えてくれなかった。そうじゃないといいよね。なんか、もう事件はたくさんだよ」

「まったくだ、平和が一番ってな。ほい、たこ焼き大盛り。神代さんも見かけないな」

「先生はさっきまでそのへんでお酒飲んでたけど、もしかしたら安宅先生のところかな」

あたりを見回してみても、だが賑やかな人々の群れの中に彼らの姿はない。二号館の四階を見上げたが、安宅の部屋の窓は閉じている。

「たこ焼き、冷めるぞ」

「あっ、そうだね。それじゃまた後で」

たこ焼きの舟を抱えて小走りに駆けていく後ろ姿を、深春は見るとはなしに見送っている。

誰にとっても平和が一番。このうららかな春空の下、咲き乱れる花々に飾られた中庭が、消えていく牛込アパートメントの最後の記憶になればいい。

「お兄さん、たこ焼きもらえる？」

「はいっ、何人前さしあげましょッ！」

2

長い春の日の午後が、少しずつ夕べへと滑り落ちようとしている、そんな時刻。カーテンを開いた窓には斜めに西日が当たり、散らかりまくった室内を赤く染め上げていた。部屋の広さは六畳弱、そこにベッドやデスクと椅子、クローゼットが置かれていてかなり手狭になっている。

その部屋の中に、男が三人突っ立って周囲を見回していた。そのせいで狭い部屋がよけい狭く感じられる。ベッドの上には皺だらけのシーツ、手垢に汚れた髪の長い抱き人形。

壁に貼られた東京二十三区の地図は、太い針でも刺したように穴だらけで、真っ赤なサインペンのバツ印がいたるところに描かれている。

「この穴はダーツの矢だな」

顔を近づけた男がつぶやいた。

「バツ印が描かれているのはW大、M学院大、表参道、渋谷ハチ公前、恵比寿ガーデンプレイス、後楽園遊園地……」

「ここの部屋の主がやらかした、爆弾の場所ってことかい？」

「だろうな。ここにあったノート・パソコンはすでに押収してあるし、隣の四畳半で見つかった黒色火薬や空き缶のたぐいも分析中だ。岩槻修と一致する指紋も発見されている」

「やっぱりあの子がここで、爆弾作ってたってことかい」

肩を落としてため息をつくのに、

「間に合わなかったな、工藤」

「人が悪いな、たくちゃん。わざわざいわなくてもそれっくらいわかってらい」

「まだ十六歳だ。やり直せるさ、充分」

「だけどあいつら、なんにもしゃべってないだろ？」

「そのようだ。女の子の方が、たった十三だっていうのに遥かにしっかりしている。月曜日になればお話しします、それだけだ。だがさすがに子供相手だと、取り調べも勝手が違ってな」

「当たり前だろう、そんなこたあ！」

「お話し中失礼しますが」

無愛想な声が後ろからふたりに割り込む。

「僕はなんでここに呼び出されたわけですか。まだなにもうかがっていないんですが」

「えー、だって桜井氏も見たくなかった？　あんたの好きな朋潤会アパートの中だよ。やっぱり岩槻修はここにいたってわけよ」

工藤がすっとぼけた口調で腕を広げるのに、

「この部屋に住んでいた人間は？　どうやら昨夜か今朝早くに、傷害事件が起きたようですね」

「おう、さすが目が早い。カーペットに血痕が落ちてるのを見つけたか」

「その前に、玄関ドアの内側に赤い指痕がありましたよ」

「だったらここでなにが起こったか、ひとつ当ててみろよ」

「僕は易者じゃありません」

「ちぇっ、けちー」

「この部屋をもともとの所有者から借りていたのは、香山《かやま》というブティック経営者の女性だった」

埒が明かないと思ったのか、漆原がようやく説明を始めた。

「彼女の自宅はこの近くのマンションで、ここには彼女の子供が住んでいた」

「引きこもりの男の子だろ？」

工藤が口を挟む。

「母親を寄せつけないで、妹だけが出入りして入り浸っていつも夜中まで騒いでたって、聞き込みした所轄の刑事から聞いたぜ」

「今朝このアパートの隣で、彫金のアトリエを開いている女性が出勤してくると、ドアが開いてその内側に人が倒れているのが見えた。香山だった。その女性は彼女の顔を知っていたので、急病かとあわてて駆け寄ると、腹部を押さえた指の間から血が滲んでいる。


ところが救急車を呼ぶというと、大したことはないから呼ばなくていいという。無論そうは見えなかったから、彼女は一一九番通報し、香山は病院に運ばれた。腹部に片刃の刃物によると見られる創傷があり、腹膜を破る重傷だった」

「だが彼女は犯人の名について口を閉ざしている、そういうことですか」

「そうだ」

京介の問いに漆原がうなずき、

「息子がやったんだろ」

工藤が断定する。

「家庭内暴力がそこまで高じても、母親は我が子を庇うってわけだ。しかもその子が爆弾犯の一員で、与えた部屋が爆弾製造場になっていたっていうんだから、救われない話さ」

「漆原さん、彼女の子供はもしかして娘ひとりだったのではありませんか？」

「ええ？　聞き込みと話が違うぜ！」

工藤が目を剝き、だが漆原はそのことばを肯定した。

「よくわかるな、桜井さん。娘の名前は香山和泉《いずみ》、十九歳。ただ隣人はふたりでしゃべっているような話し声をいつも聞いているし、部屋を出入りする姿もワンピースにロングヘアのときと、ジーンズで少年のようにしか見えないときと、どちらも目撃されていたそうだ」

「一人二役かよ——」

「浅原千佳子が住んでいた小石川アパートは、現在も女性の独身者のみが居住していて、一階の応接室以外には男性が立ち入らないことになっています。かつての規則がどこまで厳格に遵守《じゅんしゅ》されていたかはわかりませんが、彼らが爆弾の受け渡しなどをしていたなら、男では出入りしにくかったでしょう。祖父江さんにしても、その中に足を踏み入れることは出来なかった」

「この部屋に住んでいた子は、変装していたってことか？　声色を使って大声で騒いで、男の兄弟がいると隣に信じ込ませたのか。なんのために？」

「さあ。これはただの想像ですが、人に信じさせることより、自分が信ずることの方が大切だったのかも知れません」

桜井京介は体を巡らせて、ベッドの横の壁にかけられていた小さな鏡を指さした。ちょうど顔が映るくらいの大きさの鏡だ。そこに薄いピンク色の曇りが記されている。


「口紅か――」

工藤が顔を近づけた。

「自分と同じ顔の兄貴と、キスでもしてるつもりだったのか……」

「桜井さん、和泉は母親を刺してから、どこへ逃げたと思う？」

「僕は易者ではないといいましたよ。ノート・パソコンを押収したなら、そこからわかることがあるのではないですか」

「メールのたぐいも読んだ端から消していたようでね、すぐに読めるものはほとんどない。ハードディスクの痕跡を解析する必要があるんだ」

「では、ご健闘をお祈りします」

言い捨てて背を向けたが、そのとき漆原が携帯電話を手に取った。

「桜井さん、ちょっと待ってくれますか」

呼び止めてからかかってきた電話に出る。まるで図ったように、京介の携帯も振動した。

「——ああ、蒼か。うん、もう用事は済んだ。これからそっちへ向かうよ」

「ちぇっ、まーったく桜井氏は」

そばで工藤がぶつぶついっている。

「俺らと話すときと蒼坊やと話すとき、声の調子からして天と地ほども違うんだから詐欺だぜ。それに今日はあのアパートのお花見なんだろう。俺だってたまにはのんびり、桜見ながら酒でも飲みたいや。——おっ、たくちゃん。なんか出た？」

「微々たるもんだけどな。日記か詩のような文章の断片があって、それを書いているのはミズキという女の子で、兄がイズミ」

「アナグラムですね」

「へえ？」

「Izumi K.＝Mizuki」

「他に出てくるハンドルらしいカタカナ名前が、サムとソブエ。サムは岩槻修で、ソブエは浅原千佳子だ。自殺した恋人の姓を名乗っていたわけだ」

「ええ」

「そしてもうひとり、これがまだ誰だかわからないんだが、トガシと呼ばれている人間がいた。どうやらこの人物が、閉鎖された『火刑法廷』というサイトを運営していたらしい。岩槻修や香山和泉に精神的影響を与えた可能性がある。——どうした、桜井さん？」

「失礼します！」

「おい、ちょっと待てって。桜井氏！」

工藤はあわてて、階段を駆け下りる京介の後を追いかけたが、彼の足は止まらない。下りきって外に出れば表参道は春の日曜日を楽しむ人で埋まっていて、たちまちその中に紛れて行ってしまう。

「——神代さんは？」

携帯に向かってそう尋ねる声だけが耳に届いた。

3

　神代は安宅を捜していた。この朝一升瓶を下げて真っ先に二号館の住まいを訪ねたのだが、チャイムを鳴らしても応答はなく、ドアの中はひっそりとして人の気配がなかった。長年牛込アパートメントに暮らして、顔見知りは少なくないはずだから、久しぶりの相手と会って早速話し込んでいるか、どこかそのへんで酒を酌み交わしているのか、と思ったところが、いくら中庭や集会室の休憩所を探し回っても姿が見えないのだ。

　何十年同じ集合住宅で暮らしたといっても、社交的でない男性の場合は特に、再会を喜ぶほど親しい相手は出来ないかも知れない。とすればあたりの賑わいの中を語り合う相手もなく、ひとりぽつねんとさまよい歩いているのか。それはあまりにも寂し過ぎる、と神代は思う。

『空想演劇工房』の芝居は彼も楽しみにしていたはずで、中止を知ってさぞやがっかりもしていよう。それならなおのこと、ひとりで置いておくべきではない。陽気な騒ぎが肌に合わないなら、彼の部屋でも、あるいはいっそ屋上で薄水色の春空を眺めながらでも、酒の相手を務めようではないか。

　しかし中庭から見上げても誰もいないな、と思ったら、今日は屋上は一号館二号館とも立入禁止にしてあるのだという。受付はあるとはいえ外から誰でも入ってこられる状態なので、事故が起きる危険性は出来るだけ少なくしよう、というのが実行委員会の決定だと。そう説明されてみれば、異議を唱えるわけにもいかない。

（まあ、それはそれとしてだ。本当に安宅さん、どこに行っちまったのかな……）

　まさか芝居が無くなったからといって、外へ行きもしまいと、また二号館の第十四階段、安宅の部屋に最寄りの階段を上がり出した。

四角い吹き抜けの空間は光井戸で、見上げれば屋上の洗濯室の天窓から陽射しが落ちて階段を明るくしている。この階段周りに三世帯の玄関ドアが取りついていて、ゆったりと広い各階の回り廊下はちょっとした屋内の広場だ。

三階から四階へ上がりかけていた神代は、キイ、とドアのきしむ音を上から聞いた。それが安宅の部屋だった気がする。あわてて駆け上がるとドアは閉じていて、だが屋上へと通ずる上り階段を歩く足音が続いている。安宅ではなかった。長い髪を背に垂らして、フレアスカートをひらひらさせた少女のようだ。その人影が両手でなにか大きな箱のようなものを抱えて、屋上へ上がっていく。神代は手すりに寄ってそちらを見上げた。

最後の階段を上がっていく姿が横斜め下から見える。痩せた、血の気のない顔をした少女だ。どこかの古風な少女小説に出てきそうな、リボンとフリルのついた丈の長いワンピース。それも真っ黒の。

そしてそのスカートはよく見ると横がウェスト近くまで裂けて、その下に足にぴったりついた黒いスパッツを穿《は》いているのが見える。両手で重そうに木箱を抱えた彼女が、しかし神代の目にどこか異様なものに映るのはなぜだろう。

視線を感じたのか、ゆっくりと階段を上りながら彼女は首をねじってこちらを見た。ほんの一瞬。すぐに逸《そ》らされて、人形のような無表情を変えることなく彼女は階段を上がり続ける。だが神代は息を呑んでいた。こちらからは見えなかった少女の右頬に、べっとりと赤黒いペンキのようなものをなすった痕があった。その右手から剝き出しになった肘にも、同じような色の液体が散っていた。

(まさか――)

神代は身をひるがえして、安宅の部屋のドアノブを摑んだ。ドアは抵抗もなく開く。靴を蹴り捨てて中へ飛び込んだ。

「安宅さん!」

しかし室内に彼の姿はなかった。玄関を入ってすぐ左の洋間風にしつらえた書斎。台所。茶の間。奥の八畳。荒らされた痕もなくすべては整然として、本は書架へ、食器は食器棚へ、あるべき場所にきっちりと収められている。彼がいつも座っていた八畳の座布団も真っ直ぐに置き直されたようで、ただノート・パソコンの向こうに立っていた写真立ては、その場に写真を下に伏せられている。

安宅が血にまみれて倒れているのではないか、という最悪の予想は外れたが、このきちんと整頓され過ぎた室内は別の不吉さを感じさせた。中庭の賑わいを見下ろす八畳の窓に、カーテンが隙間無く引かれていることさえそんな印象を強めていた。

(冗談じゃねえや――)

頭に浮かんでくる嫌な考えを力任せにかなぐり捨てて、神代は外に出た。まさかとは思うが呑気にもしていられない。鍵を開けたままのドアは気になったが、安宅を見つけ出す方が先決だった。

階段を駆け上がり、洗濯室から開いたままの引き戸を抜けて屋上に出た。物干し竿をかけるための鉄棒が頭の上に魚の焼き網のように並んで、その向こうに薄く靄《もや》のかかった春の青空が広がっている。こちらの屋上に出るのは久しぶりだが、周囲を巡る手すりといい、一号館と変わったところはない。

がらんとした空間には視野をさえぎるものもろくになく、中庭に向かって張り出した屋上の端に椅子を置いて座っている後ろ姿が目に入った。

その顔がゆっくりと振り返る。

「やあ、神代君」

「安宅さん?――」

顔を見るまで確信が持てなかったのは、いつもの和服姿ではなかったせいだ。無論大学では常にスーツにネクタイで、真夏にも上着を脱がぬほどだった老教授だが、プライヴェートなつきあいをするようになって以後は和服以外のものを着ているところを見たことがなかった。

その彼が今日はざっくりした濃紺のセーターの襟元から水色のシャツの襟を覗かせ、やわらかそうなウールのボトムにショートブーツという若々しい服装でディレクターズチェアに脚を組んでいる。そうして見るとまるで別人のようだ。

「お探ししましたよ」

「そうか。悪かったね」

「下にいらっしゃいませんか。あんまりうるさいのはお嫌ですか？」

「ああ、そうだね。少し気が重い。特に、北詰君と顔を合わせるのが」

「安宅さん、彼を赦してあげるわけにはいかないんですか？」

「私が、かね？」

思いがけぬことをいわれた、というように安宅は聞き返す。

「大人げない、と思われたかな」

「いや。それは——」

「無論、ことばで赦すというのは簡単さ。だが私自身が信じてもいないことを口にしても、なんにもなりはしないだろう。無理に気休めをいう必要はあるまい。私と顔を合わせることがなくなれば、彼も自然と忘れる。それではいけないかね？」

明らかに神代の失言だった。彼を責めるつもりで捜しに来たわけでもないものを。

「すみません。青臭いことをいいました」

「なに、君が悪いわけではない。強いていえば、この街が悪い」

「この街——東京が、ということですか？」

安宅の方をもう一度見て、彼が煙草をくわえているのに気づいた。彼が喫煙しているところなど、これまで見たことがなかったのだが。火を点け終えたライターをポケットにしまうと、くわえ煙草の横顔をこちらに向けたまま、——ああ、そうだ、とつぶやいた。その目が向いているのは中庭を越えた空、方角はほぼ真北だ。

「かつて日本中の若者たちにとって、東京は夢を見、夢を賭けるに足る輝かしい大都会だった。農村を捨てて街へ街へとやってくる彼らで東京は膨張し、際限なく膨れ上がり、関東大震災も東京大空襲もその勢いを止めることは出来なかった。そんな暴力にも似た人口集中に抗して、東京を近代国家の首都にふさわしいものにしようと働いた人間も少なからずいた。新しい都市生活者の場を生み出そうという朋潤会の設計思想もまた、そのような理想のひとつの表れだった。

この牛込アパートメントはささやかな、無秩序の海に浮かぶユートピアだと私は信じてきた。互いを縛り合う因習も迷信もない、だが干からびた都会のとげとげしい無関心や公徳心の欠如とも違った、人と人の快い距離が保たれる紳士たちの住まい。それが幻だったとは思わない。子供時代の私の目に映ったこのアパートは、まさしくそんなコミュニティだった。

しかし戦争がその秩序ある小世界を打ち砕いた。建物は火に焼かれずに残っても、朋潤会無き後の牛込アパートメントはゆっくりと崩壊を始めていたんだ。住民たちの必死の努力にもかかわらずね。それはとても長い余生だった」

「安宅さん——」

「私は知っている、一号館独身室の壁がどれほど薄いか。もしも北詰君が借りていた631号室で春彦と彼が喧嘩をして、そこで春彦が落ちたなら、両隣の住人が気づかぬはずはない」

「それなら」

なぜ、と聞き返そうとするのをさえぎって、

「右隣633号の青年は女性と同棲していた。左隣629号は所有者が物置にしていた。どちらも規則では禁じられている。だが北詰君の父親は生活協同組合の創設期からのメンバーだったからね、それを承知で見逃していたのさ。631号を息子に与えることが出来たのも、役得だったのだろう」

「では、たとえ633号の住人がなにか聞いていたとしても、それを口に出しはしなかったろう、とあなたはいわれるのですか？」

「さあ、ね。それもいまさらだ」

安宅は吸い終えた煙草を足元に落としながら吐き捨てる。

「理想の都市。理想の住居。理想の都会人を夢見た朋潤会は、結局のところなにを成し遂げることが出来たか。なにもない。Not at all.

空の空、空の空なるかな、すべて空なり。日の下に人の労して成すところのもろもろの働きは、その身になんの益かあらん。よろずのものは労苦す。人これをいいつくすことあたわず。

それが真実だ、神代君。私の涙と苦痛を刻み込んだこの建築物も消えていく。後にはなにも残らない。——君も、吸うかね？」

煙草のパッケージを差し出されて、

「だいぶ前に止めました」

「私もさ。だが、いまとなっては止める理由もないと気づいてね」

「では、一本いただきますか」

「おっと、あまり手すりに近づかないでくれ。下から見えてしまう」

「そういえば、今日屋上は立入禁止なんでしたね」

「なんならその木箱にでもかければいい」

いわれてようやく気づいた。安宅の足元に昔風の林檎《りんご》箱のような木箱がふたつ置かれている。なんの気なしに腰かけたが、

「ああ、火の粉が散っても別に問題はないから、その点は心配ご無用だよ」

わざわざそういわれて、かえって気になった。

「中身はなんです？」

「TNTさ」

「えっ？」

あまりに淡々とした口調でそういわれたので、とても本気には出来ない。

「トリ・ニトロ・トルエン、第一次大戦から用いられているもっともポピュラーな軍用火薬で、トルエンを硝酸と硫酸を用いてニトロ化したもの――だそうだが、畑違いの私にはなんのことやら皆目わからない。ただ黒色火薬などとは違って、発火装置をセットしないと爆発はしないそうだから、腰かけて煙草を吸うぐらいのことはなんの心配もないよ」

「はあ……」

こんな冗談をいう人だとは思わなかったな、というのが神代の正直な内心だった。都内で爆弾事件が相次いだいまの時期が時期だ。その上安宅が知るはずもないことだが、『空想演劇工房』の舞台が中止になったのもその事件のためなのだと思えば、到底笑えない。だがいささかたちの悪いジョークだというにしては、安宅の表情からは愉快そうなものは少しも感じられなかった。

「信じられないかね」

まだにこりともせずに聞く安宅に、

「それはそうですよ」

つい答える声が荒くなる。

「申し訳ありませんけど、英国式のひねりの効いたジョークは苦手なもんで」

「ジョークではないんだが、後ろを見てごらん」

腰を浮かして指さされた方を見て、神代は目を見張った。忘れていた。さっき階段で見かけた黒いワンピースの娘が、下階に通ずる階段を収めたペントハウスの陰から腰をかがめて出てきたところだ。その手には真っ黄色なビニールコードらしいものを持ち、それを足元に這わせている。それから神代がかけていたのと同じような木箱の中に手を入れ、T字形のハンドルのついた機械をひょいと取り出す。同じような黄色いコードは、見ると四ヵ所の階段すべてからこちらへ伸ばされていた。

「終わったかね?」

「だいたいね。でもずっと働いてるから、もう疲れちまったよ」

少年とも少女ともつかないハスキーな声音でいった娘は、顔にかかる髪を肩へ払って立ち上がる。その右頰にこびりついた赤黒いものを、こすって落とそうともしない。

「なに見てるんだ。これかい？　これはババアの血さ。俺たちを裏切ったあの女を、刺してやったよ、このナイフでね」

右手がスカートの裂け目に滑り込むと、広刃のアーミーナイフがその手に握られている。

「殺してやるつもりだったけど、死ななかったかも知れない。ほんとはばらばらにしてやりたかったけど、騒がれても面倒だっからね」

「おまえは、爆弾犯の仲間か」

「だったら？」

唇が弓なりに吊れ上がる。

「ババアの代わりにおっさんがばらばらにされたいか？　いいよ、お望みならやってやるよ」

「馬鹿者、そのナイフを置け！」

神代の怒声にびくっと少女の体が震える。すくみ上がったように、一瞬動きが止まった。跳躍のたった二歩でその前に立った。振りかぶろうとした細い手首を摑むと、ねじりあげる。かすかな悲鳴を上げただけで、ナイフはぽろりと足元に落ちた。

「なんのつもりかは知らねえが、馬鹿なことといってんじゃねえよ」

そのまま首を曲げて安宅の方を振り向いた神代は、今度こそ啞然とした。椅子から立ち上がった彼が近づいてくる。だが煙草を捨てた右手で構えてこちらに向けているのは、回転式拳銃の黒くひかる銃口ではないか。

「安宅さん？……」

「念のためにいっておくが、無論これはモデルガンではない。私の父が戦前留学先のイギリスで手に入れて、ひそかに持ち帰ったものだそうだ。使ったことはこれまで一度もないが、手入れは充分にしてある。弾丸もある」

確かに、今度こそ冗談のようには見えない。だが、それにしても——

「いったいあなたは、なにを始めたっていうんです？」

「さあ、なにをだろうね。それが私にもはっきりとしないいんだよ」

安宅は微笑む、どこか寂しげに。

「生まれて七十二年間、私はただの一度も人生の主役を生きたことがなかった気がする。だからせめて最期は、あの桜のように華やかに、思い切りよく。そんなことは考えた。もっともそれに君を巻き込むつもりはなかったのだ。済まないね」

「謝るくらいなら、なんだか知らないが早まったことは考えないで下さいよ」

「残念だがそれはもう無理なんだ。私は、結果的に私が教唆し、あるいは手伝わせた人間に対して責任がある。そのためにも彼らの後を追うしかない。浅原さんは、もう生きてはいないだろう」

「浅原？……」

神代はその名前を思い出せなかったが、

「いい加減にしようぜ、もう。俺、飽きたよ。なあ、トガシ？」

「なんだって？——」

神代は自分が手首を摑んだままの少女の方へ、もう一度振り返ろうとした。だがその瞬間額の上に、重く堅いものが落ちてきて激突した。真っ暗になった目の前に、白く火花が散る。痛みは感じない。ただ視野を覆う火花が、中心から真っ赤に染まっていく。そしてすべては闇に没する……

同じ頃、写真展の開かれている食堂に隣接した元の事務室で、今日は『花見会実施委員会』の詰め所となっている部屋で、責任者の北詰順一は届けられた宅急便を開いて呆然となっていた。時間指定の小包の中身は、一通の手紙と、写真一枚、そして携帯電話。

写真にはバターの半ポンド包みと同じ大きさの、黄色い包装紙に包まれた四角い物体が、床の上にずらりと並べられ、積み上げられているのが写っている。包装紙の文字はすべて英語で『HIGH EXPLOSIVE』『1/2 POUND NET』は黒で、『TNT』『DANGEROUS』は毒々しい赤で書かれていた。

花見会実施委員会責任者殿

前略

当方は現在貴委員会が立入禁止とした二号館屋上にいる。花見会は午後六時にて閉会の由、勝手ながら一時間そのときを繰り上げて、早急に客すべてをアパートメント敷地内より退去させるようお願いしたい。住人についてはこの限りではないが、屋上に通ずる階段にはバリケードを設置してあるので、これを越えて上がってこないこと、中庭を通行せぬこと。破られた場合の安全は保証しない。

予定されていた演劇公演が中止されたことを、当方は心から無念に思うものであり、主演女優春原リン女史よりせめて一言の説明を望む。その後はただ明朝までの猶予をいただければ、当方はいかなる妨害行為をも行うことなく、このアパートより消滅するであろう。警察に通報されることはご自由であるが、強制排除はなんら良い結果を生まぬであろうことをあらかじめご忠告申し上げる。

写真は当方における破壊能力を明らかにせんがためのものである。しかし当方はこれらを他者に向けて使用することを望んではいない。もしもそのような事態に立ち至ることあらば、それは当方の罪に非ざることは明らかである。

伝達事項は同封の携帯電話を通じて申し上げる。なお、電話の受信相手は可能ならば桜井京介氏を指名する。

『火刑法廷』

4

うすくれないの桜の花びらが、天から雪の降るようにしげく降り注いでいた。その下に黒白の鯨幕《くじらまく》が張られて、喪服姿の参列者がしずしずと左から右へ歩いていく。神代はひとり、少し離れてそれを眺めていた。それは、養父神代清顕の葬儀だった。

（おかしいな。あの人の葬式は、確か秋じゃなかったっけか?……）

道端に立ち尽くしたままぼんやりとそんなことを考えていると、いつの間にか隣に人が立っている。それが他ならぬ養父なのだ。彼は藍染めの浴衣を着ている。季節がめちゃくちゃだ。

——あの……

ためらいがちに話しかけた神代に、だが彼は前を向いたまま、なにも聞かなくてもわかっている、というようにうなずく。

いままではいつも、その沈黙に甘えてきた。なにもわざわざ気まずい思いをしてまで、口を開くことはないのだと無精を決め込んで、なにもいわないまま済ませてきた。

そうして、気がついたときには彼はもう此岸《しがん》の人ではなかった。ことばを交わそうにも、声の届かぬところへ去っていってしまった。

——俺、すみませんでした。ずっと、日本に帰らなくて。

やっとそれだけいうと、胸元に一冊の本が差しつけられた。きれいな藤色の表紙の背に『日本の詩歌　萩原朔太郎』の文字がある。ぱらりとそのページが開いて、「漂泊者の歌」というタイトルが見えた。昔、養父が書斎の机に広げていた本だ。

あのとき彼は肌に浸みるような、新しい藍の浴衣を着ていた。そしてこちらを見て微笑みながら、穏やかな声で尋ねた。

『その詩、気に入ったかね?』

養父《とう》さん！　と今度こそ呼んだ。だが顔を上げたとき、すぐそばにいたはずの若い養父の姿はなく、黒白の鯨幕が揺れ、桜の花が風に乗って降りしきり、降りしきり、後を追おうとする神代の視野を白と黒とに埋めていく。

目の中に焼きついているのは、細面の色白の顔に浮かぶ穏やかな笑み。いつも、いつも、養父はそうして微笑んでいた。

養父さん、あなたはなにを思いながらこの詩集をひもといていたのですか。あなたはその微笑みの奥に、どんな悲しみや苦しみを隠していたのですか。あなたの気持ちを察そうともしなかった馬鹿な息子を、どう思っていたのですか。あなたの臨終にすら間に合わなかった息子を——

あの人の前に立って、聞けるものなら聞きたい。そしてはっきりと詫びのことばを口にしたい。夢の中でもいいから。そう思っていた願いが、いまようやく叶ったというのに。

花は音もなく降りしきる。

もう、なにも見えない。

声も聞こえない。

いっそ子供のように、この花の中で手放しで泣きたいと神代は思った……

びくっと体が震えた。体の下の固さと、冷たさと、腕の鈍い痺《しび》れを感じ、目が開いた。その目に飛び込んできたのは、白っぱけた光を映す汚れた鋼《はがね》の刃の色だった。鉄柱の上につけられた蛍光灯が点灯し、そこから降る光が目に突き刺さる。

「なあんだ、目が覚めちゃったのか」

頭の上からささやく声。頬に血をつけた少女が右手にナイフを構えて、神代の顔の上ぎりぎりにかざしている。ゆがんだ笑いを浮かべた顔が、息のかかるほどの近さに覗き込んでいた。

「運が悪いね、おっさん。どうせなら眠っている間に、楽に殺してあげようと思ったのに」

体を起こした少女は、ナイフを握ったまま軽く肩を回す。さっきと印象が違うと思ったのは、髪型が変わっているからだ。腰に届くほど長いストレートの黒髪は、頭の形がわかるほどのベリーショートになり、ワンピースも脱いでいまは黒い長袖に黒のスパッツという格好だ。場所は先ほどと同じ屋上。神代はそのコンクリートの床に、横向きに倒れている。空はどうやらすでに暗い。

「じっとしてなよ。そうしたらすぱっとやってやるから。動脈が切れればいっぺんで、あっという間もなく意識が飛んでわかんなくなるって。なんか気持ちよさそうじゃない。ねえ、おっさん?」

冷たい指先が喉を探っていた。その感触のおぞましさに体が縮む。動脈の場所を探しているのだ。凶器を持った少女から目を離さぬまま、そろそろと体を起こそうとした。だが、うまく動かない。両手が腰の後ろにねじ曲げられている。まさか、縛られて?

「無理無理」

少女が笑った。

「あんた、剣道やってるんだって? 確かにおっさんにしちゃあ、さっきも素早かったもんな。そんなやつとタメでやる気はないさ。でもそうやって体を動かせなかったら、ババアと同じ。ババアはつい腹なんか刺しちまったけど、あんたはちゃんと喉を裂いてやるよ」

ささやきながらナイフを顔の前にひらめかせるのに、神代は起きあがれなくても体を転がして離れようとしたが、どうやら後ろに回された手首はなにかに固定されているらしい。尻に棒のようなものが当たった。それはたぶん物干し竿かけの支柱だ。

「逃げられやしないって」

くすくすと笑い声を立てながら、少女は再び神代にのしかかる。スーツの胸に細い膝が乗り上げ、肋《あばら》がきしむほどの強さで食い込んでくる。指が顎を捕らえて、ぐい、と上に向ける。

「なあ、おっさん。死ぬってどんな気持ち？　俺、それが知りたくてたまらないんだ。頼むからわかんなくなる前に、ひとこと教えてよ」

覗き込んだ顔を見上げて、神代は努めて平静な声で聞き返していた。

「あんたは、何者なんだ」

「俺？　俺は、イズミ」

意外にも、相手はためらいなく答える。

「四月一日にW大の講堂前でやったのは俺さ。だけどサムのやつがろくなボム作れなくて、ひとりも殺せなくてつまらねえったら。三日のM学院大のやつも仕掛けたのは俺。ソブエが作ったのはちっとはましだけど、やっぱり誰も死ななかった。だけど知らなかったよな。トガシがまさか、TNTなんてクールなしろものを持っているなんてさ」

「トガシというのはハンドル・ネームか、安宅さんの」

「そう」

源　義経《みなもとのよしつね》が兄頼朝《よりとも》に追われて東北へ落ちたとき、山伏に変装した主従の前に立ちはだかったのが、関守の富樫《とがし》某。関の名は安宅の関。ある年齢以上の人間には、自明の名だったわけだが。

「でも俺は安宅なんて名前、ここに来るまで知らなかったもの。気が済んだらトガシは死ぬんだって。そしたら使わずに残ったTNTは全部俺にくれるってさ。あれが俺のものになったら、俺はなんだって出来る。最高にご機嫌だよ。ソブエがいなくても、サムがいなくてもね。そんなときまでおっさんに生きててもらえないのは残念だけど、でも世の中なんてそんなものなんだからさ、諦めなよ」

馬鹿いうないッ、とわめきたくなったが、神代はぐっと腹に力を込めた。

「どうしてそんなに殺したいんだ、イズミ？」

「さあね」

イズミは神代の胸にのしかかったまま、ちょっと肩をすくめてみせた。

「どうしてって聞かれても答えようがないさ。俺は生まれたときからこうなんだ。血に飢えたケダモノなんだよ、実の母親にも見捨てられるくらいのな。見ろよ、この刃についてる曇りはババアの血の曇りだぜ」

口元まで上げたナイフの刃を、イズミは舌を伸ばしてぺろりと舐めた。

「そんなことがあるわけはない」

「なんだと？」

「あんたみたいな可愛い女の子が、生まれたときから血に飢えたケダモノだなんてことは――」

「俺は女じゃない！」

イズミは絶叫した。頭上高く振りかぶったナイフが落ちてくるのを、神代は体を可能な限りねじって避ける。だが右の頰をかすめられて、痛みが冷たくそこを駆け抜けた。

「馬鹿にしやがって、このおやじ。殺してやる、いますぐ殺してやる！」

もう一度ナイフが振りかぶられる。もう逃げられない。神代は死を覚悟した。だが、高く上げられた腕はそこで止まった。

「止そうよ、イズミ……」

かすかな声が聞こえる。

「もう、止そう。ねえ、止めようよ……」

そうつぶやいているのも同じ少女の口だ。

「邪魔するな、ミズキ」

「だって、いやだよ、もう。ママだって刺すの、嫌だったのに。ねえ――」

イズミは左手で頭を押さえて、覆い被さってくるものを払うように激しく左右に振る。顔が苦痛にゆがみ、体が浮いている。神代はそっと足を胴に引き寄せた。そしてその爪先を、イズミの腹に力いっぱい叩き込んだ。ぐうッ、と呻きを立てて体が吹っ飛ぶ。ナイフも落ちる。だがそれが神代のそばまで転がってくれれば、という都合のいい望みまでは叶わなかった。

手首はどうやらガムテープかなにかで、物干し竿かけの支柱を後ろ手に抱くようにして巻かれているらしい。いくら力を入れても千切れはしなかったが、背中を支柱に押しつけるようにして立ち上がることはどうにか出来た。だがイズミは気を失ったわけでもなく、腹を抱えてうずくまっているだけだ。痛みが治まればまたすぐナイフを拾って、神代の喉を切りに来るかも知れない。

（安宅さんは？——）

こうなったら彼がいることが救いになるかどうかはわからないが、それでも目で探さずにはいられない。そして神代はすっかり暗くなった空の下、先ほど彼が椅子にかけて煙草を吸っていたのと同じ屋上の端の手すり近くに、中庭の方を向いて立つ安宅の背を見出した。彼は立ち上がっていた。体を手すりにもたれかけさせて、上体が前に乗り出している。そして彼が注視しているのは、どうやら眼下の中庭ではなかった。

幅二十メートルの距離を隔てて向かい合う、一号館の屋上。こちらが四階建てなのに対し向こうは、六階建てなので、当然ながらやや仰ぐような角度になる。だがその屋上に照明が当てられ、人影が浮かんでいるのに気づいて、神代は目を開いたまま幻を見ているような奇妙な戸惑いに包まれた。

向こうにもこちら同様に手すりがあるのだから、そこに人が立っていても見えるのは肩から上程度のはずだ。だが、そうではない。まるで中空に浮かんでいるかのように、向かい合って立つふたりは膝の当たりまで目に入る。黒い体にぴたりとついた衣服を着ている青年と、もうひとりは女性だ。うすくれないの小袖に紅色の細帯、白い紗の着物をかつぎにかぶり、片手に桜の花の枝を持っている。

（舞台だ。あのふたりはなにか台の上に立って、そこに照明が当たっている——）

なにが起きているのかは理解できなくとも、それだけはどうにかわかった。

「さてそも五条あたりにて
夕顔の宿を訪ねしは
日蔭の糸の冠《かむり》着し
それは名高き人やらん」
ふいに朗々と、夜気を突いて流れる声。その声を耳にした途端、神代の頭からすべてが消えた。いま自分の置かれている状況も、体の痛みも。艶やかに高い声音に、ぞくり、と身内が甘く震える。それをもっと聞きたいという欲望だけが膨れ上がる。
「賀茂の御生《みあれ》に飾りしは
糸毛の車とこそ聞け
糸桜、色も盛りに咲く頃は
来る人多き春の暮れ
穂に出づる秋の糸薄《いとすすき》
月に夜をや待ちぬらん」
「おまえは——」
男の声が歌うに似た女声を断ち切る。悲痛な叫びはひび割れ震えている。
「おまえは、もしや俺が捨てた女か。俺がこの荒れ果てた都を捨てて旅に出た後も、廃墟となったこのアパートにひとり留まって待っていたのか、俺を、恨みながら」
「いいえ、あなた」
女の頭がゆるゆると振られた。
「恨みも悲しみも、昔はあったとしても疾うに消え果てました。胸にたぎる思いは桜の咲く春ごとに、花となって風に舞っていずこかに去りました。後に残ったのはただ、あなたを恋しく思う心ばかり。それのみとなってここにおりました。
ああ、あなた。いつかはきっとまた会えると、待ち続けてきた甲斐がようやくありました。あなたと暮らしたこのアパートも今年で消えてしまうけれど、この桜の下で会えた。また会えた。少しも変わらぬあなたと会えた。なんと嬉しいこと。お待ちしていて良かった。いまはもう、思い残すこともありません」

「ようやく会えたのだから、またすぐ別れるようなことをいってくれるな。今度こそ俺とともに、都を離れて来てくれるな」
だが女はかつぎの衣を取ろうとする男の手をすり抜けて、ふわ、と飛ぶ。手すりの上に素足で立つ。桜の枝を手に静かに舞い始める姿に、安宅が息を呑むのが聞こえた。なんの音楽もないまま。いや、彼女の舞う手の動き、踏む足の動きが沈黙の中の楽曲だ。
初めはゆるゆるとやさしく、空から降る春の陽射しにも似て、だが次第に舞いの調子は速く、鞭《むち》打つように激しくなっていく。
「胸を焦がす炎は
咸陽宮《かんようきゅう》の煙紛々たり
野風山風吹き落ちて
鳴る神稲妻天地に満ちて
空かき曇る雨の夜の
鬼一口に喰はんとて」
キッ、と男を見返った女は、しかし思いを変えたように動きを緩め、ゆるゆると頭を振った。振りかぶられた桜の枝がほと、と手から落ちる。
「今はた賤《しず》が繰る糸の
長き命のつれなさを
思い明石の浦千鳥
音をのみひとり泣き明かす
音をのみひとり泣き明かす」
男が手を伸ばす。かつぎの衣を抱きしめる。だが女の姿はすばやく手すりの向こうに飛び降りて消えて、男はうつろな衣だけを抱いて、なにもない空間を見つめ呆然と立ち尽くす。
「おお、満開の桜の樹も闇に溶けて消えた。過ぎた昔となに変わりなく建っていると見えた、アパートの壁も風に消えた。そして俺はひとり、なにもない荒野に立ちすくんでいる。懐かしい女と再会できたと思ったは幻、月の光の見せた夢か。幽霊なりとかまわぬから、今一度顔を見せてくれ」

男は立ち尽くすが、なにも現れない。そしてふっと明かりが消える。すぐにまた点いたが、立っているのはかつぎを脱いだリンひとり。小袖のたもとを胸に抱いて深々と一礼するのに、安宅は拍手した。そこまで来てようやく、神代は自分が見ていたものがなんだったかを理解した。あれは中止せざるを得なかった『空想演劇工房』の今日の舞台、少なくともその一部だ。ということは、安宅は大量の爆薬をもってリンをも脅迫し、自分ひとりのためにそれを演じさせたのか。

「やあ、神代君。君もいくらか見ることが出来て、良かったたな」

そういわれても、なんと答えればいいのか。

「痛い目に遭わせたようで、申し訳なかったね。だが、君が屋上に来ることは予定外だったのだ。そうなると、君の剣道の腕前を思えば自由にしていてもらうわけにはいかなかったのだ」

「殺すそうですよ、イズミは俺を」

あまりにも落ち着き払った安宅の様子が癪に障って、神代はそう言い返したのだが、相手の平静な表情は変わらない。

「心配しないでいい。私が世界を終わらせるときには、あの狂った子供はともに連れていく。リンさんの舞台も見られた。今年の桜も充分に眺められた。もう、思い残すことはない」

「安宅さん——」

彼が目を向けた先にイズミがいた。神代に蹴られたダメージからは回復したらしく、黄色いコードを繋ぎ終えた機械を点検して悦に入っているようだ。いったい安宅がどうやってTNTを手に入れたのか、どれくらいの量があって、爆発させればどれだけの被害が出るのか、神代には想像もつかない。一号館にいるリンには危険は及ばないのか。いまこのアパートの敷地には後、誰と誰がいるのか。焦燥があまりにも大きく膨れ上がって、神代からことばを奪っている。

（畜生、このテープが、解ければ――）

さっきから鉄の支柱に、手首を巻いたテープをこすりつけていた。だがよほど頑丈に念入りに巻きつけたとみえて、ちっともゆるんだ気がしない。

「神代君、後生だ。あと少しの間静かにしていてくれ。さもないと君を撃たねばならなくなる」

安宅が拳銃を上げた。銃弾で撃たれるのと、ナイフで首をかっさばかれるのと、死に方としてはどっちが楽なんだろう。そんなことは考えてもどうしようもないことだ。選べるわけではないのだから。いやたとえ選べるとしても、どっちも嫌に決まっているが――

安宅の顔がふと驚きに凍った。同時にイズミが立ち上がった。神代は首を曲げて右手を見て、ふたりがなにに驚いたのかを知った。二号館の屋上を巡る手すり、その向こうの東の空にぽっかりと白く満月が射し上っている。そしてその月輪を背に負って、手すりの上に立つ人影があった。

頭にかぶった紗のかつぎ、身に纏うすくれないの小袖、紅色の細帯。さきほど中庭を隔てて見た、女優リンの舞台姿そのままにすぐそこに立っている。目を転ずれば確かに、一号館の屋上にすでに彼女の姿はなかった。

だが一号館と二号館は、向かい合ってはいるものの結ばれてはいない。もっとも近い東の端でも、水平距離で五メートル近く離れている。綱渡りのような曲芸じみた真似でもしない限り、屋上から屋上へ直接来るのは無理だ。かといって一度下に下りてまた二号館の階段を駆け上がったと思うには、階段上のバリケードは別としても時間的に早すぎた。

すっ……

滑るように足が前に出た。すり足で、だが危なげもない足取りで近づいてくる桜色の小袖。頭に被ったかつぎの下から浮かんでいるのは、リンの顔ではない。能面だ。白い小面《こおもて》、若い女を示す面がその顔を覆い、片手には桜の小枝。

（花の精か、月の精か――）

己れの正気を疑いながらも、神代はそう思わずにはいられない。射し上る月の光がしろじろと屋上を照らす。夜風がかつぎをひらめかせ、小袖の裾をゆらめかせて、手すりの上を近づいてくる姿から重さと現実感を奪っている。だが、リンではない。彼女よりは遥かに背が高いのだ。

ものも言わず、それは安宅の立つほんの一メートルほど手前で手すりを飛び降りた。それもふわ、と音ひとつ立てず。急にイズミの、恐怖に駆られたらしい激しい息遣いが耳に届く。うわあっ、と悲鳴じみた声を上げながら、アーミーナイフを腰だめにして突きかかる。だがそれは軽く凶器の刃先を避け、桜の枝をイズミの顔に叩きつけた。ひるむ手から落としたナイフを神代の方に爪先で蹴りよこすと、胸元から抜き出したものを安宅に向かって突きつける。古びた大学ノートを。

「これ、は……」

安宅が息を呑むのがわかった。拳銃は手放さぬまま、左手で受け取る。

「これは、春彦の、日記帳だ。私が、あの子にやった、あの年の、夏休みの。どこにあった。どこにこんなものが、今日まで」

答えはない。ただ白い小面が、うながすように小さく顔を動かす。その間に神代は縛られたましゃがみこんで、どうにか後ろに回したナイフでテープを切ろうとしていた。だが、これはかなり難しい。手探りで起こした刃先は、テープより指先を傷つけているようだ。

安宅はノートのページをめくっていた。手が小刻みに震えている。その様子と表情からして、間違いなく死んだ息子のものらしい。そして彼はにわかに、かすれた悲鳴を上げた。

「ああ――ああ――ああッ！」

ノートが手から落ちる。足元に開いたそのページに、子供らしい稚拙な文字を神代は見た。

じゅんくん　きょうはごめん
まんがやぶってわるかった
おわびのしるしにあしたおく上の手すりの上で
でんぐりがえししてみせる
あさ7じ
やくそくな
だからかんべんな

はるひこ

その文面を一読しただけで、神代は理解した。それは絶対に得られるはずがないと思われていた安宅春彦の死の真相を語る証拠だった。友人の本を破ってしまったことに耐えられぬ罪の意識を覚えた少年は、友人の部屋に書き置きを残して夜の屋上に行き、『おわびのしるし』を練習していて転落した。あるいはポケットに入れたままだったマンガの切れ端がポケットから飛び出して、それを摑み止めようとしたのかも知れない。

もしもその晩ふたりが再会していれば、喧嘩は続いたかも知れないが不幸な転落事故で彼が命を落とすこともなかったろう。だが少なくとも、北詰順一が息子を見殺しにし、事故を偽装したという安宅の疑惑は誤りだったのだ。

「安宅さん……」

良かった、といっていいのだろうか。だが彼の顔に喜びの色はない。あまりにも長く胸に巣喰っていた疑い。くすぶり続ける憎悪と憤怒によって自分を動かし続けてきた老いた男が、突然それを取り除かれて何事もなかったように心安らぐことが出来るのか。憎しみさえもが彼を支える力だった。だがその正当性は失われた。彼にはなにも残らない。

「もういい、もういい！」

狂ったように彼はわめいていた。

「もういいんだ、私は、誰も憎まなくていいんだ。これで終わりにしていいんだ、世界を終わりにしていいんだ！」

安宅はふらふらと歩き出す。拳銃を握った右手が、少しずつ上がってきている。やっとわかった、世界を終わりにするというそのことばの意味が。

「安宅さん、待ってくれ!」

ようやく手首の枷を切って捨てた神代は、痺れた足を可能な限り速く動かして安宅の方へと駆けつける。彼に組み付き、その手から拳銃をもぎ取る。抵抗はほとんどなかった。安宅はそのままぐずぐずと座り込んでいる。

振り返ると、イズミはTNTの発火装置を握って動かしていたが、どうやらうまくいかないらしい。赤く塗られたハンドルをいくら押し下げても、なにも起こらないままだ。

「チクショー、どうしてだよッ!」

癇癪《かんしゃく》を起こしたようにわめいて投げ出すと、まだ隠し持っていたらしい別のナイフを抜き取って、すぐそばにいた小袖姿に突きかかる。だがそれを後ろから摑み止めたのは栗山深春だ。

さらに後ろからは工藤と漆原が、それぞれなにか大声を上げながら駆け寄ってきている。工藤は右手のギプスを外していて、その手には警察の制式拳銃S&Wをぶら下げて、

「よっ、神代さんご無事で」

「無事でもないがな」

「いやあ、でもまあ撃たないで済んで、良かった良かった。はい。たくちゃん、ありがとな」

どうやら幼なじみから、無理やり借り受けたものらしい。漆原はそれをホルスターに収めると、深春が押さえつけているイズミに手錠をかける。だが次の瞬間彼は、あっ、と大声を上げていた。

安宅がいつの間にか、手すりの上に立ち上がっていたのだ。細い体が夜風の中でふらふらと揺れ動いている。その表情からは、退官後も失われることがなかった老教授の気概も誇りも残されてはいない。気の抜けたような顔でこちらを見て微笑むと、

「登美子と春彦が、待っている」

つぶやいて、前に向かって体を倒した。異口同音にわあっと叫んで駆けつけても、到底間に合わない。いや、手すりから自分も落ちそうなほど身を乗り出して安宅の腕を摑んでいるのは、

「北詰さん！」

老人でも安宅の方が、小柄な北詰より体格がいい。そばから手を貸そうとする間にも、北詰の肩がごきり、と不気味な音を立てるのが聞こえた。顔は血管が切れたか思うほど、真っ赤に染まっていた。

「——放して、くれ」

安宅のかすれた声。

「いや、です」

「放してくれ、北詰君」

「嫌です、絶対に」

「君にはいろいろ、すまなかった。だが、いまさら、生き恥をさらすのは、御免だ」

「それでもお願いです、先生。ぼくに、春彦君の代わりをさせて下さい」

「…………」

「わかっています。そんなのはぼくのエゴです。身勝手です。でも、お願いです。後生ですから、ぼくのために生きて下さい、先生！」

みんなが手を貸して引き上げた安宅は、もう逆らうことをしなかった。気がつくとそこにはリンも駆けつけていて、傷だらけの安宅にやさしく寄り添っている。

(やれやれ、これで終幕か——)

神代はそっと口の中でつぶやいた。長い時間動けない状態にされていた上で、いきなり暴れたせいか体中が痛い。いや、もっと痛いのは切られた頰と自分で切った手首の皮膚だ。

急に緊張が解けたからだろう。ふいに寒さが体の芯に来て、ぶるっと震えた肩に後ろから紗のかつぎがふわりとかけられた。小面が無言のまま、こちらを見下ろしている。

その口元が薄く微笑んでいるように見えるのは、気のせいか。

「京介か」

「はい」

小面を外すと下から、何事もなかったような白い顔が現れる。

「傷は痛みませんか」

「まあそれなりにな。名誉の負傷ってやつだ」

「まだ、血が出ています」

京介の手が、襟元から取り出した白いハンカチでそっと頬に触れる。思わず痛《イテ》ッ、と声が出た。

「美女でなくてすみませんが」

「なあに、大層な艶姿だ」

「好きこのんでした格好じゃありません」

「しかし、惜しいな」

「なにがです」

「おまえもあと少し背が低かったら、充分女形《おんながた》がやれたろうによ」


むっと眉間に縦皺を寄せた顔に、ようやく笑いを浮かべる気にもなれる。もっとも大笑いするのは、顔の傷を手当してからの方が良さそうだ。

「それにしても大層な奇蹟だな」

「なにがですか」

「春彦の手紙。まさかいまになって、あんなものが出てくるとは思わなかったぜ」

「奇蹟なんてありませんよ」

京介は口元だけで笑ってみせた。

「なんだって?」

顔が耳元に寄ってくる。

「ノートは本物です。蒼が631で見つけました。ただあの手紙は、最初の『じゅんくん　きょうはごめん』以外僕が書いたんです。日記の他の部分を見て、筆跡を真似て」

「おまえ――」

神代はさすがにものもいえない。

「内緒ですよ」

「安宅さんが気がついたらどうなったんだ」

「さあ。ですが先生は、老眼鏡までご用意のようではなかったから」

「下手したら人死にが出てるぞ」

「終わりよければすべて良し」

「本当に終わりか？」

「ええ、たぶん」

そうだろうか。

そうなのだろう、たぶん。

名探偵がそういっているのだから。

京介は腕を伸ばして、指になにかを捕らえた。桜の花びらだ。夜風に舞い上げられた花弁が、雪のかけらのように宙を漂っている。

「もう、散り始めたな」

「そうですね」

「この春も逝くか」

「ええ」


ふたりは後は無言のまま、月に舞う桜の行方を目で追う。

それが闇に溶けて消えるまで。

この春も

1

「――年年歳歳花相似たり、歳歳年年人同じからず、か……」

神代宗は低く、人口に膾炙《かいしや》した唐詩の一節を口ずさんだ。もっとも花はすでに散って、桜は葉桜に変わっている。銀杏も欅《けやき》も梢いっぱいに吹いた新緑が開き、初夏の陽射しに照り輝いて、風がその枝葉を鳴らせば見上げる顔やかざす手までが緑の色に染まりそうだ。

二〇〇一年五月三十一日、神代と桜井京介は牛込アパートメントの中庭に立っていた。


「だがここばかりは、人は生き残っても花は同じとはいえなくなるなあ――」

「そうですね。正真正銘今日で見納めです」

梅雨《つゆ》入り前の、東京の緑がもっとも美しく見える季節。だがこの景色も今日限り。住民の移転はすべて完了し、明日から取り壊しの工事が始まる。

神代は若葉の向こうの、黄褐色をした建物の壁を見上げる。いまは無傷のままそれは立っている。安宅俊久が見せたTNTは本物ではなかった。ネットで見つけた米軍使用の爆薬や発火装置の写真を資料に、岩槻修に手伝わせて形だけ作ったのだ。都内の朋潤会アパート跡地に置かれた爆弾の模型と同様に。彼にとっては世界を終わらせるのに、現実の破壊行為は必要ではなかった。

安宅は現在北詰順一の世話で、ここからも遠くない文京区のマンションで暮らしている。神代も願ったように、高齢ということもあって起訴はされずに済むという話だった。

いずれまたその住まいを訪ねて、なにごともなかったように話をしたいものだと思う。もっともそれは、安宅が許してくれればということだが。

香山和泉は医療機関に収容されているらしい。彼女が刺した母親はすでに回復しているそうだ。だが彼らの今後については、敢えて消息を知りたいとは思わない。

それよりも気がかりなのは、先日起訴が確定してしまった祖父江晋の今後だった。連続爆弾事件の主たる実行犯と見られる浅原千佳子が自殺を遂げ、香山和泉が取調べに応じられる状態ではないため、祖父江が主犯として告発されることになってしまったのだ。確かに彼は兄の残した爆弾製造ノートを浅原に渡し、さらに彼女が犯行を行っていると気づいてからも当局に通報することなく、その動向を陰ながら見守り続けてきたのだから、そこに教唆誘導、さらには潜在的共謀があったという見方も完全には否定しきれないのだが。


「なあ、京介」

「はい」

「祖父江さんが事件の主犯だってのは、ほとんどフレーム・アップだろう?」

「そうですね」

「裁判になったら、見通しはどうなんだ?」

「楽観は許されませんが、こんなときこそ門野コネクションとあの人の財布を使わせてもらいますよ。存分にね」

「リンさんは彼が戻ってくるまで、『空想演劇工房』は潰さないといってる。彼女のためにも、早く解決するといいな」

「ええ」

京介は相変わらず口数が少ない。表情もどうかすると、あの夜顔につけていた能面の方が表現力豊かだといいたくなるほどだ。こちらから質問されるのを、あらかじめ拒んでいるようにも見える。

「おまえは、いつから気がついていたんだ」

「なにをですか」

「全部の図式をさ」

「…………」

「虹の七色が、最後は東京のど真ん中にあるアレを攻撃目標とすることを意味した、ってのは、もっと早くにわかっていたんじゃないのか。もしかして、安宅さんが嚙んでたことも前から気がついていたんじゃないいだろうな？」

京介はなかなか答えない。自分の足元に目を落としたまま、じっと口をつぐんでいる。だが神代も彼のとなりで、無言のままその白い横顔に目を当てていた。

「朋潤会アパートと事件の関連性に、僕が出来るだけ目をつぶってきたのは事実です」

のろのろと、鈍い口調がようやく答えた。

「うん」

「ですが、答えが出ていることをわざわざお尋ねになるのは悪趣味です」

「そうか？」

「祖父江さんは兄の恋人だった浅原さんのことを、ひたすら案じていた。彼女が罪を犯すなら、その罪をともに背負ってもいいとまで。その彼が犯罪者として裁かれるなら、言を左右にして犯人逮捕に協力しなかった僕も無実とはいえませんが」

「それはなぜだ？」

「嫌いだから」

すねた子供のような口調で、横を向いたまま京介は答える。

「警察がか？」

「いえ。すべてが」

「京介？」

「アレも、この国も、この時代も、この世界も、そこに生きている自分自身も。東京の真ん中に居座る一家がどうなろうと、彼らだけでなく誰がどれだけ傷つこうと、死のうと、かまわないと思った。だから、認めます。僕は有罪《ギルティ》だ」

「おまえ――」

「この街を壊したい。この世界を砕いて無に還したい。平和など永劫失われてしまえばいい。そう願ったのは誰よりも、僕だったかも知れないんです。ただ実行に移さなかっただけで、彼らを全力で止めようとはしなかった。だから僕はそういう意味では、誰よりも卑劣な犯罪者です」

歌うようにつぶやくのに、

「止めな、馬鹿野郎。有罪なんてことばで逃げるんじゃやねえよ」

神代は割って入った。

「おまえには好きなもの、大事なもの、失いたくないものがいくらでもあるだろう？　だからおまえは爆弾を作らない。だからおまえは世界を終わらせない。どこにも行かずにそこにいる。そしてその大事なものが少しでも傷ついたら、それだけで自分が傷ついたより苦しむんだ」

「…………」

「俺たちはみんなそうさ。この薄汚え世の中で、義理人情の濁流に押し流されながらどうにかこうにか生きている。生きているのが嫌になれば、自殺してやろうか、それもいっそ他人を巻き添えに。それくらいのことは誰だって考える。そんなのはなにも、おまえだけじゃねえさ。

だがな、人生の先輩としていってやるよ。逃げるんじゃねえ。格好つけるんじゃねえ。どれだけ泥にまみれて、どれだけみっともなくても、いまここに踏みとどまって生き延びる方が正解なんだ。そうすればまた春は巡ってきて、おまえのために咲く花もあるだろうさ」

京介が不意に振り向いた。吐き捨てた。

「やっぱり神代さんは悪趣味だ」

「なんだよ」

「人を動揺させて楽しいですか」

こちらを睨む京介の目の縁がわずかに赤らんでいるのを見つけて、神代はにやりと笑ってしまう。

（なあんだ。こいつもまだまだ可愛いところがあるじゃねえか……）

　そんな表情に京介はいよいよ眉を吊り上げて、

「行きます！」

　くるっと踵《きびす》を返して歩き去ろうとして、だが立ち止まった。中庭の入り口からこちらへ向かって歩いてくるふたり連れ。どちらも知らない顔だが、ひとりは髪を後ろに結んだ眼鏡の女性、もうひとりは紺色のセーラー服を着た少女だ。そしてこちらを見て足を止め、口を開いたのは少女の方だった。

「あの、もしかして神代先生と、桜井さんでいらっしゃいますか？」

2

「そうですが、あなたは？」

「私、前橋の日野原奈緒と申します。このたびはいろいろとご迷惑をおかけしました」

　声は愛らしい少女の声だが、大人びた口調でそういって深々と頭を下げる。ひとつに編んだお下げがうなじをすべって前に落ちた。

「ああ、あなたが……」

　工藤が前橋の病院を飛び出して、このアパートに駆け込んでくるそもそものきっかけを作ったのが、この少女だった。最後には岩槻修を追って家出してきた彼女は、魚籃坂と新宿区内藤町の事件に関与して少年とともに逮捕された。十三歳という年齢と、香山和泉から脅迫されて実行犯にされたという事情から、児童相談所が下した結論もきびしいものではなかったとは聞いていた。

「前橋に戻られるのですか？」

「いいえ。日光の巨椋星弥《せいや》さんが、高校を出るまで寄宿させて下さるとおっしゃるので、両親の承諾も得ましたし、甘えさせていただくことにしました。たぶん両親のところでは、私たちのしたことを隠し切るのは難しいでしょうから」

「それは――」

良かったといっていいのかどうか。しかし少女は微笑んでみせた。

「私はほっとしています。家族にこれ以上迷惑をかけるのは嫌ですもの。修ちゃんも施設を退所したら星弥さんのお世話になると思います」

「そうですか」

すると後ろに付き添っている女性は、相談所の職員か。それとも巨椋家から派遣された弁護士でもあるのだろうか。

「はい。それで、今日私がここに来たのは、修ちゃんから頼まれたからなんです。安宅先生からお借りした本があって」

奈緒はスカートのポケットから、分厚い文庫本を取り出して神代に差し出した。その書名を見て神代は思わず目を丸くしている。間違いない。『日本の詩歌　萩原朔太郎』。昔養父が読んでいたのはこの文庫の元版だ。


「安宅先生はお加減があまり良くないということなので、お会い出来ないそうなんです。神代先生、お返ししていただけるでしょうか」

繰り返し読んだのだろう。その表紙はすっかり手ずれして角は丸くなり、小口の中程には薄黒く手垢が付いている。受け取って開くと、そこに載っているのはあの「漂泊者の歌」だ。

「あなたはこれを？」

「読みました。難しいですけど、なんだか悲しい詩に思えます」

「そうですね。確かにあなたのいう通りだ」


いづこに家郷はあらざるべし。

汝の家郷は有らざるべし！


感嘆符を持ってことごとしく強調しても、その詩の調べは悲しい。俺たちはみんな生まれたときから故郷喪失者だ、と神代は思う。

ふるさとを出て地上をさすらい歩き、束の間夢見たユートピアも、時の流れに朽ちて失われる。この世に人として生きるとは、絶え間ない喪失と別離の連続、それ以外のものではない。その苦しみを大地に突き刺さる炎に変えて、最後には我が身をも焼き捨てた者もいた。心病んで、わずか二十年にも満たぬ生命を健やかに支えることさえ出来なかった子供もいた。

この巨大都市をますます巨大に膨れ上がらせていく物質文明は、ついに人間の魂を押し潰すことにしかならないのか。それがふるさとという楽園《エデン》を捨てた人類に負わされた、逃れがたい原罪であるのだろうか——

「自分のものでもないのに、勝手に決めるのもどうかと思うが、これはあなたが持っていた方がいいのじゃないかな」

奈緒の手に文庫本を戻すと、

「でも……」

少女は不思議そうにこちらを見上げる。

「そして岩槻君があなたのところに戻ってきたら、渡して上げたらいい。たぶん安宅さんも、返してもらうつもりはなかったと思う」

奈緒はその本を手の間に挟んで、抱きしめるように胸に当てる。

「わかりました、そうします。修ちゃんが戻ってくるまで、私が大事に持っています」

「神代先生ー！」

ふいに、明るい声が中庭の奥から聞こえた。両手を泥だらけにした蒼が、立ち上がって腕を振り回している。

「すごいんですよ、この桜。下の地面にひこばえがいっぱい生えてるんです。これなら移植出来るから、みんな持っていって欲しい人に分けましょうよ。いいでしょう？」

すっかり忘れていた。今日は小さな薔薇の苗や、花壇の球根だけでも掘り出して残したいと北詰がいうので、朝からシャベル片手に蒼や翳、深春も駆り出して庭仕事をしていたのだった。

「俺たちにばっかり働かせるのはずるいですぜ、神代さん」

「俺は年寄りだ」

「またそうやって、都合の悪いときだけ年寄りぶるんだから。こら、京介、おまえもだ。なにを涼しい顔してる!」

「世の中には何事も向き不向きというものがあるんだよ、栗山君」

両手を腰に当てた京介は、真面目くさった顔で言い放つ。

「第一君は僕がなにかするたびに、手際が悪いの、不器用だのと、罵倒するじゃないか」

「なにいってやがんだい。見ろよ、ペンギン小僧はぶきっちょでもけなげに手伝ってる」

「あのお、栗山さん。それって誉めてるわけじゃないですよね?」

泥だらけの情けない顔を上げた翳に、

「誉めてるだろうが。ことばで足りなきゃ、お礼のキスでもしてやろうか?」

「うわあっ、ご勘弁!」

「遠慮するない」

「します、それだけは!」

「ふたりともストーップ。そこ、いま掘り返したところ。踏んだら駄目だよ!」

蒼が大声を出したが、足元の土を跳ね飛ばしての深春と翳のドタバタは急には止みそうもない。京介は舌打ちして前髪を掻き上げる。

「なにをやっているんだ、あの馬鹿は——」

両手でぐいと後ろに梳《す》き上げた髪を、ポケットから出したゴムで結ぶと、眼鏡を外してしまいシャツの袖をめくり上げる。神代は思わず、

「どうした。珍しいこともあるもんだな」

いわずもがなのことばをかけたが、

「子供のどろんこ遊びでもあるまいに、あの連中に任せておいたら、日が暮れても終わりません。僕がやった方がまだましだ、まったく」

ぶつぶついいながら歩き出す背中を、奈緒がぽかんと目を開いて見送る。

「行きませんか？」

神代は彼女を誘った。

「桜は育ちが速いですからね、きっと岩槻君が戻ってくる頃にはきれいに花が咲きますよ」

「——はい！」

（そうとも——）

桜の大樹が失われても、そのひこばえが人々の手元で育ち続けるように、この小さなコミュニティが失われても、かつてあったものの記憶はささやかな種子となって胸に残り生き続けることを、信じよう、いまは。

春は幾たび巡り来て、また目の当たりに過ぎていく。

人はふるさとを無くして地上をさすらう。

だが携えた苗が根を下ろし、新たな春に花をつけるなら、その場所を己が故郷と呼んで、なぜ悪かろう。

そして新しい地に咲く花は、きっと散った昨日の花に増して美しい。

あとがき

建築探偵シリーズ本編の第十作、『失楽の街』をお届けする。この作品をもってシリーズ第二部が終了する。

ここ数作の時間経過がいささかわかりにくくなった気がするので、先にそのことについて説明させていただきたい。日時としては前作『綺羅《きら》の柩《ひつぎ》』にほとんど踵を接していて、バンコクから京介たち四人が帰国したのが、二〇〇一年三月三十一日、本作中の「過去はささやく」の第三節になる。ただし蒼の番外編『Ave Maria』は『綺羅』以前から『失楽』にまたがっていて、そのエピローグは四月一日のことなのだが、ミステリ的な内容が関連しているわけではないので、あまり気に止めていただく必要はない。

今回の作品は発想にひとつの契機を持っている。講談社ホワイトハートで発表されている、とみなが貴和氏の『Edge』のシリーズがそれだ。篠田はこの作品を、東京をモチーフに犯罪という補助線を引いた優れた都市小説として読んだ。

そして自分も建築探偵で、ひとつの建築ではなく東京という街をテーマにしてみたいと思うようになったのだ。無論こちらは謎解きもありで。その場合、関東大震災後の東京に生まれた優れた集合住宅の試みである、同潤会アパートメントを描こう、というのも当初からの目論見だった。

現実世界では同潤会アパートメントは、江戸川、大塚女子、青山の三ヵ所が同じ二〇〇三年に取り壊された。その建築的価値や魅力については作中に筆を費やしたが、当然ながら架空の犯罪事件の舞台とすることからも考えて、朋潤会、牛込、小石川、神宮前、と名称を変更した。

偶然の機会に恵まれて、取り壊し前の江戸川アパートメントには何度か足を運び、内部をつぶさに見学し、住人の方からお話を伺うことが出来た。お世話になった方の名前はここでいちいち上げないが、心から感謝しています。もしもこの本が目に触れることがありましたら、無礼の段ご容赦下さい。

なお「詩人の生まれた町」で工藤刑事が語った、下町での朋潤会アパートにまつわるエピソードは、友人で作家の柴田よしきさんからうかがった子供時代の実体験を取り入れさせていただいた。江戸川アパートメントの閉鎖性とはまったくベクトルの異なる有りようが、下町の同潤会アパートメントには成立していたことを知らされて、目から鱗《うろこ》が落ちる思いがしたものだ。この場を借りてお礼申し上げます。

さらにお礼のことばを。

貴重な資料を長いこと拝借させていただいたとみなが貴和氏。

前橋への取材につき合ってもらった配偶者、半沢清次氏。今回は表紙だけでなく口絵も、彼が撮影した写真を使用させてもらった。

昔『日本の詩歌　萩原朔太郎』を読ませてくれた亡き母、篠田みさ子氏。彼女が買った美しい藤色の全集は、いまは私の仕事場の書架に並んでいる。

泣き言ばかりいう物書きを、見捨てずに励ましてくれた担当栗城浩美氏。

みんな心から有り難う。

そして最後になったが、いつも楽しみに待っていて下さる読者の皆さん。

今回はテーマと目標ばかりが大きすぎて、もう駄目かと本気で思いかけたけれど、どうにか乗り切って書き終えることが出来ました。

それもこれもあなたたちのおかげです。

これからもよろしく。みんな大好きだよ。


建築探偵シリーズはもうしばらく続きます。目下の悩みはベトナムに取材に行きたいけど行けない、ということで、果たして次回はどうなりますか。正直なところいまは全力を出しきった後の搾り滓状態で、確かなお約束が出来ないのです。お赦しを。

連れ合いのサイトに間借りして、仕事日誌を公開しています。新刊情報はこれが最新です。その他旅行に出ると旅行記とか、建築探偵キャラのプロフィールとか、少しですがコンテンツもあります。遊びに来て下さい。

http://www.aa.alpha-net.ne.jp/furaisya/　木工房風来舎

引用文献（一部表記を変えてあります）

日本の詩歌　第十四巻　萩原朔太郎　中央公論社
旧新約聖書　日本聖書協会
謡曲集　下　日本古典文学大系　岩波書店
新唐詩選　吉川幸次郎他編　岩波書店

主要参考文献

消えゆく同潤会アパートメント　橋本文隆他　河出書房新社
同潤会アパート原景　ブルディエ　住まいの図書館出版局
同潤会アパート生活史　同潤会江戸川アパートメント研究会編　同右
Design of Dojunkai　ユナイテッドデザイン　建築資料研究社
狼煙を見よ　松下竜一　河出書房新社
テロ爆弾の系譜　木村哲人　三一書房
ミステリーファンのための警察学入門　アスペクト